SL j (A)
Majo

rowohlt
rotfuchs

Gemeindebuecherei Feldkirchen-W

Simon Mason

Hey, Sherlock!

Kriminalroman

Aus dem Englischen
von Karsten Singelmann

Rowohlt
Taschenbuch Verlag

Die englische Originalausgabe erschien 2019
unter dem Titel «Hey, Sherlock!»
bei David Fickling Books, Oxford.

Deutsche Erstausgabe
Veröffentlicht im Rowohlt Taschenbuch Verlag,
Hamburg, März 2020
Copyright © 2020 by Rowohlt Verlag GmbH, Hamburg
«Hey, Sherlock!» Copyright © 2019 by Simon Mason
Lektorat Christiane Steen
Covergestaltung any.way, Barbara Hanke / Cordula Schmidt
Coverabbildung Birgit Schössow
Satz aus der DTL Documenta ST
bei Pinkuin Satz und Datentechnik, Berlin
Druck und Bindung CPI books GmbH, Leck, Germany
ISBN 978-3-499-00131-4

Aus Verantwortung für die Umwelt haben sich die Rowohlt Verlage zu einer nachhaltigen Buchproduktion verpflichtet. Der bewusste Umgang mit unseren Ressourcen, der Schutz unseres Klimas und der Natur gehören zu unseren obersten Unternehmenszielen. Gemeinsam mit unseren Partnern und Lieferanten setzen wir uns für eine klimaneutrale Buchproduktion ein, die den Erwerb von Klimazertifikaten zur Kompensation des CO_2-Ausstoßes einschließt. Weitere Informationen finden Sie unter: www.klimaneutralerverlag.de

Für Gwilym und Eleri

Und in memoriam Joe Nicholas
(1951–2019)

1

Es war eine nasse, windige Augustnacht. Ein Gewitter zog auf. Wolken wirbelten von Osten heran und brachten peitschenden Regen mit sich. Donnergrollen war zu hören, Blitze zuckten über den Himmel, und binnen kurzem standen die menschenleeren Straßen der Innenstadt unter Wasser. Die langgestreckten Vororte Five Mile und Limekilns verschwammen hinter der Regenwand.

In der Siedlung Froggett wiegten sich die Bäume in den Gartenlandschaften der eleganten Villen träge im Wind. Froggett, das wohlhabendste Viertel der Stadt, war eine grüne, von Wald umgebene Enklave geschmackvoll restaurierter alter Häuser. Hausnummern gab es nicht. Die Häuser hatten Namen – «Meadowsweet», «The Rectory», «Field View». So besaß jedes von ihnen seine eigene Persönlichkeit und thronte behaglich hinter rosa Backsteinmauern oder Buchenhecken auf sorgsam angelegten Grundstücken mit Teichen und Rasenflächen, Tennisplätzen und Terrassen. Jetzt aber, im Gewittersturm, dampfte Sprühnebel in den makellosen Gärten, die Teiche sprudelten und zischten, und die exotischen Bäume schlugen ihre Äste zusammen.

Es war Mitternacht. Im Wohnzimmer eines dieser Häuser – «Four Winds», eine spätviktorianische Villa aus keksfarbenem Backstein, Giebel und Schornsteine, wohin man blickte – saß Dr. Roecastle ganz allein über ihren Aufzeichnungen. Sie war Oberärztin in der Chirurgie des städtischen Krankenhauses, eine schlanke Frau mittleren Alters mit dunklen, feminin frisierten Haaren und einem schmalen Gesicht, das sich nie entspannte. Von Zeit zu Zeit nahm sie mit gewissenhafter Konzentration einen Schluck Kräutertee.

Das Wohnzimmer war ein unverfälschter Ausdruck ihres persönlichen Stils. Es war ganz und gar in Schwarz-Weiß gehalten: ein weißer Teppich auf schwarz lackiertem Fußboden, ein schwarz glänzender Tisch auf dem Teppich und zwei Reihen streng geometrischer, schwarz-weißer Sofas und Sessel vor dem schwarz glasierten Kamin an der Stirnwand, über dem der riesige Siebdruck eines schwarzen Dreiecks auf strahlend weißem Hintergrund hing.

Als sie es donnern hörte, blickte sie zum regennassen Fenster, das gerade in diesem Moment vom Blitzschlag in grelles, unheimliches Licht getaucht wurde. Ärgerlich sah sie auf ihre Armbanduhr. Elf Minuten nach zwölf. Sie neigte den Kopf zur Seite, denn neben dem Sturmgetöse nahm sie plötzlich ein weiteres Geräusch wahr, das gedämpfte Öffnen und Schließen der Haustür. Sie schob den Laptop beiseite und wartete mit ernstem Blick.

Ihre sechzehnjährige Tochter erschien, schob sich zögernd ins Zimmer und blieb, vom Regen durchnässt, mit gesenktem Kopf stehen.

«Das ist für mich nicht spätestens zehn Uhr», sagte die Mutter nach kurzem Schweigen. «Für dich etwa?»

Amy Roecastle sagte nichts. Sie hatte ein schönes, störrisches Gesicht – blaue Augen, dichte Brauen, breiter, forscher Mund –, und sie stand klitschnass da, in schwarzer Bondagehose, Armyjacke und durchgeweichter, tief in die

Stirn gezogener Wollmütze, starrte zu Boden und schwieg, während ihre Mutter redete. Sie stand ganz still. Hin und wieder zitterte sie. Wasser tropfte von ihren Ärmeln auf den weißen Teppich.

«Wir hatten eine Abmachung», sagte ihre Mutter. «An die du dich nicht gehalten hast. Warum nicht?»

Ihre Tochter schwieg weiter mit ausdruckslosem Gesicht.

«Es gibt natürlich einen Grund.» Dr. Roecastle fasste Amy scharf ins Auge. «Ich weiß gar nicht, warum ich überhaupt frage. Gedankenlosigkeit ist der Grund. Egoismus. Völlige Missachtung deiner Mitmenschen.»

Sie glaubte ein flüchtiges Lächeln im Gesicht ihrer Tochter zu erkennen.

«Bist du betrunken?», fragte sie heftig.

Amy sagte noch immer nichts. Der Regen trommelte gegen die Fensterscheiben, aber die Stille im Zimmer war schwer.

Ihre Mutter erhob sich. «Ich gehe jetzt in die Küche und schenke mir noch eine Tasse Tee ein. Du bleibst hier und denkst über dein Verhalten nach. Und wenn du damit fertig bist, kommst du und gibst mir eine Erklärung.»

Amy öffnete den Mund. «Okay», sagte sie.

Dr. Roecastle musterte ihre Tochter für einen Moment, dann drehte sie sich um und verließ das Zimmer. Sie ging zuerst zur Haustür, um die Alarmanlage einzuschalten, dann weiter in die Küche.

Wieder donnerte es, und fast gleichzeitig folgte der nächste Blitzschlag. Kurz glaubte sie, einen Aufschrei und gedämpfte Rufe von irgendwo zu hören, dann prasselte eine Regenböe gegen die Fenster, und das Geräusch war verschwunden. Am Küchentisch sitzend, zog sie schaudernd ihren Kragen um den Hals zusammen.

Mehrere Minuten vergingen.

«Ich warte!», rief sie.

Beim Warten grübelte sie vor sich hin. Amys Verhalten war schon den ganzen Sommer über untragbar gewesen, und als sie sich jetzt die Gesamtsituation noch einmal vor Augen führte, fühlte sie den Zorn der Gerechten in ihrem Innern aufsteigen. Stirnrunzelnd wischte sie einen Fleck vom Rand ihrer Tasse und legte sich zurecht, was sie sagen wollte.

Nach einer Weile rief sie erneut, lauter diesmal. «Amy! Ich hab gesagt, ich warte!»

Schließlich sprang sie verärgert auf und ging ins Wohnzimmer zurück.

Ihre Tochter war nicht mehr da. Nur eine nasse Stelle auf dem weißen Teppich deutete darauf hin, wo sie gestanden hatte.

Mit großen Schritten eilte Dr. Roecastle in den Flur und stellte sich an den Fuß der Treppe.

«Amy!»

Keine Antwort. Nur der Regen, der sich an den Fensterscheiben zu schaffen machte.

«Amy!», rief sie noch einmal. «Glaub nicht, dass ich dir hinterherlaufe. Ich kann so lange warten wie nötig. Du wirst herunterkommen und dich erklären.»

Ein langgezogener Donnerschlag dröhnte rund ums Haus, und in der anschließenden Stille hörte sie die windgebeutelten Bäume ächzen und stöhnen. Es gab keinerlei

Geräusch im Haus, doch erneut glaubte sie einen Schrei von draußen zu hören, augenblicklich hinweggefegt vom Tosen des Sturms. Sie sah auf ihre Uhr. Es war halb eins. Sie ging ins Wohnzimmer, setzte sich an ihren Laptop und wartete.

2

Zweige peitschten Amy ins Gesicht, sie rutschte aus und fiel mit einem Aufschrei hin, stand nass wieder auf und kämpfte sich weiter zwischen den rauschenden Bäumen hindurch. Regenblind, mit eingezogenem Kopf, lief sie rutschend den Weg entlang, während das Unwetter ringsum donnerte und toste wie ein aufgewühltes Meer.

Von Zeit zu Zeit blieb sie keuchend stehen, um ängstlich zurückzublicken, wischte sich mit einem verdreckten Ärmel über die Augen und spähte durch die Dunkelheit, bevor sie durchnässt und zitternd weitereilte. Zweimal noch schrie sie auf, als windgetriebene Schatten ihr entgegenflogen. Das Donnern hörte sich an, als würden Felswände auseinanderbrechen; erneut fiel sie hin, rappelte sich wieder auf und taumelte weiter.

Sie war schon tief im Wald. In der Dunkelheit blieb sie stehen und blickte zurück. Ihr Haus war nicht mehr in Sicht; es war nichts zu sehen als die chaotische Dunkelheit des Waldes. Ein plötzliches Geräusch in der Nähe ließ sie herumfahren, panisch blickte sie sich nach allen Seiten um. Durch eine Lücke in den Bäumen vor ihr drang Mondlicht, das im Regen flackerte, sie schirmte ihre Augen ab und spähte in die Richtung. Da war etwas. Was war das? War das … ein Transporter? Mitten im Wald?

Klatschnass stand sie inmitten der Schatten. Dann stürzte einer der Schatten auf sie zu und packte sie.

3

Wie verabredet, holte Smudges Bruder sie kurz nach sechs Uhr morgens mit seinem Ford Transit an der Ecke Pollard Way ab. Er war ein dunkelhaariger Mann mit zerstreutem Gesicht, und er ließ sie einsteigen, ohne etwas zu sagen, blickte sich nur einmal kurz um, während Garvie und Smudge sich hinten zwischen den Werkzeugen niederließen. Auch die anderen Männer auf der Vorderbank sagten nichts. Der eine war ein Riese mit Babygesicht, Korkenzieherlocken und einem fehlenden Vorderzahn. Er wurde Tar genannt. Der andere war ein blasser Waliser namens Butter. Alle drei trugen staubverkrustete Stiefel, ausgebeulte Trainingshosen und Kapuzenjacke, die verschmiert und fleckig waren.

Es war ein heiterer, stiller Morgen nach dem Gewitter, noch ekelhaft früh. Auf der gesamten Town Road sah es aus, als wäre die Flut abgezogen und hätte die nackte Stadt zurückgelassen, schutzlos dem Tageslicht ausgesetzt: mit Pfützen übersäte Gehsteige, überschwemmte Parkplätze und die stumpf glänzenden Schaufenster leerer Verkaufsräume. Sie fuhren, den zweiten Lieferwagen im Schlepptau, in die aufgehende Sonne Richtung Schnellstraße. Im Radio brachten sie Sportergebnisse, Werbejingles und einen Bericht über Ausschreitungen auf dem Market Square am Abend zuvor: umfangreiche Sachschäden, eine tödliche Schussverletzung, ein Polizeipferd mit gebrochenem Bein.

Smudge schenkte all dem keine Beachtung. Er war siebzehn und hatte gerade seine Führerscheinprüfung bestanden. Liebevoll tätschelte er die Armlehne seines Sitzes und sagte: «Was ich an dem Custom so mag, ist die Hinterachsenfederung. Findste nicht auch? Als würde man so dahingleiten.»

Smudge grinste. Er war ein Morgenmensch.

Garvie sagte nichts. Er war kein Morgenmensch.

«Aber um ehrlich zu sein», fügte Smudge nach kurzer Pause hinzu, «gefällt mir eigentlich alles daran. Abstandsregeltempomat, Parksensoren. Abblendautomatik...»

Butter drehte sich nach hinten um. «Intelligenter Allradantrieb.»

«Scheibenwischer mit Regensensor», sagte Tar, ebenfalls nach hinten gewandt. «Regensensoren sind das Größte.»

Alle sahen Garvie an.

Butter sagte zu Smudge: «Redet nicht viel, was? Dein genialer Freund hier.»

«Transporter sind nicht so sein Ding», sagte Smudge entschuldigend.

Tar sagte: «Was ist denn dann dein Ding, Superhirn?»

Garvie sah ihn an. «Zuhören, wenn Transporterfans sich unterhalten», sagte er. «Kann ich nur von Glück sagen.»

Scherze und lockere Sprüche flogen hin und her. Garvie nahm alles nur mit halbem Ohr wahr, genau wie das Radio, in dem weitere Meldungen folgten. Zwei Schwerverletzte bei einem Verkehrsunfall auf der Ringstraße. Brandstiftung in einem Bürokomplex. Neuerliche Verzögerung der polizeilichen Ermittlungen über Geldwäsche im Kasino Imperium: Sie waren noch immer nicht dem Ober-«Smurf» auf die Spur gekommen – dem Schmuggler, der in Absprache mit dem Club schmutziges Geld gegen Spielchips getauscht hatte.

Auf der Ringstraße gerieten sie in den morgendlichen Berufsverkehr und schoben sich langsam im Konvoi bis zur Ausfahrt Battery Hill, dann ging es schneller weiter auf dem sanften Anstieg in Richtung Froggett Woods.

«Tja», sagte Smudge mit Blick aus dem Fenster, «das ist heute doch wieder ein toller Tag zum Zäunesetzen.»

Garvie dachte über diese Bemerkung nach. Es war ein frischer, sonniger Augustmorgen, insofern hatte Smudge recht. Es war außerdem der neunte Tag hintereinander, dass er für Smudges Bruder arbeitete, am Wochenende Überstunden machte, frühmorgens rausmusste, sich auf der Fahrt durchschütteln ließ und sich launiges Geplauder über Transporter anhörte. Und natürlich *Zäune* setzte! Vor zwei Monaten war er noch zur Schule gegangen, jetzt bewegte er sich in der Welt der Arbeit. Er war sich noch nicht sicher, was er von dieser Welt halten sollte. Auf jeden Fall fing sie für seinen Geschmack viel zu früh an.

Der Transporter fuhr jetzt langsam und leicht schaukelnd über einen einspurigen Weg, zwischen hohen, grünen Heckenfronten hindurch, hinter denen hier und da Hausdächer und -giebel hervorlugten. Nachdem er neben einem dekorativen Bushäuschen mit Reetdach abgebogen war, näherte er sich dem Tor der «Four Winds», dem Heim von Dr. med. Roecastle. Bevor Smudges Bruder etwas in die Gegensprechanlage am Eingang sagen konnte, schwenkten die automatischen Torflügel auf, und beide Transporter steuerten über die weitgeschwungene Zufahrt zum Haus.

Schweigen breitete sich aus, ein Moment des Innehaltens vor der an diesem Tag zu leistenden Arbeit. Und in diese Stille hinein sagte Garvie: «Irgendwas stimmt hier nicht.»

Smudge sah ihn verständnislos an.

«Das war ein nicht sequenzielles Element», sagte Garvie.

«Was denn?»

«Du kennst sie doch. Die Frau, der dieses Haus gehört.»

«Jep. Bisschen verkrampft. Und?»

«Sie ist immer schon bereit, wenn wir ankommen. Alle Jalousien sind hoch. Die Tür ist offen. Sie wartet schon darauf, uns Anweisungen zu geben.»

«Ja. Und?»

«Bisher hat sie jedes Mal gefragt, wer wir sind, bevor sie uns reingelassen hat. Heute hat sie nicht gefragt. Sondern einfach gleich das Tor aufgemacht. Ein nicht sequenzielles Element. Fällt aus der Reihe.»

Einen Augenblick lang herrschte Schweigen, dann brachen alle, mit Ausnahme von Smudge, in Gelächter aus.

Sie fuhren die Auffahrt hinauf, bis das Haus in Sicht kam, und dann sagte Smudge: «Oh, guckt mal, die Jalousien sind noch unten.»

Jetzt verstummten alle und sahen zum Haus, während sie langsam an der Vorderseite entlangfuhren und schließlich anhielten. Es stimmte. Sämtliche Fensterjalousien waren noch heruntergelassen.

Dr. Roecastle erwartete sie nicht an der Tür.

Ringsherum war alles still.

Für einen Moment herrschte betretenes Schweigen. Butter sagte: «Komm schon, Mann. Das kann wer weiß was für Gründe haben. Was sollen wir deiner Meinung nach machen, die Polizei anrufen?»

«Nicht nötig», sagte Garvie. «Falls die Sache ernst genug ist, wird sie das schon gemacht haben. Sie ist dieser Typ Frau.»

Er hatte kaum zu Ende gesprochen, da kam ein Streifenwagen auf der Zufahrt hinter ihnen in Sicht.

Die Männer stiegen aus den Transportern und blickten ihm argwöhnisch entgegen. Sie standen nicht unbedingt auf freundschaftlichem Fuß mit den Vertretern des Gesetzes; Smudges Bruder hatte gerade mit einer Klage – oder, wie er es lieber ausdrückte, einem «Missverständnis» – im Zusammenhang mit Diebesgut zu tun gehabt. Der Wagen kam mit hoher Geschwindigkeit angerauscht, hielt vor dem Haus, und ein Polizist stieg aus. Er war ein kleiner, schlanker, bärtiger Mann von etwa dreißig; er trug eine akkurate Uniform und einen kugelsicheren Turban, und er rückte beides sorgfältig zurecht, bevor er ebenso sorgfältig seine Autotür schloss und sich dann dem Haus zuwandte. Auf dem Weg dorthin warf er einen Blick hinüber zu den acht Männern, die verlegen neben ihren Transportern standen in ihren ausgebeulten Trainingshosen und ölverschmierten Kapuzenjacken – und als er Garvie erkannte, blieb er überrascht stehen.

«Was machst du denn hier?», fragte er.

«Zäune.»

Für einen Moment klappte Inspektor Singhs Mund auf, doch es schien, dass er nichts weiter zu sagen wusste, und so sammelte er sich schließlich, nickte knapp und ging auf die Haustür zu, die plötzlich aufgerissen wurde. Dr. Roecastle, die noch immer die Kleidung vom Abend zuvor trug, sagte mit vorwurfsvoller, vor Erregung schriller Stimme: «Na endlich!»

Sie ließ ihn eintreten und schloss die Tür, während sich draußen vor dem Haus alle Männer einträchtig umwandten und Garvie anstarrten, der schweigend rauchte und dabei seine Stiefel betrachtete.

4

Im schwarz-weißen Wohnzimmer saß Dr. Roecastle auf dem einen Sofa und Detective Inspector Singh von der städtischen Polizei mit seinem Aufnahmegerät auf dem anderen.

«Also», begann er mit der ihm eigenen Sorgfalt, «erzählen Sie, was passiert ist.»

Sie sagte ihm, dass ihre Tochter verschwunden sei.

Mit viel Emotion, die sich großenteils aus Zorn und Gereiztheit zusammensetzte, beschrieb sie Amys Ankunft nach Mitternacht, ihre Unterhaltung und wie sie darauf gewartet hatte, dass Amy runterkam.

«Anfangs war mir gar nicht klar, dass sie weg war», sagte sie. «Ich hatte gerade die Alarmanlage eingeschaltet und hätte es gehört, wenn Amy sie deaktiviert hätte, also habe ich erst mal eine Stunde hier drinnen herumgesucht, bis ich begriff, was los war. Wie sie das Haus verlassen hat, weiß ich nicht. Dann hab ich noch einmal zwei Stunden gewartet, dass sie zurückkommt, bevor ich die Polizei gerufen habe. Ich bin überhaupt nicht im Bett gewesen.»

«Und verständlicherweise machen Sie sich große Sorgen», sagte Singh.

«Ich bin außer mir. Ich habe furchtbar viel zu tun, und offen gestanden fehlt mir die Zeit für so was.» Sie sah Singh streng an. «Und jetzt, wo ich sie als vermisst gemeldet habe, würde ich gern wissen, was als Nächstes passiert.»

Singh skizzierte die übliche Vorgehensweise. Eine Risikoanalyse würde erstellt werden, und die Polizei würde sich mit anderen Dienststellen koordinieren, um eine sachgemäße Strategie zu entwickeln; Unterstützer vor Ort würden sich mit landesweiten Netzwerken abstimmen. Dr. Roecastle schien gar nicht zuzuhören.

Er wandte sich den praktischen Details zu. Erinnerte sich Dr. Roecastle daran, was Amy angehabt hatte, als sie das Haus verließ? Könnte sie ihm ein aktuelles Foto zur Verfügung stellen?

Mit einer jähen Handbewegung brachte Dr. Roecastle ihn zum Schweigen. Sie stand auf, ging zur Tür und warf einen Blick in den Flur, bevor sie zu ihrem Sofa zurückkehrte.

«Ich habe Arbeiter auf dem Grundstück», sagte sie, «und einige von denen sind nicht allzu wohlerzogen, das heißt, ich muss ein Auge auf sie haben. Es gibt einige wertvolle Kunstgegenstände im Flur. Bitte, fahren Sie fort.»

Mit einem etwas abwesenden Ausdruck nahm sie seine Frage nach Amys Aktivitäten am Abend zuvor entgegen.

«Sie ist mit einer Freundin in der Stadt gewesen», sagte sie. «Als sie zurückkam, hatte ich, ehrlich gesagt, den Eindruck, dass sie betrunken war.»

«Sie ist sechzehn, sagten Sie?»

«Wird im Februar siebzehn. Sie geht auf die Alleyn's School und bereitet sich auf ihre Prüfungen vor.»

«Für eine Kneipentour in der Stadt ist sie noch recht jung, nicht wahr?»

«Man merkt, dass Sie selbst keine Kinder haben», sagte sie trocken.

Er zögerte kurz, dann fuhr er fort: «Wer ist die Freundin, mit der sie unterwegs war?»

«Sophie Brighouse. Eine Schulkameradin. Sie wohnt in Battery Hill. Ist im gleichen Alter wie Amy. Natürlich können sie beide viel älter aussehen, wenn sie es drauf anlegen. Plötzlich denken sie, sie wären erwachsen.»

«Wissen Sie, wo genau sie gewesen sind?»

«Sophie wird es Ihnen sagen können. Sie werden mit ihr sprechen wollen, nehme ich an.»

Er nickte. «Das mache ich auf meinem Rückweg ins Zentrum.» Er überlegte einen Moment. «Ist irgendetwas in jüngerer Vergangenheit vorgefallen, das Amy veranlasst haben könnte, wegzugehen? Probleme in der Schule? Streit mit ihrem Freund?»

«Sie hat keinen festen Freund.»

«Ein Streit mit Ihnen vielleicht?»

«Sie streitet andauernd mit mir. Über Kleinigkeiten.»

Er überlegte. «Ist sie vorher schon mal von zu Hause weggelaufen?», fragte er.

Dr. Roecastle antwortete schmallippig: «Im Februar war sie drei Tage verschwunden.»

«Was ist da passiert?»

«Wir haben die Polizei nicht eingeschaltet, sondern eigene Nachforschungen angestellt. Wir haben uns natürlich Sorgen gemacht. Haben überall gesucht. Am Ende haben wir sie in einem Hotel in der Innenstadt gefunden, wo sie sich ein Zimmer genommen hatte. Und wo eine nicht unerhebliche Rechnung für den Zimmerservice aufgelaufen war. Meine Tochter hält sich für eine Rebellin, Herr Inspektor, sie trägt diese Goth-Punk-Klamotten, flirtet mit Jungen, die nicht zu ihr passen, raucht Gras an ihrer exklusiven Schule, protestiert gegen Politiker, aber im Grunde ist sie ein ganz normaler Teenager. Gedankenlos. Nur die eigene Person im Blick. Sie hat den Alkohol für sich entdeckt. Der Sommer war ein absoluter Albtraum. Ich bin alleinerziehend, ich habe eine leitende Position im Krankenhaus, es ist mir schlicht nicht möglich, sie die ganze Zeit zu überwachen. Weil immer noch Ferien sind, hatte ich ihr erlaubt, auszugehen, unter der Voraussetzung, dass sie spätestens um zehn zurück ist. War sie aber nicht. Natürlich habe ich ihr zu viele Freiheiten gewährt, das weiß ich selbst. Sie hat ihre eigene Kreditkarte. Wir sind nicht arm. Sie ist äußerst privilegiert, aber sie hat mein Vertrauen missbraucht. Und zwar nicht zum ersten Mal.»

Singh ließ die Informationen auf sich wirken. «Was ist im Februar passiert?», fragte er nach einer Weile.

Dr. Roecastles Nasenflügel blähten sich. «Das war, als meine Ehe in die Brüche gegangen ist.»

Singh nickte verständnisvoll. «Und Amys Vater lebt jetzt woanders?»

«Ja.»

«Könnte sie letzte Nacht zu ihm gegangen sein?»

«Amys Verhältnis zu ihrem Vater ist noch schlechter als das zu mir. Sie reden nicht miteinander. Außerdem weiß keiner von uns, wo er ist. Er ist Mathematiker, er forscht auf einem Gebiet, das man Stringtheorie nennt. Als ich das letzte Mal von ihm hörte, war er in Kalifornien. Jedenfalls ist er wie üblich nicht anwesend, um mich zu unterstützen. Nein. Ich habe Amy gewarnt, wenn sie so etwas noch einmal macht, dann würde ich die Polizei einschalten, und daran habe ich mich gehalten. Es wäre sicherlich nicht die schlechteste Idee, wenn Sie bei Ihrer Suche mit den Hotels in der Innenstadt anfangen würden.»

Singh nickte. «Danke, dass Sie so offen mit mir gesprochen haben. Gibt es sonst noch etwas, das wichtig sein könnte?»

«Ich glaube, ich habe alles gesagt, was zu sagen ist. Jetzt übergebe ich Ihnen die Sache.»

Er erhob sich. «Darf ich nach oben gehen?»

«Warum?»

«Ich würde mir gern Amys Zimmer ansehen.»

Dr. Roecastle zuckte die Achseln und führte ihn in den Eingangsflur.

«Oh, eins noch», sagte Singh im Gehen. «Ist gestern Abend irgendetwas Ungewöhnliches passiert?»

«Ungewöhnliches?»

«Irgendetwas, das aus dem Rahmen fiel.»

Sie blieb am Fuß der Treppe stehen, um nachzudenken, während Singh sich im Flur umblickte. Wie das Wohnzimmer war auch er nach künstlerischen Maßgaben neu gestaltet, die originale dunkle Täfelung aus dem neunzehnten Jahrhundert durch moderne Ausstattung aus Glas, hellem Holz und Chrom ersetzt worden. Sonnenlicht flutete jetzt durch die Schiebefenster, ließ die weiß getünchten Wände erstrahlen und beleuchtete die Kunstwerke, die auf Sockeln davor platziert waren, röhrenförmige, scharlachrot glänzende Keramikobjekte, die vage an Sexspielzeug erinnerten. Es war weniger ein Wohnraum als eine Galerie, oder auch, dachte Singh, die Darstellung einer resoluten, wenn nicht gar rigiden Persönlichkeit. Das Einzige, was hier nicht hineinpasste, war eine gelbliche Einkaufstasche von Doc Martens, die am Ende eines Tisches auf der Seite lag. Davon abgesehen, war alles von beinahe mathematischer Perfektion.

«Jetzt, wo Sie mich drauf ansprechen», sagte Dr. Roecastle. «Es ist zwar ein seltsamer Zufall, aber seit gestern Nacht haben wir noch einen weiteren Vermisstenfall.»

«Tatsächlich?»

«Unser Wachhund Rex. Ein Dobermann. Er schläft im Nebengebäude. Gestern Nacht war er wie üblich angekettet, aber heute Morgen war er nicht mehr da.»

«Könnte Amy ihn mitgenommen haben?»

Sie sah ihn mit einem gewissen Hohn an. «Ich bezweifle, dass Haustiere im Astoria oder im Hilton erlaubt sind. Nein. Und Amy hat sowieso immer Angst vor dem Hund gehabt. Er ist ein ziemliches Biest, um ehrlich zu sein. Die Kette ist alt und abgenutzt; ich nehme an, sie ist gerissen. Vielleicht war er unruhig wegen des Gewitters und hat heftig daran gezogen. Wie auch immer –» Sie überlegte einen Moment. «Es ist ein Zufall. Zwei Vermisste in einer Nacht.»

Sie ging die Treppe hinauf, Singh folgte ihr stirnrunzelnd.

Zwischendurch blickte er auf seine Armbanduhr. 8:00 Uhr. Amy Roecastle wurde seit siebeneinhalb Stunden vermisst.

5

Im Garten, auf der Anhöhe und außer Sicht, trat Smudges Bruder auf Garvie zu, um ihm den Marsch zu blasen.

«*Irgendwas stimmt hier nicht?* Ich sag dir, was hier nicht stimmt. Dein nichtsnutziges Scheißstück von einem Zaun.»

Der Garten der «Four Winds» war ein weitläufiges Gelände, das sich von der gepflasterten Terrasse über drei Ebenen gepflegten Rasens bis zu einem malerischen Sträucherensemble hinaufzog, welches die Grundstücksgrenze markierte. Der neue, halb fertiggestellte Zaun sollte genauso weitläufig sein, eine elegante, umgreifende Einfriedung, die sich, teilweise unsichtbar oberhalb der Anhöhe, am Waldrand entlangschlängelte. Klassisches Rotzedernholz, neunundzwanzig Pfähle pro 2,4-Meter-Abschnitt auf traditionell ausgehärtetem 150-mm-Sockelbrett, dazwischen jeweils 2,70 Meter hohe Pfosten mit den amtlichen kugelförmigen Zieraufsätzen. Nicht von schlechten Eltern. Und schon gar nicht billig.

Der Abschnitt entlang des Weges war von Tar und seinem Team hochgezogen worden, der Abschnitt vom Tor bis zum Teich von Butters Truppe und der Abschnitt zwischen Teich und Gebüsch, am weitesten entfernt vom Haus, von Smudges Bruder, mit Smudges und Garvies Hilfe. Alle drei Abschnitte waren fertig, standen sauber und gerade – mit

Ausnahme von Garvies 2,4 Metern, die irgendwie in sich zusammengefallen waren.

«Drei Tage», sagte Smudges Bruder. «So lange hast du daran gearbeitet.»

Garvie sagte nichts.

«Ja, was?»

Garvie sagte: «Zwei Tage, vier Stunden, fünfzig Minuten.»

Smudges Bruder starrte ihn an. «Zwei Tage, vier Stunden und fünfzig Minuten komplett für 'n Arsch!»

Garvie zog an seiner Zigarette und blies Rauch aus. «Gestern Abend hat's noch gestanden», sagte er.

«Dir ist aber schon klar, dass die Dinger länger als einen Tag halten sollen, oder? Wir bauen keine Wegwerfzäune, das weißt du, ja?» Smudges Bruder ging um das umgestürzte Zaunstück herum, während Garvie weiterrauchte. «Wie oft hab ich dir erklärt, wie tief die Löcher sein müssen? Was hab ich dir über den Ballast gesagt? Hast du überhaupt eine Richtschnur benutzt?»

Garvies Blick schweifte zu den Sträuchern, wo Smudge seine Arbeit unterbrochen hatte und besorgt zu ihm herüberblickte. Er hob eine Hand und winkte.

«Ja und, Superhirn?», sagte Smudges Bruder. «Was hast du mir zu sagen?»

«Erklär noch mal kurz, was eine Richtschnur ist.»

Smudges Bruder rastete ein bisschen aus, während Garvie sich noch eine Benson & Hedges anzündete und darauf wartete, dass der Lärm aufhörte. Als er wieder aufblickte, war Smudges Bruder über den Rasen nach unten gegangen, wo er auf Tar und Butter einredete. Garvie seufzte. Ohne sein umgestürztes Zaunstück weiter zu beachten, schob er sich daran vorbei, stieg über die Reste des alten Drahtzauns an der Gartengrenze und verharrte dort für einen Moment, die Zigarette im Mund. Vor ihm, zur Linken, lagen karge Wiesen. Zur Rechten war Wald, ein schwarzes Dickicht von Birken und Ahornbäumen. Ein Fußweg, der aus Richtung der Straße kam, beschrieb vor dem Zaun, genau dort, wo er stand, einen Bogen und verlor sich zwischen Wiese und Wald in der Ferne.

Es war friedlich, die Vögel in den Bäumen schienen zufrieden mit sich und der Welt, und Garvie beneidete sie darum. Als er sich umdrehte, um in den Garten zurückzugehen, fiel ihm etwas auf dem umgestürzten Zaunstück ins Auge. Er beugte sich hinunter und zog einen langen schwarzen Stofffetzen von einem Nagelkopf.

Die Ausstattung in Amys Zimmer war ebenso geschmackvoll wie die der Räume im Erdgeschoss. Anders als diese aber war es chaotisch und unaufgeräumt. Musikzeitschriften und alternative Lifestyle-Magazine waren auf dem Fußboden verstreut. Die Schranktür stand offen, Kleidungsstücke waren herausgefallen und lagen in Haufen auf dem Fußboden, Punk- und Goth-Outfit, überwiegend in Schwarz, dazwischen Sachen im Military-Look, T-Shirts, Gürtel mit silbernen Nieten, brutal aussehende Schuhe und Schnürstiefel.

Singh stakste durch das Chaos und sah sich aufmerksam um.

Kleine Details fielen ihm auf: auf einem Holzbrett hoch

über dem Bett eine Reihe von handbemalten Pappmaché-figuren in seltsamen Verrenkungen; auf dem Schreibtisch, noch von der Gelenklampe beleuchtet, das halbfertige Bild einer Frau in Kriegsbemalung; daneben ein aufgeschlagenes Übungsheft mit einer komplizierten Mathe-Aufgabe. Alles Hinweise auf eine künstlerisch interessierte, kluge, rebellische Person.

Für einen Moment stutzte er angesichts einiger Blumen in einem Krug auf dem Kaminsims. Sie schienen hier fehl am Platz, irgendwie mager und schmutzig, keinesfalls ein Strauß aus einem Blumenladen.

Er ging zum Fenster und blickte in den Garten hinaus, dann wandte er sich erneut dem Zimmer zu. Etwas in dem Kleiderschrank erregte seine Aufmerksamkeit, er zog seine Latexhandschuhe über und nahm es näher in Augenschein.

Kurz darauf rief er Dr. Roecastle herbei.

«Ist das die Jacke, die sie gestern Abend getragen hat?», fragte er.

Ganz nach hinten ins obere Schrankregal gestopft lag eine kurze olivgrüne Jacke, noch immer nass.

Dr. Roecastle sah sie prüfend an. «Ja, ich glaube wohl.» Sie runzelte die Stirn. «Obwohl ich nicht weiß, warum sie sie ausgezogen haben sollte, bevor sie wieder losgezogen ist. Es hat in Strömen geregnet.»

«Besitzt sie noch eine andere Jacke?»

«Sie hasst Jacken. Ich wusste nicht mal, dass sie diese hat. Sie hat ein bestimmtes Budget zur Verfügung, um sich selbst einzukleiden.» Sie deutete in die Runde. «Was dabei herauskommt, sehen Sie hier.»

Sie kehrten in den Treppenflur zurück.

Singh sagte: «Amys Zimmer ist ab sofort von polizeilichem Interesse. Es wird versiegelt, damit die Kriminaltechniker ihre Arbeit machen können. Gehen Sie bitte möglichst nicht mehr hinein.»

«Noch eine Unannehmlichkeit mehr.»

«Und jetzt würde ich mich gern im Garten umsehen, wenn ich darf.»

«Im Ernst? Warum?»

«Ihr Zimmerfenster ist entriegelt. Überwacht Ihre Alarmanlage nur das Erdgeschoss?»

«Ja.»

«Ich nehme an, Ihre Tochter wusste das, als sie hinausgeklettert ist.»

Er ließ sie stehen, ging die Treppe hinab und durch die Eingangstür ums Haus herum zur Terrasse auf der Rückseite. Dort fielen ihm sofort die deutlichen Fußabdrücke im Blumenbeet direkt unter Amys Zimmerfenster ins Auge. Schlammige Fußspuren führten quer über die Terrasse zum Rasen, und Singh folgte ihnen die Anhöhe hinauf, wobei er sich, getreu seiner methodischen Vorgehensweise, hin und wieder bückte, um Abdrücke auf dem Boden näher zu untersuchen, die ganze Zeit argwöhnisch beobachtet von den Männern, die an der Umzäunung arbeiteten.

Nur ein einziger der Zaunmonteure ließ sich von ihm nicht bei der Arbeit stören. Doch es war gerade dessen Abschnitt des umgestürzten Zaunes, auf den Singh achtsam zusteuerte.

Als er dort angelangt war, kam Smudges Bruder zögernd herbei, und sofort begann Singh ihn zu befragen.

«Diese ganze Umzäunung ist neu?»

«Jep.»

«Alles vor gestern Abend aufgebaut?»

«Jep.»

«Ist Ihnen heute Morgen irgendwas aufgefallen, das anders war?»

«Jep.»

«Ja? Und was?»

Jetzt erst nahm Smudges Bruder die Zigarette aus dem Mund und zeigte damit zaghaft auf das umgestürzte Zaunstück. «Das hier war umgefallen.»

Beide Männer sahen Garvie an, der dem Polizisten die ganze Zeit den Rücken zudrehte und beim Weiterarbeiten leise vor sich hinpfiff.

«Sonst noch etwas?», fragte Singh Smudges Bruder. «Als Sie heute Morgen hier eintrafen, ist da zum Beispiel –»

Ohne sich umzudrehen, sagte Garvie: «Wahrscheinlich ist er eingestürzt, als sie drübergeklettert ist.»

Smudges Bruder runzelte die Stirn und machte den Mund auf.

Singh sagte: «Warum sollte sie rübergeklettert sein?»

«Um auf die andere Seite zu kommen.»

«Was ist auf der anderen Seite?»

«Der Weg.»

Smudges Bruder blickte verwirrt von einem zum anderen. «Hören Sie –», setzte er besorgt an.

«Sie können die ausgetretene Linie im Gras genauso gut sehen wie ich», sagte Garvie zu Singh, der einen Blick zurück über den Rasen warf.

«Du glaubst also, sie ist öfter hier langgekommen? Warum?»

«Weil es ruhig ist. Weil es besser ist, als wenn man sich die Mühe machen muss, durch das gesicherte Tor zu gehen. Weil es die Richtung ist, in die sie wollte.»

Singh nickte. Er blickte durch die Zaunlücke zum dunklen, dichten und feuchten Waldgelände hinüber. Kaum hatte er es ins Auge gefasst, befiel ihn eine bange Vorahnung.

«Wo führt der Weg hin?», fragte er.

Smudges Bruder sagte: «Keine Ahnung.»

Garvie sagte: «Zu irgendeinem Ort, wo sie hinwollte. Sie muss echt sauer gewesen sein, als sie feststellte, dass hier plötzlich ein Zaun stand. Und vor allem», fügte er hinzu, «so ein stabiler.»

Singh dachte darüber nach. «Deine Pfostenlöcher sind nicht tief genug», sagte er schließlich.

Garvie zuckte die Achseln. Er sah Smudges Bruder an, der wütend an seiner Marlboro zog, während er weiter von einem zum anderen blickte. «Wie auch immer», fuhr Garvie fort, «ich hab keine Zeit, Ihnen zu helfen, Kumpel, ich muss weitermachen. Wir reißen uns hier alle den Hintern auf, um einen Job zu erledigen.»

Singh sah ihn an, nickte kurz und entfernte sich. Smudges Bruder, der während des gesamten Wortwechsels in seiner verwirrten Haltung verharrt hatte, warf Garvie einen langen, feindseligen Blick zu und ging dann in die andere Richtung. Und Garvie unterbrach seine Arbeit, lehnte sich gegen den einen aufrechten Zaunpfosten und zündete sich noch eine Benson & Hedges an.

Kurz darauf gesellte sich Smudge zu ihm. Gemeinsam beobachteten sie, wie Singh am unteren Ende des Rasens von Dr. Roecastle abgefangen wurde.

Sie schien ihm ordentlich zuzusetzen.

«Das vornehme Töchterchen ist also verschwunden», sagte Smudge.

«Nicht, bevor sie meinen Zaun plattgemacht hat.»

«Ich glaube, deine Pfostenlöcher hätten bisschen tiefer sein können.»

«Fang nicht damit an.»

Singh holte jetzt ein Notizbuch hervor und schrieb etwas auf.

«Hab zufällig mitgehört, als ich auf Klo war», sagte Smudge. «Sie hat den Hund mitgenommen. Scheint 'ne kleine Bestie zu sein. Ist mit ihm in eins von diesen komischen Hotels, wo sie auf Haustiere eingerichtet sind.»

«Ach ja?»

«So geht das Gerücht. Könnte auch was anderes sein.»

«Irgendwelche Ideen, was?»

«Ich könnte mir Terrorismus vorstellen. Das wäre ein Ansatz. Vornehme Töchter stehen auf Terroristen. Was meinst du?»

«Ich würde da dranbleiben an deiner Stelle.»

Smudge sah ihn an. «Hey, Sherlock. Du solltest dem Wachtmeister echt unter die Arme greifen. Weißt schon, so wie letztes Mal.»

«Bin mir nicht so sicher, ob er das gut finden würde, Smudge.»

«Er hat es aber nötig. Bei diesen Bullen geht es doch immer einen Schritt vor und dann wieder einen Schritt zurück. Oder zur Seite», ergänzte er nach kurzem Nachdenken. «Eben haben sie noch was rausgekriegt, und im nächsten Moment verlieren sie ihre Fahrradklammern.»

Garvie betrachtete sein umgestürztes Zaunstück und seufzte.

«Pass auf», sagte Smudge, «ich helf dir, den Zaun wieder aufzurichten, und dann kannst du mir diese Sachen im Haus zeigen, von denen du erzählt hast. Du weißt schon, welche ich meine.»

Er zwinkerte.

Garvie seufzte. «Das sind keine richtigen Sexspielzeuge, Smudge. Das ist dir klar, oder? Das sind Kunstwerke. Skulpturen.»

«Ich will ja nur mal gucken», sagte Smudge in gekränktem Ton.

«Okay. Später. Aber nichts anfassen. Und du musst leise sein. Wir wollen nicht, dass diese Frau uns auf die Pelle rückt.»

«Mach dir darüber keine Gedanken, Alter. Ich kann gut mit Leuten.»

«Mit der kannst du nicht gut. Glaub mir.»

Unten auf der Zufahrt sagte Dr. Roecastle etwas in scharfem Ton, drehte sich mit einer ungeduldigen Handbewegung abrupt um und marschierte ins Haus, während Singh nachdenklich zu seinem Auto ging.

Garvie drückte seine Benson & Hedges aus und sah hinauf in den strahlend blauen Himmel. Unglücklicherweise war es ein prachtvoller Tag zum Zäunebauen. Smudge reichte ihm einen Hammer, und sie machten sich an die Arbeit.

6

Ort: *große, komfortable Küche im Landhausstil.*
Erscheinung des Befragenden: *ruhig, ordentlich, gewissenhaft.*
Erscheinung der Befragten: *blond, nervös, trotzig.*
Erscheinung der Mutter der Befragten: *wächsernes Gesicht.*

DI Singh: Danke Ihnen beiden, dass Sie sich so kurzfristig bereitgefunden haben, mit mir zu sprechen.
Sophie Brighouse: Sie sagen, dass Amy vermisst wird.
DI Singh: Das ist leider der Fall.
Sophie Brighouse: Aber ich verstehe nicht, was das mit mir zu tun hat.
DI Singh: Ich möchte dir nur einige Fragen zu dem gestrigen Abend stellen.
Sophie Brighouse: Aber gestern Abend war gar nichts.
DI Singh: Ihr seid in der Stadt gewesen?
Sophie Brighouse: Market Square. Wir sind nicht lange geblieben. Wir haben im Chi-Chi, an der Ecke Well Street, was getrunken, dann sind wir weiter zur Wicker, da haben sie uns ins Wild Mouse reingelassen, den Underground-Laden. Allzu lange waren wir da auch nicht. Eine Stunde, anderthalb. Die haben plötzlich angefangen, dieses psychedelische Zeug zu spielen, da sind wir dann nach Hause. Das war alles.

DI Singh: Und wie seid ihr nach Hause gekommen?
Sophie Brighouse: Taxi. Wir fahren immer mit dem Taxi, das ist Teil der Abmachung. Amy ist bei sich ausgestiegen, und ich bin hierher weiter.
DI Singh: Und wann genau ist Amy ausgestiegen?
Sophie Brighouse: Gegen Mitternacht. Kurz vorher.
DI Singh: Das ist ziemlich spät, nicht wahr? Wie alt bist du, Sophie? Sechzehn?
Sophie Brighouse: Ich habe meinen eigenen Schlüssel, das ist kein Problem. Ich darf zweimal die Woche ausgehen, solange meine Zensuren nicht darunter leiden.
Mrs. Brighouse: *(lakonisch)* Das ist eine Regelung, die zurzeit auf dem Prüfstand steht, Herr Inspektor.
DI Singh: Ihr seid nicht zu dem Rave gegangen, der an der Wicker stattfand?
Sophie Brighouse: Natürlich nicht.
DI Singh: Ihr wart nicht am Market Square während der Randale?
Sophie Brighouse: Nein.
DI Singh: Okay. Habt ihr irgendjemand getroffen im Chi-Chi oder im Wild Mouse?
Sophie Brighouse: Nein. Ich meine, wir haben mit ein paar Typen geredet, aber die kannten wir nicht oder so.
DI Singh: Du weißt nicht, wer die waren?
Sophie Brighouse: *(schüttelt den Kopf)* Einfach irgendwelche Typen.
DI Singh: Hat Amy mit irgendwem telefoniert?
Sophie Brighouse: Nicht, dass ich wüsste.
DI Singh: Wie viel Alkohol habt ihr beide zu euch genommen?

Sophie Brighouse: *(zögert)*

Mrs. Brighouse: Sophie. Der Inspektor muss genau wissen, wie es war.

Sophie Brighouse: Wir hatten jede eine Margarita im Chi-Chi. Die waren echt total teuer. Im Wild Mouse haben wir nur Wasser getrunken.

DI Singh: War Amy betrunken?

Sophie Brighouse: Auf keinen Fall. Waren wir beide nicht.

DI Singh: Hat sie irgendwelche illegale Substanzen konsumiert?

Sophie Brighouse: Natürlich nicht. Wir sind doch nicht blöd.

DI Singh: Also würdest du ihren Zustand am Ende des Abends als nüchtern bezeichnen?

Sophie Brighouse: Total.

DI Singh: Hat sie sich normal benommen?

Sophie Brighouse: Natürlich.

DI Singh: Gab es irgendetwas an dem Abend, worüber sie sich aufgeregt hat?

Sophie Brighouse: Nein, nichts.

DI Singh: Bist du sicher?

Sophie Brighouse: Da war nichts. Deshalb…

DI Singh: Deshalb was?

Sophie Brighouse: *(Pause)* Deshalb ist diese ganze Fragerei auch sinnlos.

DI Singh: *(Pause)* Okay. Nur ein paar Punkte noch. Nachdem das Taxi dich abgesetzt hat, hast du sie an dem Abend noch mal gesehen?

Sophie Brighouse: Nein.

DI Singh: *(Pause)* Hast du mit ihr gesprochen?

Sophie Brighouse: Warum hätte ich mit ihr sprechen sollen?

DI Singh: Hast du?

Sophie Brighouse: Natürlich nicht.

DI Singh: Okay. Kannst du mir jetzt einige allgemeinere Fragen über Amy beantworten? Was für eine Art Mädchen ist sie, was würdest du sagen?

Sophie Brighouse: Na ja, sie ist wirklich richtig schlau. Ihr Dad, also, der hat praktisch zwei Gehirne, und ihre Mom ist so eine Topchirurgin, und tja, sie kommt nach den beiden. Aber sie ist auch echt cool. Ich meine, sie ist total sie selbst. Und sie ist loyal. Wenn du mit ihr befreundet bist, hält sie zu dir, egal was passiert.

DI Singh: Okay, das ist interessant. Gibt es irgendwas Bestimmtes, das Amy in letzter Zeit beschäftigt hat?

Sophie Brighouse: Eigentlich nicht.

DI Singh: Alles, was dir einfällt, könnte hilfreich sein, egal was es ist.

Sophie Brighouse: Na ja. *(Pause)* Sie ist gerade in so einer etwas wütenden Phase.

DI Singh: Wütend? Worüber?

Sophie Brighouse: Sie streitet sich ständig mit ihrer Mum.

DI Singh: Sonst noch etwas?

Sophie Brighouse: Nicht wirklich. Aber sie macht ziemlich einen auf Guerilla Girl. Sie wissen schon, Protest und so.

DI Singh: Wogegen protestiert sie?

Sophie Brighouse: Ungerechtigkeit, Armut, Unterdrückung, solche Sachen halt.

DI Singh: Verstehe *(macht Notizen)*. War sie wegen irgendwas im Speziellen aufgebracht? Ihre Mutter sagt, die Scheidung hätte Amy zu schaffen gemacht.

Sophie Brighouse: Ich glaube, ehrlich gesagt, sie ist froh, dass ihr Dad von der Bildfläche verschwunden ist. Der ist ein ziemlicher Spinner. Ist ins Ausland gegangen, glaube ich.

DI Singh: Was ist mit Amys Freundinnen und Freunden? Hat sie viele?

Sophie Brighouse: Alle mögen Amy.

DI Singh: Wie steht's mit Jungen?

Sophie Brighouse: Die mögen Amy besonders. Die Jungs, kann man sagen, stehen praktisch Schlange. Sie geht aber mit keinem.

DI Singh: Niemand, dem sie nähersteht?

Sophie Brighouse: Nein.

DI Singh: Okay. Bevor ich gehe, gestatte mir, dass ich noch einmal frage, ob dir irgendetwas einfällt – egal was –, das Amy an diesem Abend aus der Fassung gebracht haben könnte. Es muss nichts Auffälliges gewesen sein. Irgendetwas, das sie vielleicht gesehen oder gehört hat. Etwas, das vielleicht in der Unterhaltung zur Sprache kam.

Sophie Brighouse: Wie ich schon sagte. Da war nichts. Es war ein völlig normaler Abend.

DI Singh: Dann danke ich dir, Sophie. Ich lasse deiner Mutter meine Kontaktdaten da für den Fall, dass du dich später an etwas erinnerst.

Sophie Brighouse erhob sich rasch vom Küchentisch, verharrte dann aber, die Hände auf die Rückenlehne ihres Stuhls gestützt. Im Licht, das durchs Fenster fiel, war sie geradezu bestürzend blond, mit kleinem Mausgesicht, Fältchen um die malvenfarbenen Augen und blassen Lidern. Die Augen waren voller Tränen. Sie biss sich auf die blassrosa Unterlippe.

«Sie werden sie finden, nicht wahr?» Sie sprach mit einem Lispeln.

Singh sagte: «Das ist unser Ziel.»

«Ich meine, es wird alles gut werden?»

Singh entgegnete darauf nichts, und Sophie drehte sich um und verließ mit raschen, befangenen Schritten die Küche.

Singh wandte sich ihrer Mutter zu, die am Tischende saß.

«Bevor ich gehe, darf ich Sie fragen, ob Sie die Meinung Ihrer Tochter über Amy Roecastle teilen?»

Mrs. Brighouse war eine von denen, die immer erst einmal eine Pause machen, bevor sie sprechen. Sie hielt ihre Augen mit den schweren Lidern auf Singh gerichtet, während sie gemächlich die Lippen schürzte. «Ja, ich denke schon», sagte sie schließlich. «Amy ist ein intelligentes Mädchen. Im Moment vielleicht ein bisschen neben der Spur. Eins muss ich aber sagen.»

«Und zwar?»

«Ich fand immer, sie hätte ihre Geheimnisse. Obwohl, ein bisschen sind sie ja alle so in diesem Alter.»

Singh nickte, schrieb etwas auf.

«Und was denken Sie über ihre Mutter?»

Mrs. Brighouse blinzelte langsam, ließ sich Zeit. «Ich finde, sie ist eine schreckliche Frau», sagte sie dann.

Singhs Reaktion beschränkte sich auf das Hochziehen

einer Augenbraue. «Und wie ist ihr Verhältnis zu ihrer Tochter?»

«Es ist gerade das Verhältnis zu ihrer Tochter, das ich meine.»

●

Er ging über die Gasse vor dem Haus «Cross Keys» und blickte sich um. Es war eine dörfliche Szenerie, wie sie im Buche steht: eine Reihe von Cottages, ein Postamt, eine Bushaltestelle und ein Pub namens Royal Oak, alles sehr malerisch, ruhig und menschenleer. Hinter dem Pub mündete ein Weg, der aus dem Wald kam.

Es traf ihn wie eine Erleuchtung.

Mitten auf der Straße blieb er abrupt stehen, kehrte zum Haus der Brighouses zurück und trommelte an die Tür.

Mrs. Brighouse öffnete und sah ihn überrascht an.

«Der Weg», sagte Singh, «neben dem Pub dort drüben. Wohin führt der?»

Diesmal sprach sie, ohne zu zögern. «Durch den Wald», sagte sie, «bis hin zu Amys Haus.»

Singh sagte: «Bitte rufen Sie Ihre Tochter herunter. Ich habe noch einige Fragen an sie.»

Ort: *große, komfortable Küche im Landhausstil.*
Erscheinung des Befragenden: *angespannt, beherrscht, resolut.*
Erscheinung der Befragten: *blond, in Tränen aufgelöst.*
Erscheinung der Mutter der Befragten: *Gesicht mit missbilligendem Ausdruck.*

DI Singh: Also. Sie hat dich angerufen. Hat dir gesagt, dass sie rüberkommen würde.

Sophie Brighouse: *(weinend)* Sie hat gesagt, ich soll es niemandem verraten.

DI Singh: Das ist aber wichtig, Sophie. Du hättest es nicht für dich behalten dürfen. Um wie viel Uhr war das?

Sophie Brighouse: Halb eins. Ich war schon im Bett.

DI Singh: Was waren ihre genauen Worte?

Sophie Brighouse: Sie sagte: «Ich komme rüber.» Ich dann so: «Was? *Jetzt?* Was ist los?» Ich meine, das kam völlig aus heiterem Himmel. Ich hatte sie ja gerade erst bei ihr zu Hause abgesetzt. Aber sie wollte mir nicht mehr sagen. Sie meinte nur: «Niemand darf das wissen, Soph. *Niemand.*» Und dann hat sie aufgelegt. Ich wusste nicht, was ich machen sollte. Ich bin nach unten und hab an der Hintertür gewartet. Aber sie kam nicht. Ich hab sie mehrmals angerufen, aber sie ist nicht rangegangen. Ich dachte, sie hätte es sich wohl anders überlegt. Gegen zwei bin ich dann zurück ins Bett.»

DI Singh: Wovon rief sie an? Drinnen oder draußen?

Sophie Brighouse: Von drinnen.

DI Singh: Wie klang sie, wie war ihr Tonfall? War sie erregt?

Sophie Brighouse: Nein, aber ... irgendwas war seltsam an der Art, wie sie gesprochen hat, irgendwie ... *(beginnt wieder zu weinen)* sie klang, als müsste sie gegen irgendeine Panik ankämpfen. *(Schluchzend)* Und das war das letzte Mal, dass ich sie gehört habe!

DI Singh: Ich verstehe, wie schmerzlich es für dich ist, Sophie, aber es war wirklich sehr wichtig, mir das zu erzählen. Je mehr Informationen wir haben, desto größer ist die Chance, dass wir Amy finden. So, einer unserer Techniker wird kommen, um dein Handy abzuholen. Das werden wir untersuchen müssen.
Sophie Brighouse: Okay.
DI Singh: *(Pause)* Du sagtest, an dem Abend sei nichts passiert, das sie in Schrecken versetzt hätte. Nicht das Geringste. Und doch, kaum hattet ihr euch getrennt, ruft sie dich in panischer Angst an. Wie können wir das erklären?
Sophie Brighouse: Ich weiß es nicht. Wirklich nicht. Ich verstehe das alles überhaupt nicht.
DI Singh: Okay. Ich habe keine weiteren Fragen. Aber, Sophie, falls dir noch etwas einfällt, wenn ich weg bin, egal was, dann melde dich bitte sofort.

An der Haustür sagte Singh zu Mrs. Brighouse: «Ich bin Ihrer Tochter dankbar, dass sie so ehrlich war. Am Ende.»

Sie sah ihn unter ihren schweren Lidern hindurch an. «Ich frage Sie jetzt das Gleiche, was meine Tochter vorhin gefragt hat: Werden Sie sie finden?»

Jetzt war es an Singh, sich mit seiner Antwort Zeit zu lassen.

«Ich vertraue darauf», sagte er.

«Oje», sagte sie nach einem Augenblick. «Das lässt nichts Gutes ahnen.»

Ohne eine Antwort drehte er sich um, überquerte die Gasse, betrat den Fußweg neben dem Pub und ging, nachdem er einen Blick auf seine Uhr geworfen hatte, in den Wald.

10:30 Uhr. Amy Roecastle wurde seit zehn Stunden vermisst.

7

Garvie und Smudge standen beide in der eleganten Diele der «Four Winds». Smudge betrachtete das auf einem Sockel platzierte hellrote röhrenförmige Objekt und Garvie die auf dem Tisch liegende Einkaufstasche.

«Weißt du was? Das sieht überhaupt nicht wie 'n Sexspielzeug aus.»

«Nicht so laut, Smudge.»

«Sexspielzeuge haben nicht solche Enden. Was solltest du mit so einem Ende anfangen? Das Ende an einem Sexspielzeug ist eher wie –»

«Komm, lass gut sein. Sie kann jeden Moment kommen.»

Smudge wandte seine Aufmerksamkeit einem anderen Objekt zu. Er ging ganz nahe mit dem Gesicht heran und blickte finster.

«Halt Abstand, Smudge. Du kannst es dir angucken. Aber du brauchst nicht daran zu riechen.»

«Das hier», Smudge tippte mit seinem klobigen Finger gegen die Keramik, «ist schon eher wie ein Sexspielzeug. Also, mit einem Ende wie diesem hier könntest du, wenn du's draufhast –»

Rasche Schritte ertönten vom Wohnzimmer her, und gleich darauf kam Dr. Roecastle mit grimmigem Gesicht durch die Tür, sichtlich erpicht darauf, jemanden zur Schnecke zu machen.

Smudge schob die Hände hinter den Rücken und trat zwei Schritte zurück.

«Keine Ursache», sagte er vorbeugend.

Dr. Roecastle vermied es, ihn anzusehen. Zu Garvie sagte sie: «Ich habe dir schon einmal gesagt, diese Skulptur ist kostbar.»

Garvie warf einen Blick darauf. «Warum?»

Sichtlich überrumpelt von dieser Antwort, klappte sie den Mund zu, um nachzudenken.

«Das ist ein Emily LeClerk», sagte sie. «Eines ihrer frühen Werke. Und jetzt hör zu –»

«Ihrer späten», sagte er.

Wieder hatte er sie auf dem falschen Fuß erwischt. «Wie bitte?»

«Gefertigt 2008. LeClerk wurde 1951 geboren. War also siebenundfünfzig. Das nenne ich spät.»

Sie starrte ihn entgeistert an. «Soll das heißen, dass du dieses Stück kennst?»

Er zuckte die Achseln. «Hab das Schild gelesen.»

Jetzt wurde sie wütend. «Ich erlaube nicht, dass Arbeiter in mein Haus kommen und die Kunst begrabbeln. Ich werde deinen Vorgesetzten informieren.»

Für einen Augenblick standen sie einander gegenüber und strahlten Feindseligkeit aus. Dann schaltete Smudge, der Diplomat, sich ein.

«Übrigens, was ich sagen wollte, im Namen der ganzen Truppe: Das mit Ihrer Tochter, das tut uns sehr leid.»

Sie sah ihn zornig an.

«Darüber brauchst du dir keine Gedanken zu machen», sagte sie pikiert. «Oder auch nur zu reden, vielen Dank.»

Smudge nickte verständnisvoll. «Nein, aber ich weiß doch, dass Ihnen das zu schaffen macht, was? Vielleicht ist das ja nur eine terroristische Connection in diesem Hotel, wo sie war. Aber ich hab mal 'n bisschen nachgedacht. Könnte 'ne Entführung sein. Gehirnwäsche. Oder sie ist mit irgend so 'nem Gangster getürmt, der sie geschwängert hat oder so. Ich meine, seien wir ehrlich, Sie wissen nicht mal, ob sie tot ist oder lebendig. Oder, na ja, irgendwas dazwischen.»

Mit gedämpfter, warnender Stimme sagte Garvie: «Smudge.»

Ohne auf ihn zu achten, fuhr Smudge fort: «Ich will der Dame das nur eben verklickern. Sie können von Glück sagen, dass Sie Garv hierhaben.»

«*Smudge!*»

«Der Polizei kann man nicht trauen, das wissen wir doch alle. Aber Garv hier, der hat die Chloe-Geschichte damals voll gewuppt, und dann die Sache mit dem Gimp. Ja gut, diesen Polizisten hat er ziemlich in die Scheiße geritten, aber die Fälle wurden eins a aufgeklärt. Er kann auch hier helfen.»

«*Helfen?*»

«Jep. Er ist da wie so 'n Spürhund. Und er ist echt total gut in Mathe.»

«Willst du ernsthaft –»

«Ja, richtig Spitzenklasse und alles.»

Garvie fasste Smudge am Arm, nicht allzu sanft. «Danke, Smudge. Ich weiß das echt zu schätzen, Kumpel. Komm, gehen wir.»

«Ja, aber. Ich wollte gerade –»

«Vergiss es, sie hört dir nicht zu.»

Dr. Roecastle zuckte zusammen. «*Hört nicht zu?* Es ist immerhin meine Tochter, um die es hier geht. Was kannst du mir wohl sagen, was ich nicht schon weiß?»

Garvie zuckte die Achseln. «Kommt nicht drauf an.»

«Was? Sprich es aus.»

«Na schön.» Er wandte sich ihr zu. «Sie sollten sehr viel besorgter sein, als Sie es sind.»

Dr. Roecastles Augen traten hervor, für einen Moment war sie sprachlos. «Im Gegenteil», sagte sie schließlich. «Ich könnte noch viel wütender sein.»

«Warum?»

«Weil ich mir gut vorstellen kann, was passiert ist. Sie hat einfach beschlossen, abzuhauen, ohne auch nur einen Gedanken an jemand anders zu verschwenden.»

«Warum?»

«Wegen irgendeiner Kleinigkeit. Wie so oft.»

«Was denn zum Beispiel?»

«Kann ich jetzt nicht sagen.»

«Wegen der Schuhe, zum Beispiel?»

Sie zögerte, runzelte die Stirn.

Er deutete mit dem Kopf auf den Tisch neben der Wohnzimmertür, wo die Einkaufstüte lag. «Was ist in der Doc-Martens-Tüte?»

«Eine bestimmte Sorte Stiefel. Hochgeschnürt. So wie Rowdys sie tragen.»

«Und Sie haben darauf bestanden, dass sie sie zurückbringt, richtig? Das Streitthema der letzten drei Tage.»

Sie starrte ihn zornig an. «Hast du etwa gelauscht?»

«Ich hab Augen im Kopf. Ich war die ganze Woche hier. Sie muss sie am Wochenende gekauft haben, schätz ich mal. Sie spendieren ihr ein Extra-Budget für Kleidung, stimmt's? Am Montag waren die Stiefel eingepackt, dort in der Tüte auf dem Tisch; wahrscheinlich von Ihnen hingelegt, damit sie sie in den Laden zurückbringt. Am Dienstag war die Schuhschachtel weg, die leere Tüte steckte im Papierkorb; offensichtlich hatte sie die Stiefel mit auf ihr Zimmer genommen. Mittwoch, dem Tag, an dem sie sich aus dem Staub gemacht hat, lagen sie wieder auf dem Tisch, in der Schachtel, in der Tüte, diesmal mit einem Klebezettel dran, HEUTE!, in richtig wütender Schrift. Falls Sie sich für Mathe interessieren, dann ist das eine periodische Folge mit Schwingung. 1, –1, 1, –1. Immer das Gleiche, führt zu nichts. Irgendwann rastet einer aus und haut ab.»

Sekundenlang starrte sie ihn nur mit leerem Blick an.

«Tja», sagte sie. «Dann ist es wohl so.»

Er schüttelte den Kopf. «Ist keine Erklärung.»

«Erklärung wofür?»

«Dafür, dass sie solche Angst hatte.»

Betretenes Schweigen machte sich breit.

«Wie um Himmels willen kommst du darauf, dass sie Angst hatte?», fragte sie schließlich.

«Warum sollte sie sonst den Hund mitnehmen?»

Sie stand da, ohne sich zu rühren, ohne zu sprechen oder, dem Anschein nach, auch nur zu atmen. Ihr Gesicht war kreidebleich vor Wut und Schrecken. Endlich fuhr sie herum und stürmte in die Küche, um sich in Sicherheit zu bringen.

In der Diele herrschte einen Moment lang Stille, dann sagte Smudge bedauernd: «Du musst an deinem Umgang mit Leuten arbeiten, Garv, ehrlich mal.»

Garvie sagte nichts.

«Kann dir gern ein paar Tipps geben.»

Keine Reaktion.

«Garv? Jetzt lass nicht den Kopf hängen, Alter. Wir unterhalten uns in Ruhe, das wird schon.»

Aber Garvie schien bereits völlig vergessen zu haben, was gerade geschehen war. Er stand nur da und starrte stirnrunzelnd auf die Einkaufstüte auf dem Tisch. Smudge öffnete den Mund, zögerte, blickte sich in der Diele um, als würde sich an den Wänden vielleicht irgendein Hinweis finden, was er noch sagen könnte, und als er damit fertig war, musste er feststellen, dass Garvie nicht mehr da war. Dieser Junge war wirklich seltsam. Was Umgangsformen anging, ein Totalausfall.

Mit einem stillen Seufzer ging Smudge noch einmal zu den Sexspielzeugen, um seinen ersten Eindruck zu überprüfen.

8

Garvie ging zu seinem Abschnitt des Zauns zurück. Smudges Bruder rief ihm irgendetwas zu, Garvie hob die Hand, nickte höflich und stieg über sein umgestürztes Zaunstück, um auf den Weg dahinter zu gelangen. Er zündete sich eine Zigarette an, blies Rauch aus und bewunderte erst einmal die ländliche Szenerie, die sonnendurchflutete grüne Wiese zur Linken, die beschaulichen grünen Bäume zur Rechten.

Für Amy war es in der betreffenden Nacht ganz anders gewesen. Darüber dachte er nach.

Dunkel, unbeständig, brutal nass. Die Wiese musste wie eine flatternde Leinwand voll rasender Schatten gewesen sein, das plattgedrückte Sumpfgras im Schlagregen kaum zu erkennen, die Bäume eine wogende schwarze Masse. Und sie hatte den Hund bei sich, was die Sache noch komplizierter machte, wenn der auf seinen Pfoten über den Untergrund rutschte.

Was hatte sie vorgehabt? Wovor hatte sie Angst? Musste schlimm gewesen sein. Schlimm genug, dass ihr der Hund als Schutz dienen sollte.

Er folgte dem Weg. Dreißig Meter weiter, als er mit der Stiefelspitze am Wegesrand stocherte, entdeckte er einige Streifen aufgewühlter Erde, noch feucht im Schatten des Waldes. Ein Stück weiter eine Rutschspur.

Rauchend ging er weiter.

Nach noch einmal dreißig Metern blieb er wieder stehen. Hier, wo der Weg nach links schwenkte, gab es eine Lücke im dornigen Gestrüpp seitlich des Weges, leicht zu übersehen. Ein schmaler Tierpfad verschwand zwischen den Bäumen. Und an einem Brombeerstrauch gleich hinter der Waldgrenze hing ein schwarzer Stofffetzen.

Er runzelte die Stirn. Noch einmal versuchte er sich den chaotischen Wald in jener Nacht vorzustellen, den peitschenden Regen, die ausschlagenden Zweige, die schweren, in der nassen Dunkelheit durchgeschüttelten Bäume.

Warum hatte sie den Weg verlassen?

Er warf den Zigarettenstummel weg und schob sich ins Unterholz. Zwischen den Bäumen herrschte eine dampfende Hitze, der Boden war noch feucht vom Regen zwei Tage zuvor. Rutschend, in gebückter Haltung, schob er sich voran, drückte niedrige Dornenranken auseinander, stieg über verschlungene Kriechpflanzen. Vögel lärmten ringsum. Nach einer Weile begann der Pfad sich deutlicher abzuzeichnen. Wachsam ging er weiter, immer die Umgebung und den Boden vor sich im Blick. Hier und da fanden sich Kratzspuren, vielleicht verursacht von den Pfoten eines großen Hundes, der nach Halt gesucht hatte, außerdem tiefe, von eilenden Füßen in den weichen Boden gestampfte Abdrücke.

Warum war sie gerannt?

Er kämpfte sich weiter durch die dichte Vegetation. Der Pfad gabelte sich; Garvie zögerte, fand weitere Fußspuren und folgte ihnen, abseits des Pfades jetzt, noch tiefer ins Unterholz hinein.

Allmählich bekam er es mit der Angst zu tun.

Sie war durch den Wald gerannt, dann sogar vom Pfad abgebogen und ins Dickicht hinein. Warum?

Vorsichtig bahnte er sich seinen Weg. Alles war still. Er hörte nichts weiter als seine eigene flache Atmung. Diese Spuren – Stofffetzen, Fußabdrücke, die vielleicht ihre waren, Zweige, die sie vielleicht abgebrochen hatte – waren alles, was Amy zurückgelassen hatte. Und doch beschlich ihn langsam das Gefühl, dass er nicht allein war. Als ob ganz in der Nähe etwas wäre, im Wald, hier und jetzt. Als ob seine Furcht ihn zielstrebig darauf zuführen würde.

Er blieb stehen, blickte sich um, lauschte, ging weiter.

Das erste Anzeichen war ein schwaches Geräusch am Rande der Stille, eher unwirklich. Nach und nach wurde es real. Ein tiefer Summton, ein Brummen.

Vor ihm befand sich dichtes Erlengebüsch. Behutsam ging er darauf zu. Das Summen wurde lauter. Zwischen den Schatten nahm er Bewegung wahr. Unzählige Fliegen, zu einer einzigen Wolke verdichtet, über einem dunkleren Körper schwebend, der gekrümmt im Gestrüpp lag. Ein Schwarm von fetten, glänzenden Schmeißfliegen. Die Hand vor den Mund gelegt, ging er weiter, schob sich, vorbei an den Fliegen, die rings um ihn aufstiegen, durch das Dickicht immer näher, bis er schließlich auf dem Boden, die Beine von sich gestreckt, den Kopf zurückgebogen, die Leiche des Dobermanns fand.

●

Ganz in der Nähe stieß er auf eine Lichtung, einen von Birken umringten Flecken Gras, der sich an einem Ende zu einer breiten Holperpiste für Fahrzeuge verengte. Er ging am Rand herum, bis er einen geeigneten Baumstumpf fand, auf dem er Platz nahm, um nachzudenken. Es war strahlend hell hier im Vergleich zur feuchten Düsternis des Waldesdickichts, und so hielt er sein Gesicht in die Sonne und atmete die warme Luft ein.

Der tote Hund hieß Rex; sein Name stand auf einem am Halsband befestigten Medaillon. Es war ein großes Tier, mit mächtiger Statur; der Körper hatte in der Hitze bereits begonnen, sich aufzublähen. Der Kopf lag in einem Winkel zur Schulterlinie, der vermuten ließ, er sei mit Gewalt herumgedreht worden, und die Lippen waren über dem kräftigen Gebiss hochgeschoben wie zu einem dauerhaften Knurren.

Für eine Weile dachte Garvie über den Hund nach. Es war ein Monstrum, wie Smudge gesagt hatte. Dann dachte er darüber nach, was für eine Person das wohl sein musste, die so einen Hund tötete.

Schließlich stand er auf, um sich auf den Rückweg durch den Wald zu machen.

Singh marschierte auf dem Weg von Sophies Haus in Richtung «Four Winds». Der Wald ringsum war eindrucksvoll, hohe, dichtbelaubte Buchen, die keine Sonne durchließen. Von unterwegs aus rief er die Zentrale an und veranlasste, dass einer der Techniker hinausfuhr und Sophies Handy einsammelte. Außerdem setzte er sich mit einer örtlichen Freiwilligengruppe in Verbindung, um eine Suchaktion im

Wald zu organisieren. Noch einmal blickte er auf seine Uhr. Er musste so bald wie möglich zum Hauptquartier zurück, um einen ersten Zwischenbericht abzuliefern.

Er war beunruhigt. Er wusste jetzt, dass Amy, aus Gründen, die noch völlig im Dunkeln lagen, sich mitten im Gewittersturm auf den Weg zu Sophies Haus gemacht hatte. Dort war sie nicht angekommen. Immer mehr befürchtete er, dass sie sich in irgendeiner Gefahr befunden hatte. Er versuchte zwischen den dichtstehenden Bäumen seitlich des Weges hindurchzuspähen, und wenn er daran dachte, wie sie im Wind und im Regen geschaukelt haben mussten, sank ihm der Mut.

Er ging weiter. Der Weg fiel ab und kreuzte ein flaches Bachbett, um dahinter wieder anzusteigen. Staubige Sonnenstrahlen sickerten durch das Blätterdach und lösten sich in Bodennähe auf. Erneut zur Uhr blickend, beschleunigte er seine Schritte, während der Weg sich jetzt zur Anhöhe hinaufzog. Auf deren Scheitelpunkt flachte er ab und wurde breiter, die Bäume zogen sich zurück, und Singh trat hinaus ins Sonnenlicht, wo sich neben dem Weg die Wiese erstreckte. Vor sich sah er die Giebel des «Four Winds» und hielt schnurstracks darauf zu. Etwa hundert Meter weiter trat plötzlich ein Junge seitlich aus dem Gebüsch und blieb auf dem Weg stehen, um sich die Hände abzuwischen.

Singh blieb stehen. «Garvie! Was machst du denn hier?»

Der Junge drehte sich stirnrunzelnd um. «Nur 'ne Pause.»

«Ist das nicht ziemlich weit weg vom Haus?»

«Verglichen womit?»

Der Junge starrte Singh mit diesen ungerührten blauen

Augen an, und wieder empfand Singh die Fremdheit, die von ihm ausging.

Garvie sagte: «Sie haben mit einer ihrer Freundinnen gesprochen?»

«Ja, Sophie Brighouse. Woher weißt du das?»

«Wo sollte sie wohl sonst um Mitternacht bei heftigstem Unwetter hingewollt haben?»

«Okay, aber –»

«Aber sie ist dort nicht angekommen.»

Singh machte eine Pause. «Nein. Woher –»

Garvie schob die Zweige am Wegesrand auseinander. «Hier gibt es etwas, das Sie sich ansehen müssen.» Er warf ihm einen Blick zu.

«Was?», fragte Singh.

Garvie sagte: «Hoffe, Sie stören sich nicht an Fliegen.»

«Fliegen?»

Aber Garvie hatte sich schon abgewandt, und Singh folgte ihm ins Dickicht hinein.

9

Eine Stunde später, im zentralen Hauptquartier in der Innenstadt, lieferte Singh dem Polizeichef seinen Zwischenbericht.

Der Chef war ein schmaler Mann mit schmalem Gesicht und einem sparsamen Ausdruck um den schmallippigen Mund, der nicht so aussah, als würde er oft zum Reden benutzt, und er saß teilnahmslos lauschend hinter dem glänzenden, praktisch leeren Schreibtisch in seinem Büro.

Als Singh fertig war, dachte er einen Moment nach, bevor er sich äußerte.

«Sie hat das Haus freiwillig verlassen?»

«So scheint es.»

«Dann ist es das Wahrscheinlichste, dass sie zurückkehren wird, sobald sie sich abgeregt hat.»

«Aber ihr Verhalten –»

«Passt vollkommen zu dem, was wir von einer bestimmten Sorte Teenager kennen. Impulsives Handeln. Das Drama auf die Spitze treiben.»

«Aber der Hund –»

«Hat keine Bedeutung für den Fall, solange nicht nachgewiesen ist, dass sie ihn mitgenommen hat. Bisher kennen wir nicht einmal die Todesursache.» Er fasste Singh scharf ins Auge. «Haben Sie den Aufenthaltsort des Vaters ermittelt?»

«Nein, Sir, noch nicht. Er ist auf Forschungsurlaub, und seine Universität weiß nicht, wo er sich befindet. Er scheint ein Exzentriker zu sein. An seiner Fakultät glaubt man, dass er nach Kalifornien geflogen ist und jemanden besucht, der auf dem gleichen Fachgebiet arbeitet. Ich habe dort Erkundigungen eingezogen.»

Der Polizeichef fixierte ihn weiter.

«Sir», fügte Singh hinzu, «mein Gefühl sagt mir, dass es jetzt auf schnelle Fortschritte ankommt.»

«Haben wir einen Beweis dafür, dass ein Verbrechen verübt wurde?»

«Keinen eindeutigen.»

«Dann gibt es keine Rechtfertigung dafür, zusätzliche Kräfte einzubinden. Wir sind auch so schon personell angespannt, siehe Bobs Ermittlungen in der Imperium-Sache, und jetzt auch noch der Mord während der Randale am Market Square.» Er machte eine Pause. «Aber halten Sie mich auf dem Laufenden. Wie es der Zufall will, kenne ich Elena Roecastle flüchtig. Sie muss mit Feingefühl behandelt werden, bis ihre Tochter wieder da ist.»

Mit einer kaum wahrnehmbaren Handbewegung entließ er Singh aus seinem Büro.

Am gegenüberliegenden Ende des Großraumbüros gab es neben dem Kaffeeautomaten auch einen Fernseher, vor dem Singh auf seinem Weg hinaus stehen blieb.

Das übermäßig hell eingestellte Bild zeigte einen Polizisten, der zu der Randale am Market Square am Abend zuvor interviewt wurde. Sein Name erschien in unnötig farbenfroher Schrift neben seinem flirrenden Kopf: Detective Inspector Bob Dowell. Er war ein Glatzkopf mit einem breiten Gesicht, das sich großzügig um die platte Nase, den zerknitterten Mund und die kleinen, wachsamen Augen herum ausdehnte, wie bei einem ehemaligen Boxer, und genau das war er tatsächlich. Den linken Arm hielt er in einer Schlinge, ohne Aufhebens, wie es sich für einen hartgesottenen Mann gehört. Auf eine entsprechende Frage des Interviewers beschrieb er, was geschehen war. Ein illegaler Rave in einer nicht mehr genutzten Lagerhalle am Ende von The Wicker war außer Kontrolle geraten. Schon früh am Abend kam es in der Halle zu Schlägereien, und um zehn Uhr wurde die Polizei alarmiert. Menschen rannten in Panik aus dem Gebäude über den Kanal und die Bahngleise hinweg zum Market Square, wo Dowell sich nach Feierabend in einer Bar entspannte. Wahre Schlachten brachen aus zwischen rivalisierenden Gruppen von Partygängern, die mit Flaschen und Steinen warfen, und der Polizei, hoch zu Pferd und mit Schlagstöcken bewaffnet. Schüsse wurden abgegeben. Dowell erklärte bescheiden, er habe lediglich getan, was jeder Beamte an seiner Stelle getan hätte: den Kollegen Anweisungen gegeben, Verletzte versorgt und am Ende dazu beigetragen, die Situation unter Kontrolle zu bringen. Im Zuge dessen war er von einer verirrten Kugel am Arm getroffen worden. Dagegen hatte, wie er den Zuschauern in Erinnerung rief, ein anderer Mann – identifiziert als Joel Watkins aus Brickfields, ein Kurierfahrer – weniger Glück gehabt und war getötet worden. Bislang war nicht bekannt, was er auf dem Platz gemacht hatte. Unbestätigten und, wie üblich, heillos widersprüchlichen Zeugenaussagen zufolge war er gesehen worden, wie er sich mit der Polizei prügelte, wie er vor den Prügeleien flüchtete, wie er friedlich im Café saß mit einem Mann, der eine Mütze mit dem HEAT-Logo trug, und wie er sturzbetrunken im Rinnstein lag. Die

Ermittlungen, mutmaßlich in einem Fall grob fahrlässiger Tötung, wurden von Inspektor Dowell geleitet, der in die Kamera hinein versicherte, er werde nicht eher ruhen, als bis der Täter zur Rechenschaft gezogen worden sei. Hektische Handyvideos wurden jetzt eingeblendet – Dowell in schwarzer Lederjacke, wie ein Fels in der Brandung inmitten panisch umherlaufender Männer und Frauen, stockschwingende Polizisten auf ihren sich aufbäumenden Pferden –, und Singh, der genug gesehen hatte, drehte sich um und steuerte aufs Treppenhaus zu.

Doch er hatte die Tür noch nicht erreicht, da ging sie auf, und Bob Dowell höchstpersönlich erschien auf der Bildfläche. Nicht mehr in Uniform, sondern in Jeans, weißem T-Shirt und einem einreihigen schwarzen Lederblazer. Als er Singh erblickte, blieb er stehen, nahm seine Ray Ban ab und zeigte ein dünnes Lächeln.

Sie waren nicht gerade Freunde.

Singh ergriff als Erster das Wort. «Wie geht's deinem Arm?»

Erneut lächelnd, zeigte Dowell seine Schlinge vor. «Hab ich mir stellvertretend für die Jungs eingefangen», sagte er in seinem knurrigen schottischen Akzent.

«Und du betreust den Fall selbst? Zusätzlich zu den Imperium-Ermittlungen?»

«Vorneweg marschieren, Raminder. Anders geht es nicht. Und wie sieht's bei dir aus? Den vermissten Teenager schon gefunden?»

Singh zögerte. «Noch nicht.»

«Du wirst personelle Unterstützung gebrauchen können.»

«Darüber hab ich gerade mit dem Chef gesprochen.»
«Liegt ein Verbrechen vor?»
Singh sagte nichts.
«Dann kriegst du sie nicht», sagte Dowell. «Schande. Ich weiß, wie schwer es ist, wenn man auf sich allein gestellt ist.»

Er schob die Sonnenbrille zurück auf die Nase, wandte sich ab und ging, eine Hand zum Abschiedsgruß erhoben, schwerfällig und krummbeinig auf das Chefbüro zu, während Singh die Treppe hinauf zu seinem eigenen Büro eilte.

Sein Büro hatte zuvor als Lagerraum gedient, ein enges, fensterloses Kabuff, an dessen Wänden noch die Spuren der weggeräumten Regale zu sehen waren und das lediglich Platz für einen kleinen Behelfsschreibtisch bot, den man unweit der Tür aufgebaut hatte. Etwas anderes war offenbar nicht zu finden gewesen nach seiner kürzlich erfolgten Rehabilitierung. Er nahm Platz und überließ sich einer kurzen Meditation. Er dachte über Rehabilitation nach, über die Wege des Schicksals, die so geheimnisvoll und schwer nachzuvollziehen sind, und über die Menschen, jung und alt, die von ihrem Weg abkommen – die verloren gehen. Als Sikh glaubte er an Karma, daran, dass unsere Handlungen vorherbestimmt sind, dass wir langsam einem höheren Zweck zustreben, den wir noch nicht begreifen. Er war der jüngste Detective Inspector der Stadt, ein Ergebnis seiner Disziplin und Gewissenhaftigkeit – und, wie manche sagen würden, seiner Humorlosigkeit –, doch hatten seine beruflichen Ambitionen in jüngerer Vergangenheit einen herben Rückschlag erlitten infolge unsachgemäßer Bearbeitung zweier Fälle, und das unter höchst verwirrenden Begleitumständen. Im Mai, nach dem Scheitern seiner Ermittlungen zum Mord an Chloe Dow und zum Imperium-Kasino, hatte er, erstmals in seiner Laufbahn, eine formelle Rüge kassiert, und im Folgemonat war er, im Zusammenhang mit dem Fall Pyotor Gimpel, sogar suspendiert worden. Ironischerweise konnten beide Fälle erfolgreich abgeschlossen werden. Auch das bot Stoff zum Nachdenken. Er war durchaus in der Lage, Fehler auf seine Kappe zu nehmen, genauso wie seine Erfolge. Aber die Störungen seines Karmas, glaubte er, standen in seltsamer Verbindung zu einer anderen Person – einem sechzehnjährigen Jungen namens Garvie Smith, der sich in beide Ermittlungen eingemischt hatte. Und jetzt tauchte er schon wieder auf. Es war geradezu unheimlich.

Er glaubte nicht an das Unheimliche. Er glaubte an die Wahrheit, die sich offenbaren würde, gegen welche Widerstände auch immer. Er gab sich einen Ruck. Das Philosophieren würde ihm nicht bei der Suche nach Amy Roecastle helfen. Die ersten 72 Stunden waren entscheidend. Danach schwanden die Aussichten ganz erheblich, eine verschwundene Person gesund aufzufinden.

Amy, führte er sich noch einmal vor Augen, hatte in der Nacht zuvor das Haus verlassen und den Hund mitgenommen, mit der Absicht, zu Sophies Haus zu laufen. Was war so dringend gewesen, was der Grund für ihre Angst, der sie hinaus in das Unwetter hatte treiben können?

Er sah auf seine Uhr. Es gab viel zu tun, und da er keine Unterstützung hatte, musste er alles selbst machen – Kontakt mit der Spurensicherung und der Vermisstenstelle aufnehmen, mögliche Zeugen ausfindig machen, die die Mädchen abends auf The Wicker gesehen hatten, die Suchaktion im Wald organisieren. Zu viel für einen allein. Trotzdem wollte er es schaffen. Er griff zum Telefon und wählte die Nummer von Len Johnson, dem leitenden Rechtsmediziner.

Es war 14:30 Uhr. Amy Roecastle wurde seit vierzehn Stunden vermisst.

10

Der Sommernachmittag hatte seinen Höhepunkt überschritten. Auf dem Anwesen «Four Winds» beendeten die Zäunebauer ihr Tageswerk, packten ihr Werkzeug in die Transporter und fuhren nach Hause, während die länger werdenden Schatten langsam über das verlassene Gartengelände krochen. Dr. Roecastle saß in ihrem Wohnzimmer bei einer Tasse Kräutertee, ihre Stimmung schwankte zwischen Wut und Empörung. Detective Inspector Singh schaltete das Deckenlicht seines improvisierten Büros im Polizeihauptquartier an und arbeitete unverdrossen weiter. Und in Eastwick Gardens Nr. 12 saßen Garvie Smith und seine Mutter, sein Onkel Len und Tante Maxie sowie deren kleiner Sohn Bojo beim Abendessen. Fischragout und Kürbispuffer. Die Aromen von Zimt und brauner Butter hingen wie ein Gewürzschleier im Dampf: der Geruch des fernen Barbados, wo Garvies Mutter aufgewachsen war.

Es war eine kleine Wohnung, düster geschnitten, aber hell und freundlich möbliert, ein Wohnzimmer mit integrierter Küche, zwei Schlafzimmer und ein Bad ohne Badewanne, gelegen im obersten Stockwerk eines sechsstöckigen Mietshauses an der Ringstraße, gleich gegenüber vom Autowerk.

Onkel Len hielt seinen Teller hoch, um einen kleinen Nachschlag zu bekommen. Tante Maxie runzelte die Stirn, woraufhin er in aller Unschuld erklärte, er werde, falls er das übrig gebliebene Fischragout stehen lasse, womöglich an Entkräftung zugrunde gehen. Diese Sorge schien etwas übertrieben. Mit seinen hundertfünfzehn Kilo war Len Johnson stabiler als alles andere im Zimmer, das Sofa inbegriffen. Er war leitender Gerichtsmediziner bei der städtischen Polizei, ein robuster, gelassener Typ mit natürlicher Autorität, die er nicht hervorkehren musste.

Bescheiden empfahl er, noch ein Glas Rumpunsch zu nehmen, der passe gut zum Fischragout.

Außerhalb der forensischen Labore hatte Tante Maxie das Sagen, und nach ihr der dreijährige Bojo, ein Nachwuchs-Tyrann mit seidiger Haut und mächtigen Grübchen. Onkel Len machte das nichts aus; es gefiel ihm sogar. Ein frisch gefülltes Punschglas in der Hand, ließ er seine gute Laune an seiner Schwester aus.

«Hast du abgenommen? Was hast du mit deinen Haaren gemacht? Ich weiß nicht genau, wieso, aber du siehst gut aus.»

Es stimmte. Was auch immer der Grund sein mochte, Garvies Mutter wirkte irgendwie verjüngt. Sie war eine kräftige, attraktive Frau mit glatter schwarzer Haut, einem hübschen Mund und geradlinigem Blick. Ihre Haare hatte sie neu flechten lassen, und sie trug einen Kaftan in leuchtendem Orange und Grün.

Onkel Len zwinkerte seinem Neffen zu, der ihm gegenübersaß. «Eh, Garvie?»

Garvie reagierte darauf nicht. Seine Mutter war seine Mutter. Sie hatte eine laute Stimme, kleinliche Vorstellungen davon, was gutes Benehmen war, und die absolut lästige Eigenschaft, ihn zu durchschauen. Schon wahr, es hatte Veränderungen gegeben in letzter Zeit, aber die hatten nichts mit ihrem Aussehen zu tun. Jetzt wo Garvie mit der Schule durch war, galten neue Regeln. Sie hatten eine Abmachung: Er zahlte ihr Miete, sie behandelte ihn wie einen Erwachsenen. Sie hatte ihm eine Brieftasche aus echtem Leder gekauft, damit er seine ersten Lohnzahlungen darin unterbringen konnte und auch, weil, wie sie es formulierte, «jeder ab und zu etwas geschenkt kriegen muss». Er begriff, was das hieß. Von nun an würde sie ihm hin und wieder etwas schenken, aber nicht mehr für ihn sorgen. Sie hatte aufgehört, ihn über seine Aktivitäten auszufragen, an ihm herumzunörgeln, sein Zimmer zu inspizieren oder ihm wegen mangelnder Körperpflege Vorwürfe zu machen. Aber sie kochte auch nicht mehr täglich für ihn. Und überraschenderweise hatte sie angefangen, selbst aktiver zu werden, öfter auszugehen, ins Kino oder auf einen Drink mit Arbeitskollegen. Nicht ganz leicht, sich daran zu gewöhnen.

«Noch irgendwas geplant für heute Abend, Garvie?»

«Nein.»

«Müde nach einem harten Arbeitstag, wie?»

Die Wahrheit lautete: Seine Freunde waren anderweitig beschäftigt. Smudge war mit seinem Bruder zu einem Showroom für Transporter außerhalb der Stadt gefahren. Felix sprang für Tiger im Burger Heaven ein. Dani hatte eine Spätschicht im Backoffice des Imperiums übernommen. Die Welt der Arbeit: Gift für die Geselligkeit.

Und in diesem Moment ging die Türklingel. Alle sahen sich etwas überrascht an.

Garvies Mutter betätigte die Sprechanlage. «Ja?», sagte sie. «*Wer?* Oh, Entschuldigung. Ja, natürlich, gern.»

Wenig später kam Detective Inspector Singh hereinspaziert.

«Raminder!» Onkel Len stand auf, um ihn zu begrüßen.

Singh sah aus wie einer, der sich fehl am Platz fühlt. Er war noch in Uniform. Er sei direkt von der Arbeit gekommen, sagte er, in der Hoffnung, Len hier anzutreffen. Er habe eine Frage.

«Sie hätten anrufen können, Raminder. Ist doch nicht nötig, dass Sie den ganzen Weg hierher kommen.»

Singhs Blick war ausweichend. «Ich war gerade in der Gegend», sagte er. Er wandte sich an Garvies Mutter. «Aber ich entschuldige mich vielmals, ich störe beim Essen.»

Er sah in die Runde. Wechselte einen vorsichtigen Blick mit Garvie.

«Wir sind gerade fertig. Bitte. Trinken Sie doch einen Schluck. Setzen Sie sich.»

Er ließ sich ein Glas Wasser einschenken, das er förmlich, fast ehrerbietig in der Hand hielt.

Onkel Len sagte: «Bei der Arbeit hat man nie Gelegenheit, die wichtigen Sachen zu sagen, Raminder, deswegen sag ich's jetzt: Es ist schön, dass Sie nach diesem ganzen Unfug wieder zurück sind.»

«Danke.»

«Was für eine Frage haben Sie?»

«Ich habe mir den forensischen Bericht aus Amy Roecastles Haus angesehen und konnte nichts über die Jacke finden, die Amy getragen hat. Eine Militärjacke.»

«Ja. Aus deutscher Herstellung, gut gearbeitet, doppelreihig. Macht einen strapazierfähigen Eindruck.»

«Ich habe da einen Verdacht.»

«Nämlich?»

«Sie ist reichlich groß. Mindestens zwei Größen größer als ihre übrige Kleidung.»

«Sie meinen, es war nicht ihre Jacke?»

«Das frage ich mich. Wird Ihr Bericht irgendwelche Erkenntnisse dazu liefern?»

«Da bin ich skeptisch, leider. Sie war klitschnass. Richtig durchgeweicht. Die biologischen Spuren werden größtenteils verwischt sein.»

Für einen Moment herrschte Schweigen.

Singh sagte zu Garvie: «War eine richtige Überraschung, dich dort heute anzutreffen, Garvie. Ich hoffe doch, der Zäunebau erweist sich als eine interessante Tätigkeit.»

Onkel Len sah Garvie verwundert an. «Du arbeitest bei dem Haus des Mädchens, das verschwunden ist?»

«Ja.»

«Warum hast du nichts davon gesagt?»

«Hat mich keiner gefragt.»

Garvies Mutter sagte: «Ich kenne Dr. Roecastle aus dem Krankenhaus. Sie ist eine schwierige Frau.»

«Das ist noch untertrieben.»

Sie bedachte ihren Sohn mit einem misstrauischen Blick. «Du hast sie doch hoffentlich nicht belästigt, Garvie? Sie mag schwierig sein, aber in so einer Situation hab ich doch Mitleid mit ihr.»

«Ist nicht nötig. Ihr Selbstmitleid ist groß genug.»

«Ich hoffe nur, du mischst dich nicht ein.»

Singh sagte vorsichtig: «Tatsächlich hat Garvie uns weitergeholfen.»

Alle waren ehrlich verblüfft.

Singh beschrieb den Fund der Hundeleiche.

«Aber was hast du überhaupt da im Wald gemacht?», fragte seine Mutter.

«Zigarettenpause.»

Die Stirn gerunzelt, erkundigte Garvies Mutter sich bei Singh nach dem Stand der Ermittlungen. Er gab zu, sowohl besorgt als auch frustriert zu sein. Da er allein arbeiten müsse, komme er nur langsam voran. Da würden auch Überstunden nicht ausreichen. Ohne offizielle Unterstützung müsse er auf ein bisschen Glück hoffen. Bisher aber sei das Glück ausgeblieben. Seit Amys Verschwinden am Morgen öffentlich bekannt gegeben worden war, hatten mehrere Bürger und Bürgerinnen sich bei der Polizei gemeldet und angegeben, sie gesehen zu haben – Amy im Bus mit einem blutigen Kopfverband; Amy mit seltsamem Verhalten im Einkaufszentrum in der Stadt –, doch keine der Angaben ließ sich bestätigen; es waren die üblichen dramatischen Phantasien von Leuten, die einfach das Drama verlängerten, von dem sie in den Nachrichten erfahren hatten. Was man aber inzwischen mit Sicherheit wusste, war noch besorgniserregender.

Er erzählte ihnen von Amys nächtlichem Anruf bei Sophie, ihrem fluchtartigen Lauf über den einsamen Weg, ihrem Verschwinden im dichtesten Teil des Waldes.

Onkel Len schob eine Bemerkung über den Hund dazwischen. «Übrigens, Raminder, haben wir einen ersten Hinweis auf die Todesursache: TNV – traumatische Nackenverletzung. Eine natürliche Ursache ist nicht auszuschließen; es ist aber auch möglich, dass ihm jemand das

Genick gebrochen hat. Was eine ungewöhnliche Kraft erfordern würde, von der Brutalität ganz zu schweigen.»

Für eine Weile waren alle still.

«Was für ein Mädchen ist Amy Roecastle?», fragte Len den Detective.

«Wenn man ihrer Mutter glauben will, dann ist sie launisch, ungehorsam, gedankenlos und egoistisch.»

Zufällig fiel beider Männer Blick im gleichen Moment auf Garvie.

«In meinen Ohren klingt das gut», kommentierte dieser. Er sah Singh an. «Wie viele Leute haben Sie?»

«Vorläufig bin ich allein.»

«Das reicht nicht, ganz ohne Scherz.»

«Es ist kein Verbrechen begangen worden.»

«Woher wollen Sie das wissen?»

Seine Mutter störte sich an seinem Ton. «Garvie!»

«Schon gut, ich wollt sowieso gehen. Hab meine Pflicht und Schuldigkeit getan.»

Singh sagte zu Onkel Len: «Ich mache mir große Sorgen. Dass sie das Haus im Dunkeln verlässt, bei schwerstem Unwetter, einen Hund zum Schutz mitnimmt und dann mitten durch den Wald läuft – das klingt doch alles nach einer echten Verzweiflungstat.»

Onkel Len nickte. «Was mag sie dazu veranlasst haben?»

«Ich glaube, sie war vielleicht in Gefahr.»

«Was für einer Gefahr?»

«Das weiß ich nicht. Es ist nichts Ungewöhnliches vorgefallen an dem fraglichen Abend. Sie war nüchtern und ruhig. Sie kam heil nach Hause. Sie erklärte sich bereit, ein

Gespräch mit ihrer Mutter zu führen. Und fünf Minuten später flüchtete sie sich in den Wald. Warum? Ich weiß es noch nicht.»

Auf seine Worte folgte Schweigen. In die Stille hinein sagte Garvie beiläufig: «Sie wissen es nicht, weil Sie nicht nachdenken.»

«*Garvie!*»

«Worüber nachdenken?», sagte Onkel Len ungehalten.

«Über reale Dinge.»

«Wie meinst du das? Was denn zum Beispiel?»

«Ihre Jacke zum Beispiel.»

Wieder Schweigen.

Dann sagte Onkel Len: «Wie ich schon sagte: Die Aussicht, der Jacke verwertbare Informationen zu entnehmen, liegt fast bei null; sie ist vollkommen durchnässt.»

«Verstehst du denn nicht? Das *ist* die Information!»

Und mit diesen Worten ging er in sein Zimmer und machte die Tür hinter sich zu.

Er war gereizt, das merkte er selbst. Halb neun. Noch früh. Alle seine Freunde waren anderweitig beschäftigt, aber er hatte sowieso keine Lust auszugehen. Genau genommen, hatte er zu gar nichts Lust. Eine Weile lang stand er unentschlossen bloß da. Auf dem Fußboden lag eins seiner alten Schulbücher, *Mathematik – Analysis*, er hob es auf und blätterte darin. Arithmetische und geometrische Folgen. Er ließ es wieder fallen und legte sich aufs Bett, den Blick zur Decke. Aus dem Wohnzimmer hörte er die gedämpften

Stimmen seiner Mutter und Singhs, wahrscheinlich redeten sie noch immer über Amy Roecastle, fragten sich, warum sie noch mal weggegangen war und was sie als Nächstes getan hatte.

Eine Serie von Ereignissen mit Lücken dazwischen.

Eine Folge mit einigen unbekannten Gliedern.

Nach einer Weile griff er zum Handy und rief Abdul an. Abdul war Taxifahrer mit Standplatz an der Bulwarks Lane, ein wunderbar unkomplizierter Mensch. Frisch aus Marokko nach England gekommen, hatte er sich mit Garvies Mutter angefreundet und blieb der Familie in herzlicher Dankbarkeit verbunden.

«Abdul, Kumpel. Garvie hier.»

Abduls Wohlwollen schien geradezu aus dem Handy herauszuströmen. «Mein Garvie, Mann, wie geht?»

«Geht gut, danke. Hab 'ne Frage an dich.»

«Für dich, Garvie, ist *plaisir*.»

«Zeichnet deine Taxe die Fahrten auf, die du machst, mit Uhrzeit?»

«*Bien sûr.* Ist *obligatoire.* Ich hab Maschine.»

«Gut. Du hast nicht zufällig gestern spätabends ein junges Mädchen nach Froggett gefahren? Zu einem Haus namens ‹Four Winds›? Gegen Mitternacht?»

«*Non.* War nicht ich.»

«Könntest du rumfragen, rausfinden, welcher Fahrer es war?»

«Klar doch.»

«Ich brauche die genaue Uhrzeit, wann er sie abgesetzt hat.»

«Ich versteh. Ich werd fragen gleich, schnell, schnell.»

«Mach's gut, Abdul.»
Nachdem er die Verbindung weggedrückt hatte, lag er wieder da und starrte die Decke an.

11

Sechs Stockwerke unter seinem Zimmer, am Eingang zu den Eastwick Gardens, verabschiedete Garvies Mutter sich von Inspektor Singh.

«Ich würde mich gern für die Einstellung meines Sohnes entschuldigen», sagte sie. «Nicht nur wegen vorhin, auch wegen all der anderen Male.»

Er schüttelte den Kopf. «Das ist nicht nötig. Wie alt ist er?»

«Sechzehn. Wird bald siebzehn.»

«Für seine Einstellung ist er selbst verantwortlich.» Er machte eine Pause. «Als ich in seinem Alter war …», begann er, wurde jedoch vom Klingeln seines Handys unterbrochen. «Entschuldigung.»

Die Nummer war ihm unbekannt.

«Hallo?», sagte er. «Detective Inspector Raminder Singh.»

Eine kultivierte Stimme sagte: «Hier ist Sophie Brighouse' Mutter. Ich weiß, es ist schon spät, aber vielleicht würden Sie doch noch einmal herkommen? Meiner Tochter ist noch etwas eingefallen, das sie Ihnen sagen möchte.»

Singh sagte zu Garvies Mutter: «Ich muss los.» Er zögerte. «Bitte machen Sie sich meinetwegen keine Gedanken um Ihren Sohn.»

«Sie sind sehr großmütig. Ich fürchte, er hat seinen Weg noch nicht gefunden.»

«Er ist bereits auf seinem Weg. Er hat es nur noch nicht erkannt.»

Ein bisschen steif, als hätte er das Gefühl, sich allzu ungezwungen benommen zu haben, drehte er sich um und marschierte zu seinem beigefarbenen Škoda Fabia, während Garvies Mutter zurück ins Haus ging.

●

In der Küche des Hauses «Cross Keys» saßen sie um den Tisch herum. Sophie hatte offensichtlich wieder geweint, ihr Gesicht wirkte schwammig und verquollen. Aber sie hielt Singhs Blick stand, als er sie fragte, was sie ihm mitteilen wolle.

«Ich weiß gar nicht, ob das überhaupt von Interesse ist. Aber Sie haben gesagt, ich soll mich auf jeden Fall melden.»

«Ja, unbedingt.»

Sie holte Luft. «Da lungerte öfter mal so ein Typ rum in letzter Zeit. Ist mir grad erst wieder eingefallen.»

«Was für ein Typ?»

«Ich hab ihn nur ein paarmal gesehen. Ich glaub nicht, dass er aus Froggett kommt. Dem Aussehen nach eher so aus dem Osten der Stadt, würd ich sagen. Älter. Vielleicht zwanzig, fünfundzwanzig. Er fährt so einen alten weißen Transporter.»

«Was meinst du mit ‹rumlungern›?»

«Wir haben gewitzelt, er wäre Amys Stalker. Ganz oft, wenn wir uns umdrehten, stand er da, auf der anderen Straßenseite oder unter den Bäumen. Einmal hab ich ihn vor Amys Haus gesehen. Und sein Transporter parkte ein paarmal am Straßenrand an der Rustlings Lane, auf der anderen Seite vom Wald. Er saß vorne drin und rauchte, sah nicht so aus, als würde er irgendwas da machen, hing einfach nur rum. Sicher», fügte sie hinzu, «das muss jetzt nicht unbedingt was bedeuten.»

«Warum sagst du ‹Amys Stalker›?»

«Es war eindeutig sie, die er im Auge hatte.»

«Verstehe. Was hat sie davon gehalten?»

«Sie wird nicht so schnell nervös, hat nur drüber gelacht. Ich hab die Sache ja auch nicht richtig ernst genommen. Aber jetzt weiß ich nicht mehr so recht.»

Singh überlegte.

«Wie oft habt ihr ihn gesehen?»

«Nur ab und zu.»

«Wann habt ihr ihn das erste Mal bemerkt?»

«Vielleicht vor zwei oder drei Monaten.»

«Was für ein Transporter ist das, den er fährt?»

Sophie runzelte die Stirn. «Na ja, weiß eben. Und er ist alt. Ich kenn mich mit Transportern nicht aus.»

«Und er stand wo?»

«An verschiedenen Stellen. Manchmal auf der Straße vor Amys Haus.»

«Habt ihr den Mann auch im Wald gesehen?»

«Nein, aber vor ein paar Tagen hab ich jemanden auf dem Weg hinter ihrem Grundstück gesehen. Ich glaube, das könnte er gewesen sein. Ich war in Amys Zimmer und hab sie gerufen, aber bis sie am Fenster war, war er schon wieder weg.»

«Was hat er gemacht?»

«Nur zum Haus hochgeguckt. Das war echt seltsam. Ich konnte seine Blicke praktisch *spüren*. Er machte einen ...

nervösen Eindruck. Er hat irgendwie den Kopf immer hin und her bewegt, so wie man's manchmal macht, wenn man die Verspannung aus dem Nacken rauskriegen will, aber dabei hat er das Haus keine Sekunde aus den Augen gelassen.»

«Okay.» Er machte sich Notizen. «Sonst noch etwas?»

Sophie schüttelte den Kopf, worauf Singh sein Aufnahmegerät abschaltete. «Danke, Sophie. Das ist eine nützliche Information.»

«Glauben Sie, dass das wichtig ist?»

«Ich weiß nicht. Kann durchaus sein. Was meinst du, wärst du in der Lage, einem Polizeizeichner eine Beschreibung dieses Mannes zu liefern?»

Sie nickte.

«Gut. Ich weiß, es ist spät, aber wenn du einverstanden bist, würde ich gern sofort jemanden kommen lassen. Du verstehst sicherlich, dass wir in einem Fall, wo jemand verschwunden ist, bei der Suche so schnell wie möglich vorankommen wollen.»

Sie nickte.

Er wandte sich an Sophies Mutter. «Könnten Sie mir in der Zwischenzeit die Namen aller Nachbarn nennen, soweit Sie sie kennen? Ich würde auch dort gern nachfragen, ob sie mir etwas über diesen Mann und seinen Transporter sagen können.»

Sophie hatte wieder zu weinen begonnen; sie verließ die Küche mit ihrer Mutter, und so blieb Singh für einen Moment allein zurück. Naheliegende Schlussfolgerungen waren oft zu einfach, aber die Möglichkeit, dass Amy einen Stalker hatte, bedeutete eine neue und erschreckende Entwicklung.

Er rief im Hauptquartier an, um den Polizeizeichner anzufordern.

So ging also der erste Tag nach Amys Verschwinden zu Ende. 22:00 Uhr. Sie wurde seit einundzwanzigeinhalb Stunden vermisst.

12

Auch der zweite Tag nach Amys Verschwinden war ein großartiger Tag zum Zäunesetzen, warm, aber frisch nach einem zweiten ergiebigen Regenguss während der Nacht. Mitten am Vormittag legten Smudge und Garvie eine Zigarettenpause ein, standen vor Garvies Zaunstück, das noch immer am Boden lag, und blickten durch die Lücke zum Wald. Der wurde gerade von einer Freiwilligentruppe aus Nachbarn und Freunden unter der Leitung von Singh durchkämmt. Von Zeit zu Zeit drangen Rufe zwischen den Bäumen hervor.

«Dieses vermisste Mädchen», sagte Smudge nachdenklich, «wie sieht sie wohl aus, was meinst du?»

«Wenn sie da draußen irgendwo ist, dann wahrscheinlich immer noch feucht.»

«Nee, ich meine, weißt schon, so vom Aussehen her.»

«Oh. Genau dein Typ, Smudge.»

«Echt? Wie kommst du drauf?»

«Hundert Prozent Wahrscheinlichkeit. Alle Mädchen sind genau dein Typ.»

Smudge nickte. «Das stimmt. Schräg, wenn man's genau bedenkt.» Er machte sich daran, sein Ohr zu säubern.

«Aber interessant», sagte Garvie.

«Ich schätze, ich bin halt einfach für die Liebe gemacht.»

«Nein, nicht das.» Garvie zeigte auf den Wald. «Das alles da.»

«Oh. Yeah. Sie sind schon hinter jemandem her. Hast gehört? Polizei hat das Bild von einem Typen rausgegeben, den sie befragen wollen. ‹Wurde in der Nachbarschaft gesehen›. Und, ey, Folgendes, da kommst du nie drauf.»

Garvie sah ihn an. Dachte kurz nach.

«Er fährt einen Transporter», sagte er dann.

Smudge machte ein enttäuschtes Gesicht. «Hast es mir wieder verdorben. Und dabei sind Transporter nicht mal dein Ding.»

«Ich könnte mich schon für Transporter interessieren, Smudge.»

Smudge runzelte die Stirn. «Ach ja?»

«Ich bräuchte allerdings einen echten Experten, der mir alles darüber erzählt.»

Smudge setzte einen bescheidenen Blick auf.

«Hab gehört, man kann damit gut über unebenes Gelände fahren. Unbefestigte Waldwege und dergleichen.»

Smudges Augen leuchteten auf, doch bevor er auch nur einen kleinen Teil seiner umfassenden Kenntnisse über Reifenhaftung, Hinterachsluftfederung und ähnliche Feinheiten ausbreiten konnte, erschien sein Bruder auf der Bildfläche, um sie daran zu erinnern, dass es da einen Zaun gebe, der möglichst noch dieses Jahr aufgestellt werden solle.

«Ist gut, Smudge. Wir reden später weiter.»

Garvie warf noch einen letzten Blick zum Wald hin, dann beugte er sich zum Sockelbrett hinab und nahm die Arbeit wieder auf.

Nicht weit entfernt, aber den Blicken verborgen im Wald, bewegte sich ein Dutzend Personen in einer Reihe langsam, den Kopf gesenkt, durchs Unterholz. Sie trugen Wanderausrüstung, Signaljacken, und die meisten hatten einen Stock in der Hand. Einer oder zwei hatten Hunde mitgebracht, die voller Energie zwischen ihnen hin und her liefen. Von Zeit zu Zeit stieß einer der Suchenden einen Ruf aus, worauf Singh herbeikam, damit sie ihm zeigen konnten, was sie gefunden hatten. Sie hatten um 5:30 Uhr, kurz nach Tagesanbruch, mit der Suche begonnen und wurden allmählich müde. Bisher hatten sie nichts weiter gefunden als einige schwarze, an Dornsträuchern hängen gebliebene Fetzen und den üblichen weggeworfenen Abfall.

Der nächtliche Regen hatte ihnen die Aufgabe erschwert. Fußabdrücke und andere Spuren auf dem Boden waren verwischt worden. Und auch sonst machte die Ermittlung kaum Fortschritte. Auf die Veröffentlichung des Phantombilds von «Amys Stalker», dem Mann im Transporter, waren bislang hauptsächlich Anrufe von irgendwelchen Spinnern gefolgt, die naturgemäß mit Vorsicht zu genießen waren. Singh sah auf seine Uhr, seufzte und setzte sich erneut mit der gesamten Suchmannschaft in Bewegung, auf unwegsamem Gelände Richtung Battery Hill.

●

Es war schon spät am Nachmittag, als er in sein Büro im Hauptquartier zurückkehrte. Weitere Rückmeldungen auf das Phantombild des Verdächtigen waren eingetroffen, die er systematisch durchging. Die Polizeiskizze zeigte einen schmalgesichtigen jungen Mann mit buschigen Augenbrauen und dunklem Haar, doch diesen Merkmalen hatten die Zeugen wenig Beachtung geschenkt. Der Mann, den sie beobachtet hatten, war manchmal jung und dunkelhaarig, manchmal jung und blond und manchmal im mittleren Alter. Ein Anrufer konnte sich genau erinnern, dass er eine Augenklappe getragen habe. Was den Transporter betraf, der in den Hinweisen zur Person des Verdächtigen als «weiß» und «alt» beschrieben worden war, schienen die Angaben etwas weniger widersprüchlich. Mehrere Bewohner Froggetts behaupteten, ihn in der Nachbarschaft gesehen zu haben, am Rand der Hauptstraße geparkt oder in der Rustlings Lane auf der anderen Seite des Waldes. Eine ältere Dame – eine Hundeausführerin – sagte, sie habe den Wagen eines späten Abends am Kantstein stehend heftig hin und her schaukeln sehen, doch dann sei er weggefahren, bevor sie nahe genug heran war, um festzustellen, was da vorging.

Ein Freund bei der MID – der Datenbank für Autoversicherungen – hatte Singh eine Liste der ortsansässigen Besitzer eines weißen Transporters geliefert, die er sich jetzt systematisch vornahm. Er konzentrierte sich auf diejenigen in der richtigen Altersstufe, dann auf alle anderen im Umkreis von gut dreißig Kilometern, zunächst mit besonderem Augenmerk auf die östlichen Stadtbezirke: Limekilns, Five Mile und Strawberry Hill.

Es ging nur langsam voran. Die Lichtpaneele an der Decke leuchteten gleichmäßig, als würde die Zeit stehenbleiben, auch wenn draußen, im Ödland der Parkplätze, der alten gemauerten Lagerhäuser und der verglasten Wolkenkratzer, das Sonnenlicht schwand, die Schatten länger wurden und schließlich die Dunkelheit einsetzte. Bis zehn Uhr waren die meisten Personen auf der Liste kontaktiert worden, ohne Ergebnis. Drei Besitzer waren noch übrig, durchweg ältere Männer: ein Raumgestalter aus Brickfields, der in Froggett einen Auftrag erledigt hatte; ein Fensterreiniger aus Tick Hill und ein Gelegenheitsarbeiter mittleren Alters namens PJ, ein Exzentriker offenbar, der in einer umgebauten Garage außerhalb von Halton Woods lebte. Auf keinen von ihnen passte die physische Beschreibung des «Stalkers».

Da er befürchtete, später zu müde zu sein, erhob Singh sich vom Schreibtisch und stellte sich in die Zimmerecke, um sein Abendgebet zu sprechen. Mit geschlossenen Augen sagte er im Flüsterton die Eingangsverse des *Rehras Sahib* auf – «Wo ist deine Tür, und wo ist das Heim, darin du sitzt und alles besorgst?» –, und dann klingelte sein Telefon.

Es war die Telefonzentrale. Da sei eine Dr. Roecastle in der Leitung und wolle ihn dringend sprechen.

Singh warf einen Blick auf seine Uhr. «Stellen Sie sie durch.»

Er wurde mit Dr. Roecastle verbunden, die mit klarer, aber unsicherer Stimme sprach. «Im Garten ist ein Mann.»

«Jetzt gerade?»

«Vor ein paar Minuten.»

«Sagen Sie mir, was Sie gesehen haben.»

Ihre Stimme war überlaut, als würde sie das Telefon direkt an den Mund gepresst halten. «Ein Mann auf dem Rasen», sagte sie, «nahe beim Nebengebäude.»

«Was hat er gemacht?»

«Zum Haus hochgeguckt. Auf Amys Fenster.»

«Ist er noch da?»
«Ich weiß nicht.»
«Ich komme sofort», sagte Singh und legte auf.

13

Als er mit dem Auto vorgefahren war, öffnete sie ihm die Tür, doch er ging an ihr vorbei um das Haus herum zum Rasen auf der Rückseite. Der Garten war dunkel und farblos, eine herabgesunkene Schattenmasse, zu einer schweren schwarzen Silhouette zusammengedrückt von den deutlich hervortretenden Umrissen der Bäume und Büsche. Irgendwo im nicht sichtbaren Wald sang ein Vogel, einsam und besinnlich. Singh schritt über den Rasen, blickte sich forschend um und spähte durch die Zaunlücke den Weg entlang. Er ging den Hang hinunter zum Nebengebäude, dann zurück zum Haupthaus.

Dr. Roecastle fragte: «Ist er weg?»

«Es ist niemand da», erwiderte er. «Aber ins Nebengebäude ist eingebrochen worden.»

Sie saßen im schwarz-weißen Wohnzimmer. Singh stellte sein Aufnahmegerät auf den Tisch zwischen ihnen. «Erzählen Sie mir, was Sie gesehen haben.»

Elena Roecastle: Einen Mann im Garten.
DI Singh: Können Sie ihn beschreiben?
Elena Roecastle: Es war zu dunkel. Ich habe seinen Umriss in der Tür zum Nebengebäude gesehen. Er stand ganz still, als würde er sich konzentrieren.
DI Singh: Jung oder alt?
Elena Roecastle: Jung, glaube ich. In den Zwanzigern.

DI Singh: Warum war er im Garten, was glauben Sie?
Elena Roecastle: Ich weiß nicht. Mein Eindruck war, dass er irgendetwas wollte. Und es hatte *(Pause)* mit Amy zu tun. Ich weiß nicht, warum ich das dachte. Aber er schaute zu ihrem Fenster hoch. Als hätte er, wer auch immer er ist, irgendeine Art... Vorhaben. Er wirkte... bedrohlich. Dann fing er an sich zu rühren, mit den Schultern zu rollen, als würde er sich darauf vorbereiten... etwas zu tun. Das hat mich sehr erschreckt. Ich habe Angst.
DI Singh: Hat er versucht, ins Haus zu gelangen?
Elena Roecastle: Nein, er hat sich wegbewegt, über den Rasen.
DI Singh: Auf das umgestürzte Zaunstück zu, wo der Weg ist?
Elena Roecastle: Ja. Danach habe ich ihn nicht mehr gesehen. Und habe Sie angerufen.

Singh schaltete das Aufnahmegerät aus.

«Es wäre möglich, dass es ein Zufall war», sagte er. «Es könnte jemand gewesen sein, der das fehlende Zaunstück gesehen und die Gelegenheit ergriffen hat, mal zu gucken, ob es hier etwas gibt, das sich zu stehlen lohnt. Es ist aber auch möglich», fuhr er fort, «dass es eine Verbindung zu Amys Verschwinden gibt. Das können wir nicht ausschließen. Wir werden Kriminaltechniker brauchen, die sich das Nebengebäude genau angucken.»

Aufrecht in ihrem Sessel sitzend, starrte Dr. Roecastle ihn an, das Gesicht kreidebleich. Das Ereignis hatte ihre Einstellung zum Verschwinden ihrer Tochter verändert, das konnte er deutlich erkennen. Am Vortag noch reizbar und abschätzig, wurde sie jetzt von Angst und Schrecken gepackt.

«Sie ist nicht in einem Hotel, oder?», sagte sie schließlich, die Stimme zitternd, zerbrechlich.

Singh sagte vorsichtig: «Nicht, soweit wir wissen.»

«Gibt es irgendeine Spur von ihr? Ihre Kreditkarte?»

«Keine Aktivitäten auf ihrer Karte.»

Längeres Schweigen folgte.

«Sie hat Rex mitgenommen, richtig? Sie hat ihn mitgenommen, weil sie Angst hatte.»

Singh zögerte. «Die Möglichkeit besteht.»

«Ist sie in Gefahr?»

«Wir müssen uns hüten, voreilige Schlüsse zu ziehen. Aber natürlich müssen wir auch alle Möglichkeiten im Auge behalten.» Er zögerte. «Tatsächlich gab es neue Entwicklungen, seit wir zuletzt gesprochen haben.»

«Was für Entwicklungen?», fragte sie sofort.

«Rex betreffend.» Er beschrieb ihr, was sie entdeckt hatten.

Sie erhob sich und begann aufgewühlt auf und ab zu gehen. «Ich verstehe nicht. Sie glauben, dass jemand ihn *getötet* hat?»

«Das ist eine Möglichkeit, fürchte ich.»

«Mit anderen Worten ...» Ihre Stimme bebte. «... dass jemand Amy angegriffen hat.»

Er sagte nichts.

Sie setzte sich und stand wieder auf, die Fingerknöchel zwischen die Zähne gepresst.

«Ich habe Ihnen erzählt, wie verantwortungslos sie ist»,

sagte sie. «Und jetzt sagen Sie mir so was. Sie ist *schutzlos*. Sie ist erst sechzehn.»

Singh sagte nichts. Er sah, wie die Erregung in ihr anwuchs.

Sie sah ihn an. «Ich nehme an, Sie haben inzwischen mehr Personal zur Verfügung. Oder?»

Er setzte zu einer Erklärung an, doch sie unterbrach ihn.

«Also, was wird jetzt unternommen?»

Er berichtete ihr von der Teildurchkämmung des Waldes durch einen Trupp von Freiwilligen. «Und wir sind anderen Hinweisen nachgegangen», sagte er.

«Was für Hinweisen?»

Singh atmete durch. So rücksichtsvoll wie möglich kam er auf den weißen Transporter und den Mann zu sprechen, den Sophie beschrieben hatte.

«Ein Stalker?», rief Dr. Roecastle.

«Das ist im Moment noch unklar.»

«Der Mann, der sie angefallen hat?»

«Wir können nicht mit Bestimmtheit sagen, dass sie angefallen worden ist.»

«Derselbe Mann, der heute Abend im Garten war.»

Das sei möglich, gestand Singh widerwillig zu.

Sie wirkte benommen, wie von einer Übelkeit gepackt. «Ein Mann hat meine Tochter überfallen», sagte sie zögernd, als versuchte sie, sich vorsichtig in diese neue Situation einzufinden. «Sie vielleicht in seinem Transporter verschleppt. Und hält sie fest. Ein Mann hat meine Tochter überfallen und entführt und hält sie irgendwo gefangen, um sie zu *benutzen*.» Erneut schob sie die Fingerknöchel in den Mund, während Singh sie mit Sorge beobachtete.

«Wer ist er?», fragte sie plötzlich.

«Das wissen wir noch nicht.»

«Wenn sein Transporter wiederholt gesichtet wurde, müssen Sie ihn doch identifizieren können!»

Singh versuchte ihr die notorische Unverlässlichkeit von Zeugenbeschreibungen vor Augen zu führen. Typ, Größe, Bauart und sogar die Farbe des Transporters seien bislang noch unklar.

Sie unterbrach ihn. «Ich nehme an, Sie haben Datenbanken, die Sie durchsuchen können. Das haben Sie doch sicherlich bereits getan.» Ihre Stimme klang schrill.

«Wir haben die Nachforschungen noch nicht abgeschlossen.»

«Warum nicht?»

«Das braucht Zeit.»

Ihre Erregung steigerte sich. «Dieser Stalker, dieser Angreifer, dieser Mann aus dem Osten der Stadt oder woher auch immer. Er wird nicht darauf warten, dass Sie irgendwann herausfinden, wer er ist. Was unternehmen Sie sonst noch?»

Singh erklärte, eine Ausschreibung des verdächtigen Fahrzeugs sei auf diversen Websites gepostet worden, und er habe bereits viele der Besitzer von Transportern vor Ort überprüft, doch Dr. Roecastle war damit nicht zu beeindrucken. Sie reagierte ungläubig.

«Ihr Plan ist zu warten, bis er sich meldet, um Ihnen bei Ihren Erkundigungen zu helfen? Ausschreibung des verdächtigen Fahrzeugs! Meine sechzehnjährige Tochter wurde entführt, und Ihre Maßnahme besteht darin, sich zurückzulehnen und –»

Ihr sich aufschaukelnder Redeschwall wurde abrupt unterbrochen, als Singhs Handy klingelte. Erschrocken sah sie ihn an.

«Entschuldigen Sie», sagte er. Er stand auf und ging in den Flur. Dr. Roecastle hörte von dem Gespräch nur «Wann ist das passiert?», dann «Wo ist er jetzt?» und anschließend nur noch unbestimmtes Gemurmel. Gleich darauf kehrte er ins Wohnzimmer zurück.

«Ich muss mich jetzt leider verabschieden», sagte er.

Dr. Roecastles Mundwinkel verzogen sich langsam. «Warum?», sagte sie. «Was ist passiert?»

Singh zögerte. «Einer unserer Beamten hat einen jungen Mann festgenommen. Er ist der Besitzer eines weißen Transporters, und er sagt, er habe uns etwas über Amy mitzuteilen.»

Weiter sagte er nichts, sondern ging, während sie senkrecht und steif in ihrem Sessel sitzen blieb, hinaus zu seinem Auto und fuhr in die Stadt zurück.

14

Auf dem Weg durch die Beobachtungsstation zum Verhörraum 2 blieb Singh kurz stehen, um einen Blick auf die Monitorwand zu werfen. Aus neun verschiedenen starren Blickwinkeln zeigten die Bildschirme geduldig den dahinterliegenden Raum, fensterlos, mit weiß getünchten Wänden, anonym und leer, von einem grauen Metalltisch und zwei Metallstühlen abgesehen. Auf einem der Stühle saß, in einem schiefen Winkel zum Tisch, ein junger Mann, gutaussehend, drahtig, in einem kastanienbraunen Kapuzenpulli und mit roter Baseballmütze. Schmales Gesicht, buschige Augenbrauen, dunkle Haare. Alles in allem hatte er eine auffallende Ähnlichkeit mit dem polizeilichen Phantombild.

Er war sichtlich nervös, voller gereizter Energie. Beim Sitzen schaukelte er hin und her, wackelte mit dem Kopf und fuhr sich mit der Hand durch seine steifen Haare. Immer wieder griff er nach einer Packung Tabak, um sie gleich wieder auf den Tisch zurückzulegen. Er schien Selbstgespräche zu führen. Singh blickte zur Uhr: halb elf. Er beobachtete den jungen Mann noch eine Weile, dann sammelte er sich, klemmte sich eine Kartonmappe unter den Arm und ging auf die Tür zu, über der eine rote Lampe leuchtete.

Ort: *Verhörraum 2, Polizeihauptquartier Cornwallis, Ostflügel.*

Erscheinung des Befragenden: *ordentlich, gewissenhaft, ruhig.*
Erscheinung des Befragten: *ungekämmt, sprunghaft, krank aussehend.*

DI Singh: Würden Sie mir bitte noch einmal Ihren Namen bestätigen?
Damon Walsh: Damon Ryan Walsh.
DI Singh: Sie sind vierundzwanzig und wohnen am Beeston Place 47 in Brickfields.
Damon Walsh: Genau.
DI Singh: Ich fürchte, hier ist Rauchen verboten, Damon.
Damon Walsh: *(steckt Tabak weg)*
DI Singh: Danke. *(Liest Akte)* Also, man hat Sie heute Abend an der Kreuzung Wyedale Road und Town Road angehalten. Auffälliger Fahrstil.
Damon Walsh: Jep, das ist 'ne Scheißstelle da, echt, kannst die Ampel nicht richtig sehen, ist irgendwie verdeckt, und ich hab nichts weiter gemacht als –
DI Singh: Und dem Verkehrsbeamten ist natürlich Ihr Transporter aufgefallen, und er fragte Sie, ob Sie die Ausschreibung eines verdächtigen Fahrzeugs gesehen hätten, und erwähnte ebenfalls den vermissten Teenager Amy Roecastle; und es heißt hier, dass Sie einen, Zitat: erregten und ausweichenden, Zitatende, Eindruck machten, weshalb er Sie aufforderte, ihn hierher zu begleiten –
Damon Walsh: Ja, ja, also erstens: Hab keine Ausschreibung gesehen. Hab auch nicht danach gesucht. Bazza hat's mir erzählt. Im O'Malley's, gleich als sie

aufgemacht hatten. Er meinte, ey, du warst doch da unterwegs, Richtung Froggett, im Transporter und so, und ich sag, ja, aber nichts hier von wegen verdächtig oder was, und er so, die nehmen dich hopps, Alter, die quetschen dich aus und buchten dich ein, so schnell kannst du gar nicht gucken, wenn Sie wissen, was ich meine.

DI Singh: *(in der Akte lesend)* Ich ... denke schon. Ja, hier steht, dass Sie Ende des Monats einen Termin bei Ihrem Bewährungshelfer haben, und wenn ich recht verstehe, machen Sie sich Sorgen, dass Sie gegen Ihre Auflagen verstoßen haben.

Damon Walsh: Ich hab gegen gar nichts verstoßen! Das sage ich doch die ganze Zeit. Mein Problem, ey, das ist immer das Gleiche, mein Problem ist, keiner hört mir zu. Die Leute kommen auf falsche Gedanken. Ich werd in Sachen verwickelt, mit denen ich nichts zu tun hab, und dann kriege ich die Schuld. Nur weil ich es bin, und dann gucken die in meine Akte, und –

DI Singh: Gut, Damon, ich verstehe. Ich wollte nur sagen, dass Sie natürlich darauf bedacht sind, Missverständnisse zu vermeiden. Also. Bevor wir loslegen. Sie erwähnten Ihre Akte. In Ihrer Stellungnahme hier geben Sie an, dass Sie mit vierzehn Jahren einer Maßnahme für jugendliche Straftäter zugeteilt wurden.

Damon Walsh: Hab ich nie ein Geheimnis draus gemacht.

DI Singh: Und unseren Aufzeichnungen zufolge haben Sie in jüngerer Vergangenheit eine dreimonatige Freiheitsstrafe für den unerlaubten Besitz von Cannabis verbüßt.

Damon Walsh: Was soll ich dazu sagen? Es war übel

im Bau. Sie haben keine Ahnung. Keiner hat da eine Ahnung von, der das nicht mitgemacht hat. Hab die Zeit abgesessen, gute Führung gekriegt und alles, und jetzt geht's für mich nur noch um die drei Monate Bewährung. Ich geh da nicht wieder rein. Hab alles brav mitgemacht, das Reden, das Zuhören, alles. Ich weiß, was die Leute denken: Ich hab Probleme – geschenkt. Weiß ich selbst. Drei Monate, einen Tag nach dem anderen, das haben sie mir gesagt. Und ich glaub's. Ich will mir einen Job besorgen, und –

DI Singh: Okay, Damon. Kommen wir zurück auf heute Abend. Wir glauben, Sie könnten uns bei unseren Nachforschungen helfen, weil Sie einen Transporter besitzen, der auf die Beschreibung in unserer Bekanntmachung passt, und Sie sind damit nach Froggett gefahren, und Sie sagen, Sie hätten uns etwas über Amy Roecastle mitzuteilen.

Damon Walsh: Genau. Ich bin dagewesen, mit dem Transporter. Obwohl, ehrlich gesagt, manchmal hab ich das Gefühl, der packt das nicht mehr, da die Steigung hoch. Irgendwas ist mit dem nicht in Ordnung, glaub ich. Hab ihn einem Kumpel abgekauft. Ist noch nicht abbezahlt, wofür ich eindeutig nichts kann, aber die Kohle für die Vorauszahlung hatte ich, also ist die Sache sauber. Wenn es mir hilft, einen Job zu finden...

DI Singh: Übrigens, ich nehme an, Sie haben die Papiere für das Fahrzeug mitgebracht.

Damon Walsh: Von Papieren hat mir keiner was gesagt. Keiner hat mir –

DI Singh: Schon gut, Damon. Aber bevor Sie nachher

gehen, müssen Sie mit dem Beamten vom Dienst verabreden, dass Sie sie morgen reinreichen. Also, zurück zu dem, was Sie sagten. Sie sind also mit Ihrem Transporter hinauf nach Froggett gefahren.
Damon Walsh: Jep.
DI Singh: Warum?
Damon Walsh: Wie meinen Sie?
DI Singh: Ich meine, warum gerade nach Froggett?
Damon Walsh: Na, wegen Amy natürlich.
DI Singh: Amy Roecastle?
Damon Walsh: Jep.
DI Singh: Und woher kennen Sie Amy Roecastle?
Damon Walsh: Wie jetzt? Sie ist mein Babe.
DI Singh: *(lange Pause)* Sie wollen mir sagen, dass Sie eine Beziehung mit Amy Roecastle haben?
Damon Walsh: Ja. Klar.
DI Singh: Soweit ich weiß, ist sie in keiner Beziehung.
Damon Walsh: Wir können's nicht an die große Glocke hängen, weil ihre Mutter sonst ausflippt.
DI Singh: Amys Freundin Sophie Brighouse weiß auch nichts von einer Beziehung.
Damon Walsh: Die blonde Tusse? Amy will nicht, dass sie was davon mitkriegt. Kann ihre Klappe nicht halten.
DI Singh: Damon, ich muss Ihnen sagen, es fällt mir schwer, das zu glauben.
Damon Walsh: Ja, kann ich mir denken. Weil ich es bin, stimmt's? Immer wieder das Gleiche. Geht mir echt auf'n Sack.
DI Singh: Ich will es mal so ausdrücken: Wie lässt sich das, was Sie mir erzählen, erhärten?

Damon Walsh: Wie meinen Sie?
DI Singh: Können Sie es mir beweisen?
Damon Walsh: Ja klar.
(Schweigen)
DI Singh: Erzählen Sie mir zum Beispiel etwas über ihr Zimmer.
Damon Walsh: Bin nie in dem Haus gewesen.
DI Singh: Was für Kleidung trägt sie, wenn Sie sich treffen?
Damon Walsh: Hab kein gutes Auge für solche Sachen.
DI Singh: Was wissen Sie über sie? Erzählen Sie mir etwas. Wie viele Geschwister hat sie? Auf welche Schule geht sie? Was mag sie?
Damon Walsh: Hören Sie auf, mir dreht sich schon alles.
DI Singh: Tut mir leid. Aber das reicht nicht.
Damon Walsh: Ich hab ihr Blumen geschenkt. Die haben ihr gefallen.
DI Singh: *(Pause)* Was?
Damon Walsh: Letztens erst. Versteh nichts von Blumen, hab sie aus einem Garten geklaut, um ehrlich zu sein. Aber Amy mochte sie. Meinte, sie würde sie in eine Vase stecken und so.
DI Singh: Okay. Diese Blumen habe ich gesehen. Sie stehen in einer Vase. Erzählen Sie mir noch mehr über Amy.
Damon Walsh: Na ja, normalerweise hänge ich ziemlich lange rum und warte auf sie. Sitze im Transporter und so. Treib mich da am Wald rum. Sie will, dass ich mich nicht blicken lasse, bis die Luft rein ist. Ist ein Scheißspiel, ehrlich gesagt, 'tschuldigung.

DI Singh: Damon, wie lange sind Sie schon in dieser Beziehung mit Amy?

Damon Walsh: Weiß nicht mehr genau. Seit Mai so?

DI Singh: Und wie haben Sie sich kennengelernt?

Damon Walsh: Im O'Malley's war das, glaub ich. Ja, genau. Hab sie da stehen sehen, wie sie zu mir rübergeguckt hat. Danach, weiß nicht, hat sie mich angerufen und so. Einmal hab ich sie bei so 'nem Gig in der Stadt getroffen. Jedenfalls sind wir seit dann zusammen. Und deswegen bin ich jetzt hier, ohne dass ich was gemacht hab. Mach ich nur wegen meinem Babe.

DI Singh: Verstehe. Wie oft treffen Sie sich mit Amy?

Damon Walsh: Zwei-, dreimal die Woche vielleicht.

DI Singh: Wo treffen Sie sich?

Damon Walsh: Immer da, wo ich den Transporter geparkt habe. Oder beim Haus. Manchmal hinten auf dem Weg.

DI Singh: Und was machen Sie und Amy dann?

Damon Walsh: Tja. Nicht nur das, was Sie denken. Aber das natürlich auch. Vielleicht fahren wir einfach spazieren. In die Stadt rein. Sie liebt die ganzen Läden rund um The Wicker. Meistens hab ich dafür allerdings kein Geld. Manchmal sitzen wir auch einfach im Auto und reden. Sie redet gern. Die Welt retten und so, wissen Sie. Und andere Sachen. *(Hastig)* Aber das ist nicht wichtig.

DI Singh: Was für andere Sachen?

Damon Walsh: Ach, ich hab nichts gesagt.

DI Singh: Was für andere Sachen, Damon?

Damon Walsh: *(Pause)* Sie hilft mir.

DI Singh: Wie meinen Sie das?

Damon Walsh: *(Schweigen)*
DI Singh: Damon!
Damon Walsh: *(laut)* Ich hab's nicht so mit Büchern! *(Schweigen)* Okay? Ist einfach nicht mein Ding.
DI Singh: *(Pause)* Sie bringt Ihnen Lesen bei?
Damon Walsh: Hab doch gesagt, ich will mir 'n Job suchen.
DI Singh: Okay. Vor zwei Wochen wurde Ihr Transporter von einer Nachbarin in der Nähe des Eingangs zu Amys Grundstück gesehen, wie er heftig hin und her schaukelte.
Damon Walsh: Ach? Na ja, was heißt heftig? Haben einfach rumgemacht, nehm ich mal an. Hören Sie, ich weiß, was Sie von mir denken, genau wie alle anderen. Ich weiß, ich hab Probleme. Aber ich hatte überhaupt keine Ahnung, dass sie weg ist, bis Bazza es mir gesagt hat. Das ist die Wahrheit.
DI Singh: Haben Sie sich in der Nacht vom Mittwoch, dem 8. August, getroffen? An dem Tag, als sie verschwunden ist?
Damon Walsh: *(kratzt sich am Kopf)* Welche Uhrzeit?
DI Singh: Zwischen Mitternacht und zwei Uhr morgens. Im Wald hinter ihrem Haus.
Damon Walsh: Natürlich nicht. Was hätte sie da zu suchen gehabt? Hat doch geregnet wie Sau.
DI Singh: Haben Sie sie an dem Abend irgendwo anders, zu einer anderen Uhrzeit getroffen?
Damon Walsh: Nein.
DI Singh: Sind Sie sicher?
Damon Walsh: Klar.

DI Singh: *(Pause)* Wissen Sie, warum sie verschwunden ist, Damon?

Damon Walsh: Nein.

DI Singh: Wann haben Sie davon gehört, dass sie verschwunden ist?

Damon Walsh: Donnerstag, glaub ich. Im O'Malley's wurde darüber geredet. Bazza meinte ... na, spielt keine Rolle, was Bazza meinte. Konnt's nicht glauben. Aber sie kommt klar. Ich kenne Amy. Sie ist mein Babe.

DI Singh: Wissen Sie, wo sie sein könnte?

Damon Walsh: Keine Ahnung. Ist schon irgendwie schräg, oder? Kalifornien vielleicht?

DI Singh: Warum sagen Sie das? Um ihren Vater zu besuchen?

Damon Walsh: Über den weiß ich nichts. Erinnre mich nur, dass sie mal drüber geredet hat. Hör ihr so gern beim Reden zu.

DI Singh: Okay, Damon. Sie haben sie am Mittwochabend also nicht gesehen.

Damon Walsh: Nee.

DI Singh: Was haben Sie am Mittwoch gemacht?

Damon Walsh: Warum wollen Sie das wissen?

DI Singh: Das war der Tag, an dem Amy verschwunden ist.

Damon Walsh: Ja, aber ich sag doch, ich weiß da nichts drüber.

DI Singh: Erzählen Sie einfach, was Sie gemacht haben.

Damon Walsh: Mittwoch? Muss ich nachdenken. Mein Gedächtnis ist nicht das allerbeste. Ach ja, ich war in der Stadt, da in der Nähe vom Bahnhof.

DI Singh: Was haben Sie gemacht?

Damon Walsh: Nichts weiter. Mit 'm Freund abgehangen.
DI Singh: Waren Sie den ganzen Abend dort?
Damon Walsh: Jep.
DI Singh: Dann müssten Sie etwas von der Randale am Market Square mitbekommen haben.
Damon Walsh: Nee. Also, nicht wirklich.
DI Singh: Sie waren schon wieder weg?
Damon Walsh: Na ja, weg nicht. Ich mein, ich hab mitgekriegt, was los war, und bin dann hinterher weg.
DI Singh: Waren Sie auf dem Rave?
Damon Walsh: Nee. Auf keinen Fall. Hab gesehen, was abging, und bin dann nach Hause. Hab mich nicht weiter aufgehalten oder so.
DI Singh: Amy oder ihre Freundin Sophie haben Sie nicht gesehen?
Damon Walsh: Nee.
DI Singh: *(Pause)*
Damon Walsh: Das war's dann? Kann ich jetzt gehen?
DI Singh: Haben Sie sonst noch irgendetwas zu sagen?
Damon Walsh: Ich möchte das schriftlich haben.
DI Singh: Was?
Damon Walsh: Nicht meine Schuld. All das, was Sie gesagt haben, dass ich da raufgefahren bin, dass ich da gewartet hab und dass Amy mein Babe ist. Egal, was passiert ist, es ist nicht meine Schuld. Ich möchte, dass das richtig aufgeschrieben wird, was ich gesagt hab, dass es nicht meine Schuld ist, verstehen Sie?
DI Singh: Okay. Ist vermerkt. Ich bringe Sie jetzt zu dem diensthabenden Beamten. Und falls wir noch einmal mit Ihnen sprechen müssen, können wir Sie unter

den Kontaktdaten erreichen, die Sie bereits angegeben haben, ja?

Damon Walsh: Kein Problem, Mann. Ich will ja nur helfen, weiter nichts. Deswegen bin ich hergekommen. Tschau.

Es dauerte noch eine weitere halbe Stunde, bevor Singh das Hauptquartier verließ. Fast Mitternacht. Unter einem dunklen, wolkenlosen Himmel fuhr er langsam zur Ringstraße und dann nach Osten Richtung Dandelion Hill, wo er wohnte.

Er dachte über Damon Walsh nach, über all die jungen Menschen, die ihr Karma aus den Augen verloren. In Wahrheit war Damon gar nicht so viel jünger als er selbst. Und es hatte Zeiten in seinem Leben gegeben, da hatte er selbst sein Karma aus den Augen verloren; er dachte an seine Kindheit in Lahore vor nunmehr fünfzehn Jahren. Manche Menschen, wie Amy Roecastle, gehen verloren, weil sie plötzlich und unter seltsamen Umständen verschwinden. Manche, wie Garvie Smith, scheinen einfach von ihrem Weg abzukommen. Andere, wie Damon, leben mit einem gestörten Karma, sind sich selbst abhandengekommen; vielleicht sind sie es, die es am schlimmsten getroffen hat. Aber wie können sie alle wiedergefunden werden?

Wie werde ich wiedergefunden?, dachte er plötzlich.

Er richtete seine Gedanken wieder auf Amy Roecastle, die schon die zweite Nacht hintereinander nicht in ihrem Zuhause war. Wenn Damon die Wahrheit sagte, dann war sie ein Mädchen voller Überraschungen und Geheimnisse. Er wusste aber nicht, ob Damon die Wahrheit sagte. Nicht ein einziges Mal hatte er sich besorgt gezeigt über Amys

Verbleib. Singh würde ihn noch einmal befragen müssen, gleich am nächsten Tag.

Der Nachthimmel war dunkelblau verhangen, während er sich mit diesen Gedanken langsam Dandelion Hill näherte.

Es war Mitternacht am Freitag, dem 10. August, dem zweiten Tag nach Amys Verschwinden, und sie wurde seit mittlerweile knapp achtundvierzig Stunden vermisst.

15

Die Freitagabende wurden in den Eastwick Gardens normalerweise in Familie verbracht. Nicht so an diesem Freitag. Garvies Mutter wollte ausgehen. Um sieben Uhr verschwand sie in ihrem Zimmer, um sich fertigzumachen, und zurück blieben Garvie und Onkel Len, der vorbeigekommen war, um die Brieftasche abzuholen, die Tante Maxie vergessen hatte.

Garvie lag, während sein Onkel durchs Wohnzimmer ging, ausgestreckt auf dem Sofa, die Augen geschlossen.

«Also», sagte er, ohne die Augen zu öffnen, «hat euer Mann die Sache schon aufgeklärt?»

Mit einem missbilligenden Grunzen blieb Onkel Len stehen. «Du weißt, mit welchen Einschränkungen er es bei seiner Arbeit zu tun hat. Man gibt ihm keine Unterstützung. Aber er ist ein guter Ermittler, und er macht gute Fortschritte.»

«Zum Beispiel?»

Onkel Len sah seinen träge daliegenden Neffen stirnrunzelnd an. «Heute Vormittag hat er den Wald durchkämmt, mit einer Truppe von Freiwilligen, die er selbst zusammengestellt hatte.»

«Ergebnis?»

«Pech für ihn war, dass es in der Nacht davor so stark geregnet hatte. Wir haben einige schwarze Stofffetzen, die von Amys Hosen stammen könnten. Ansonsten bestand die Ausbeute größtenteils aus Müll.»

«Was für Müll?»
«Das Übliche.»
«Was ist das Übliche?»

Wie er ihn so daliegen sah, die Augen noch immer geschlossen, überkam Onkel Len die schon gewohnte Verärgerung. Aber er blieb ruhig.

«Man kann sich nur wundern, was alles für Zeug im Wald landet. Ein Zahnputzbecher. Ein Fußball ohne Luft. Deckel eines Schuhkartons. Ein Autoradio, in eine Plastiktüte gewickelt. Ein Badeanzug, kannst du dir das vorstellen? Wirklich Abfall jeder Art.»

Da Garvie nicht antwortete, bewegte sein Onkel sich auf die Tür zu.

Garvie sagte: «Was für ein Schuhkartondeckel?»

Onkel Len zögerte. «Ein ganz normaler.»

«Welche Marke?»

«Das weiß ich nicht mehr, Garvie.»

«Welche Farbe?»

Sein Onkel seufzte. «Gelbbraun, glaube ich.» Er starrte seinen Neffen an, der völlig reglos schien, die Augen weiterhin geschlossen. «Warum?»

Doch Garvie sagte nichts mehr, noch rührte er sich, und so drehte Onkel Len sich kopfschüttelnd um und verließ die Wohnung.

Um neun Uhr betrat seine Mutter das Wohnzimmer in einem knielangen Kleid mit schwarzem Ringelblumenmuster auf weißem Grund und weißen hochhackigen

Schnallenstiefeletten. Um den Hals trug sie ein silbernes Schleifencollier, dazu in den Ohren die passenden Schleifen, und ihre geglätteten Haare waren zu einem luftigen Bob frisiert, mit Seitenscheitel und hennafarbenen Strähnen. Der rote Lippenstift passte zum Zehennagellack.

«Na?»

Garvie öffnete die Augen. Sie verrieten sein Erstaunen, eine Regung, die er normalerweise zu verbergen suchte. Er setzte sich auf.

«Ach so, du willst zu den Oscar-Feierlichkeiten.»

«Zieh nur ein bisschen um die Häuser mit den Mädels von der Arbeit. Wer weiß, wen wir da treffen? Einen oder zwei Cocktails, vielleicht noch das Tanzbein schwingen in der Stadt.»

«Im Ernst?»

«Warum nicht? Glaubst du, ich kann nicht tanzen?»

«Nein, es ist nur... Was ist mit Essen?»

«Darum wirst du dich selber kümmern müssen.»

Dass seine Mutter sich schick machte, um auszugehen, hatte etwas entschieden Verstörendes.

«Gehst du nicht aus, Garvie? Heute am Freitagabend?»

Kein Kommentar.

«Deine Freunde wieder alle anderweitig beschäftigt?»

Gab nichts dazu zu sagen.

Aber sie wandte den Blick nicht ab. «Was ist?»

«Ich wollte noch mit dir reden. Dr. Roecastle hat mich heute Morgen im Krankenhaus auf dich angesprochen.»

Garvie stand vom Sofa auf und strebte seinem Zimmer zu.

«Garvie!»

Er drehte sich um. «Du weißt, dass sie gestört ist, oder? Wenn es in ihrer Natur liegt, sich ständig ohne Grund zu beschweren – ich kann's nicht ändern.»

«Tatsächlich hat sie sich gar nicht beschwert. Ja, ich weiß. Ich war auch schockiert. Sie fragte mich, ob es wahr ist, dass du der Polizei bei diesen Mordermittlungen geholfen hast.»

«Was hast du gesagt?»

«Dass sie lieber Inspektor Singh danach fragen sollte.»

Er sah sie an. «Was noch? Du hast noch was anderes gesagt, stimmt's?»

«Ich habe ihr gesagt, dass du unhöflich und schwierig bist und dich gern ungefragt einmischst, aber dass du auch schlau bist wie sonst was, wenn es dir gerade passt. Und dass du, davon abgesehen, immer noch mein Sohn bist, und wer ein Problem mit dir hat, der hat auch ein Problem mit mir. Okay?»

Er dachte darüber nach.

«Was meinst du mit ‹schwierig›?»

«Streite nicht mit mir, Garvie. Damit sind wir durch. Ich kann dir nicht vorschreiben, was du tun sollst, und ihr kann ich schon gar nichts vorschreiben, also hab ich aus meiner Sicht mit dem Verschwinden ihrer Tochter absolut nichts zu tun. Trotzdem tut sie mir doch irgendwie leid.»

«Und das ist nicht nötig.»

«Du meinst, sie verdient mein Mitgefühl nicht?»

«Sie braucht keine Hilfe, wenn es darum geht, an sich selbst zu denken. Zuerst war sie sauer. Dann wahrscheinlich erschrocken. Und als Nächstes wird sie hysterisch sein.»

«Nun, ich hoffe, dass sie die Hoffnung nicht verliert. Und ich glaube, Raminder wird ihre Tochter bald aufspüren.»

«Er hat nicht genug Unterstützung.»

«Er ist ein guter Ermittler.»

«Lässt sich drüber streiten.»

«Ich weiß nicht, was du gegen ihn hast. Er ist klug, einfallsreich, fleißig. Das sagen alle.»

«Verkrampft. Ohne Sinn für Humor. Übersieht Sachen. Ich wette, das sagen auch alle.»

«Das glaube ich nicht.»

«Solltest du aber. Er hat zum Beispiel übersehen, dass sie eine halbe Stunde lang draußen im Regen gestanden hat, bevor sie ins Haus gekommen ist.»

Er wartete ihre Reaktion nicht ab, sondern ging in sein Zimmer und schloss die Tür hinter sich; und kurz darauf hörte er, wie sie die Wohnung verließ.

Jetzt war es Mitternacht. Er lag auf seinem Bett. Hände hinterm Kopf verschränkt, Blick starr zur Decke gerichtet. Polizeisirenen in der Ferne, mal leiser, dann wieder lauter werdend.

Abdul hatte sich vorhin bei ihm gemeldet und berichtet, der Taxifahrer habe Amy um zwanzig vor zwölf vor ihrem Grundstück abgesetzt. Dr. Roecastle zufolge hatte ihre Tochter das Haus um elf nach zwölf betreten. Um vom Tor über die Zufahrt zum Haus zu gelangen, brauchte man höchstens ein, zwei Minuten. Also hatte sie, nachdem das Taxi weggefahren war, eine halbe Stunde lang im strömenden Regen gestanden.

Das war interessant.

Ein unbekanntes Glied in einer Folge von Ereignissen.

Er dachte über mathematische Folgen nach, über ihre Funktionsweise. Zum Beispiel die Fibonacci-Folge, eine der einfachsten. $F_n = F_{n-1} + F_{n-2}$. Mit anderen Worten, jede neue Zahl in der Folge ist die Summe der beiden vorangegangenen Zahlen: 1, 1, 2, 3, 5, 8, 13, 21, 34, 55, 89 ... F_n wächst exponentiell, jede Steigerung ist größer als die vorige. Normal, aber erschreckend. Wie Kleinigkeiten, die sich ohne Vorwarnung plötzlich hoch auftürmen. Winzige Risiken, die jäh außer Kontrolle geraten. Eine Gefahr, eben noch so klein, dass man sie kaum wahrnimmt, im nächsten Moment sprengt sie alle Maßstäbe.

Ein unbekanntes Glied in einer Folge von Ereignissen, die im Begriff sind, außer Kontrolle zu geraten. Eine halbe Stunde im strömenden Regen, im Gespräch mit jemandem, der ihr seine Jacke zum Überziehen gab. Ein Gespräch worüber? Unbekannt. Aber zehn Minuten später war sie im Wald und rannte um ihr Leben.

Interessant.

Es wurde ein Uhr. Zwei Uhr. Er hörte seine Mutter leise in die Wohnung kommen und zu Bett gehen. Er lag da, mit starrem Blick, lauschte der Stille und dachte über Folgen nach.

16

Am Samstagmorgen saß Singh an seinem Schreibtisch, wie üblich. Um kurz nach zehn rief der Diensthabende an und teilte mit, dass Damon Walsh nicht gekommen sei, um seine Fahrzeugpapiere einzureichen.

Sofort hatte Singh ein ungutes Gefühl.

«Haben Sie ihn kontaktiert?»

Der Diensthabende zögerte. «Die Telefonnummer, die er angegeben hat, ist ungültig.»

«Was ist mit der Adresse?»

«Er ist dort nicht bekannt. Wir haben nachgefragt.»

Singh saß bewegungslos da und starrte gegen die leere Wand seines behelfsmäßigen Büros.

«Nächste Angehörige?»

«Nicht vorhanden. Alles, was wir in der Datenbank haben, ist ein Kontakt aus der Zeit seiner vorherigen Verurteilung. Ein gewisser Paul Tanner.»

«Wer ist das?»

«Ein Bäcker in einem der Supermärkte in Strawberry Hill.»

«Adresse?»

Der Diensthabende nannte sie ihm. «Liegt am A. d. W. In der Nähe von Tick Hill. Übrigens», fügte er hinzu, «eine Dr. Roecastle hat für Sie angerufen. Zweimal schon.»

Singh sagte nichts dazu. Er legte den Hörer auf und verließ den Raum.

Am nördlichen Abschnitt der Ringstraße, zwischen dem hoch aufragenden weißen Turm des Krankenhauses und den dicht gedrängten Flachbauten von Tick Hill, gab es eine Abfahrt mit dem schlichten Wegweiser CHILDSWELL GARTEN-CENTER. Eine schmale Straße führte etwa hundert Meter zwischen Zäunen hindurch aufwärts, dann gabelte sie sich. Singh bog auf eine noch schmalere Straße, kaum mehr als ein unbefestigter Weg. Vorbei an dichtem, grünen Dornengestrüpp auf beiden Seiten ruckelte er langsam weiter, bis der Weg nach etwa einem halben Kilometer in einer kleinen, geschotterten Lichtung auslief, an deren Ende ein neues, eingeschossiges Backsteinhaus mit Holzpaneelen stand.

Er stieg aus dem Auto und hielt die Nase in den sanften Wind. Der Verkehr auf der Ringstraße rauschte leise, wie eine ferne Brandung. Hinter dem Haus begann ein gepflügtes Feld, das sich hügelaufwärts bis zu einem kleinen Wäldchen am Horizont erstreckte. In den Eichen rund um das Haus gurrten Tauben und schlugen mit den Flügeln. So nahe bei der Stadt und doch so ländlich, wie ein vergessener Ort des Friedens. Singh richtete seinen Turban, atmete die süße Luft ein und spürte einen seltenen Moment tiefer Ruhe. Er ging durch einen hübschen Garten zur Eingangstür und klopfte.

Der eingezäunte Rasen zog sich um das Gebäude herum zur Rückseite. Es gab dort ein Grillhäuschen und ein Sonnenverdeck, unter dem Singh Fitnessgeräte erkennen konnte. Die Grasfläche war übersät von Spielzeug und Baumaterial.

Eine kleine Frau öffnete die Tür, sie hatte ein Baby auf dem Arm, das sie sanft schaukelte, während Singh sein Anliegen vortrug.

«Er ist im Bett», sagte sie. «Er arbeitet Nachtschicht.»

«Ich entschuldige mich vielmals», sagte Singh. «Es dauert nicht lange. Er ist nicht in Schwierigkeiten», fügte er hinzu. «Es geht lediglich darum, dass er uns vielleicht bei einer Ermittlung helfen könnte.»

Er folgte ihr durch einen Flur zu einem ausgesprochen hellen Wohnzimmer, wo er zwischen weiterem Spielzeug wartete, bis ein Mann erschien. Er war Mitte dreißig, hatte schwarze, militärisch kurz geschnittene Haare und ein offenes, freundliches Gesicht mit einem Stoppelbart, vor allem über der Oberlippe, der dunkel gegen die blasse Haut abstach.

Singh erhob sich. «Tut mir leid, dass ich Sie geweckt habe, Paul.»

«Ist schon gut. Meistens kann ich sowieso nicht gleich schlafen. Braucht eine Weile, um nach der Schicht wieder runterzukommen. Ich bin immer ganz steif von der Arbeit am Ofen.»

Beim Hinsetzen zuckte er zusammen. Er schluckte eine Paracetamol-Tablette, und als ein kleiner Junge hereingestürmt kam, packte er ihn, wuschelte in seinen Haaren, bis der Junge vor Lachen quiekte, und setzte ihn dann wieder ab.

«Na gut, jetzt geh und leiste deiner Mutter Gesellschaft. Ich muss mich mit diesem Herrn hier unterhalten.»

Lachend rannte der Junge davon.

Singh sagte: «Das hier ist ein hübsches Plätzchen.»

«Wir haben Glück gehabt. Die Arbeit habe ich zum großen Teil selbst gemacht. Anders hätten wir's uns nicht leisten können.»

Singh lächelte. «Ich möchte Ihnen nur einige Fragen über einen jungen Mann stellen, den Sie vielleicht kennen.»

«Und wer ist das?»

«Damon Walsh.»

Paul seufzte spontan. «Was hat er jetzt angestellt?»

«Wir wissen noch gar nicht, ob er etwas angestellt hat. Im Moment versuchen wir herauszufinden, wo er ist. Ein Mädchen ist verschwunden. Möglicherweise weiß Damon etwas darüber.»

Paul rieb sich nachdenklich über die Bartstoppeln. «Armer Damon.»

«Warum sagen Sie das?»

«Er gerät einfach immer wieder in Schwierigkeiten.»

Singh zückte sein Notizbuch. «Okay. Erzählen Sie mir von ihm», sagte er. «Woher kennen Sie ihn? Aus dem Supermarkt?»

Paul schüttelte den Kopf. «Kann mir nicht vorstellen, dass Damon mal länger einen Job behält. Nein.» Er hielt inne. «Bleibt das hier vertraulich? Ich meine, heutzutage muss man ja wegen dem Datenschutz aufpassen.»

Singh zögerte nur kurz.

«Das ist in Ordnung», sagte er. «Damon hat bereits von sich aus mitgeteilt, dass er einige Zeit in Haft und in einer Maßnahme für straffällige Jugendliche verbracht hat.»

«Okay. Daher kenne ich ihn, von dieser Maßnahme. Damals hab ich noch als Sozialarbeiter gearbeitet. Wurde entlassen, als sie die Mittel gekürzt haben. Aber wie auch immer, ein großer Teil des Jobs bestand darin, mit der Polizei zusammenzuarbeiten, mein Verbindungsmann war ein gewisser Bob Dowell, und ich war unter anderem für Sport- und Freizeitaktivitäten im Rahmen der Maßnahme zuständig.» Er lächelte. «Fehlt mir, diese Arbeit, ganz ehrlich. Die Sache mit diesen jugendlichen Straftätern ist doch die, dass sie nicht die gleiche Unterstützung bekommen wie die meisten Menschen. Sie machen Fehler, und es ist niemand da, der ihnen da raushilft. Die brauchen jemanden, der ihnen mal den Arm um die Schulter legt und in Ruhe mit ihnen quatscht.»

Paul wusste nicht viel über Damons Vorgeschichte. Er hatte von einem älteren Halbbruder gehört, glaubte aber nicht, dass Kontakt zwischen beiden bestand. Sein Eindruck war, dass die Eltern ihn früh aufgegeben hatten. Danach hatte es Betreuer und Mentoren, Pflegeeltern und inoffizielle «Vormünder» gegeben. Voraussetzung für die Aufnahme in die Maßnahme war ein Sponsor, der für den Betreffenden einstand.

«Allerdings hat keiner von denen über längere Zeit zu Damon gehalten.»

«Warum?»

Damon war schon als Grundschüler schwierig gewesen, ein unruhiges Kind. Er geriet immer wieder in Schwierigkeiten, weil er sich zu Dummheiten verleiten ließ, anfangs waren es kleinere Diebstähle, später Drogen. Mit vierzehn wurde er für ‹Besitz einer verbotenen Substanz mit Verkaufsabsicht› belangt.

«Typisch Damon. Er hat versucht, einem Zivilfahnder ein paar Pillen zu verkaufen. Der Mann hat später gesagt, er wär so freundlich und hoffnungsvoll gewesen, dass er sie ihm beinahe abgekauft hätte.»

«Wie hat er sich in der Maßnahme verhalten?»

«Bei Damon kriegt man genau das, was man sieht. Er ist chaotisch, unberechenbar, gedankenlos, extrem unzuverlässig, leicht verführbar. Nervös, total hibbelig. Aber im Grunde ist er total naiv. Goldig, könnte man fast sagen. Er fällt nur immer, immer wieder auf die Nase. Ich mochte ihn. Ich habe ihn einige Male gesehen, nachdem er mit der Maßnahme durch war. Er war der schlechteste Fußballer, den ich je gecoacht habe. Koordination gleich null.»

Singh machte sich Notizen.

«Sie sagten, Sie hätten ihn nach dem Ende der Maßnahme wiedergesehen.»

«Ja. Das letzte Mal ist noch gar nicht lange her. Er meinte, er bräuchte mal einen Rat.»

«Worüber?»

«Er hat überlegt, einen Transporter zu kaufen. Hatte aber nicht das Geld dafür.»

Singh schrieb noch mehr auf.

«Sie haben gesagt, dass es um ein Mädchen geht», sagte Paul. «Überrascht mich nicht. Er kommt gut an bei den Mädels. Bestimmt auch, weil er ein hübscher Kerl ist. Aber ich glaube, er spricht vor allem ihren Beschützerinstinkt an. Sie wollen ihn vor sich selbst bewahren. Natürlich ist er der Albtraum aller Mütter.»

Singh nickte. «Sonst noch etwas?»

Paul dachte nach. «Sie wissen, dass zur Maßnahme auch ein Kurs in Aggressionsbewältigung gehörte?»

«Nein.»

«Ich glaube, das war so. Sie könnten es nachprüfen. Die meiste Zeit ist Damon ein ausgesprochen sanfter Typ, schon fast tranig. Dann aber passiert irgendwas. Er bekommt aus irgendeinem Grunde Angst, und dann rastet er aus. So jedenfalls hat man mir berichtet. Selber erlebt hab ich's nie. Hilft Ihnen irgendetwas von all dem weiter?»

«Das ist sehr hilfreich», sagte Singh. «Danke. Aber abschließend gefragt, haben Sie irgendeine Vorstellung, wo ich nach ihm suchen könnte?»

Paul massierte seine Stoppeln. «Ich glaube, ich habe seine Handynummer. Moment. Ja, hier ist sie.»

Er reichte Singh sein Handy, doch Singh schüttelte den Kopf. «Die hat er uns schon gegeben. Sie ist ungültig.»

Paul schnaubte. «Auch das ist typisch Damon. Wahrscheinlich wurde ihm der Vertrag gekündigt.»

«Sie wissen nicht, wo er vielleicht wohnt?»

«Nein, keine Ahnung. Er zieht oft um.»

«Na gut. Macht nichts.»

Paul schüttelte Singh die Hand. «Hören Sie. Ich weiß, Damon macht immer gern mal Fehler. Aber im Grunde seines Herzens ist er ein guter Junge.»

«Danke noch einmal, dass Sie sich die Zeit genommen haben. Ich hoffe, Sie können jetzt schlafen. Eins noch zum Schluss: Falls Damon wieder mit Ihnen Kontakt aufnimmt, benachrichtigen Sie uns bitte sofort.»

Paul zögerte kurz, dann nickte er.

Draußen vor dem Haus strahlte die Sonne, und der Duft der umliegenden Vegetation stieg Singh in die Nase, während er auf sein Handy schaute. Drei verpasste Anrufe von Dr. Roecastle.

Er zögerte. Die einzige Person, die seine Ermittlungen wirklich voranbringen konnte, war verschwunden, und Singh hatte wenig Hoffnung, sie auf die Schnelle wieder aufzuspüren. Das würde er Dr. Roecastle mitteilen müssen. Und sie würde, das wusste er, sehr enttäuscht sein. Ihre Haltung in Bezug auf Amys Verschwinden hatte sich dramatisch gewandelt, und ihr Zorn auf die Polizei war, auch das wusste er, ein Ausdruck ihrer verspäteten tiefen Sorge um ihre Tochter.

Er aber war ein pflichtbewusster Beamter, komme, was wolle. Und so stieg er, mit einem mulmigen Gefühl im Bauch, in sein Auto und fuhr erneut in Richtung Froggett.

17

Am Samstagvormittag musste Garvie noch eine Schicht Zaunbau auf dem Grundstück «Four Winds» einschieben. Wochenendüberstunden. Die kugelförmigen Zieraufsätze auf seinem Zaunstück waren abschließend zu befestigen. Gegen Mittag machte er Schluss und ging nach unten zum Haus, um sich zu waschen. Von Singhs Besuch hatte er nichts mitbekommen, aber kaum war er durch die Eingangstür getreten, wurde er mit dem Ergebnis konfrontiert.

Vom anderen Ende des Flurs hörte er ein Geräusch, ein explosionsartiges Zischen, als wäre Fett in der Bratpfanne zu heiß geworden. Durch die offene Wohnzimmertür sah er Dr. Roecastle in sich zusammengesunken auf dem Sofa; die Hände vors Gesicht geschlagen, saß sie mit bebenden Schultern da und weinte bitterlich.

Bevor er sich aus dem Staub machen konnte, hob sie den Kopf und sah in seine Richtung, das tränenüberströmte Gesicht in einem Ausdruck gequälten Nichtbegreifens erstarrt.

«Warte!», krächzte sie zornig.

Garvie wartete und behielt sie im Auge für den Fall, dass sie irgendetwas Unvorhergesehenes tat.

«Die haben ihn gehen lassen!», platzte sie mit belegter Stimme heraus.

«Wen?»

«Den Verdächtigen.»

«Welchen Verdächtigen?»

Sie war so hysterisch, wie er befürchtet hatte, von null auf hundert in schiere Verzweiflung gestürzt. Ihr Gesicht zuckte beim Sprechen. «Ein Mann mit krimineller Vorgeschichte. Wurde mit seinem Transporter im Wald gesehen. Vierundzwanzig Jahre alt.» Sie sah Garvie verstört an. «*Sie ist erst sechzehn.* Er hat ihr nachgestellt», fuhr sie fort, «auf eine Gelegenheit gewartet, um ...» Sie schluckte, keuchte. «Die glauben, er könnte sie in seinem Transporter entführt und ...»

Garvie wartete, und sie fuhr kurz darauf fort: «Die Polizei hatte ihn schon, er hat bei denen auf dem Revier gesessen, und dann haben sie ihn wieder laufen lassen. Er hat sie reingelegt. Hat eine falsche Adresse angegeben und ist dann verschwunden. Sie haben keine Ahnung, wo er ist, wo er Amy festhält.»

Ihr wilder Blick richtete sich auf ihn.

Garvie sagte: «Warum erzählen Sie mir das alles?»

Sie räusperte sich und schluckte.

«Du hattest recht. Ich hätte mir mehr Sorgen machen sollen. Jetzt tue ich es. Ich habe Angst, mehr Angst als jemals zuvor.»

Garvie nahm es zur Kenntnis, sagte jedoch nichts dazu.

«Du magst mich nicht», sagte sie nach einer Weile.

«Nein.»

«Ich mag dich auch nicht.»

Er nickte.

«Deine Mutter arbeitet bei mir im Krankenhaus.»

«Ich weiß, wo meine Mutter arbeitet.»

«Ich habe gestern mit ihr gesprochen. Über das, was du getan hast, um der Polizei bei diesen Ermittlungen zu helfen.»

«Ja, das weiß ich auch.»

«Deine Mutter hat mir erzählt, dass –»

«Ich unhöflich und schwierig bin. Ja, ich weiß.»

«Und einer, der sich gern ungefragt einmischt.»

«Nur manchmal. Das Meiste geht mir ziemlich am Arsch vorbei.»

Dr. Roecastle wirkte plötzlich erschöpft. Sie ließ den Mund offen stehen.

Garvie stand verlegen in der Tür herum. «Das Wahrscheinlichste ist, dass sie zurückkommt», sagte er schließlich.

«Hör zu», sagte sie mit leiser, angespannter Stimme. «Heute ist der dritte Tag, seit sie verschwunden ist. *Es passiert nichts.* Ein einziger Polizist, ganz auf sich gestellt, das ist alles. Ich war bei seinem Vorgesetzten, ich habe alle meine Freunde in den Medien angerufen. Niemand kann oder will helfen. Und wer weiß, was sie die ganze Zeit erleiden muss! *Ich habe Angst. Ich bin zu allem bereit.* Verstehst du, was ich sage? Zu allem.» Nach einer Pause fügte sie leise hinzu: «Ich bitte sogar einen Jungen wie dich, mir zu helfen.»

Garvie sagte nichts.

«Bitte», sagte sie. «Bitte. Wenn du kannst. Hilf mir, bitte.»

Sie wandte ihm ihr feucht glänzendes Gesicht zu, und wie er sie so ausdruckslos ansah, empfand sie aufs Neue seine ganze Fremdheit. Seine blauen Augen waren seltsam unbewegt. Es war, als würde er ihr gar nicht zuhören, würde sie nicht einmal wahrnehmen.

«Du glaubst wohl, dass du der einzige unhöfliche und schwierige Mensch bist!», rief sie. «*Ich* bin auch unhöflich und schwierig. Und wenn meine Tochter hier wäre, würde sie dir das bestätigen. Aber ich bin ihre *Mutter*! Und jemand wie du wird niemals verstehen, was es heißt, die Fehler zu machen, die ich gemacht habe, oder den Schmerz zu fühlen, den ich fühle. Aber», fügte sie erbittert hinzu, «deine Mutter weiß, wie das ist.»

Sie erwiderte seinen Blick so lange, wie sie konnte, dann wandte sie sich blinzelnd ab, als wäre sie selbst erschrocken über ihre plötzliche Beichte.

«Vergiss es», murmelte sie.

Als sie aufblickte, stand er immer noch da.

«Was soll ich tun?», sagte er.

Sie saßen auf dem Sofa.

«Warum glauben Sie, dass dieser Damon etwas mit der Sache zu tun hat?», fragte er.

«Warum sonst sollte er sich verstecken, jetzt wo die Polizei ihn im Visier hat?»

«Weil er keine gültigen Papiere für seinen Transporter hat. Weil er Angst hat wegen seiner Bewährungsanhörung. Weil er mit der ganzen Angelegenheit nicht klarkommt. Weil er auf Sauftour gegangen ist. Weil irgendwas anderes sich plötzlich ergeben hat. Und so weiter und so fort.»

Dr. Roecastle schürzte die Lippen. «Ich kenne diese Sorte von jungen Männern.»

«Ach ja?»

«Ja. Pflichtvergessen. Keine Qualifikationen, keine richtige Arbeit, keine langfristigen Ziele. Nie genug Geld. Alle möglichen Probleme. Trinken zu viel, rauchen zu viel, keine wahren Interessen, leben in irgendeiner schrecklichen Gegend wie Five Mile oder Limekilns. Du vergisst, dass ich Ärztin bin. Ich bekomme es mit Menschen aus allen Teilen der Stadt zu tun. Ich weiß mehr über diese Männer, als du denkst.»

Sie sah ihn an, sah in diese ausdruckslosen blauen Augen. Zu spät fiel ihr ein: «Wo wohnst du, Garvie?»

«Five Mile.»

«Verstehe.» Sie sah weg.

«Sie glauben, ich kann ihn finden, weil ich so bin wie er.»

«Ich will nur meine Tochter zurück. Sie ist wehrlos. Sie glaubt, sie kennt die Welt, aber sie hat keine Ahnung.»

«Nur damit das klar ist», sagte Garvie. «Ich mache es nicht für Sie. Sie sind mir scheißegal.»

«Dann mach es für Amy.»

«Ich mache es für meine Mutter. Sie muss mit Ihnen arbeiten.»

Dr. Roecastle presste die Lippen zusammen. «Ich verstehe.»

Für einen Moment schwieg er. «Erzählen Sie mir in allen Einzelheiten, was in der Nacht passiert ist, als sie verschwand», sagte er dann.

Sie berichtete. Ihre Erinnerung war präzise, ihr Tonfall schroff.

«Was hatte sie an?»

Sie erwähnte die Jacke.

«Was ist mit der Mütze?»

«Woher weißt du, dass sie eine Mütze aufhatte?»

«Sie sagten, ihre nassen Sachen hätten alles vollgetropft. ‹Sachen›, nicht ‹Jacke›.»

«Du hast recht. Sie trug eine von diesen Wollmützen. Hatte ich vergessen.»

«Wo ist sie jetzt?»

«Ich weiß nicht. Ist das wichtig?»

«Alles ist wichtig. Ich dachte, Ärzte wüssten das.» Er stand auf. «Ich sehe mich jetzt mal in ihrem Zimmer um.»

«Das ist jetzt ein Tatort», sagte sie. «Die Polizei hat es versiegelt.»

Ohne stehen zu bleiben oder sich auch nur umzudrehen, ging er durch die Haustür nach draußen. «Ja, und genau deshalb wird das Fenster noch offen sein.»

Im Laufe der Jahre hatte Felix ihm wiederholt praktischen Rat auf einem Sachgebiet erteilt, das er als «Zugang leicht gemacht» bezeichnete – die Klappleiter, der leichte Schlag auf den Rahmen, die Klinge im Schiebeflügel – sogar eine «Trickkiste» für den Fall, dass man auf lästige Schlösser stößt, hatte er ihm ans Herz gelegt, aber all das benötigte Garvie in diesem Fall nicht.

Vorsichtig kletterte er auf Smudges Schultern.

«Eines Tages», sagte Smudge mit gepresster Stimme, «stellst *du* dich zum Abstützen und Halten ins Blumenbeet, und ich steh dann auf *deinen* Schultern.»

«Alles klar, Smudge», sagte Garvie, «aber dieser Tag ist nicht heute.»

Während er sich vom Sims eines Erdgeschossfensters über das Erkerdach zu einem stabilen eisernen Abflussrohr hangelte, fragte er sich, wie oft Amy es wohl zweckmäßig gefunden hatte, auf diesem Weg zurück in ihr Zimmer zu gelangen. Vor ihrem Zimmerfenster blieb er kurz stehen, um nach unten zu blicken. Smudge wischte sich übers Gesicht und winkte ihm grinsend zu. Hinter ihm stand Dr. Roecastle mit sorgenvollem Blick. Und hinter ihr wiederum hatten sich Smudges Bruder und seine Leute aufgestellt, um das Geschehen – eher angewidert als sorgenvoll – zu beobachten.

Das Fenster war nur angelehnt, so wie er es erwartet hatte, und im nächsten Moment war er im Zimmer, hockte in seinen dreckigen Stiefeln auf einem breiten Bett.

Viel Zeit hatte er nicht. Dr. Roecastle war zu nervös. Er analysierte das Zimmer, teilte das, was er sah, im Geiste in Schlüsselkategorien ein – Möbel, Deko, Kleidung, Zeug – und ignorierte alles, was dem Einfluss von Dr. Roecastle unterlag.

Er ging zu Amys Schrank und zog die Türen auf.

Parfümgeruch schlug ihm entgegen, und dessen Quelle fand er in Gestalt eines purpurroten Glasfläschchens: *Alien* von Mugler. Die Kleidung teilte sich in zwei Unterkategorien auf: 1) schick: teuer aussehende Hosen, Tops, Pullover und Röcke für die feine junge Dame, und 2) alternativ: Tartanminis, zerrissene Jeans, Bondagehosen, Camouflage-Strümpfe, mit Slogans bedruckte T-Shirts. Die Sachen der ersten Kategorien schienen kaum getragen, die weitaus zahlreicheren aus der zweiten waren zerknittert, abgetragen, ausgeblichen. Ein wirres Knäuel von Nietengürteln,

Netzhandschuhen, Ketten und Edelstahlbändern war in eins der Regale gestopft.

Keine Mützen zu sehen.

Und auch keine Schuhschachteln.

Aus dem Garten hörte er jetzt schon Dr. Roecastle rufen, aber das blendete er aus.

An der Wand hing eine Pinnwand aus Kork, an der fünf Fotos befestigt waren: Amy in Nietenleder, irgendwo im Gras sitzend; Amy lässig vor dem Eiffelturm in Paris; Amy mit einem blonden Mädchen in einer Fotokabine; Amy allein.

Er starrte auf die Bilder. Er spürte ganz deutlich die Luft, die er ein- und wieder ausatmete.

Er nahm eins der Fotos von der Wand und hielt es zwischen den Fingerspitzen. Kein Make-up, das hatte sie nicht nötig. In ihrem Ohr steckte ein schwarzer Ring. In der Nase ein schwarzer Stecker, auf den Mittelfingern zusammenpassende Ringe, silbern, mit ungewöhnlichen Spiralmustern in Schwarz. Sie hatte blaue Augen, dichte Brauen, schwarz gefärbte Haare. Die Lippen leicht geöffnet, zeigte sie der Kamera ein angedeutetes Lächeln.

Jetzt hielt er den Atem an.

Ihr Gesicht.

Er konnte den Blick nicht davon abwenden. Noch nie hatte er so ein Gesicht gesehen. Furchtlos sah sie ihn an. Ein Mädchen, das keine Angst kannte.

Aber in jener Nacht war sie verängstigt gewesen, verängstigt genug, um in das Unwetter hineinzulaufen, verängstigt genug, um den Hund mitzunehmen.

Er sah genauer hin. All diese Piercings und Ringe, all die Designerklamotten in rebellischem Leder. Schrilles Zeug für Angeber. Ihr Gesichtsausdruck aber passte nicht dazu, war eher zurückhaltend. Spielte sie etwas vor? Da war ein leichtes Schimmern in den Augen von etwas, das ansonsten verborgen blieb. Sie schien seinen Blick zu erwidern und zu fragen, worauf er denn hinauswolle – wohl auf nichts Besonderes, oder? Eine neckische Herausforderung. *Du findest mich nicht.*

Er dachte darüber nach, würdigte den Witz: ein Glitzerfoto, das nichts preisgab. Er steckte es in die Tasche und machte sich daran, Schubladen und Schranktüren aufzuziehen, Kisten und Ordner zu inspizieren, Berge von Zeug zu durchwühlen, das auf dem Fußboden herumlag. Fast hörte er sie lachen, während er sich abmühte. Ein schlaues Mädchen mit Geheimnissen.

Er fand nichts.

Dr. Roecastle rief erneut, er hörte nicht hin.

Auf dem Schreibtisch stand eine Vase mit Blumen, klägliche Exemplare, die vor sich hinwelkten. Nicht im Laden gekauft. Nachdenklich musterte er sie. Solche Blumen hatte er schon mal gesehen, und sofort fiel ihm ein, wo das gewesen war: im Garten von Dr. Roecastles Nachbarn.

Das war interessant.

Er beugte sich über den Schreibtisch. Da lag eine künstlerische Zeichnung, die in seinen Augen nicht allzu viel hermachte. Schon seltsam, wie viele von diesen kunstbeflissenen Leuten gar nicht zeichnen können. Daneben ein aufgeschlagenes Schulbuch. Eine Mathe-Aufgabe, die ihm gleich ins Auge fiel. Schon wieder Folgen.

Vorausgesetzt $a_n = 1 + (\frac{1}{8})^n$. Beantworte die folgenden Fragen:

Welches ist das vierte Glied der Folge? Amys Lösung lautete $\frac{4097}{4096}$.

Ist die Folge «konvergent» oder «divergent»? Amys Antwort war «konvergent».

Wie lautet der Grenzwert? Amy hatte «1» geantwortet. Sie war schlau, wirklich schlau. Aber den zweiten Teil der Aufgabe hatte sie nicht fertig bearbeitet.

Er sah sich die Sache genauer an. Es war etwas, das ihm buchstäblich noch nie untergekommen war, eine Frage zur «Definition des Grenzwerts einer Folge», in welcher λ der Grenzwert ist, ε ein beliebiger Wert und N der Punkt, an dem die Differenz zwischen dem Glied und dem Grenzwert kleiner ist als ε.

$(a_n - λ) < [ε$ für alle $n ≥ N$. Wenn $ε = \frac{1}{5000}$, was ist dann N?
Finde die fehlende Zahl in einer Folge.

Amy hatte angefangen, die Aufgabe zu bearbeiten, dann aber abgebrochen. Garvie starrte auf das Buch. Von draußen drang Dr. Roecastles Gezwitscher durchs Fenster, aber er achtete nicht darauf, biss sich an der Aufgabe fest, blendete alles andere aus. Er begab sich in die Sphäre der Zahlen und Muster, in die wunderschönen Labyrinthe der mathematischen Logik.

Nach zwei Minuten nahm er Amys Stift und schrieb 5.

Während Dr. Roecastle jetzt gar nicht mehr aufhörte zu rufen, ging er ein letztes Mal durchs Zimmer, um ein paar Sachen einzusammeln – einen Lippenstift, ein Halsband, einen Strumpf, ein Armband, einiges andere Zeug und einen Bogen aus Amys Arbeitsheft nebst Bleistift – und stieg durch das Fenster wieder nach draußen.

Sie erwartete ihn auf dem Rasen.

«Nun?», sagte sie. «Hast du es gefunden?»
«Was gefunden?»
«Ich weiß nicht. Wonach hast du denn gesucht?»
«Hab nur ein bisschen rumgeschnüffelt.»
«Rumgeschnüffelt!»
«Ja.» Er sah sie kritisch an. «Also, einige von diesen Klamotten. Bondage und so Zeug. Wundert mich sehr, dass Sie das erlauben.»

Sie wollte noch etwas sagen, aber er wartete ihre Antwort nicht ab, sondern ging, wiederum unter den pikierten Blicken von Smudges Bruder und den anderen Arbeitern, über den Rasen zu Smudge, der allein auf der Anhöhe werkelte.

«Wie ist es gelaufen?»
«Danke, gut. Jetzt werde ich allerdings deine Hilfe brauchen.»
«Hab ich mir schon gedacht. Wenn's um Mädels geht, frag den Experten.»
«Hat nichts mit Mädels zu tun. Hat mit Transportern zu tun.»
«Oh.» Nach kurzer Enttäuschung hellte seine Miene sich schnell wieder auf. «Ist genauso gut, also eigentlich, irgendwie.»

Garvie nickte. «Und du wirst das hier brauchen.» Er gab Smudge das Blatt Papier und den Bleistift aus Amys Zimmer. «Ich hoffe, du kannst besser zeichnen als sie.»

Smudge blickte zweifelnd. «Ist das so was wie Kunst?»
«Nein, Smudge. Das ist so was wie Mordermittlung.»
Ein Ausdruck der Erleichterung. «Das ist gut. Weil, Kunst hab ich schon vor Ewigkeiten abgewählt.»

«Nachher», sagte Garvie, «haben wir noch in der Stadt zu tun. Wir sollten also mal in die Gänge kommen.»

Er sah auf seine Uhr. Kurz nach Mittag. «Sechzig Stunden», sagte er.

«Was?»

«So lange ist sie schon verschwunden. Zu lange. Bald werden wir alle nach einer Toten suchen.»

18

Samstagnachmittag kehrten sie nach Five Mile zurück und legten los. Als Erstes machte Garvie ein paar Anrufe. Smudge war behilflich. Er war gern behilflich. Dass Dr. Roecastle Garvie um Hilfe gebeten hatte, rechnete er sich selbst als Verdienst an. Er konnte halt gut mit Leuten.

«Übrigens, wonach suchen wir? Nach dem Mädchen?»

«Noch nicht. Nach dem Fahrer eines Transporters namens Damon.»

Smudges Interesse war geweckt. «Was für 'n Transporter?»

«Weiß ich noch nicht. Aber wenn wir ihn finden, kannst du dich mit ihm über intelligenten Allradantrieb unterhalten.»

Smudge rief Tiger und Dani und noch einige Jungs aus Strawberry Hill an. Garvie telefonierte mit Felix. Felix' älterer Bruder hatte mit einem Typen aus dem Süden von Brickfields zusammengearbeitet, der Damon von der Schule her kannte, ihn aber seit einiger Zeit nicht mehr gesehen hatte. Smudge besuchte Alex im Krankenhaus. Es stellte sich heraus, dass Alex in seiner Hausbesetzerzeit ein paarmal einem von Damons Freunden über den Weg gelaufen war, und dieser Freund erzählte Smudge, er sei zeitweise mit Damon zusammen in der Maßnahme für jugendliche Straftäter gewesen, und er erzählte von dem Gerücht, Damon würde zurzeit irgendwo in Limekilns in einem Transporter übernachten. Smudge rief noch zwei andere Leute an, die beide gerade der Polizei bei Ermittlungen assistierten, und erhielt von ihnen die Information, dass Damon hier und da auch in Five Mile aufgetaucht sei.

Smudge berichtete Garvie. «Ist einer von der nervösen Sorte, meinten sie. Ganz in Ordnung, aber – na ja, weißt schon.»

«In Ordnung, aber was?»

«In Ordnung, aber ein bisschen psycho.»

Bazza, Damons Kumpel aus dem O'Malley's, hatte Smudge gesagt, er wüsste selbst gern, wo Damon abgeblieben sei. «Andererseits ist Bazza selber ein bisschen psycho», sagte Smudge.

Garvie war beeindruckt von der Menge der Informationen. «Gute Arbeit, Smudge.»

«Kommt eben drauf an, wie man mit Leuten umgeht, was? Frage des Vertrauens. Ehrliches Gesicht und so.»

«Ich dachte, du hättest mit denen telefoniert.»

«Die spüren das, glaub ich.»

In wenigen Stunden hatten sie eine Karte erstellt, auf der das Aktionsgebiet von Damon Walsh graphisch festgehalten war. Dann zogen sie mit den Sachen los, die Garvie aus Amys Zimmer mitgenommen hatte. Eins der Halsbänder gab er dem Mädchen, das hinter der Bar des O'Malley's bediente; Stanislaw Singer, der den Eckladen in Strawberry Hill betrieb, bekam einen Armreif. Smudge hinterlegte einen Lippenstift bei dem Mädchen, das im Einkaufszentrum von Five Mile in dem Laden arbeitete, wo man seine Schecks einlösen konnte, und überall sagten sie das Gleiche: «Falls du Damon siehst, gib ihm das hier und sag ihm, Garvie würde gern mal kurz über Amy sprechen.»

Die einzige feste Adresse, die sie in Erfahrung brachten, war in der Pirrip Street, Nummer 8B. Es hieß, Damon sei vor ein paar Wochen ganz plötzlich da ausgezogen.

«Ich schau trotzdem mal vorbei», sagte Garvie.

«Wie du meinst. Aber pass auf den Hund auf. Soll ein ziemliches Ungetüm sein.»

«Alles klar. Tschau.»

Die Pirrip Street war ein ödes Pflaster. Unweit der Town Road verlief sie über einige hundert Meter schnurgerade am Straßenbaubetriebshof entlang. Obwohl die Marsh Academy ganz in der Nähe lag, war Garvie noch nie hier gewesen, hatte nicht einmal gewusst, dass die Straße existierte. Nur ein halbes Dutzend der verrußten Backsteinhäuser war überhaupt bewohnbar, nämlich die mit einer noch funktionierenden Eingangstür und mindestens zwei Fenstern mit mehr oder weniger heilen Glasscheiben. Nummer 8B war eins davon.

Die Tür wurde einen Spalt von einer dicken Frau in schwarzen Leggins und blauem T-Shirt geöffnet, die dem Hund hinter sich befahl, er solle verflucht noch mal das Maul halten, bevor sie sich Garvie zuwandte, der höflich auf dem Gehsteig wartete.

«Ich würd gern Damon Walsh sprechen», sagte er.

Ihre Augen verengten sich, während der Hund im Flur

weiterhin Radau machte. «Was hat er jetzt wieder angestellt?»

«Das weiß ich noch nicht.»

«Was bist du? *Ein Freund?*»

Durch die halb geöffnete Tür konnte Garvie beobachten, wie der Pitbull, der kurzzeitig mit dem Bellen aufgehört hatte, zum Zeitvertreib ein bisschen seine Kiefermuskulatur trainierte.

«Nein», sagte er besonnen.

Sie zeigte ein höhnisches, aber nicht unfreundliches Grinsen. «Na, der wohnt hier nicht mehr. Ist weg. Plötzlich verschwunden. Ohne Vorwarnung, einfach auf und davon.»

«Tut mir leid, das zu hören.»

«Also, wenn du ihn findest», fügte sie hinzu, «kannste ihm 'ne Ohrfeige von mir geben.»

Sie schlug die Tür wieder zu, gleich darauf ertönte ein heftiges Krachen, und der Hund war mit einem Mal still.

Garvie lehnte sich gegen die Hauswand. Er dachte über Damon nach, über Hunde und über den Umgang mit Menschen. Und er musste wieder an den Wald denken, in den Amy sich geflüchtet hatte, an das Dickicht, an den verrenkten Körper des Dobermanns.

Dann dachte er an Amy selbst, ihren coolen Blick auf dem Foto, die Form ihres Mundes, das leichte Lächeln, das ihre Lippen umspielte.

Er zog seine Schachtel Benson & Hedges aus der Tasche, klopfte eine Zigarette heraus und warf sie sich in den Mundwinkel. Seufzend zündete er sie an, und als er sich umblickte, stand plötzlich ein etwa achtjähriger Junge neben ihm, einen Daumen in den Mund gesteckt. Ein wahres Schmuddelkind mit ausgebeulten kurzen Hosen und dem großen runden Gesicht eines vom Leben enttäuschten Mannes mittleren Alters.

Der Junge nahm den Daumen aus dem Mund und sagte: «Solltest lieber nicht rauchen.»

Garvie blies Rauch aus und klopfte Asche auf den Gehsteig. «Wie kommst du darauf, dass ich rauche?»

Der Junge dachte lange über diese Frage nach. Schließlich sagte er: «Wenn ich rauche, krieg ich eine gescheuert.»

«Da geht's dir wie mir», sagte Garvie. «Manchmal krieg ich aber auch eine gescheuert, wenn ich nicht rauche.»

Der Junge nickte feierlich. «Ich kämpf mit dir», sagte er, «wenn du willst.»

Garvie rauchte friedlich weiter. «Lass mal. Hab grad nicht so große Lust dazu.»

Der Junge spuckte ungeschickt aus.

Garvie nickte. «Sehr gut gemacht. Wisch dir das Kinn ab.» Er sah den Jungen nachdenklich an. «Du kennst nicht zufällig einen, der Damon Walsh heißt?»

«Warum? Was hat er jetzt wieder angestellt?»

«Vergiss es», sagte Garvie. «Ich bin grad mit Rauchen beschäftigt.»

Der Junge nickte und zog sich zurück. «Ich mag dich», sagte er, steckte den Daumen wieder in den Mund und verschwand in einem Durchgang.

Garvie blieb noch eine Weile stehen. Schließlich stieß er sich von der Wand ab, schlenderte zum Ende der Straße und ging zwischen Sicherheitszäunen hindurch auf einem mit Abfällen übersäten Fußweg, bis er ans Ende der Badger Lane gelangte. Gleich um die Ecke war die Academy, seine alte Schule, wo er bis vor einem Monat einen Großteil seines Lebens verbracht hatte – ein Ort, der nun zu seiner Kindheit, der Vergangenheit, gehörte. Er hatte ein komisches Gefühl in der Brust, als er über die Straße ging und sich kurz darauf vor dem unteren Tor wiederfand, hinter dem die vertrauten Gebäude der Lehranstalt zu sehen waren.

Jetzt, in den letzten Wochen der Sommerferien, war niemand da. Außerdem war Wochenende, Samstagnachmittag. Der Lehrerparkplatz war fast leer, nur ein einzelnes vergessenes Auto stand dort, die Schule lag still und verlassen. Verlassen von ihm. Nur geisterhafte Erinnerungen blieben.

Er wollte sich gerade abwenden, als jemand in der Auffahrt erschien, eine zierliche Dame im strengen Kostüm, die mit zwei überladenen Taschen und einem unter den Arm geklemmten Stapel Bücher in Richtung Parkplatz stakste. Es war Miss Perkins, die vielgehasste oberste Disziplinarinstanz der Academy, Garvies alte Mathelehrerin und spezielle Intimfeindin während seiner Schülerlaufbahn.

Er hätte sich umdrehen und verschwinden sollen. Aber aus irgendeinem Grund blieb er stehen, wie hypnotisiert. Und nachdem er eine Weile zugesehen hatte, wie Perkins sich mit ihren Taschen abmühte, bewegte er sich unerklärlicherweise vorwärts, in ihr Gesichtsfeld, direkt auf sie zu sogar, und dann hörte er seine eigene Stimme, die ihr Hilfe anbot.

Sie sah ihn mit ihren unmenschlichen grünen Augen an, und sofort empfand er die ganze Peinlichkeit der Situation, in die er sich selbst hineinmanövriert hatte.

«Smith», sagte sie schließlich.

«Gutes Gedächtnis für Gesichter.»

«Eigentlich erstaunlich, wenn man bedenkt, wie selten du in der Schule warst.»

«Sie arbeiten in den Ferien?»

«Ich arbeite immer.» Sie sah ihn an. «Ich weiß den Wert der Arbeit zu schätzen.»

Sie hatte ihre Taschen abgestellt, er hob sie auf.

«Ihr Auto?»

Sie nickte, und sie gingen zusammen weiter. Es blieb eine peinliche Angelegenheit.

«Nun denn, Smith», sagte Miss Perkins. «Was fängst du denn mit deiner Zeit an?»

Ihm fiel eine ganze Palette von Lügen ein, die er ihr hätte aufbinden können, aber er sagte: «Zaunbau.» Er konnte es sich gerade noch verkneifen, ein «Miss» hinzuzufügen.

Sie runzelte die Stirn. «Zaunbau.»

«Ja. In dem Betrieb von Smudges Bruder.»

Sie sah ihn verständnislos an.

«Ryan Howells», sagte er. «Sein Bruder baut Zäune.»

«Und du jetzt also auch.»

«Jep. Manchmal bleiben sie allerdings nicht stehen.»

Das war auch etwas, das er eigentlich nicht hatte sagen wollen.

Sie waren bei dem Auto angelangt, er stellte die Taschen ab.

«Danke.» Sie sah ihn wieder an, mit großer Eindringlichkeit, und er spürte – reichlich spät –, dass er nun aber wirklich gehen sollte. Doch ihre Augen ließen ihn nicht.

«Glaubst du an Schicksal, Smith?»

«Was?»

«Schicksal, Vorsehung. Der Glaube, dass die Dinge sich unserer Kontrolle entziehen, dass sie sich ereignen, weil es so vorherbestimmt ist.»

«Nein.»

Sie nickte, ohne zu lächeln. Auch er lächelte nicht.

«Dann solltest du aufhören, so zu tun als ob», sagte sie.

Ohne sich zu verabschieden, stieg sie in ihr Auto und fuhr los. Er stand da und sah ihr nach.

Abends hatte seine Mutter Dienst. Außer ihm war niemand in der Wohnung. Alles war still, abgesehen vom endlosen gedämpften Rauschen des Verkehrs auf der Ringstraße.

Er lag auf seinem Bett und behielt die Zimmerdecke im Auge.

Eine Stunde verging.

Etwas prasselte gegen die Fensterscheibe. Er drehte den Kopf, rührte sich aber nicht. Noch einmal das gleiche Geräusch, dann die Stimme seines Freundes Felix.

«Hey, Sherlock!»

Er ging zum Fenster. Felix blickte zu ihm herauf, sein listiges Gesicht fing die tiefstehende Sonne auf.

«Kommst du raus?»

«Wohin?»

Felix zuckte die Achseln. «Old Ditch Road.»

Garvie dachte an den Kinderspielplatz, wo sie sich meistens trafen, das Miniaturkarussell, die wackligen Schaukeln, die immer länger werdenden Schatten auf dem vergammelten Rasen, den garantiert einsetzenden Nieselregen, die immer fast leere Flasche Wodka, den die Runde machenden Joint, an dem man sich die Finger versengte, und den Polizisten, der spätabends auftauchte, um sie zu verscheuchen.

«Ich glaube, ich lass es heute mal ausfallen, Felix.»

«Hast viel zu tun, eh?»

«Du kannst es dir nicht vorstellen.»

Er legte sich wieder aufs Bett. Blickte zur Uhr. Halb acht. Nicht mehr lange, dann war Amy Roecastle seit 72 Stunden verschwunden. Er wusste, was das bedeutete.

Er dachte an Folgen. Den Regen, die Dunkelheit, den Hund, den Wald, die Schachtel. Er spekulierte über die unbekannte Klammer, die all das miteinander verband, und machte sich bewusst, dass in manchen Fällen die Unbekannte einer Gleichung unbekannt bleibt.

Dann klingelte sein Handy. Es war das Mädchen aus dem O'Malley's. Sie hatte eine Nachricht von Damon: Um acht Uhr in der Straßenbahn.

19

Die kostenlose Straßenbahn in der Innenstadt fuhr durchgehend auf einem Rundkurs, der, entgegen dem Uhrzeigersinn, die Cafés und Restaurants am Market Square, das Geschäftsviertel, The Wicker, das Einkaufszentrum, den Bahnhof und den historischen Stadtkern umfasste. Sie hatte Wagen mit Bar- und Restaurantbetrieb und war bei Besuchern beliebt, die eine kleine Besichtigungstour im Schritttempo machen wollten, ohne selbst gehen zu müssen. Alle anderen nutzten sie, weil es praktisch war.

Dämmerung in der Stadt, alles erstrahlte in bunter Beleuchtung. Garvie saß hinten im letzten Wagen und betrachtete die Szenerie durchs Fenster. Er zog das Foto von Amy aus der Tasche und legte es vor sich auf den Tisch.

Ächzend nahm die Straßenbahn die Brücke über der Town Road und schaukelte dann abwärts in Richtung Kathedrale. Sie hielt an der Guildhall, um eine Gruppe von Touristen aussteigen zu lassen, kurvte weiter zum Market Square, wo sie in Höhe Corngate am Ende der Fußgängerzone erneut hielt, um anschließend auf die Exchange Street zuzusteuern, wo das Geschäftsviertel anfing. Leute stiegen ein und aus, sie standen um die Türen herum oder saßen mit Getränken an den Tischen, unterhielten sich und blickten hinaus auf die behäbig vorbeiziehende Stadt.

Einmal hatte die Bahn schon die gesamte Runde gemacht. Gerade hielt sie zum zweiten Mal an The Wicker, da tauchte Damon auf.

Er setzte sich eilig hin, wischte sich mit dem Handrücken nervös über den Mund und starrte Garvie an. Er hatte ein glattes, wie gemeißeltes Gesicht, überhängende, sehr schwarze Augenbrauen und kurze, schwarze Haare, ungepflegt und borstig. Um den breiten Mund lag ein sonderbar freundlicher, in den großen, schwarzen Augen ein flehentlicher Ausdruck. Er trug einen schlichten, kastanienbraunen Kapuzenpulli, graue Trainingshosen und knöchelhohe Segeltuch-Sneaker, leicht eingerissen und sehr schmutzig.

Er warf einen nervösen Blick auf das Foto, bewegte den Kopf hin und her.

Garvie sagte: «Hab ich aus ihrem Zimmer mitgenommen.»

«Warum?»

«Weil mir das aus Paris nicht so gefallen hat. Ist aber ein hübsches Zimmer, oder?»

«Keine Ahnung, bin nie drin gewesen.»

«Nettes Haus.»

«Klar. Groß und alles. Großer alter Garten.»

«Was hältst du von dem Zaun?»

«Was für 'n Zaun?»

Garvie sah ihn forschend an. «Du bist schwer zu finden.»

«Hab Probleme mit der Unterkunft.»

«Pirrip Street?»

«Hat nicht funktioniert.»

«Wundert mich nicht. Hab deine Vermieterin kennengelernt. Und ihren Hund.»

«Problem ist, du kannst niemandem trauen.» Er sah Garvie skeptisch an. «Du bist doch noch 'n Teenager, oder? Haste keinen Schiss?»

«Warum? Holst du gleich deine Knarre raus, oder was?»

Damon biss sich auf die Lippen. «Wie kommst du drauf, dass ich 'ne Knarre hab?»

Garvie sagte nichts.

«Mag keine Knarren», ergänzte Damon. «Machen mir Angst.»

«Angst, dass du verletzt wirst? Oder Angst, dass du jemanden umlegen könntest?»

Damon machte ein gequältes Gesicht. «Rylee aus dem O'Malley's meinte, du wärst okay, aber ...» Er zuckte die Achseln. «Ich weiß nicht. Wenn's Amy hilft.»

Für eine Weile schwiegen sie beide, blicken durchs Fenster auf die langgestreckten, hell erleuchteten Plexiglasschachteln des Einkaufszentrums, die gerade an ihnen vorbeizogen, und auf die säuberlich angeordneten Träger des mehrstöckigen Parkhauses, die in der zunehmenden Dunkelheit verblassten. Das Tor des Betriebshofs gleich daneben ging mit dumpf metallischem Knarren auf, um einen Lastwagen durchzulassen, und als der Lärm verebbt war, sagte Garvie: «Wo wohnst du jetzt?»

«Hier und da. Halt mich bedeckt.» Er starrte mit glasigem Blick aus dem Fenster, zurück aufs Einkaufszentrum, das Parkhaus, den Betriebshof. Leise sagte er: «Manchmal muss ich einfach weg. Weißt du? Tapetenwechsel. Hab da was. Kann nicht immer hin, aber manchmal. Ein Ort, wo man mal was vergessen kann.» Er grinste listig. «Eine Friedenspfeife rauchen. Der Luft lauschen, wenn du weißt, was ich meine.»

«Nicht wirklich. Aber du bist offensichtlich ein Freigeist.»

Damons Gesicht hellte sich auf. «Freigeist, jawoll, das gefällt mir.»

«Schenkst einem Mädchen gern Blumen.»

«Romantisch, ja, so einer bin ich.»

«Kommt man ja auch leicht ran, gleich vorne im Garten der Nachbarin.»

Damon blickte mürrisch drein. «Die wird sie schon nicht vermissen.»

«Da mach dir mal keine Sorgen.»

«Will auch keine Sorgen haben. Ich folge meinem Instinkt, verstehste? Wenn ich abgebrannt bin, hau ich mich irgendwo hin, ist mir ganz egal. Und wenn ich 'n bisschen Knete hab, geh ich in einen von den Clubs, stell mich im Kasino an den Spielautomaten, was auch immer. Den Moment leben, ja? Und wenn es Zeit ist zu verschwinden …» Er sah Garvie durchtrieben an. «Dann findest du mich nicht», sagte er, «das kann ich dir garantieren.»

«Hab dich doch grad gefunden», sagte Garvie. «Aber du bist es ja gar nicht, den wir finden wollen, oder?»

Damon blickte mürrisch, sein Mund zuckte. «Egal, was mit ihr passiert ist, ich weiß, dass ich die Schuld dafür kriege», sagte er. «Ich werd in Sachen reingezogen, von denen ich gar nichts weiß, verstehste. Kann ich nichts für. Klar, ich hab Probleme. Manchmal krieg ich irgendwie nichts auf die Reihe. Hab finstere Zeiten hinter mir, Mann. Hab Fehler gemacht. Schon mal im Knast gesessen?»

Garvie schüttelte den Kopf.

«Noch mal würd ich das nicht aushalten. Ganz im Ernst.» Er verzog das Gesicht und rieb sich die Kopfhaut. «Wenn ich jetzt einkassiert werde, ist meine Bewährung im Arsch. Wüsste nicht, was ich dann tun soll, könnte mich genauso gut gleich aufhängen.»

Er sah wieder aufs Foto, sein Blick wurde sanft. «Schon mal jemanden wirklich geliebt?»

Garvie zögerte, und Damon sah ihm in die Augen. «Jemandem wirklich *vertraut*? Wie, na ja, einem Seelenverwandten. Dem du dein Leben anvertraust und solche Sachen.» Er wurde wieder von Unruhe gepackt. Seine Hände zitterten, während er aus dem Fenster blickte. Er kaute auf seiner Unterlippe.

«Kannst aber niemandem vertrauen», murmelte er verbittert. «Lassen dich immer hängen.» Er sah Garvie an, beinahe keuchend. «Du glaubst sie zu kennen, dann fallen sie dir in den Rücken. Wie spät ist es?»

«Kurz vor neun.»

«Muss gleich wieder los, also komm zur Sache. Du willst mich was über Amy fragen?»

«Nein.»

Er guckte verwundert. «Oh.»

Garvie sagte: «Ich wollte dich etwas über deinen Transporter fragen.»

Er starrte Garvie ratlos an. «Was ist damit? Ziemliche Scheißkarre, um ehrlich zu sein. Krieg noch nicht mal das Geld dafür zusammen.»

«Bist damit nach Froggett gefahren?»

«Ja klar. Hab ich der Polizei auch schon gesagt.»

«Auf der Rückseite vom Wald geparkt, an der Rustlings Lane?»

«Ja und?»

«Und im Wald?»

«Auf Bäume steh ich nicht so, ehrlich gesagt.»

«Was für 'n Modell ist es?»

«Courier. Echt schon alt, wie gesagt.»

«Okay.» Garvie nickte. «Dann mach's gut.»

«Das ist alles?»

«Jep.»

«Du willst mich nichts über Amy fragen? Ich dachte, das wär's, worum es hier geht.»

Garvie schüttelte den Kopf, und Damon stand auf, sichtlich verunsichert. Garvie hielt ihm das Foto von Amy hin. «Kannst es eigentlich gleich behalten.»

Damons Gesicht leuchtete auf. «Danke.»

«Und das hier.» Er reichte ihm eine Karte.

«Was ist das?»

«Meine Nummer. Falls was ist, kannst du mich anrufen.»

«Lustig. Auf 'ner lustigen kleinen Karte und alles. Gefällt mir. Mag keinen Schnickschnack, macht einen nur nervös.»

«Ja, dachte ich mir.»

Bevor er ging, drehte Damon sich noch einmal um. «Vielleicht hatte Rylee recht», sagte er. Dann entfernte er sich rückwärts, stieß dabei jemanden an und stürzte leise fluchend zum Ausgang, wo er im letzten Moment durch die Tür schlüpfen konnte. Garvie sah noch, wie er, den Market Square hinter sich lassend, durch die Watt Street joggte.

20

Früher am Abend war Singh beim Polizeichef gewesen. Der Stand der Ermittlungen, sagte er, bereite ihm Sorge. Man nähere sich dem Ende des dritten Tages seit Amys Verschwinden. Er komme viel zu langsam voran. Allein sei er nicht in der Lage, die Dinge zu beschleunigen. Er benötige Unterstützung.

Bob Dowell wurde herbeigerufen. Er stand neben Singh vor dem Schreibtisch des Chefs.

Der Chef sagte: «Haben Sie den Jungen mit dem Transporter schon aufgespürt?»

«Nein, Sir.»

Der Chef überlegte. «Bedauerlich», murmelte er, «dass Sie seine Adresse nicht überprüft haben, bevor Sie ihn laufen ließen.»

Singh setzte zu der Erklärung an, dass es keine Gründe gegeben habe, Damon länger festzuhalten, doch der Chef hob die Hand, und er verstummte.

«Sie haben recht, Inspektor», sagte er. «Zu wenig Fortschritt in den Ermittlungen.» Er zeigte auf ein iPad auf seinem Schreibtisch, das die höhnischen Schlagzeilen der Sonntagszeitungen abbildete. «Unsere Freunde in den Medien stimmen mit Ihnen überein. Wie würden Sie zusätzliche Ressourcen einsetzen?»

«Den Wald noch einmal durchkämmen, der Freiwilligeneinsatz war unzulänglich. Wir wissen, dass sie im

Wald war; ich glaube, da wären Hinweise zu finden, wenn wir schnell handeln. Damon Walsh aufspüren; er dürfte uns noch einiges mehr zu sagen haben. Und es gibt über ein Dutzend Personen, die Amy gesehen haben wollen, und deren Aussagen noch nicht überprüft werden konnten.»

Dowell warf hastig ein: «Wenn wir jetzt nicht am Imperium dranbleiben, dann gleitet uns die Sache aus den Fingern.»

Der Chef führte langsam die Fingerspitzen zusammen, und es war mucksmäuschenstill, während er seine beiden Untergebenen anstarrte.

Schließlich sagte er zu Dowell: «Die operative Einheit wird der Roecastle-Ermittlung zugeteilt.»

Dowell stieß ein Schnauben aus. «Aber Sir –»

«Das Mädchen wird seit fast zweiundsiebzig Stunden vermisst. Die Medien stürzen sich auf den Fall. Die Ermittlung kommt nicht voran. Ich möchte jetzt keine Ausflüchte mehr hören, Inspektor», sagte er zu Singh.

«Sir?»

«Sie bekommen noch einmal achtundvierzig Stunden freie Hand. Gibt's dann noch kein Ergebnis, übergeben Sie die Leitung an Bob und sind ihm gegenüber verantwortlich. Verstanden?»

Singhs Gesichtsmuskeln spannten sich an. «Ja, Sir.»

Und dann zog er sich, während Dowell noch zwanglos mit seinem Chef über andere Angelegenheiten sprach, in sein behelfsmäßiges Büro zurück.

Inzwischen war es spät geworden.

Er hatte Aktionspläne für einzelne Mitglieder der operativen Einheit entworfen. Er hatte die gerichtsmedizinischen

Befunde studiert. Er hatte erneut Kontakt zu anderen Behörden und Einrichtungen aufgenommen, der Vermisstenstelle, dem Jugendamt und verschiedenen Wohlfahrtsinstituten. Und er hatte die Fallakten von Damon Walsh eingesehen, der nach seiner Überzeugung wichtige Informationen über Amy besaß.

Beide Eltern hatten seit Jahren keinen Kontakt zu ihrem Sohn gehabt und zeigten auch jetzt kein Interesse an ihm. Von den zahlreichen ihm im Laufe der Jahre zugewiesenen Pflegeeltern, Vormündern, Mentoren und Sponsoren waren nur zwei erreichbar gewesen, die Singh aber kaum hatten weiterhelfen können. Paul Tanner hatte keine weiteren Informationen anzubieten. Damons Kriminalakten aus den Datenbanken für jugendliche Straftäter und Drogenvergehen zeichneten das Bild eines liebenswerten, aber labilen jungen Mannes mit einem gravierenden Aggressionsproblem, gaben jedoch keine Hinweise auf seinen derzeitigen Verbleib. Es war Singh sogar gelungen, mit Damons Stiefbruder zu sprechen, der zurzeit im Ausland lebte, doch auch dieser hatte nichts weiter beizutragen als die Feststellung, sie seien es allesamt gründlich leid, darauf zu warten, dass Damon endlich seinen Weg finde.

Er blickte zur Uhr. Mitternacht. Amy wurde seit fast zweiundsiebzig Stunden vermisst.

Ein so unsicherer Mensch wie Damon war in seinem Verhalten oft unberechenbar. Gut möglich, dass er dauerhaft vom Radar verschwand. Oder aber auch, sagte sich Singh sarkastisch, dass er aus freien Stücken wieder auftauchte.

In diesem Moment rief der Nachtempfang an, um zu melden, dass er Besuch habe.

«Wer ist es?»

«Er mag seinen Namen nicht nennen. Ein junger Mann. Er sagt, es geht um einen Transporter.»

Singh sprang auf. «Dunkle Haare, ungefähr eins achtzig?»

«Ja. Wirkt etwas ungepflegt.»

«Ich komme sofort runter. Bitte sorgen Sie dafür, dass er nicht wieder geht.»

Er stürmte durch den Flur und eilte, immer zwei Stufen auf einmal nehmend, die Treppe hinunter. Er kam am Café vorbei, wo der Fernseher Bilder eines Verkehrsstaus vor dem Einkaufszentrum zeigte, und erreichte die Eingangshalle beinahe im Laufschritt. Die Empfangsfrau hinter ihrer Glasscheibe deutete mit dem Kopf auf einen dunkelhaarigen jungen Mann, der sich auf einem Sitz in der Ecke fläzte, den Kopf in die Hände gestützt, und Singh blieb wie angewurzelt stehen.

Garvie blickte auf.

●

Es gab nur einen Stuhl in Singhs winzigem Büro, also lehnte Garvie sich an die Wand.

«Ihr anderes Büro fand ich besser. Ich fand auch den Verhörraum besser. Wahrscheinlich ist selbst das Gefängnis besser als das hier. Ich dachte, Sie sind rehabilitiert worden.»

Singh ging nicht darauf ein. «Als man mich runterrief, dachte ich, Damon wäre gekommen.»

«Damon hält sich bedeckt.»

«Woher weißt du das?»

«Hat er mir heute Abend erzählt.»

«Du hast ihn gesehen? Aber –»

«Warten Sie kurz, bevor Sie gleich ausrasten. Was wissen Sie über Transporter?»

Singh schwieg.

«Na schön. Was wissen Sie über Reifenspuren von Transportern, die im Wald gefunden wurden?»

Singh sagte: «Wir haben keine Reifenspuren gefunden. Der nächtliche Regen hat alles ausgelöscht.»

Garvie breitete ein Blatt Papier vor Singh aus. Darauf waren zwei Muster gezeichnet.

«Hat Smudge eigenhändig angefertigt», sagte er. «Gut, oder? Zum Glück hat er Kunst abgewählt, bevor er das Zeichnen verlernen konnte.»

Singh betrachtete die Zeichnungen aufmerksam.

Garvie sagte: «Das hier ist die Reifensorte, die man an einem Courier findet, Damons Transporter. Sehen Sie die Lauffläche? Dreizehn Zoll.»

«Okay. Und also?»

«Also ist es der falsche Transporter.»

Garvie zeigte auf das andere Muster. «Das ist der Michelin Agilis, Modell Alpin. Fünfzehn Zoll. Wahrscheinlich von einem Transit.» Er machte eine Pause. «Das ist der richtige Transporter.»

«Was meinst du mit ‹der richtige Transporter›?»

«Da ist eine Lichtung im Wald, am Ende eines Weges. Autos könnten ihn nicht befahren, weil er so uneben ist, Transporter aber schon. Nachdem ich den Hund gefunden hatte, habe ich dort eine Weile gesessen, hab mich ein bisschen umgeguckt, die Spuren im aufgeweichten Boden gesehen. Da hat ein Transporter geparkt in der fraglichen Nacht. Mitten im Wald. Sie muss praktisch darüber gestolpert sein. Nur dass es nicht Damons Transporter war. Sondern der von irgendeinem anderen Typen. Mit Michelin-Agilis-Reifen. Wenn Sie wissen wollen, was mit Amy passiert ist, müssen Sie diesen Typen finden.»

Singh ließ die Information auf sich wirken.

«Wie kannst du sicher sein, dass diese Zeichnungen wirklichkeitsgetreu sind? Du sagtest, dein Freund hat sie gemacht. Hat er diese Reifenspuren denn gesehen, bevor sie unkenntlich wurden?»

«Nein, aber ich. Und ich kann mir Sachen merken.»

Bei näherer Überlegung musste Singh anerkennen, dass es so war. «Aber», sagte er, «etliche Einwohner von Froggett haben *Damons* Transporter dort oben gesehen. Kleiner weißer Transporter in klapprigem Zustand. Mit anderen Worten, ein Courier.»

«Wie viele von denen haben einfach ‹weißer Transporter› gesagt?»

Der Inspektor nickte zögernd. «Wie üblich waren die Zeugenaussagen widersprüchlich, das ist richtig.»

«Sehen Sie. Klar, Damon war dort. Aber eben auch noch jemand anders. Sie sollten nach dem Fahrer eines alten weißen Transits mit haufenweise rötlichen Schlammspritzern auf den Stoßstangen und den Radläufen suchen.»

«Warum alt?»

«Neuere Transits laufen mit Sechzehn-Zollern. Wie der Custom von Smudges Bruder. Das hier ist ein Fünfzehner, wie gesagt.»

Singh nickte. «Na gut, überlegen wir mal. Ein Mann, der einen alten Ford Transit fährt. Ein kleiner Händler vielleicht.»

«Wenn das Geschäft läuft, holen die meisten sich einen neuen. Das hab ich von Smudge.»

«Ein Kleinhändler also, der so gerade über die Runden kommt. Oder ein selbständiger Kurier. Oder jemand, der keinen Wert auf schicke Extras legt und sich nicht an ein bisschen Rost stört. Gärtner vielleicht. Räumungsbetrieb.» Er sah Garvie an. «Ich wusste gar nicht, dass du dich für Transporter interessierst.»

«Keine Spur. Deswegen ist es ja ein Glück, dass ich Smudge hab. Der ist ein Autoflüsterer, wie er im Buche steht.»

«Und du bist dir in dieser Sache sicher?»

«Tun wir mal so als ob. Das spart uns Zeit.»

Singh nickte. Griff zum Telefon.

«Ist schon nach Mitternacht», sagte Garvie.

«Macht nichts. Er ist ein Freund.»

«Sie haben einen Freund?»

Singh ignorierte die Bemerkung. Während das Telefon klingelte, sagte er leise: «Warum bist du mit deinem Wissen zu mir gekommen?»

«Sie brauchen Hilfe. Ihnen läuft die Zeit davon.»

Das Telefon am anderen Ende der Leitung wurde abgenommen.

«Bill? Raminder hier. Ich wusste, dass du zu Hause bist. Entschuldige die späte Störung. Du erinnerst dich, dass du letztens die Besitzer von Transportern für mich gesichtet hast? Nein, das war völlig in Ordnung. Ich habe alle überprüft, außer dreien. Wenn ich mich recht entsinne, ein Maler aus Limekilns, ein Mann aus Tick Hill und einer, der, glaube ich, PJ genannt wurde. Ich habe da nicht nachgehakt, weil wir zu dem Zeitpunkt in eine andere Richtung ermittelt haben. Jetzt bin ich wieder dran. Hast du Zugang zu der Info? Danke. Hat einer von denen einen Transit? Ja, das größere Modell. Ja. Verstehe. Danke. Nein, das ist gut. Die Adressen hab ich.»

Er legte auf.

«Der Maler und dieser Mann namens PJ fahren beide einen Transit. Aber der von dem Maler ist brandneu.»

«Wer ist dieser PJ?»

Er wohnt auf der anderen Seite von Froggett Woods. Kampiert im Freien. Ein Exzentriker, wie es scheint.»

«Was macht er?»

Singh stockte. «Das ist es eben. Er macht Gelegenheitsjobs. Gärtnern. Hin und wieder Räumungsarbeiten.» Er kniff sich stirnrunzelnd in die Lippen. «Mir ist das entgangen. Ich muss jetzt los. Entschuldige mich.»

Er verließ das Büro und ging die Treppe hinunter.

Zu Garvie, der ihm folgte, sagte er: «Wie kommst du nach Hause?»

«Sie können mich dort absetzen, wenn wir bei PJ waren.»

Singh blieb stehen. «Nein, nein. Du fährst nicht mit mir dahin.»

«Sie wollen also das Reifenprofil ganz allein identifizieren?»

«Gib mir die Zeichnung.»

Garvie steckte sie in die Tasche.

Singh sah auf seine Armbanduhr und sagte, ohne die

Lippen zu bewegen: «Dann pass wenigstens auf, dass dich keiner sieht.» Und damit liefen sie gemeinsam nach unten zur Sicherheitsschleuse, die zum Parkplatz führte.

21

Bei der Autofabrik bogen sie ab und fuhren zügig hügelaufwärts Richtung Froggett. Es war stockdunkel, die Felder und Gehölze ringsum praktisch unsichtbar. Blasse, flüchtige Wolken schwebten tief am Nachthimmel, als wären sie von den schwarzen Bäumen ausgeatmet worden.

Das Archiv hatte zusätzliche Daten über den Mann namens PJ telefonisch übermittelt. Sein vollständiger Name war Peter James Atkins, fünfzig Jahre, Ex-Soldat. 2003 hatte er einen Einsatz im Irak mitgemacht und war in einem psychisch üblen Zustand zurückgekehrt. Jetzt lebte er in einer umfunktionierten Garage im Wald, ein Friedensaktivist, Haschischraucher, hippiemäßiger Mentor der Jugend, der hin und wieder Gelegenheitsarbeiten verrichtete, Spezialgebiet Gartenentrümpelung, ergänzt durch Aushilfsjobs für eine Versandfirma und Nachtschichten in einem Mietlager an der städtischen Ringstraße. Er war ein Einzelgänger. Mehrere Beschwerden wegen Belästigung und Herumlungern waren eingegangen – in einem Fall, wie Garvie vermerkte, vom Rektor der Marsh Academy –, aber keine davon weiterverfolgt worden.

«Das Seltsamste ist», sagte Singh, «dass er eine Zeitlang als persönlicher Chauffeur von Nicholas Winder tätig war. Du erinnerst dich, Betreiber des Imperiums.»

Er reichte Garvie sein Handy. Eine Reihe von Fotos von

PJ waren ihm übermittelt worden. Der Mann hatte ein eckiges Kinn, tiefe Falten im Gesicht, Piercings in Ohren und Nase und schiefe Zähne. Selbst wenn er lächelte, wirkte er argwöhnisch und furchterregend. Sein Pferdeschwanz war grau und zerfranst. Er hatte kräftige Hände und tätowierte Knöchel. Er ernährte sich von Pflanzen aus dem Wald und überfahrenen Tieren.

«Mentor der Jugend», sagte Garvie. «Was soll das heißen?»

«In der Vergangenheit hat er in Zusammenarbeit mit örtlichen Behörden als Betreuer und Pate für gefährdete Jugendliche fungiert.»

«In der Vergangenheit?»

«Vor fünf Jahren wurde er von weiterer Tätigkeit ausgeschlossen, nachdem die Pflegemutter eines Mädchens Beschwerde wegen sexueller Belästigung erhoben hatte.»

Für eine Weile war es still im Auto.

Garvie sagte: «Ich hoffe, wir kommen nicht zu spät.»

Singh drückte aufs Gas.

Hinter Froggett wurden die Straßen schmaler. Einige Kilometer nördlich von Pike Pond passierten sie ein altes Holztor auf einem Feldweg, der sich zwischen Bäumen hindurchwand. Halton Woods. Der Lichtkegel der Scheinwerfer hüpfte über dichtes Unterholz, während sie sich langsam durch die gefleckte Dunkelheit schoben, bis sie eine kleine sandige Lichtung erreichten, auf der drei Betongebäude und die zerfledderten Überreste eines Zeltes standen. Neben dem Zelt parkte ein alter weißer Ford Transit.

Kein Anzeichen dafür, dass hier jemand war. In der nächtlichen Luft hing ein feuchter Geruch von Angesengtem.

Singh hob den Kopf und schnüffelte. «Er hat irgendwas verbrannt», sagte er.

Sie stiegen aus dem Auto und schritten vorsichtig über zerfurchten Boden. Stille umgab sie, als würde der Wald selbst die Luft anhalten und lauschen. Hier und dort lagen Gasflaschen, Stacheldrahtrollen oder Plastikfolien herum.

Singh blieb mit dem Rücken zum Transporter stehen, während Garvie neben ihm in die Hocke ging. «Und?», fragte er leise.

Garvie richtete sich auf. «Die gleichen Reifen. Und rötlicher Schlamm. Das ist unser Transporter.»

Singh nickte knapp. Er machte ein grimmiges Gesicht. «Warte im Auto.»

«Nein danke.»

Singh machte sich nicht die Mühe, mit ihm zu streiten. Gemeinsam gingen sie, rundum Blicke in die Dunkelheit werfend, auf die Garage zu, und als Singh laut klopfte, scheuchte er einen Vogel aus dem Baum über ihnen auf. An ein grobes Holzbrett neben der Tür waren die getrockneten Kadaver verschiedener kleiner Tiere und Vögel – Maulwürfe, Ratten, Tauben – genagelt, und sie verharrten vor diesen ledrigen Überresten, bis klar war, dass niemand ihnen öffnen würde. Die Tür war mit zwei Vorhängeschlössern verriegelt. Stille breitete sich wieder aus. In der Ferne bellte ein Fuchs, schrill und kalt.

«Günstiger Ort, um jemanden gefangen zu halten», sagte Garvie ausdruckslos. Er blickte sich um. «Ich frage mich, wo das Feuer war.»

«Das können wir später feststellen, wenn es hell ist. Warte hier», sagte Singh halblaut. Er kroch, dem Strahl einer Taschenlampe folgend, seitlich um das Gebäude herum, und als er wenig später auf der anderen Seite wieder aus der Dunkelheit auftauchte, war die Tür offen und Garvie steckte etwas in seine Tasche zurück.

«Ist irgendwie von allein aufgegangen», sagte er.

Singh sagte nichts, warf Garvie lediglich einen missbilligenden Blick zu, als er an ihm vorbei durch die Tür ins dunkle Innere ging. Es roch nach Kerosin, nach abgestandenem Zigarettenrauch, aber da war auch noch etwas anderes, Süßliches, das nicht hierherpasste. Sobald Singh den Lichtschalter gefunden hatte, blickten sie sich schweigend um.

Wenig Mühe war darauf verwendet worden, so etwas wie Häuslichkeit zu schaffen. Hier und da lag ein Teppichläufer auf dem grob gegossenen Betonfußboden, es gab ein altes Sofa und ein paar Gartenstühle, außerdem ein Klapppult. In einer Ecke stand ein Petroleumkocher. Die Porenbetonwände waren ungestrichen, die Deckenverkleidung nackt und grau. An einer Wand stapelten sich Dutzende von Zementsäcken, Farbeimern, Messingrohren. Am anderen Ende konnte man hinter einem ausgeblichenen orangefarbenen Vorhang die Ecke einer auf dem Boden liegenden Matratze erkennen.

Die Armseligkeit dieser Behausung war bedrückend.

«Was ist das für ein Geruch?», murmelte Singh. «Irgendein Schnaps?»

«Oder Parfüm. Hoffentlich nicht *Alien* von Mugler.»

Singh sah ihn verwirrt an. Zusammen durchquerten sie langsam den Raum, blickten stumm in die Runde, blieben hier und da stehen, um eine leere Flasche aufzuheben oder ein Kleidungsstück zu untersuchen. Am Ende angelangt, zog Singh den orangefarbenen Vorhang zurück – und sie hielten beide den Atem an. Überall waren eindeutige Spuren eines Kampfes zu sehen. Bruchstücke eines zerstörten Stuhls waren auf dem Boden verstreut. Glasscherben säumten die Wand. Eine kaputte Lampe lag verbeult in der Ecke. Die Matratze selbst war aufgeschlitzt und teilweise angebrannt, als hätte jemand versucht, sie anzuzünden.

Der Parfümgeruch war jetzt unverkennbar.

Singh sprach in sein Funkgerät und machte sich an die Arbeit. Er holte irgendein Werkzeug hervor, kauerte sich hin und begann die diversen Trümmerteile sorgfältig zu durchsuchen. Er spürte den Glassplittern nach, fand das zerfaserte Lampenkabel verknäuelt unter dem Schlafsack und untersuchte eine dunkle Lache getrockneter Flüssigkeit, die an dessen Rand zurückgeblieben war. Von Zeit zu Zeit steckte er den einen oder anderen Gegenstand in durchsichtige kleine Plastikbeutel.

Als er aufblickte, hielt Garvie etwas zwischen den Fingerspitzen. Einen silbernen Ring mit einem ungewöhnlichen Spiralmuster in Schwarz.

«Was ist das?»

«Das ist ihrer», sagte Garvie nur und ging nach draußen.

Garvie wartete rauchend neben dem Transporter, während Singh von seinem Auto aus den Fund meldete. Der Wald ringsum war schwärzer als je zuvor.

Als Singh den Lagebericht durchgegeben hatte, warteten

sie gemeinsam im Auto auf die Kriminaltechniker und die Verstärkung.

«Einer der Männer wird dich nach Hause bringen», sagte Singh. «Ich habe deinem Onkel gesagt, wo du bist.»

Falls Garvie sich darüber einen Kopf machte, ließ er es nicht erkennen.

«Was passiert jetzt? Fahndung?»

Singh zögerte. «In erster Linie konzentrieren wir uns weiter darauf, Amy zu finden. Aber ja, wir müssen dringend Atkins zu fassen kriegen.»

«Die Medien werden ihn lieben. Hippie-Aussteiger. Kiffer. Einer, der im Wald und in der Nähe von Schulen herumlungert. Minderjährige Mädchen belästigt.»

Singh zuckte zusammen. «Ich war zu langsam», murmelte er. «Viel zu langsam.»

Garvie ging nicht darauf ein. «Was passiert jetzt?»

«Die Ermittlungsarbeit geht jetzt vom Verdacht einer Entführung aus. Ich werde mit Dr. Roecastle sprechen müssen, sobald die Spurensicherung und das GPR-Team eingetroffen sind.»

«GPR?»

Singh zögerte. «Ground Penetrating Radar – Bodenradar.»

Garvie sah ihn an. «Die wollen hier graben?»

«In Fällen dieser Art kann man gewöhnlich davon ausgehen, dass die Leiche in der Nähe verscharrt wurde. Tut mir leid.»

Garvie stieg aus dem Auto und entfernte sich. Er ging bis zum Rand der Lichtung, zündete sich im Schatten der Bäume eine Zigarette an und stand rauchend da. Irgendwann würde Zeit sein, um über die Ereignisse nachzudenken, die zu dem geführt hatten, was sie hier vorfanden. Aber nicht jetzt. Was ihm stattdessen durch den Kopf ging, waren zufällige Einzelelemente in einer Folge, von der er noch überhaupt keine Vorstellung besaß: Amy Roecastles Gesicht auf dem Foto mit diesem schelmischen Ausdruck von Pfiffigkeit; die abgewetzten, auf Rebellion getrimmten Klamotten in ihrem Kleiderschrank; die Mathe-Aufgabe in ihrem Schulbuch, die sie nicht zu Ende bearbeitet hatte.

Die Stille wurde jäh unterbrochen vom Schrei eines Tieres, und gleich darauf ertönte wieder, in größerer Nähe diesmal, das Bellen eines Fuchses, der Beute gemacht hatte.

22

Die Nachricht verbreitete sich schnell. Für die Sonntagszeitungen kam sie zwar zu spät, doch Fahndungsberichte erschienen den ganzen Vormittag über im Internet. Ständige Sondermeldungen heizten die Erregung an: **POLIZEI JAGT AUSSTEIGER. DAS GESICHT EINES RAUBTIERS. EINSIEDLER AUF DER FLUCHT.** Bis zum Mittag war überall das immer gleiche Bild von Peter Atkins gezeigt worden: das knochige Gesicht eines Mannes in Feldjacke mit grauem Pferdeschwanz, der triefäugig einen Joint über einem Tisch mit leeren Flaschen in der Hand hält. Geschichten aus seinem Leben wurden kolportiert: grell ausgemalt sein Zusammenbruch nach dem Kampfeinsatz im Irak; eine Episode als Drogendealer am Strand von Goa; kleinere Zwischenfälle auf Festivals, Protestkundgebungen oder Raves. Zweimal im letzten Jahr hatte er sich wegen des Besitzes von Cannabis und einmal wegen Belästigung verantworten müssen, die betreffenden Anklagen waren jedoch fallen gelassen worden. Ein Kollege aus dem Versandunternehmen, für das er gelegentlich arbeitete, bezeichnete ihn als Eigenbrötler. Sein Bruder, der nach Australien ausgewandert war, erklärte, er habe seit fünfzehn Jahren nicht mit ihm gesprochen und werde es hoffentlich auch nie wieder tun. Ein Bewohner von Froggett Woods, der anonym bleiben wollte, beschrieb ihn als eine bedrohliche Erscheinung, oft habe man ihn nachts auf den Straßen oder in der

Nähe des Waldes gesehen und ein mulmiges Gefühl dabei gehabt.

Stalker auf der Flucht. Verdächtiger hat «psychische Probleme». Findet ihn!

In neueren Beiträgen wurde eine sofortige Festnahme und ein zügiges Geständnis gefordert, und in sorgsam abgewogenen Worten versprach der Polizeichef mehr oder weniger genau dies. Die Öffentlichkeit möge sich darauf verlassen, dass die Polizei alles aufbieten werde, um den Gesuchten zu fassen.

Stillschweigend ging man allerdings davon aus, dass es für Amy Roecastle bereits zu spät war; und jetzt, da das Drama ihres Verschwindens ins letzte und hässlichste Stadium trat, war auch ihr Bild plötzlich überall: das vielversprechende Mädchen, dessen strahlende Zukunft ausgelöscht schien von perversen Begierden.

Der Rest des Sonntags versickerte in Spekulation und Trübsal.

•

Am Montag blieben die Jalousien im Haus «Four Winds» den ganzen Tag zugezogen.

Smudges Bruder und seine Leute bewegten sich respektvoll möglichst behutsam durch den Garten, um die Fundamente für eine Holzpagode zu graben, die die Terrasse abschirmen sollte. Doch die einzige Grabetätigkeit, die Dr. Roecastles Gedanken beherrschte, fand nicht in ihrem Garten statt, sondern unter Einsatz von Bodenradar auf einer Lichtung in Halton Woods. Singh hielt sie alle paar

Stunden über den Stand der Dinge auf dem Laufenden. Am Abend zuvor hatte sie Amys Ring identifiziert und für den heutigen Tag alle Operationen abgesagt, und so saß sie jetzt im Morgenmantel auf dem Fußboden ihres schwarzweißen Wohnzimmers, die Knie vor die Brust gezogen, in jeder Faust zusammengepresst eine Kugel aus nassen Tüchern, als könnte allein die volle Konzentration auf ihr eigenes Elend verhindern, dass schlechte Nachrichten über ihre Tochter sie erreichten. In Wahrheit aber war sie auf das Schlimmste gefasst. Sie solle die Hoffnung nicht aufgeben, hatte Singh ihr gesagt, doch Tatsache war, dass die Ermittlungen jetzt eine andere Richtung eingeschlagen hatten.

Sie konnte nicht anders, als ihn immer wieder anzurufen: zweimal, dreimal, viermal pro Stunde. Jedes Mal sagte er, dass es keine neuen Entwicklungen gebe.

Zur Mittagszeit nahm sie 1 mg Xanax und 20 mg Inderal ein und spülte alles mit einem Glas Whisky hinunter.

Am späten Nachmittag, immer noch bewegungslos in der gleichen Sitzhaltung und mit glasigen Augen ins Nichts starrend, war sie so erschöpft, dass sie beinahe ohnmächtig geworden wäre, als plötzlich das Telefon klingelte und sie sich hochrappelte, um ranzugehen.

Sie hörte Singhs Stimme: «Dr. Roecastle?»

«Haben Sie sie gefunden?»

«Geht es Ihnen gut?»

«Sagen Sie schnell! Was haben Sie gefunden?»

Singh zögerte. Bedächtig sagte er dann: «Ich würde gern zu Ihnen kommen. Es gibt ... Entwicklungen, aber das muss ich persönlich mit Ihnen besprechen.»

Nachdem er aufgelegt hatte, hielt sie das Telefon noch für

einen Moment, dann ließ sie es fallen und sah zu, wie es auf dem Fußboden aufprallte und liegen blieb. Es schien weit entfernt von ihr zu sein, in einer völlig anderen Dimension. Sie wollte es zum Verschwinden bringen, sich selbst zum Verschwinden bringen, und die ganze Welt sollte aufhören zu existieren, aber nichts von alledem geschah, und sie sagte sich, sie solle sich aufs Sofa setzen und auf Singh warten, sich vorbereiten auf das, was er zu sagen hatte, wie schrecklich es auch sein mochte, aber sie rührte sich nicht, schien nicht dazu imstande zu sein, verharrte genau dort, wo sie war, leicht hin und her schaukelnd mit dem Gefühl einer Art Seekrankheit, dem Gefühl, das Zimmer ringsum nur verschwommen, dann aber wieder scharf wahrzunehmen, und so ging es noch eine volle halbe Stunde weiter, bis sie sein Klopfen an der Tür hörte.

Mit großer Anstrengung gelang es ihr, das Gesicht zur Zimmertür zu drehen, und mit lähmender Klarheit sah sie in allen Einzelheiten, was geschah. Es war, als hätte sie es bereits durchlebt. Während die Haustür aufging und sich wieder schloss und Singhs Schritte durch den Flur hallten, sah sie genau voraus, wie er vor ihr auftauchen und was er sagen würde, und sie hatte nicht den geringsten Zweifel, dass sie sich für den Rest ihres Lebens Wort für Wort an die Formulierung erinnern würde, die er sich zurechtgelegt hatte, um ihr die Nachricht zu überbringen.

Dann kam Amy durch die Tür.

Sie war dreckig und zerzaust, als hätte sie eine ungemütliche Nacht hinter sich. «Scheiße, was ist denn hier los?», sagte sie. «Der Zaun, ey. Ich dachte, der sollte nur auf der Vorderseite stehen.»

23

Es war wirklich Amy in dem vertrauten schwarzen Unterhemd und der schwarzen Bondagehose, doch sie schien verändert, und das nicht nur, weil sie schmutzig und müde war. Ein wilder Ausdruck lag auf ihrem Gesicht, während sie blinzelnd dastand, und es dauerte einen Moment, bis Dr. Roecastle begriff, dass ihre Tochter weinte. Sie erhob sich vom Sofa, machte ein paar zögernde Schritte, dann streckte Amy die Arme aus, und sie hielten einander stumm fest.

Sie hatten sich noch nicht vom Fleck gerührt, als Singh zehn Minuten später eintraf. Er stand in der Tür, unbeachtet, und beobachtete sie, und schließlich löste Dr. Roecastle sich aus der Umarmung und sagte zu ihm: «Amy ist da», worauf er nickte und still das Zimmer betrat.

●

Es gebe gewisse Abläufe in so einem Fall, sagte er, nachdem er sich vorgestellt hatte, ermittlungsbezogene Nachbesprechungen, ganz zu schweigen von medizinischer Fürsorge und Einschätzungen in Bezug auf posttraumatische Belastungen oder andere seelische Folgen, und es werde später auch erforderlich sein, Amy aufs Revier zu bitten, und natürlich müsse man sich mit den Medien auseinandersetzen, aber zunächst einmal saßen sie einfach zusammen auf den

Sofas in Dr. Roecastles schwarz-weißem Wohnzimmer, wie um sich langsam an die Fremdheit der Situation zu gewöhnen.

Singh riet vorerst zur Zurückhaltung: «Dies ist wahrscheinlich noch nicht die Zeit für Fragen.»

Dr. Roecastle drängte jedoch: «Aber um Gottes willen, Amy, sag uns doch, wo du die ganze Zeit gewesen bist.»

Singh musterte das Mädchen. So schmutzig und müde sie auch war, ungewaschen, die langen Haare verfilzt, konnte er dennoch erkennen, dass Sophie keine falschen Angaben zum Aussehen ihrer Freundin gemacht hatte. Amy sah ihre Mutter an und sagte:

«Bei Dad.»

Dr. Roecastle blieb kurz die Luft weg. «Was soll das heißen, ‹bei Dad›? Ich denke, er ist in Kalifornien. Ich dachte, du hast gesagt, du willst ihn nie wiedersehen.»

«Er wohnt in einem kleinen Haus auf dem Land, das er gemietet hat für irgendein Forschungsprojekt. Hat sich von seiner Universität solange beurlauben lassen.»

«Woher weißt du das überhaupt? Ihr habt doch gar keinen Kontakt!»

Amy lächelte schief. «*Du* hast keinen Kontakt.»

Singh sagte: «Das werden wir alles zu einem späteren Zeitpunkt besprechen können, Amy. Und auch müssen. Wie gesagt, jetzt ist vielleicht nicht der richtige Moment für Fragen.»

Ihre Mutter sagte: «Aber sag mir wenigstens, *warum*. Warum, Amy, warum bist du weggelaufen?»

Amy sagte zunächst nichts. Sie blickte einmal kurz zu Singh herüber, und ihm war, als würde sie leise lächeln. Sie seufzte, schien verlegen. «Ich weiß, es hört sich vielleicht nach einer Kleinigkeit an, aber ...»

Sie erzählte ihnen von den Schuhen.

Als sie in jener Nacht nach Haus gekommen war und auf dem Tisch die wieder eingepackten Schuhe hatte liegen sehen, da schien irgendetwas in ihrem Kopf explodiert zu sein. Sie verschloss sich ganz in sich selbst, konnte nicht einmal mehr sprechen. Der Entschluss, von zu Hause wegzulaufen, wurde in dem Moment gefasst, als ihre Mutter das Zimmer verließ. «Ich hab's einfach nicht mehr ausgehalten.» Sie ging also nach oben, zog ihre Jacke aus und stieg aus dem Fenster, um nicht den Alarm auszulösen, den ihre Mutter gerade eingeschaltet hatte.

«Du bist ohne Jacke in den Regen hinaus?»

«Natürlich nicht. Ich hab eine Regenjacke mitgenommen. Die ist mir allerdings zerrissen.»

Singh meldete sich zu Wort: «Im Wald?»

Sie nickte. «Zuerst wollte ich zu Soph laufen, bei ihr übernachten, dann am nächsten Tag weiter. Aber ...» Sie zögerte. «Der Regen war viel schlimmer, als ich gedacht hatte. Auf dem Weg konnte ich kaum was sehen, und der Lärm war schrecklich. Und dann ... war mir, als hätte ich jemanden gesehen.»

«Wie meinst du das?»

«Auf dem Weg hinter mir. Ich bekam Angst. Nicht gerade meine Art, aber bei dem strömenden Regen und dem Donner ... Ich hab mich in die Büsche geschlagen, da gibt's so einen kleinen Pfad, ich dachte, ich könnte mich dort verstecken. Aber irgendwie wurde es nur schlimmer. Ich dachte, ich würde hören, wie mich jemand verfolgt. Ich kriegte die Panik. Bin nur noch blind zwischen den Bäumen durch. Immer wieder hingefallen dabei. Einmal hatte ich das sichere Gefühl, jemand würde mich packen, aber dann waren es nur Zweige, die im Sturm hin und her schlugen. Irgendwann fand ich eine geschützte Stelle, und da hab ich mich, ich weiß nicht, über eine Stunde lang verkrochen. Und als der Sturm vorbei war und ich zum Weg zurückging, war es schon viel zu spät, um noch zu Soph zu gehen.»

«Was hast du stattdessen gemacht?»

«Bin rüber nach Battery Hill, hab an dieser schnuckeligen überdachten Bushaltestelle gewartet und bin in den ersten Bus gestiegen. Später noch ein bisschen per Anhalter weiter, und gegen Mittag war ich bei Dad.»

«Was ist mit Rex?», fragte Dr. Roecastle. «Warum hast du ihn mitgenommen?»

Amy schaute verwirrt drein. «Rex? Wie meinst du? Diese Bestie würde ich nirgends mitnehmen, das weißt du doch. Warum, was ist mit ihm?»

«Nun, er scheint in jener Nacht nach draußen gelangt zu sein. Und leider wurde seine Leiche im Wald gefunden.»

«Er ist tot?»

Singh sagte: «Möglicherweise wurde er umgebracht.»

«Wie? Von einem anderen Tier?»

Singh sagte nichts.

«Natürlich», sagte Amy, «war er schon echt alt.»

«Das ist wahr», sagte Dr. Roecastle nach kurzem Nachdenken. «Fast dreizehn. Daran hatte ich nicht gedacht.»

Singh sagte: «Hat Ihr Vater sich nicht gewundert, als Sie plötzlich vor der Tür standen?»

Amy zog einen Schmollmund. «Mein Dad wundert sich

über gar nichts. Schon allein, weil er sich nur für seine Arbeit interessiert und für sonst nichts. Das Gute daran war, dass er eben auch keine Zeitungen liest und ich deshalb keine unangenehmen Fragen beantworten musste. Im Gegenteil, die meiste Zeit hatte er schon wieder vergessen, dass ich da war.»

«Warst du bis heute bei ihm?»

«Ja.»

«Hast du die Nachrichten nicht verfolgt? War dir nicht bewusst, dass fieberhaft nach dir gesucht wurde?»

Sie zögerte. «Ich hab schon lange keine Nachrichten gesehen, eine Woche oder so. Mit Absicht nicht. Ich wollte nichts wissen. Als mir schließlich klarwurde, was los war, war ich ... war es mir peinlich, nehm ich an. Oder nein, ich war entsetzt. Ich wusste, ich muss zurück, aber ich bin noch ein, zwei Tage geblieben. Es gibt eine Menge offene Fragen zwischen mir und meinem Vater, und ich wollte das gerne klären, aber letzte Nacht haben wir uns schließlich in die Haare gekriegt, und das war's dann für mich. Heute Morgen habe ich einen Zug erwischt. Inzwischen bin ich ziemlich nervös geworden. Na ja, ich hatte richtig Angst. Mir ist dann erst klar gewesen, wie groß die ganze Sache geworden war.» Sie sah Singh offen in die Augen. «Ich werde mich wohl entschuldigen müssen.»

Ihre Mutter sagte: «O Amy, ich habe mir solche Sorgen gemacht! Wir wussten überhaupt nicht, wo du bist. Der Mann mit dem Transporter schien es zu wissen, aber die Polizei hat ihn laufen lassen.»

«Was für ein Mann?»

«Damon Walsh», sagte Singh.

«Damon? Damon weiß gar nichts», sagte Amy. «Nicht über mich, nicht über die Welt. Hat er Ihnen das nicht gesagt?»

«Doch, das hat er tatsächlich», sagte Singh.

Ihre Mutter sah sie fassungslos an. «Soll das heißen, es ist wirklich *wahr*? Du hast tatsächlich eine *Beziehung* mit dieser Person?»

«Nicht mehr. Das mit Damon ist schon eine ganze Weile vorbei. Er scheint es nur nicht wahrhaben zu wollen.»

«Amy!»

«Glaubst du, ich erzähle dir alles?»

«Na ja, und was ist mit diesem anderen schrecklichen Menschen, diesem Landstreicher, der im Wald lebt?»

«Was denn für ein anderer schrecklicher Mensch?»

«Die Polizei hat deinen Ring in seiner Bruchbude gefunden.»

«Meinen Ring?»

«Den mit den Spiralen. In einer Hütte im Wald, wo dieser Mann –»

«Ich weiß nicht, wovon du sprichst, das war jedenfalls nicht *mein* Spiralring.» Sie streckte die Hand aus, und an ihrem Finger steckte der Ring. «Hast du gedacht, davon ist nur ein einziger hergestellt worden?»

«O Amy!» Erst jetzt schien der Moment gekommen, wo Dr. Roecastle ihren Gefühlen freien Lauf lassen konnte. «Was wir uns alles ausgemalt haben! Es war ein einziger Albtraum!» Sie begann zu schluchzen, worauf Singh sich erhob und vorschlug, dass sie sich fertigmachen sollten, um mit ihm aufs Revier zu kommen.

Amy ging nach oben.

Singh hielt die Zeit fest – halb sechs Uhr nachmittags am Montag, den 13. August – und ging vors Haus, um einige Anrufe zu machen, während Dr. Roecastle noch einen Augenblick allein im Wohnzimmer sitzen blieb, die Augen geschlossen, das Gesicht zur Decke gewandt, die Hand fest um Amys Spiralring geschlossen, und einfach nur der Stille lauschte.

Dann gab es ein Geräusch, und sie öffnete die Augen.

Er stand im Zimmer in Trainingshosen und einem fleckigen Kapuzenpulli, sah sie mit diesem typisch ausdruckslosen Blick an, und sie richtete sich auf. So würdevoll, wie es ihr grad nur möglich war, sagte sie: «Sie ist zurückgekehrt.»

«Ich weiß.»

«Woher?»

«Ihr Zimmerfenster ist zu.»

Weiter sagte er nichts.

Irritiert, aber in einer Stimmung, die es ihr gestattete, sich großzügig zu zeigen, sagte sie: «Ich bin trotzdem dankbar für deine Hilfe. Auch wenn sie letzten Endes zu keinem Ergebnis geführt hat. Wir neigen wohl alle manchmal dazu, voreilige Schlüsse zu ziehen. Ich wünschte nur, die Polizei wäre nicht auf die lächerliche Annahme verfallen, dass es Amys Ring sei, den sie in der Behausung dieses Mannes gefunden hat. Wie sich herausstellt, hat Amy ihren Ring die ganze Zeit getragen.»

Er gab keine Antwort.

Nun doch ein wenig verärgert, sagte sie: «Und der Grund, warum Amy weggelaufen ist, war tatsächlich genau der, den ich von Anfang an vermutet hatte. Ein Wutanfall.

Und zwar wirklich wegen der Schuhe, da hast du in dem Fall also doch richtig geraten.»

Sie machte eine Pause, aber Garvie zeigte noch immer absolut keine Reaktion.

«Du siehst also, mit unseren Instinkten liegen wir nicht immer daneben.»

Für eine Weile herrschte Schweigen.

«Schuhe?», sagte er schließlich.

«Ja, hab ich doch grad gesagt.»

Er nickte. Überlegte. «Sie sollten sie fragen, was sie mit dem Karton gemacht hat.»

Dr. Roecastle starrte ihn an. «Was um Himmels willen meinst du damit?»

Doch er hatte sich schon umgedreht und war gegangen.

24

Die Medien waren völlig aus dem Häuschen.
AMY WIEDER DA! FREUDENTRÄNEN EINER MUTTER. SIE WAR EINFACH NUR SPAZIEREN. FAHNDUNG VORBEI.

«Ist mir so was von egal», sagte Garvie.

«Na komm», sagte Onkel Len. «Stell dir vor, wie erleichtert Dr. Roecastle sein muss.»

Sie saßen in der Küche in Eastwick Gardens Nr. 12 beim Hühnchencurry.

Seine Mutter sagte: «Und letzten Endes brauchte sie deine Hilfe gar nicht, Garvie.»

«Wer hat gesagt, dass ich ihr helfen wollte?»

Onkel Len sah Garvie über den Rand seiner Brille an. «So ganz ist uns ja nicht klargeworden, was du da an dem Abend zusammen mit Raminder gemacht hast. Aber lassen wir das auf sich beruhen. Ihre Mutter hatte recht, das muss ich zugeben. Amy ist weggelaufen, weil sie wütend war, und ist zurückgekommen, als sie sich beruhigt hatte. Ihr Vater hat alles bestätigt, was sie gesagt hat. Er macht einen etwas nerdigen Eindruck. Raminder hat stundenlang versucht, ihn zu erreichen, und keiner wusste, wo er ist, nicht einmal seine Universität. Er hat nicht bemerkt, in was für einem Zustand seine Tochter war. Aber so sind sie wohl, die Mathe-Genies.»

Alle warfen Garvie einen Blick zu.

Im Wohnzimmer griff Onkel Len zur aktuellen Zeitungs-Ausgabe. Die Schlagzeile lautete **RÜCKKEHR DER AUSREISSERIN**. «Aber das hier», Onkel Len schwenkte die Zeitung, «das macht mich richtig wütend. Mit einem Schlag ist alles vergessen, was sie über diesen PJ geschrieben haben.»

«Hat man ihn gefunden?», fragte Tante Maxie.

«Er liegt noch im Krankenhaus», sagte Garvies Mutter.

Nur wenige Stunden vor Amys Rückkehr hatten ‹rechtschaffene Bürger› den Ex-Hippie in einer kleinen Stadt nahebei erkannt und es sich zur Aufgabe gemacht, ihren Unmut über seinen Lebensstil, seine Gewohnheiten, seine politische Einstellung, seine Ernährungsweise, seinen Pferdeschwanz und seinen Marihuanakonsum und selbstverständlich auch ihre Empörung über sein praktisch nachgewiesenes Verbrechen zum Ausdruck zu bringen. Dabei hatte er eine gebrochene Rippe und einen verletzten Augapfel davongetragen und wurde in der Augenklinik des städtischen Krankenhauses behandelt, wo Detective Inspector Singh ihn einige Stunden zuvor befragt hatte. Im Krankenbett, nur mit seinem gesunden Auge zu Singh hinschielend, wirkte er viel verletzlicher als auf seinen Fotos. Der Bereich um die Taille war fest bandagiert, der linke Arm hing in einer Schlinge. Er sprach näselnd und zögerlich und gestikulierte dabei vage mit der Rechten, wobei auf seinem nackten Unterarm ein kleines, verblasstes Tattoo des buddhistischen Friedenssymbols sichtbar wurde. Er kannte Amy Roecastle nicht und war ihr seines Wissens auch nie begegnet; die Anschuldigung, er habe sie entführt, erfüllte ihn mit Schrecken und Fassungslosigkeit. Am Tag ihres Verschwindens hatte er, wie immer mittwochs, in der Nachtschicht im Mietlager Red n' Black an der Ringstraße gearbeitet. Er gab zu, mit seinem Transporter gelegentlich nachts in den Wald bei Froggett gefahren zu sein: Er beobachte Dachse, eine Angabe, die von mehreren Personen aus seinem Bekanntenkreis bestätigt wurde. Ebenso sei es wahr, dass er in der Nähe seiner Wohnstätte in Halton Woods ein Feuer gemacht habe, nämlich um ganz gewöhnlichen Hausmüll zu verbrennen, dessen deutlich zu identifizierende Rückstände in der Folge auch von den Kriminaltechnikern und dem GPR-Team aufgefunden wurden. Der Ring, den man in seinem Heim sichergestellt hatte, sei sein eigener – für gewöhnlich am langen, dünnen Zeigefinger der rechten Hand getragen –, und die Spirale symbolisiere den Weg von der äußerlichen Bewusstheit des Egos hin zur inneren Seele kosmischen Gewahrseins, wie er Singh in aller Ausführlichkeit erläuterte.

Nach einer halben Stunde hatte Singh die Befragung abgebrochen, dem Mann im Vertrauen empfohlen, wegen der verleumderischen Berichterstattung der Medien anwaltlichen Rat einzuholen, und ihm versichert, dass die Ermittlungen gegen ihn eingestellt würden.

«Ein bitterer Beigeschmack», sagte Onkel Len, «bei einem ansonsten glücklichen Ausgang. Amy Roecastle ist einfach wieder nach Hause gekomen, als sie dazu bereit war.»

Garvie schnaubte.

Onkel Len sah ihn verwundert an. «Was ist?»

«Nichts. Egal.»

Seine Mutter schaute ihm mit zusammengekniffenen

Augen nach, als er aufstand und ohne ein weiteres Wort die Küche verließ.

Onkel Len sah sie an, sie schüttelte den Kopf. «Wer weiß, was im Kopf dieses Jungen vorgeht.»

«Glaubst du, er ist enttäuscht, weil es vorbei ist?»

Sie zuckte die Achseln. «Vielleicht ist er einfach verärgert, weil ihn die ganze Geschichte vom Zäunebauen abgelenkt hat.»

«Armer Garvie», sagte der Onkel.

Nach einem kurzen Moment begannen sie beide zu lachen. Es war das letzte Geräusch, das Garvie hörte, bevor er seine Zimmertür zumachte, sich aufs Bett legte und ohne erkennbare Regung an die Decke starrte. Er dachte an Amy Roecastle. Ihr Gesicht auf dem Foto. Ihren Mund, die leicht geöffneten Lippen, auch die Augen, ihre Kinnspitze, so energisch und gleichzeitig doch zart; vor allem aber ihr Blick, geheimnisvoll und neckisch.

Und er dachte an den Schuhkarton, den sie dabeihatte, als sie im strömenden Regen durch den Wald lief.

25

Der Zaunbau ging am nächsten Tag ordnungsgemäß und ohne Unterbrechung weiter. Es war der heißeste Tag des Sommers, die Sonne strahlte mit voller Kraft. Morgens war noch ein leichter Wind gegangen, doch um die Mittagszeit stand die Hitze im Garten. An den Bäumen welkten die Blätter, die rohen Zaunbretter glänzten grell. Smudge und Garvie hatten die Aufgabe, den fertig aufgestellten Zaun mit Kreosot zu streichen, während Smudges Bruder und seine Leute an der Pagode arbeiteten. Mit freiem Oberkörper legten sie los.

«Schon komisch, wie sich alles so entwickelt», sagte Smudge.

«Wie meinst du?»

«Transporter. Ich mein, sie sind total wichtig, weißt du.»

«Hab ich nie dran gezweifelt, Smudge.»

«Und diese Amy Roecastle.»

«Was ist mit ihr?»

«Stellt sich raus, dass sie gar nicht schlecht aussieht. Sogar ziemlich gut so im Vorderbereich, wenn du weißt, was ich meine.»

«Ja, Smudge, ich weiß, was du meinst.»

«Von hinten sieht sie ziemlich dürr aus, aber dann dreht sie sich um und *bamm!*»

«Ja, Smudge.»

«Wie Wespennester, Alter. Schon mal ein Wespennest gesehen? Wie die –»

Er hatte jedoch keine Gelegenheit, seine Überlegungen weiter auszuführen, weil Smudges Bruder aus irgendeinem Grund beschloss, die beiden zu trennen. Smudge trug seinen Kanister Kreosot zu dem Zaunabschnitt beim Tor, und Garvie arbeitete weiter an dem Stück, das er selbst errichtet hatte.

Es kühlte nicht ab. Die drückende Nachmittagshitze breitete sich überallhin aus, füllte noch die kleinsten Räume – Ohren, Nasenlöcher, Münder – und vertrieb die Luft. Garvie teilte sich seine Kräfte klug ein, machte alle Viertelstunde eine Zigarettenpause. Zweimal kam Smudge herüber, um ihn, was seine Gedanken zu Amy Roecastle betraf, auf dem Laufenden zu halten. Eine Stunde ohne jede Luftbewegung verging.

Als sich zum dritten Mal Schritte von hinten näherten, sagte Garvie leicht genervt: «Nichts für ungut, Smudge, aber das mit dem dürr von hinten, ihrem tollen Vorderbereich und *bamm!*, da fallen dir die Augen aus, das brauchst du mir nicht noch mal zu erzählen, das hab ich verstanden. Warum gehst du nicht zu Amy und sagst es ihr selbst?»

Es folgte ein Augenblick Stille.

«Weil er zu schüchtern ist, könnte ich mir vorstellen», sagte Amy Roecastle.

Garvie zögerte einen Moment, dann drehte er sich um. Sie stand da, eine Hand auf die Hüfte gestützt, in schwarzer Leinenhose und schwarzem Top. Sie war nicht so groß, wie er sich wegen ihrer Fotos vorgestellt hatte. Ihre Haare saßen lockerer, ungezähmter. Sie wirkte blass, ein bisschen angegriffen. Aber dieses Gesicht... Und dieser vertraute Ausdruck darauf, amüsiert und wissend.

Er fand seine Stimme wieder.

«Über Smudge kann man so manches sagen. Aber nicht, dass er schüchtern ist.»

«Dann musst du wohl der Schüchterne sein.»

Er zuckte die Achseln.

«Seltsamerweise», fuhr sie fort, «hat meine Mutter mir aber was ganz anderes erzählt.»

Garvie nickte. «Bin froh, dass ihr zwei wieder miteinander redet. Und nett von dir, mal hallo zu sagen. Aber weißt du was, ich muss hier weitermachen.» Er schwenkte seinen Pinsel. «Bei so einem Zaun kommt es darauf an, dass man keine halben Sachen macht.» Er wandte sich ab, tauchte den Pinsel ein und trug das Holzschutzmittel auf.

«Ist das das Stück, das du gemacht hast?»

Er strich weiter. «Jep. Das Stück, das du umgerissen hast.»

Es folgte eine Pause, als würde sie den Zaun näher in Augenschein nehmen.

«Deine Pfostenlöcher waren nicht tief genug», sagte sie. «Ich war kaum draufgestiegen, da merkte ich schon, wie das Ganze nachgab.»

«Wenigstens hast du dich nicht verletzt.»

«Woher weißt du?»

«Hinterher warst du jedenfalls noch fit genug, um durch den Wald zu joggen, zusammen mit eurem Hund.»

Sie zögerte. «Hast 'ne blühende Phantasie, wie?»

«Schon erholt von allem?»

«Mir geht's gut. Bisschen müde. Leichte Magenverstimmung. Nichts Besonderes.»

Als er sich zum Zaun zurückwandte, sah Garvie aus dem Augenwinkel, dass Smudge seine Streicharbeit eingestellt hatte und ihn vom Tor aus mit mehr oder weniger offenem Mund beobachtete.

Er bemerkte sehr wohl, dass auch Amy Roecastle ihn bei seiner Arbeit beobachtete. Nach einer Weile hörte er sie sagen: «Du kannst das nicht besonders gut, weißt du. Der Zaun ist ja nicht mal gerade. Hast du eine Richtschnur benutzt?»

Er strich geduldig weiter.

Sie sagte: «Du bist echt ein lausiger Zäunebauer. Du solltest dabei bleiben, in fremde Zimmer einzubrechen.»

Jetzt drehte Garvie sich um. «Ich wurde um Hilfe gebeten, okay?»

«Hat man dich auch gebeten, Stiefelabdrücke auf meinem Bett zu hinterlassen?»

«Das fällt unter die Rubrik ‹Unvermeidlich›.»

«Hat man dich gebeten, mein Foto zu klauen? Das fällt wohl unter die Rubrik ‹Unverschämt›.»

Garvie zuckte die Achseln. «Hab nach etwas gesucht.»

«Mein Foto?»

«Deine Mütze. War komischerweise nicht da.»

«Natürlich nicht. Ich hab gar keine Mütze.»

«Deine Mutter hat mir was anderes erzählt.»

«Und du glaubst, dass meine Mutter irgendetwas über mich weiß?»

Er fuhr mit dem Streichen fort, und sie sah ihm dabei zu.

Schließlich sagte sie: «Kann ich es denn wenigstens zurückhaben?»

«Was?»

«Mein Foto.»

«Hab ich verschenkt.»

Sie stieß einen Laut aus, halb Schnaufen, halb Lachen. «Du hast es verschenkt? An wen?»

«Damon natürlich.»

Während er weiter den Pinsel schwenkte, schwieg sie für eine Weile. Schließlich räusperte sie sich und sprach mit veränderter, unsicherer Stimme.

«Ich dachte, du hättest Damon nicht gefunden.»

«Tun wir mal so, als ob.»

Nach einer weiteren Pause sagte sie leise: «Wie ging es ihm?»

«Großartig. Man würde denken, er müsste total am Boden zerstört sein, nachdem du ihn abserviert hast, aber es scheint ihm gar nicht bewusst zu sein, dass er abserviert worden ist.»

Wieder zögerte sie. «Tja, na ja. Das ist halt Damon.»

«Du solltest ihm das lieber mal verklickern. Von selbst kapiert er Sachen nicht so leicht.»

«Wie soll ich das machen? Er ist verschwunden.»

«Ruf ihn an.»

«Hab seine Nummer nicht. Und meine hatte er auch nie. Besser so.»

Für einen Moment schauten sie sich an. Dann sah sie an ihm vorbei auf den Zaun.

Er sagte: «Nur zu, sag schon. Je fieser, desto besser.»

Sie sagte: «Weißt du, womit du dich lieber beschäftigen solltest?»

«Ja, mit meinen eigenen Angelegenheiten.»

«Mit Zahlen. Du bist so eine Art Mathe-Genie, oder?»

«Woher willst du das wissen?»

«Erstens hat deine Mutter es meiner Mutter erzählt.»

Er schaute grimmig drein. «Dafür sind Mütter gut, hast es ja selbst gesagt. Um dummes Zeug zu erzählen, ihren Kinder auf den Sack zu gehen und ständig Theater zu machen. Und um Jugendlichen aus Five Mile Probleme zu machen. Aber, hey, diese Jugendlichen sind mit Problemen aufgewachsen. Sie sind dran gewöhnt. Sie *stehen* drauf.»

Da lachte sie, und er sah, wie breit ihr Mund war und wie weiß ihre Zähne. Und wie ihre Nase sich kräuselte wie die eines Kaninchens.

«Zweitens», sagte sie, «hast du in meinem Zimmer einen Hinweis hinterlassen. Die Zahl fünf.»

Er zuckte nur die Achseln.

«Die Sache ist die, dass ich nicht mal die Frage verstanden habe. Und ich bin angeblich gut in Mathe. Schließlich ist mein Dad tatsächlich ein Mathe-Genie. Habt ihr auf der Marsh Beweise für Folgengrenzwerte behandelt?»

«Hatte noch nie davon gehört.»

Sie sah ihn an und schürzte die Lippen. «Also ein reiner Glückstreffer», sagte sie schnippisch.

Er sagte: «Pass auf. Wir wissen, der Grenzwert ist 1. Wir wissen, der Wert ist $\frac{1}{5000}$.»

«Ja, so weit hab ich's verstanden.»

«Dann wende die Definition von a_n auf die Definition des Grenzwertes an und setze die Zahlen ein. Das vierte Glied in der Folge hattest du ja schon ermittelt.»

«Ja, ich erinnere mich. $\frac{4097}{4096}$.»

«Richtig. Und das erste Glied?»

Sie zögerte, aber nur kurz. «$\frac{9}{8}$.»

«Richtig. Und das zweite Glied?»

«$\frac{65}{64}$. Warte, jetzt hab ich's. Der Grenzwert ist 1. Jedes Glied nähert sich ihm um einen immer kleiner werdenden Wert an.»

«Genau.»

«Das dritte und vierte Glied sind $\frac{513}{512}$ und $\frac{4097}{4096}$, die hatte ich schon. Das fünfte Glied ist $\frac{32769}{32768}$.»

«Jep. Um $\frac{1}{8}$ näher am Grenzwert, dann um $\frac{1}{64}$, dann $\frac{1}{512}$, dann $\frac{1}{4096}$, dann ...»

«Dann $\frac{1}{32768}$. Das fünfte Glied. Welches kleiner ist als $\frac{1}{5000}$.»

«Also N = 5.»

«Und bingo.»

Jetzt sah sie ihn mit unverstelltem Interesse an.

Er sagte: «Hättest es selbst rausgekriegt, wenn du stattdessen nicht lieber auf Wanderschaft gegangen wärst.» Er blickte über die Schulter. «Egal, hör zu. Wenn ich diesen Mist hier nicht ein bisschen schneller erledige, werde ich gleich wieder angeschrien.»

Sie zeigte wieder ihr Lächeln. «Na schön, Mathe-Crack. Dann hau rein. Oh, übrigens.»

«Was?»

«Samstagabend. Partytime. In Battery Hill. Cross Keys House, Turnpike Road. Kleine Ablenkung vom Zäunebauen.»

Er sah sie ausdruckslos an.

«Meinst du, du kommst?»

«Vielleicht.»

«Hättest du eine Entschuldigung dafür, *nicht* zu kommen?»

«Möglich. Ich könnte die Adresse vergessen.»

«Ich hab das Gefühl, du bist so einer, der nie was vergisst.»

«Ich könnte eine Ausnahme machen.»

«Ich glaube, das wäre ein Fehler.»

«Ein Typ aus Five Mile mit all den feinen Mädels? Was würde deine Mutter sagen?»

«Können wir mal aufhören, über Mütter zu sprechen? Das wirklich Schockierende an meiner kleinen Fluchtaktion war, dass meine Mutter es tatsächlich bemerkt hat. Ich dachte, es würde ihr gar nicht auffallen. Bin mir ziemlich sicher, dass sie die Polizei nur gerufen hat, um mir die Hölle heißzumachen. Tatsache ist, dass Dr. med. Roecastle eigentlich keine Tochter braucht. Sie hat ja ihre Arbeit.»

Er blickte ihr nach, als sie sich über den Rasen entfernte, beobachtete ihren Gang, der etwas Luftiges, beinahe Ironisches an sich hatte, wie von einem Zeichentrick-Reh, das sich durch ein Zeichentrickgebüsch schlängelt, zart und verletzlich, aber dennoch furchtlos.

Plötzlich stand Smudge neben ihm.

«Bin schwer beeindruckt, muss ich sagen. Dass du so scharf rangehst, hätt ich nicht gedacht, Garv.»

«Ich bin überhaupt nicht rangegangen, Smudge.»

«Nee, ist klar, sie ist nur ganz zufällig bei dir angetanzt.»

«Ich bau hier den Zaun, Smudge. Sie steht auf Zäunebauer, Fahrer von Transportern, Typen aus Limekilns und Five Mile. Mit anderen Worten, es macht ihr Spaß, ihre Mutter auf die Palme zu bringen.»

«Klingt gut. Ich bau auch Zäune *und* ich mag Transporter. Glaubst du, ich hab Chancen bei ihr?»

«Gar kein Zweifel, Alter.»
«Hat sie was über mich gesagt?»
«Ja, hat sie tatsächlich.»
«Was denn?»
«Hat dich zu einer Party am Samstag eingeladen.»
Smudge machte ein enttäuschtes Gesicht. «Samstag kann ich nicht. Trotzdem.» Er grinste. «Allein der Gedanke zählt. Hat sie sonst noch was gesagt?»
«Kann mich nicht erinnern. Aber vielleicht hat sie an dich gedacht.»
Smudge lächelte bescheiden. «Meinst du? Ja, hab tatsächlich gesehen, wie sie ab und an mal rübergeguckt hat.»
«Ist ja auch kein Wunder, wenn du da mit nacktem Oberkörper stehst.»
Smudge griff sich in seine Schwarte. «Manche Bräute stehen drauf, wenn man da ein bisschen was hat», sagte er. «Hab ich gehört. Und ich will dir noch was über Mädels erzählen.»
Was er zweifellos auch getan hätte, wäre nicht in diesem Augenblick Smudges Bruder aufgetaucht, um ihnen ein paar Takte zum Thema Zaunbau zu erzählen.
Wieder allein, steckte Garvie sich erst einmal eine Zigarette an, blickte auf seine Uhr und machte sich zu guter Letzt daran, den Zaun weiter zu streichen, wenn er auch mit den Gedanken ganz woanders war, bei Amy Roecastle nämlich, einem Mädchen mit scharfem Verstand, einem schönen Mund und Sinn für Humor, ein Mädchen der besseren Gesellschaft, eine Rebellin – und eine Lügnerin.

26

Cross Keys House, ein großes, scheckiges Steingebäude, war ursprünglich mal ein Bauernhaus gewesen. Vor der Abzweigung nach Froggett erstreckte es sich in mehreren Abschnitten entlang der Turnpike Road zwischen einer Reihe von Cottagehäusern und offenem Gelände. Zur Landschaftsseite hin gab es ein großes, stabiles, derzeit verschlossenes und verriegeltes Holztor, von dem aus ein Schotterweg rund ums Haus zum Garten auf der Rückseite führte, einem großflächigen Rasen, der zu einer Trockenmauer hin abfiel, hinter der frisch gemähte Rieselwiesen blassgrün im Halbdunkel des fortgeschrittenen Abends schimmerten.

Mrs. Brighouse war nicht zu Hause und hatte ihrer Tochter die Aufsicht über das Haus übertragen. Hip-Hop-Rhythmen in einer Lautstärke von 80 Dezibel zerrissen die Luft, und das Haus erbebte unter den Stimmen von Jay-Z und Kanye West. Ungefähr dreißig Jugendliche tanzten barfuß auf dem Rasen, die meisten mit einem Glas Pimm's in der Hand. Einige lagen auf der Terrasse oder in den Büschen.

Amy und Sophie standen zusammen neben dem Partyzelt. Sophie trug ein stahlblaues, rückenfreies Kleid von Selfridges, Amy einen schwarzen Plastikmini mit Netzstrümpfen und ein mit Nieten besetztes Biker-Top. Es war fast Mitternacht.

Sophie sagte: «Hab den ganzen Abend noch nicht mit dir gesprochen. Wie geht es dir?»

Sie berührte Amys Hand, und sie wechselten einen Blick.

«Das wird schon wieder.»

«Bist nicht in Partystimmung?»

Amy blickte sich seufzend im Garten um. «Möchtest du nicht auch manchmal *gebraucht* werden? Ich meine, wirklich gebraucht? Von jemandem, für den niemand anders in Frage kommt?» Sie schwenkte den Arm. «Von denen hier braucht mich niemand. Das sind nur die üblichen Idioten. Die Leute, die wir jeden Tag sehen. Die Tanz- und Theatergruppe und ein paar Jungen von der Abingford.»

«Ein paar Leute vom Rugby-Team der Dylan haben gesagt, dass sie kommen wollen. Die sollen richtige Partytypen sein. Und topfit.»

«Fallen aber auch nicht so richtig aus dem Rahmen, oder? Außer dass Dylan so ziemlich die teuerste Schule in der ganzen Grafschaft ist.»

«Na ja, wen würdest du denn hier gern sehen?»

Doch bevor Amy antworten konnte, wandte Sophie sich aufgeregt dem Haus zu. «O mein Gott, da sind sie. Die Dylan-Truppe. Ich kann hören, wie in der Küche das Geschirr zu Bruch geht.»

Etwa zwanzig Jungen trugen eine Schaufensterpuppe, der ein Bein fehlte, durch die Hintertür und marschierten damit über die Terrasse, während sie obszöne Lieder sangen und sich in anzüglicher Weise an der Puppe zu schaffen machten. Sophie lief zu ihnen hin und war schon bald inmitten der halbnackten Gestalten verschwunden. Amy blieb allein mit ihrer Margarita zurück und warf einen Blick in die Runde. Die Leute hier kannte sie alle, wusste alles über sie. Kannte ihre T-Shirts und Sneaker von Abercrombie & Fitch, von Ralph Lauren, von Comme des Garçons, kannte auch ihre leicht erregbaren Stimmen, ihr unschuldiges Auftreten, ihre Gewohnheiten, ihre Träume und Haustiere.

Dann sah sie ihn. Er stand ganz für sich im Eingang des Partyzelts, wirkte, als wäre er schon den ganzen Abend hier, obwohl er gerade eben erst gekommen sein musste. Er nahm die Zigarette aus dem Mund und nickte kurz. Etwas an ihm – nicht nur seine gewöhnliche schwarze Jeans und die abgewetzte Lederjacke, sein eigentümlich hübsches Gesicht oder sein geistesabwesender Blick – ließ ihn so anders erscheinen als alle anderen, dass er wie von einer Hülle umgeben schien, die ihn von der Umwelt isolierte.

Sie ging quer über den Rasen.

«Hast dich ja doch an die Adresse erinnert.»

«Tja. Ich bin halt der Junge, der nichts vergisst.»

«Gut, dass du weißt, wer du bist. Es wird bald jemand kommen und dich fragen.»

«Das ist schon passiert.»

«Nun, ich hoffe, du konntest dich ausweisen.»

«Hab ihnen gesagt, mein Name steht auf der Innenseite meiner Jacke geschrieben. Damit waren sie anscheinend zufrieden.»

Sie standen schweigend da.

«Das hier sind deine Freunde?», sagte er nach einer Weile.

«Ja. Das sind meine Freunde. Was du hier siehst, das ist mein Leben. Das hier bin ich, genau genommen.» Sie machte eine ungehaltene Bewegung mit der Hand, die den

Rasen, das Partyzelt, das Haus und alle Leute in Sichtweite umschloss. «Ich, ich, ich, in ich weiß nicht wievielfacher Ausfertigung.»

«Siebenundvierzig.»

Sie musterte ihn neugierig. «Du hast die Leute gezählt, die hier sind?»

«Hab's mehr so nebenbei bemerkt.»

«Wie schräg ist das denn?»

«Du hast gesagt, ich sollte mich an die Zahlen halten.»

Sie sah ihn verschmitzt, schräg von der Seite an. «Na schön, Mathe-Crack. Es sind siebenundvierzig Leute anwesend. Es ist zehn Uhr. Zwanzig von ihnen trinken alle zwölf Minuten einen Shot, zehn Leute trinken sechs Shots pro Stunde, sieben Leute drei Shots pro Stunde, sechs Leute jede zweite Viertelstunde einen Doppelten und vier Leute einen Shot alle zehn Minuten in der ersten Stunde, einen alle zwanzig Minuten in der zweiten und danach einen alle vierzig Minuten. Wenn es zehn Shots braucht, um betrunken zu werden, wie viele Leute sind dann um ein Uhr morgens noch nüchtern?»

«Sieben.»

Sie überlegte einen Moment. «Richtig. Die, die drei Einfache pro Stunde trinken.»

«Aber um halb zwei sind dann alle betrunken. Klingt realistisch, wenn ich mich hier umgucke.»

Wieder der neugierige Blick von ihr. «Du bist schon so eine Art Freak, oder?»

Er zuckte nur mit den Achseln.

Die Jungs von der Dylan-Schule hatten der Schaufensterpuppe einen Arm abgenommen, unter dem eine

Packung Gras versteckt war, und sogleich bildete sich eine aufgeregte Versammlung auf der Terrasse. Rufe gingen hin und her. Auf dem Rasen fanden tanzähnliche Aktivitäten ohne erkennbaren Zusammenhang mit der Musik statt. Jemand trug flaschenweise teure Spirituosen aus dem Getränkeschrank von Sophies Mutter aus dem Haus, und Amy schnappte sich eine davon.

«Wie wär's? Lust, dich zu betrinken?»

«Mir geht's gut, danke.»

«Was dagegen, wenn ich es tue?»

Er sah sie prüfend an. «Sie ist nicht hier, weißt du.»

«Wer?»

«Deine Mutter. Sie würde gar nicht mitkriegen, wie du dich anstrengst, um sie auf hundertachtzig zu bringen.»

«Vielleicht macht es mir Spaß, mich zu betrinken.»

Achselzucken.

«Vielleicht bin ich wild drauf. Vielleicht solltest du langsam nervös werden.»

«Ich überleg noch.»

Sie setzte die Flasche an. «Ich könnte jederzeit unberechenbar werden.»

Er beobachtete sie gelassen und rauchte.

«Das ist der Ruf, den ich habe», sagte sie. «Die Leute werden nicht aus mir schlau. Glaubst du, du kannst aus mir schlau werden?»

«Ich kann nicht mal einen Zaun bauen, der stehen bleibt. Wie sollte ich da aus dir schlau werden?»

Sie musste lachen. Die Zigarette im Mund, blickte er an ihr vorbei zum Haus und sagte gleichmütig: «Da kommt dein Ex. Jetzt hast du Gelegenheit, dein Foto zurückzufordern.»

Sie drehte sich um. An der Terrassentür entstand ein kleiner Tumult, ein Gedränge und Geschubse. Die Dylan-Jungs hatten eine Art Polizeikette um die Schaufensterpuppe gebildet, während ein blondes Mädchen beschwichtigend auf einige Leute einzuwirken versuchte. Schließlich löste sich Damon mit einem leicht ramponierten Grinsen aus der Menge und stakste mit unstetem Gang auf sie zu.

Er nickte Garvie zu. «Hey.»

Garvie nickte zurück. «Wie läuft's?»

«Bestens, Mann.»

Er ging an ihm vorbei auf Amy zu, die ihm entsetzt entgegenblickte. Sie war kreidebleich geworden.

«Babe», sagte Damon zu ihr. «Hör zu. Alles cool. Ich hab drüber nachgedacht. Ich weiß jetzt, was du tun musst.»

Als würde sie aus einer Trance gerissen, gab Amy sich einen Ruck und packte ihn an seiner Jacke.

«Was?», stieß er hervor, doch bevor er weitersprechen konnte, zerrte sie ihn davon, bis sie hinter dem Partyzelt verschwunden waren, und Garvie blieb allein zurück mit seiner Zigarette und seinen Gedanken.

Diese Party erwies sich als interessanter, als er gedacht hatte.

Nach einer Weile näherte sich das blonde Mädchen und sprach ihn an. Sie hatte eine weiche Lispelstimme, mit der sie auf ihn einredete, bis ihm schwindlig zu werden begann. Sie war sehr blond. Geradezu faszinierend, wie blond sie war. Sie schien nicht sehr interessiert an dem, was er zu sagen hatte, aber es war nett, ihr beim Reden zuzusehen.

«Weißt du was?», sagte sie.

«Wahrscheinlich nicht.»

«Ich glaube, sie mag dich. Amy.»

«Aber nur so lange, bis sie merkt, dass ich nichts von Transportern verstehe.»

Kaum war die Blonde gegangen, tauchte Damon wieder auf. Sein Lächeln war verschwunden. Er machte einen verwirrten Eindruck.

«Hör zu», sagte er und verstummte.

Garvie wartete. «Ich hör immer noch zu», sagte er nach einer Weile.

«Was? Oh, ja. Pass auf. Diese Leute.»

«Was ist mit denen?»

«Nicht ganz dicht, oder?»

Garvie nickte. «Ja. Wie letztens am Market Square.»

«Jep. Das war übel. Wie im scheiß Wilden Westen oder ...» Er biss sich auf die Zunge und sah Garvie finster an. «Hab's dir schon mal gesagt», sagte er. «Ich mach'n Abgang, bis sich der Rauch verzogen hat.»

«Hat er schon. Amy ist wieder da. Keiner glaubt mehr, dass du was angestellt hast.»

Damon runzelte die Stirn. «Ich geh trotzdem. Bleib nicht hier und warte, dass sie mir irgendwelche falschen Anschuldigungen reinwürgen. Verstehste?»

«Nee, nicht wirklich.»

«Immer bin ich es, den sie drankriegen. Bin blöd gewesen, hab Leuten vertraut, denen ich nicht hätte vertrauen dürfen. Hab mein Versteck. Ich mach die Biege. Und wenn ich gehe, wie gesagt, dann bin ich weg. Dann findet mich keiner. Auch du nicht.» Er legte ein breites Grinsen auf und drückte Garvies Schulter. «Kannst mir folgen?»

«Schau in die andere Richtung.»

Er wandte den Kopf. «Was? Ach so. Ja, genau. Hast es kapiert.» Das Grinsen war wieder da. «Na dann.»

«Hau rein, Damon.»

Damon drehte sich um und stakste steifbeinig über den Rasen davon.

Garvie zündete sich eine neue Zigarette an. Amy war nicht zurückgekommen. Es war zwei Uhr morgens, Zeit zu gehen. Durch mehrere Stadien zunehmender Benommenheit hindurch hatte die Party zum jeweiligen Soundtrack von Daft Punk über Kanye West bis hin zu Taylor Swift immer mehr das Tempo rausgenommen und war schließlich in einem Zustand allgemeiner Apathie versackt. Er schlängelte sich zwischen den Schnapsleichen auf dem Rasen hindurch ins Haus, ging dann durch die Küche und den Flur zur Eingangstür. Auf dem Weg dahin entdeckte er sie, in einem großen Zimmer voller großer, alter Möbel, wo sie ganz allein vor dem Fernseher stand. Auf dem Nachrichtensender lief ein Bericht über die Randale am Market Square und deren Nachwirkungen.

Als er an der offenen Tür stehen blieb, blickte sie zu ihm rüber, und er hob grüßend die Hand.

«Ich geh dann mal. Danke und alles.»

Sie beugte sich rasch vor und schaltete den Fernseher aus. Etwas an der Art, wie sie sich bewegte, ließ ihn innehalten.

«Ich bin nicht betrunken», sagte sie.

Sie kam auf ihn zu, in der Art, wie Betrunkene sich bewegen, erst stockend, dann ruckartig, um dann aber doch lieber auf einer rettenden Sofalehne Platz zu nehmen.

Er dachte nach. «Wie kommst du nach Hause?»

«Zu Fuß.»

Mit zwei Fingern zeigte sie Gehbewegungen an.

Garvie starrte sie an, und sie starrte zurück.

«Okay. Gehen wir.»

«Du musst mich nicht begleiten.»

«Betrachte es als einen Gefallen für deine Mutter. Damit du nicht noch mal nicht entführt wirst.»

«Ich wünschte, du würdest nicht dauernd meine Mutter erwähnen.»

Gemeinsam verließen sie das Haus und überquerten die Turnpike Road, dann betraten sie den Weg, der durch den Wald führte.

Es war sehr dunkel zwischen den Bäumen, und sie bewegten sich langsam durch die Stille, die nur hier und da von Vogellauten und ihren eigenen Atemgeräuschen unterbrochen wurde. Einzelne Strahlen des Mondlichts, die durch das Laub drangen, ließen die Nieten auf ihrer Bikerjacke aufglitzern. Ihr Plastikmini quietschte beim Gehen. Gelegentlich stießen sie auf dem engen Pfad aneinander. Einmal stolperte sie, er bekam sie mit einem schnellen Griff um die Taille zu fassen und hielt sie aufrecht, und für einen Moment hatte er ihre Haare im Gesicht, weich und kribbelig, dann ließ er sie wieder los, und sie setzten wortlos ihren Weg fort.

Er spürte, wie sie ihn ansah.

«Erzähl mir von dir», sagte sie schließlich.

«Da gibt's nichts zu erzählen.»

Sie gingen schweigend weiter.

«Jetzt bist du an der Reihe, mich aufzufordern, von mir zu erzählen», sagte sie.

Garvie überlegte. Er sagte: «Erzähl mir von Damon.»

Sie war still. «Da gibt's nichts zu erzählen», sagte sie schließlich.

«Für mich scheint er von allen der Interessanteste zu sein», sagte Garvie. «Im Großen und Ganzen mag ich ihn. Er ist natürlich ein bisschen mit den Nerven zu Fuß.»

Sie sagte nichts dazu.

«Kriegt nicht immer alles auf die Reihe, möchte ich wetten.»

Sie gab einen unbestimmten Laut von sich.

«Lässt sich leicht mal mit den falschen Leuten ein.»

«Warum sagst du das?»

«Leute lassen ihn hängen. Hat er erwähnt.»

Auch dazu sagte sie nichts, und so gingen sie stumm wieder weiter.

«Hast du Angst vor ihm?», fragte Garvie.

Sie blieb abrupt stehen. «Warum sollte ich vor ihm Angst haben?»

«Gerade Mädchen aus gutem Haus lassen sich manchmal auf gefährliche Sachen ein.»

«Damon ist nicht gefährlich.»

«Woher willst du wissen, dass ich von Damon spreche?»

Sie biss sich auf die Lippen, und jetzt hatten sie den Waldrand erreicht, traten aus dem Schatten der Bäume hinaus ins Freie und auf den mondbeschienenen Weg, der zu ihrem Haus führte.

Garvie ergriff wieder das Wort. «Ihr seid Seelenverwandte, stimmt's? Du und Damon.»

«Ich möchte eigentlich nicht weiter über Damon sprechen.»

«Aber kürzlich hat es mächtig gekracht.»

Sie sah ihn verwirrt an.

«Genauer gesagt, hast du ihn im Stich gelassen. Auf ganzer Linie. Er brauchte dich, und du hast ihn zum Teufel geschickt.»

Jetzt kam Leben in sie, ihre Stimme war ganz klar, nüchtern und empört. *«Das ist nicht wahr!»*

«Na, das ist interessant», sagte Garvie. «Das Interessanteste, was du bisher gesagt hast.»

Sie stand vor ihm, fast zitternd vor Wut. Sie waren in der Nähe des Zauns angekommen, auf der Rückseite des Grundstücks. Sobald das Echo ihrer Stimme verklang, war alles sehr still. Garvie hörte ihr heftiges Atmen.

«Nun denn», sagte er. «Man sieht sich.»

«Du lässt mich hier einfach stehen?»

Er blickte den Weg entlang. «Von hier aus sind es schätzungsweise fünfzehn Sekunden bis zu eurem Garten. Die Wahrscheinlichkeit, dass du in dieser Zeit entführt wirst, würde ich als gering veranschlagen.»

«Wie soll ich über den Zaun kommen? Ihr habt ihn wieder aufgestellt.»

«Du hast es schon mal geschafft.»

Sie bewegte sich schwankend. «Bin mir nicht sicher, ob ich im Moment überhaupt wo rüberklettern kann», sagte sie hilflos.

Garvie sah sie an und nickte. «Wenn du betrunken wärst, hättest du echt ein Problem», sagte er. «Aber», fügte er sanft hinzu, «du bist in Wirklichkeit gar nicht betrunken, oder?»

Während er sich entfernte, blieb Amy allein auf dem

Weg zurück und blickte ihm gedankenvoll nach, bevor sie den Zaun bestieg und sich problemlos hinüber auf die Gartenseite schwang.

27

Der Montag war wieder einmal ein großartiger Tag zum Zäunebauen. Aber nicht für Garvie. Smudges Bruder hatte ihn gefeuert.

«Warum?», fragte seine Mutter, als sie abends heimkam.

Garvie zuckte die Achseln. «Hat irgendwas mit Zaunpfosten zu tun. Oder vielleicht mit Richtschnüren.»

Er saß in sich zusammengesackt am Küchentisch. Seine Mutter fragte sich bei dem Anblick, ob er wohl schon den ganzen Tag so dagesessen hatte. Er war durchaus imstande, über einen langen Zeitraum absolut nichts zu tun.

Sie setzte sich ihm gegenüber. «Garvie, sollten wir beide uns mal in Ruhe unterhalten?»

«Ich dachte, damit wären wir durch.»

«Ich meine, brauchst du ein bisschen Aufmunterung? Sieh mal, du bist jetzt erwachsen. Stehst voll im Leben. Und du wirst feststellen, dass es da draußen in der Welt vieles gibt, wofür du keine Verwendung hast. Das ist ganz normal. Aber du hast immer mich, okay? Es ist dir vielleicht nicht bewusst, und vielleicht ist es dir auch nicht immer recht, aber trotzdem ist es so. Hör zu, ich hab ein bisschen Geld zur Seite gelegt, das du haben kannst. Geh doch einfach mal mit deinen Freunden aus und amüsiert euch.»

«Ich komme klar.»

«Wirklich?»

«Ja. Mir geht's gut.»

«Wie du meinst. Was mich betrifft, ich gehe aus.»

Eine Stunde später war sie umgezogen, ein anderes Outfit diesmal: Hose mit Leopardenmuster, schwarzes Top und große gelbe Armreifen. Während sie sich fertigmachte, beobachtete er sie. Sie wirkte glücklicher, als er sie seit langer Zeit erlebt hatte. Auch irgendwie jünger. Sie war erst achtunddreißig, stellte er fest. Eine simple Rechnung, die er nie zuvor angestellt hatte. Jung genug, um auszugehen, was zu trinken, essen zu gehen oder zum Tanzen, wenn sie Lust hatte.

An der Tür sagte sie: «Ich hab morgen Spätschicht, brauchst also nicht zu warten», und dann war sie verschwunden, nur ihr Parfüm hing noch in der Luft.

Stille in der Wohnung.

Nach etwa einer halben Stunde wurde sie vom Klingeln seines Handys unterbrochen. Smudge.

«Alter. Konnt's nicht glauben, als mein Bruder es mir gesagt hat. Wie geht's dir?»

«Ohne das Zäunebauen, meinst du?»

«Jep. Kann's mir gar nicht vorstellen.»

«Na ja, Smudge. Man muss halt drauf hoffen, dass der Schmerz nach und nach weniger wird.»

«Lass den Kopf nicht hängen, Mann. Kommst du mit raus?»

«Hab erst noch was zu erledigen. Ruf dich später noch mal an, okay?»

«Jederzeit.»

Er legte auf und saß da, das Handy in der Hand. Nach einer Weile stand er auf, ging in sein Zimmer, legte sich aufs Bett, seufzte und konzentrierte sich auf die Zimmerdecke.

Amy Roecastle stand in schwarzer Armeehose, schwarzem, langärmeligen Top und einer stahlblauen Bandana in der Tür des schwarz-weißen Wohnzimmers im Haus «Four Winds» und informierte ihre Mutter, dass sie jetzt ausgehe.

«Was, jetzt? An einem Montag? Es ist zehn Uhr.»

«Eine von Sophies Freundinnen holt mich ab.»

«Wo wollt ihr denn hin?»

«In die neue Bar drüben in Poplar. Nur mal gucken, wie es da ist. Einen Drink, mehr nicht. Nichts Wildes.»

Dr. Roecastle runzelte die Stirn. «Kann das nicht bis zum Wochenende warten?»

«Hab doch grad gesagt, Sophies Freundin holt mich ab.»

Dr. Roecastle erhob sich und sah ihr ernst ins Gesicht. «Amy», sagte sie mit leiser Stimme, «sagst du mir auch die Wahrheit?»

«Oh, Gott!»

«Wohin willst du wirklich? Sag es mir bitte.»

«Hab ich gerade.»

«Du triffst dich nicht mit diesem Mann?»

Amy verdrehte die Augen, wandte sich ab, durchquerte den Flur und verließ das Haus. Es war ein milder Sommerabend, der Himmel trug ein milchiges Blau, die blassen Wolken am Horizont hatten noch etwas Licht gespeichert. Hin und wieder kam ein warmer Lufthauch aus der Dunkelheit jenseits des Gartens herübergeweht. Sie schritt die Zufahrt hinunter bis hinter die Kurve, wo sie vom Haus aus nicht mehr zu sehen war, dann schlug sie, ohne zurückzublicken, eine andere Richtung ein und ging statt zum Tor über den im Dunkeln liegenden Rasen bis zum Zaun. Dort angelangt, blieb sie für einen Moment lauschend stehen, dann hievte sie sich hinauf und kletterte auf die andere Seite.

Im Wald herrschte tiefe Dunkelheit. Kleine Tiere raschelten zwischen den Bäumen, der bittere Geruch von Erde und Blumen stieg ihr in die Nase. Als sie zur Biegung kam, lief sie, ohne zu zögern, ins Unterholz, wo dornige Zweige an ihrer Hose entlangscheuerten, und folgte, obwohl sie kaum die Hand vor Augen sah, dem schmalen Pfad, bis sie hinaus auf die Lichtung trat. Ein Transporter parkte dort.

Kaum war sie aus dem Dickicht aufgetaucht, leuchteten die Scheinwerfer des Transporters auf, und der Motor wurde angelassen. Sie ging zur Beifahrertür und stieg ein.

«Okay», sagte sie. «Auf geht's.»

PJ sah sie an und nickte.

●

Durchgeschüttelt von den Unebenheiten des Waldwegs, fuhren sie schweigend durch die Dunkelheit, der alte Transporter quietschte und ächzte, bis er endlich auf die befestigte Straße abbiegen konnte.

«Was macht dein Auge?», fragte Amy. Sie musste fast schreien, um den Motorlärm zu übertönen.

PJ kaute auf seiner Wange, überlegte. «Sie haben nicht gewusst, was sie taten», sagte er schließlich. «Mehr kann ich dazu nicht sagen.»

Sie musterte ihn. Er trug eine Art Bürohose in Schwarz und ein rotes, kurzärmeliges Hemd mit einem Firmenlogo auf der Brusttasche, auf dem verletzten Auge hatte er ein Wundpflaster und auf dem Quadratschädel eine eng anliegende rote Mütze. Er hatte sich länger nicht mehr rasiert, die Bartstoppeln schimmerten weiß über der grauen Haut. Ein schmaler grauer Pferdeschwanz baumelte auf seinem Rücken.

Beim Fahren warf er ihr hin und wieder einen Seitenblick zu, sein breites Gesicht wirkte noch kantiger im Wechselspiel von Licht und Schatten.

«Zorn», sagte er, «macht dich schwach. Das hab ich schon beim Militär erlebt.» Er zeigte ein breites Lächeln und zuckte dann zusammen. «Ich bin stärker, als sie dachten», sagte er.

Er vertat sich beim Schalten, der Transporter ruckelte, der Motor röhrte.

«Tut mir leid, dass du darin verwickelt wurdest», sagte sie.

«Ist schon in Ordnung. Übrigens hab ich nach deinem Hund gesucht, am Tag danach, konnte ihn aber nicht finden.»

«Jemand anders hat ihn gefunden.»

«Und abgegeben?»

«Er war tot.»

PJ dachte nach. «Das ändert nichts», sagte er nach einer Weile. «Du musst einfach stark bleiben. Und das wirst du auch.»

«Ich bin nervös. Angenommen...»

«Es ist okay.»

Er legte ihr eine Hand aufs Bein. Sie sah ihn an, und nach einer Weile zog er die Hand wieder weg.

Sie fuhren hangabwärts zur Ringstraße, wo sie sich in den Verkehr einfädelten, der immer noch recht dicht war zu dieser späten Stunde.

«Ist es sicher?», fragte sie plötzlich, ohne ihn anzusehen.

«O ja», sagte er. «Genau wie ich dir gesagt habe.»

Zehn Minuten später nahmen sie die Ausfahrt bei der Autofabrik, bogen an der ersten Abzweigung ins Gewerbegebiet und fuhren weiter, bis sie das Mietlager-Gebäude von Red n' Black erreichten.

PJ sah auf seine Uhr. «Dürfte nicht lange dauern», sagte er. Er stieg aus und ging auf etwas steifen Beinen über den Parkplatz zur Rezeption, während Amy wartete. Nach kurzer Zeit kam ein anderer Mann, auch er in schwarzer Hose und rotem Hemd, durch die Tür, stieg in ein Auto und fuhr weg. Amy wartete noch ein bisschen länger, dann ging sie los und betrat das Gebäude.

In der Eingangshalle war alles rot und schwarz. Rote Wände, schwarzer Industrieteppich, rote Sofas mit schwarzen Kissen. Es sah nach Bonbons aus und roch nach Fabrik. An einer der Wände stand ein Regal mit Pappkartons in unterschiedlichen Größen, an einer anderen hing ein riesiger Bildschirm; in einer Ecke stand eine Zierpflanze, in einer anderen ein Kaffeeautomat. Am anderen Ende der Halle war die Tür zu einem Büro zu sehen, davor befand sich ein langer Schalter mit mehreren Monitoren, und hinter diesem richtete PJ sich gerade für seine Nachtschicht ein.

«Hast du, was du brauchst?»

Sie nickte.

Er lächelte ihr zu. «Alles cool», sagte er. Er tippte an einen Bildschirm. «Ich bin hier und pass auf.»

Durch eine Schwingtür trat sie aus der Eingangshalle in einen Bereich mit Kautschukbelag und Riffelblechwänden, wo Palettenwagen seitlich von breiten Fahrstuhltüren aufgereiht standen. Unter einem roten Schild an der Wand – VERGESSEN SIE NICHT, IHRE RAUMKENNUNG HIER EINZUGEBEN – befand sich ein Tastenfeld, wo sie eine Nummer eintippte, um anschließend durch weitere Schwingtüren und eine Treppe zwei Etagen höher auf einen langen schmalen Flur zu gelangen, in dem die mit Plastik verkleideten Wände und der graue Gummifußboden im Licht der Neonröhren an der niedrigen Decke glänzten und rote Türen sich in beiden Richtungen aneinanderreihten, so weit das Auge reichte.

Plötzlich gab die Gegensprechanlage Laut, und PJs Stimme sagte: «Andere Richtung, Amy.»

Sie kehrte um und folgte dem Flur bis zum Ende. Alle paar Meter war eine per Vorhängeschloss gesicherte rote Tür bündig in die Wand eingelassen. Nachdem sie um die Ecke gebogen war, zögerte sie. Sie konnte sich geradeaus oder nach links wenden, durch zwei identische Flure.

Sie hob den Kopf und sprach zur Decke: «Wo lang?»

PJs Stimme krächzte wieder aus versteckten Lautsprechern. «Geradeaus. Du erinnerst dich.»

Es war der reinste Irrgarten. Durch die Stockwerke über und unter ihr zogen sich andere Flure, alle hell erleuchtet, alle verlassen um diese Tageszeit, ein geometrisches Labyrinth, Rattengänge in einem riesigen Labor. Eine stille, elektronisch überwachte Umgebung. Das einzige Geräusch im ganzen Gebäude war das gedämpfte Quietschen ihrer eigenen Schuhe auf dem Gummiboden.

Am Ende des Flurs ging sie durch eine Brandschutztür, wandte sich wieder nach links, kam an einer weiteren Abzweigung vorbei, durch eine weitere Tür, bog wieder links und gleich darauf nach rechts ab.

Die Gegensprechanlage meldete sich kurz – «Du bist da. Bis später, Amy» – und schaltete sich mit einem Knacken aus.

Noch im Gehen zog sie aus der Tasche einen Schlüssel mit einem Anhänger, auf dem W KORRIDOR 316 stand, dann blieb sie vor einer der roten Türen stehen. Sie schloss das Vorhängeschloss auf und öffnete die Tür.

Es war einer der kleineren Lagerräume in dem Gebäude, ein begehbarer Schrank quasi, knapp zwei Quadratmeter, schlicht, grau und fast völlig leer. Nur ein Gegenstand befand sich darin, auf dem Fußboden in der Ecke: ein Schuhkarton mit dem Doc-Martens-Logo, ohne Deckel.

Für einen Moment stand sie tief atmend vor dem Karton, wie um erst einmal Kraft zu schöpfen. Gerade wollte sie in den Raum treten, da hörte sie ein Geräusch und erstarrte. Es war nicht die Lautsprecheranlage. Es waren Schritte, irgendwo in dem leeren Gebäude.

Sie hob den Kopf und rief: «PJ?»

Die Gegensprechanlage blieb stumm.

«PJ, bist du das?»

Es gab keine Antwort, nur die Schritte wurden lauter, kamen stetig näher. Sie blickte durch den Flur. Das eine Ende war eine Sackgasse, das andere war beinahe fünfzig Meter entfernt, schon jetzt zu weit weg für eine Flucht.

Sie zögerte. Dreißig Sekunden vergingen, sie fühlten sich an wie fünf Minuten. Und die Schritte kamen immer näher.

Hilflos zog sie sich in den Lagerraum zurück. Die Tür nützte ihr nichts, wie alle anderen ließ sie sich nur von außen verschließen. Sie schob sich rückwärts in die Ecke. Jetzt hatten die Schritte den Flur erreicht.

Es blieb keine Zeit mehr.

Die Schritte näherten sich der Tür.

Sie langte in den Schuhkarton und richtete sich wieder auf. Die Arme nach vorn ausgestreckt, hielt sie – ein wenig zitternd – in beiden Händen eine schwere, braune Pistole. Sie richtete sie auf die offene Tür und legte den Finger um den Abzug.

Garvie erschien.

Er deutete mit dem Kopf auf die Pistole. «Ja, ich freu mich auch, dich zu sehen», sagte er.

28

Es dauerte etwas, bis ihr Mund wieder funktionierte.

«Was zum Teufel?», stieß sie abgehackt hervor.

«Ja, ich weiß. Könntest du die mal in den Karton zurückpacken? Oder wenigstens aufhören, auf meine Nase zu zielen?»

Sie starrte ihn noch einige Sekunden länger an, als wüsste sie nicht recht, ob er real oder nur eine Erscheinung sei. Dann fiel ihr Blick auf die große, schwere Pistole, deren dunkle, hässliche Schnauze sich in ihren zitternden Händen auf und ab bewegte. Sie gab sich einen Ruck und ließ sie sinken.

«Danke. Solche Sachen sind nicht gut für meine Nerven. Und ich mag diesen wilden Blick nicht, den die Leute bekommen, sobald sie eine Waffe in der Hand halten.»

Ein bisschen wie in Trance bückte sie sich, um die Pistole in den Karton zurückzulegen, dann richtete sie sich auf und sah ihn heftig atmend an. Zu guter Letzt fand sie ihre Sprache wieder. «Okay, ich kapier's nicht. Was ist gerade passiert? Wie bist du reingekommen? Wie bist du hier raufgekommen?» Fassungslos schüttelte sie den Kopf. «Woher wusstest du überhaupt, wo ich bin?»

«Hab dich natürlich im Auge behalten.»

«Warum?»

«War nur eine Frage der Zeit, dass du versuchen würdest, sie dir wiederzuholen.»

«Du wusstest von der Pistole? Woher?»

Er zuckte die Achseln. «War eine von mehreren Hypothesen. Sobald mir klar war, dass du nicht einfach wegen der Schuhe weggelaufen warst.»

«Wieso war dir das klar?»

«Du hast deinen Ring bei PJ liegen lassen.»

«Ich hatte meinen Ring am Finger, als ich nach Hause kam. Frag meine Mutter.»

«Ja, einen von den Ringen. Der zu einem Paar von zwei gleichen gehört. Du trägst sie beide auf einem Foto in deinem Zimmer. Hat deine Mutter wohl nicht so genau drauf geachtet.»

«Hat sie noch nie», sagte sie verbittert.

«Davon abgesehen», sagte er, «wusste ich, dass du ihn in der betreffenden Nacht im Wald getroffen hattest.»

«Woher?»

«Vom Transporter. Smudge hat es einwandfrei nachgewiesen. Der Junge ist ein Genie. Ich dachte zuerst, du wärst nur zufällig auf PJ getroffen. Dann wurde mir klar, dass du es genau auf ihn abgesehen hattest.»

«Woher wusstest du von der Pistole?»

«Ich habe mich gefragt, warum du weggelaufen bist. Aus deinem Verhalten in jener Nacht habe ich geschlossen, dass Angst der Grund war. Irgendetwas hatte dich geschockt. Aber was? Da kam so einiges in Frage. Also habe ich mich gefragt, warum du ausgerechnet PJ treffen wolltest. Ich wusste, dass er nachts öfter in einem Mietlager arbeitet. Also dachte ich mir, dass du vielleicht irgendetwas in die Finger bekommen hast, das du verstecken musst, etwas, das dir Angst macht. Musste nicht zwangsläufig eine Waffe sein. Hätte auch irgendwas Gestohlenes sein können oder Gras. Jedenfalls etwas, das du auf keinen Fall zu Hause aufbewahren konntest. Du hattest keine Zeit, gründlich drüber nachzudenken. Du musstest dir die nächstbeste Schachtel schnappen, wo du sie reintun konntest, bevor deine Mutter etwas mitkriegte, und dann in den Wald laufen.»

«Warum habe ich sie dann nicht einfach im Wald entsorgt?»

«Die meisten Leute hätten es genau so gemacht. Aber du bist schlauer. Gefährliches Zeug, das irgendwo rumliegt, wird gern mal gefunden. Gefährliches Zeug muss sorgfältig versteckt werden. Ich wusste, dass du das begreifen würdest.»

«Und woher wusstest du, dass ich's hier wieder wegholen würde?»

«Weil du gefährliches Zeug letzten Endes nicht wirklich verstecken kannst. Weil du dir ständig den Kopf drüber zerbrichst. Weil du es brauchst. Weil dir jemand sagt, du sollst es holen. Ich brauchte nur zu warten, bis du so weit warst.»

«Und woher wusstest du, dass es heute Abend sein würde?»

«Wusste ich nicht. Ich dachte eher, es würde letzte Nacht passieren. Aber es musste so bald wie möglich nach der Party sein, das war klar.»

Sie starrte ihn an.

«Du bist echt der totale Freak.»

Er ließ das unkommentiert.

«Na schön», sagte sie. «Und was machen wir jetzt?»

«Bisschen nachdenken.»

«Worüber?»

Er blieb erst einmal stumm. «Über Folgen», sagte er schließlich. «λ und ε und N.»

«Okay», sagte sie. «Das ist wohl dein Ding, schätze ich.»

Er schüttelte den Kopf. «In Wirklichkeit, denke ich, ist es dein Ding. Sagen wir, λ ist gleich dem Verbrechen.»

«Was für ein Verbrechen?», sagte sie hastig.

Er warf einen Blick auf die Pistole in ihrem Karton. «Das wissen wir noch nicht. Oder jedenfalls, *ich* weiß es noch nicht. Und sagen wir, ε ist ein bisschen bewusst gestiftete Verwirrung, zum Beispiel so zu tun, als würde man weglaufen.»

Sie sagte nichts.

«Und sagen wir, N ist der Moment, wo man all das endlich überblickt und erkennt, was wohin gehört. Meine Frage ist: Wann gelangen wir zu N?»

«Ich werde dir nicht sagen, wo ich die Pistole herhabe.»

«Natürlich nicht. Du musst mir auch gar nicht sagen, wer sie dir gegeben hat, vor eurem Haus in der betreffenden Nacht, als du eine halbe Stunde lang im strömenden Regen gestanden hast, bevor du reingegangen bist. Nein. Ich will nur wissen, warum du solche Angst deswegen hast.»

Sie überlegte. Nickte. «Na gut. Gibt eine Reihe von Gründen. Aber hauptsächlich, weil noch jemand anders hinter ihr her ist.»

«Bist du sicher?»

«O ja. Er war im Wald hinter mir her. Deswegen hatte ich ja dieses Hundevieh mitgenommen. Und er hätte mich fast gekriegt. Er kam aus dem Dickicht und hat mich gepackt, aber Rex hat sich auf ihn gestürzt, ich konnte mich befreien und hab es bis zu PJs Transporter geschafft. Aber es war knapp.»

«Wer ist er?»

Sie sah ihn an. «Das weiß ich nicht.»

Er musterte sie eindringlich, und sie wich seinem Blick nicht aus. In ihrem Gesicht war Furcht zu lesen, aber auch Trotz.

«Glaubst du, ich denke mir das nur aus?»

Garvie schüttelte den Kopf. «Was ich glaube: Wir sollten so schnell wie möglich hier verschwinden. Sofort.»

«Ernsthaft?»

«Ich bin immer ernsthaft. Das ist voll mein Ding. Wenn ich dir hierher folgen konnte, dann kann er das auch. Und genau das wird er auch tun. Nimm die Pistole.»

Er griff nach ihrer Hand und zerrte sie mehr oder weniger mit sich. Sie gingen durch den Flur, und als sie an dessen Ende angekommen waren, gingen die Lampen über ihnen plötzlich aus, sodass der Weg vor ihnen im Dunkeln lag.

Erschrocken blieben sie stehen.

«Warum macht PJ das?», sagte sie.

«Nicht PJ», sagte Garvie.

«Wie meinst du das?»

«PJ musste sich unerwartet mit einer verzwickten Situation auf dem Parkplatz beschäftigen.»

«Was für eine Situation?»

«Smudge.»

Wieder starrte sie ihn an.

«Keine Sorge», sagte Garvie. «PJ war beim Militär. Mit so harmlosen Typen wie Smudge wird er locker fertig. Es war die einzige Möglichkeit, hier reinzukommen, ohne dass er mir Probleme macht.»

«Aber», sagte sie, «wenn PJ nicht an seinem Platz ist, wer hat dann das Licht ausgeschaltet?»

Garvie sagte nichts.

Sie zog ihr Handy hervor.

«Kein Empfang hier drin», sagte Garvie. «Hab ich schon überprüft.»

Panisch drehte sie sich um und schrie die Decke an: «PJ! Kannst du mich hören?», um sich aber im nächsten Moment den Mund zuzuhalten.

«Scheiße», flüsterte sie. «Wenn jemand anders hier ist, dann soll er nicht wissen, wo wir sind.»

Garvie sagte: «Das weiß derjenige schon. Wir werden in diesem Moment beobachtet.»

Sie wandten sich nach links, weg von dem verdunkelten Gang, eilten zur nächsten Ecke, dann durch eine Brandschutztür und einen weiteren langen, geraden und schmalen Gang, und nach einer Weile gingen auch dort die Lichter aus.

Amy stieß einen Schrei aus.

«Nicht schlimm», sagte Garvie. «Ist nur Dunkelheit.»

«Aber wie erkennen wir, wo wir langmüssen?»

«Geometrie. Das Gebäude hat die Form eines L. Die Gänge verlaufen parallel, in die Länge im längeren Teil, in die Breite im kürzeren. Ich bin hier langgekommen. Leicht zu behalten. Komm.»

Sie liefen durch die Dunkelheit, Garvie voran, ohne zu zögern, nach links oder nach rechts, lange Strecken geradeaus, dann um enge Kurven und wieder weiter, bis sie einen langen Gang erreichten, an dessen Ende eine Brandschutztür zu erkennen war.

«Die Treppe ist auf der anderen Seite», sagte Garvie. Sie rannten auf die Tür zu. Sie hatten sie fast erreicht, da hörten sie ein Klicken.

Die Tür war verschlossen. Amy rüttelte vergeblich und sah Garvie verzweifelt an.

«Er kann auch Türen verschließen.»

«Elektronisch», sagte Garvie. «Von unten gesteuert.»

Sie presste ihr Gesicht an die verstärkte Glasscheibe. «Ich kann das Treppenhaus sehen. Es ist gleich hierhinter.»

«Gut für das Treppenhaus.»

Sie liefen durch den dunklen Gang zurück, und als sie zur Ecke gelangten, hörten sie ein Klicken in der Dunkelheit zur Rechten. Sie eilten linksherum durch einen kurzen Gang und bogen um eine weitere Ecke. Nicht weit vor ihnen war eine Tür, auf die sie zustürmten, doch als sie sich näherten, ertönte ein drittes Klicken, und sie blieben keuchend stehen.

«Wir sitzen in der Falle», sagte Amy atemlos. «Er treibt uns vor sich her.»

Sie sah Garvie an.

Er zuckte die Achseln.

«Zuck nicht einfach nur die Achseln! Kapierst du nicht? Diese Tür ist verschlossen. Die Tür in der Richtung da ist verschlossen. Und die dahinten ist auch verschlossen. Es gibt keinen Ausweg. *Hörst du?*»

In der Dunkelheit hörten sie das Jaulen des Fahrstuhls, der sich im Gebäude nach oben bewegte.

«Er kommt», flüsterte Amy. «Was machen wir jetzt?»

«Noch ein bisschen warten.»

«*Ein bisschen warten?* Begreifst du denn nicht? Er kommt, und er will uns an den Kragen!»

Sie lauschten dem langsamen Aufstieg des Fahrstuhls. Ruckelnd kam er zum Stehen, und für einen Moment herrschte Stille, bevor die Türen zischend aufgingen.

Dann Schritte. Sie kamen aus dem Fahrstuhl, dann hielten sie inne.

Amy legte den Finger auf die Lippen.

Eine angespannte, zerbrechliche Stille folgte, als würde das ganze Gebäude den Atem anhalten.

Dann setzten die Schritte wieder ein, entfernten sich durch den Gang.

«Er ist sich nicht sicher, wo wir sind», murmelte Amy.

Sie lauschten im Dunkeln. Die Schritte wurden stetig leiser.

Garvie schüttelte den Kopf. «Er weiß, wo wir sind.»

«Das hier ist ein Labyrinth», flüsterte Amy. «Vielleicht findet er sich nicht zurecht.»

Garvie schüttelte wieder den Kopf.

Nach einer Weile hörten sie die Schritte wieder, noch weit weg, aber langsam lauter werdend.

«Er geht hintenrum auf dem gleichen Weg wie wir», sagte Amy. «Letzten Endes wird er hier landen. Was sollen wir machen?»

«Ein bisschen warten.»

«*Was redest du denn, ein bisschen warten?* Ein bisschen warten hilft uns nicht.»

«Nein, aber es ist fast immer das Interessanteste, was man tun kann.»

Die Schritte tönten jetzt laut und schwer, näherten sich schneller auf dem Gang hinter der Kurve, wo sie standen. Sie hörten das entriegelnde Klicken einer Tür, dann wurde sie aufgezogen und jemand schlüpfte hindurch.

«Er kann auch Türen aufmachen», stöhnte Amy.

Garvie nickte. «Er muss einen elektronischen Schlüssel haben. Auch das ist interessant.»

«Das ist nicht *interessant*. Das ist eine verdammte Katastrophe. Er ist drin. Er hat uns am Arsch.»

Garvie nickte. «Du hast recht. Gehen wir.»

«*Gehen?* Wohin gehen? Hast du nicht aufgepasst?» Sie deutete auf die Tür vor ihnen. «Die ist immer noch verschlossen.»

Garvie ging zur Tür und stieß sie auf.

Amy starrte verblüfft. «Aber», sagte sie, «wir haben doch das Schloss schnappen gehört.»

«Geschnappt hat es. Die Tür war nur nicht richtig zu. Jemand muss ein Stück Pappe an den Elektrochip geklebt haben.»

Sorgfältig entfernte er die Pappe und steckte sie in seine Tasche. «Freund von mir, der sich mit solchen Sachen auskennt, meinte, man muss immer seinen Rückzug sichern. Elektronische Türen sind schön und gut, aber nur, solange man nicht den Stromkreis unterbricht.»

Amy starrte ihn fassungslos an. «Okay. Aber ...»

«Aber was?»

Sie wurde rot im Gesicht. «Aber *warum hast du mir nichts gesagt?*»

Er sah sie befremdet an. «Was für einen Unterschied hätte das gemacht?»

Sie traten durch die Tür, und als sie hinter ihnen zufiel, schnappte das Schloss.

Amy packte Garvie, als er hinter der Tür stehen blieb, am Arm. «Hör mal», zischte sie, «du machst das alles hier nur unnötig kompliziert. Wirklich schlau von dir, die Tür zu präparieren. Aber wir müssen weg. Jetzt sofort. Und zwar schnell. Er kann die Tür wieder aufschließen, wenn er kommt.»

Garvie dachte darüber nach. «Das kann er», sagte er schließlich. «Aber kommt er auch hindurch?»

Amy schlug sich mit dem Handballen an die Stirn. «Was redest du denn jetzt schon wieder?»

Garvie zog einen Gummikeil aus der Tasche. Er schob ihn unter die Tür und stieß ihn mit dem Fuß fest. «Derselbe Freund», sagte er. «Immer für einen nützlichen Tipp gut. Und jetzt», sagte er, «hängt alles davon ab, wie gut er im Aufstemmen ist.»

Zusammen bewegten sie sich auf das Treppenhaus zu.

«Warte noch ein bisschen», sagte Garvie an der Ecke.

Amy stöhnte. «Was, schon wieder? Muss das sein? Können wir nicht einfach loslaufen, nur für den Fall, dass er gut ist im, wie hast du das genannt, Aufstemmen?»

Nach rückwärts Ausschau haltend, sahen sie auf der anderen Seite der verdunkelten Tür einen immer größer werdenden Schatten. Er wuchs zu einer Körpersilhouette heran, die die ganze Glasscheibe ausfüllte. Die Tür öffnete sich mit einem Klicken und erzitterte, als sie gegen den Widerstand gedrückt wurde.

Garvie sagte: «Meinst du nicht, dass es nützlich wäre, sein Gesicht zu sehen?»

Amy sah ihn entgeistert an. «Du hast das alles geplant, nicht wahr? Ihn hierherzulocken, damit wir sehen können, wer er ist. Aber woher weißt du, dass er nicht durch die Tür kommt?»

«Tu ich nicht. Obwohl diese Gummikeile meistens von ziemlich guter Qualität sind.»

Die Tür wackelte heftig, die Silhouette presste sich gegen das Glas. Dann folgte ein Moment der Stille, als der Mann – falls es denn ein Mann war – nur dastand und sie so eindringlich durch die Glasscheibe anstarrte, als könnte er ihnen durch schiere Konzentration zu Leibe rücken. Er rollte mit den Schultern.

Sein Gesicht konnten sie nicht sehen.

Dann verschwand seine Silhouette.

«Er ist weg», sagte Amy erleichtert.

Plötzlich rauschte etwas Dunkles hinter der Tür heran, es gab einen explosionsartigen Lärm, die Tür sprang auf und ein Mann mit Sturmhaube und Skibrille kam hindurchgestürmt.

Garvie sagte: «Okay, er ist gut im Aufhebeln. Weglaufen wäre jetzt vielleicht doch keine schlechte Idee.»

Sie stürzten Seite an Seite durch den Gang, drängten sich durch die Schwingtür und flogen, immer drei Stufen auf einmal nehmend, die Treppe hinunter. Über ihnen, nur wenige Sekunden später, krachte die Tür erneut auf, und trommelnde Schritte ertönten im Treppenhaus.

Im Erdgeschoss angelangt, wollte Amy sich zum Empfang wenden, doch Garvie packte ihre Hand, und stattdessen liefen sie in die andere Richtung durch die Ladezone, folgten den Wegweisern durch einen weiteren Flur zu einem Notausgang mit Sturzbügel. Sobald sie durch die Tür waren, sprangen sie über einige Betonstufen hinunter auf den Parkplatz und rannten über die leere Fläche bis zum Rand der Schnellstraße, wo noch immer ein beruhigend dichter Verkehr herrschte. Keuchend blieben sie neben den hell erleuchteten Fahrspuren stehen.

«Notausgänge», sagte Garvie. «Immer der beste Weg, an die Öffentlichkeit zu gehen.»

Amy legte eine Hand auf seine Schulter. «Sieh mal!»

Er drehte sich um und sah die Silhouette, die auf der obersten Treppenstufe vor der Tür des Notausgangs auftauchte. Für einen Moment stand der Mann reglos da und starrte zu ihnen herüber, dann zog er sich ins Gebäude zurück, und die Tür ging wieder zu.

29

Garvie sprintete los.

Er ließ Amy allein zurück und rannte über den Parkplatz um das Gebäude herum zum Haupteingang. Dann an angeketteten Einkaufswagen und Abfallcontainern vorbei zur hinteren Ecke. Aber er kam zu spät. Er hörte nur noch das Geräusch eines Motors, das sich im gleichmäßigen Brausen des Ringstraßenverkehrs verlor.

Er ging langsam zurück, während er in sein Handy sprach, und als er bei Amy ankam, starrte sie wie betäubt auf die Pistole, die sie zu ihren Füßen auf dem Asphalt abgelegt hatte. Sie schien unter Schock zu stehen.

Wie sie da so am Boden lag, wirkte die Pistole groß und hässlich, und sie beäugten sie beide argwöhnisch, als könnte sie sich jeden Moment selbständig machen und das Feuer eröffnen.

«Alles okay bei dir?», fragte Garvie.

Sie sah ihn an. «Warum sollte es das nicht sein? Es ist ja nicht so, als wären wir gerade von einem Wahnsinnigen gejagt worden, der uns umbringen wollte. Oh, halt, warte mal.»

«Du siehst ein bisschen blass aus.»

«Nun ja. Ich fühle mich ein bisschen blass.»

Sie standen dicht zusammen und sahen sich an. Ohne recht zu wissen, wie es geschah, hielt er sie plötzlich in den Armen. Er spürte ihre Hand an seinem Hinterkopf und fühlte, wie ihr Körper zitterte, oder vielleicht war es auch sein eigener, und er sah ihr in die Augen, die riesig groß vor seinem Gesicht wirkten, und dann stieß ihr Fuß gegen die Pistole, und sie lösten sich voneinander.

«Danke», sagte sie leise. Sie sah ihn nicht an. Ihr Blick war auf die Pistole gerichtet. «Geht mir schon besser.»

«Wer war er?», sagte Garvie nach einer Weile.

«Ich weiß es nicht. Das ist die Wahrheit.»

«Wer es auch sein mag, er wird wiederkommen.»

«Glaubst du?»

«O ja. Er ist wirklich scharf auf das Teil. Das konnte man sehen.»

Sie nickte unfroh. «Es war ihm todernst. Er hätte wer weiß was mit uns gemacht.»

«Ja. Aber das ist nicht die Frage, um die es geht.»

«Was ist denn die Frage?»

«Die Frage ist: Warum will er sie haben?»

Die Antwort war Schweigen.

«Ich kann das nicht», sagte sie nach einer Weile. Mit der Fußspitze deutete sie auf die Pistole. «Ich will sie nicht mehr.»

«Nein. Vernünftig.»

«Mir wird schon schlecht, wenn ich sie nur anfasse. Ich krieg Panik.»

«Verständlich.»

«Ich weiß nicht, was ich tun soll. Was kann ich tun?»

Er zuckte die Achseln. «Sie jemand anders geben.»

Sie runzelte die Stirn. «Sei nicht blöd. Wem sollte ich sie denn geben?»

Garvie antwortete nicht; er schien vollauf damit beschäftigt, den Mond durch die Rauchwolke seiner Zigarette zu betrachten.

«Mir?», schlug er schließlich vor.

«*Dir?*» Sie sah ihn verblüfft an. «Warum sollte ich sie dir geben?»

«Weil du sie nicht behalten kannst. Hast du grad selbst gesagt. Und weil du es nicht über dich bringst, sie noch einmal anzufassen. Und weil hier sonst keiner ist, der sie dir abnehmen könnte. Da liegt die Lösung doch ziemlich auf der Hand.»

«Aber ... aber was würdest du damit machen?»

Er nahm einen letzten Zug von seiner Zigarette und ließ den Stummel fallen. Zuckte erneut die Achseln. «Sie an jemand anders weitergeben wahrscheinlich», sagte er.

Ihre Verwirrung steigerte sich noch ein Stück.

«Wem denn?»

Er drehte sich um, als der beigefarbene Škoda Fabia auf den Parkplatz bog und sich quer über die Asphaltwüste näherte.

«Da kommt er schon», sagte Garvie.

Der Fabia hielt neben ihnen, und Singh stieg aus. Er trug einen braunen Anzug, ein rosa Hemd, eine tomatenfarbene Wollkrawatte und einen atemberaubend orangen Turban.

«Tut mir leid, wenn ich Sie gestört habe und so weiter», sagte Garvie. «Klang am Telefon, als wären Sie gerade in einem Restaurant. Hab ja nicht geahnt, dass Sie auf einem Wohltätigkeitsbasar waren.»

Singh ging darüber hinweg. Er fragte Amy, ob es ihr gut ging, und sie bejahte. Streng methodisch wie immer, obwohl in Zivil, zog er ein Paar Einweghandschuhe über, steckte die Pistole in einen Spurensicherungsbeutel, dann sagte er zu Garvie: «Das ist also deine? Das hast du mir jedenfalls am Telefon gesagt.»

Garvie nickte.

«Ich hoffe, du kannst das erklären.»

«Das hoffe ich auch.»

Singh sagte: «Es gibt immer einen einfachen Weg, um zu einem Ziel zu kommen, und einen umständlichen Weg. Es überrascht mich stets aufs Neue, wie viele Menschen den umständlichen Weg bevorzugen. Das Endergebnis ist fast immer das gleiche. Ich frage dich also, Garvie: Wie ist sie in deinen Besitz gelangt?»

«Geben Sie mir einen Moment Zeit», sagte Garvie. «Vielleicht fällt es mir gleich ein.»

Singh seufzte. «Bist du sicher, dass du den umständlichen Weg nehmen willst?»

Garvie sagte nichts.

«Ich bin enttäuscht», sagte Singh.

Garvie zuckte die Achseln. «Mein ganzes Leben war voller Enttäuschungen, Mann.»

«Ich frage dich ein letztes Mal. Wie ist die Pistole in deinen Besitz gelangt?»

Garvie seufzte. «Wissen Sie was? Ich glaube, es wäre spaßiger, wenn Sie das selber herausfinden.»

Singhs Gesicht verhärtete sich. Reflexhaft hob er die Hand, um seinen Turban zu richten, und blickte für eine Weile ausdruckslos auf seine glänzenden Lederschuhe, bis er sich beruhigt hatte. Dann richtete er den Blick auf Garvie und sagte:

«Garvie Smith, ich verhafte dich wegen des illegalen Besitzes einer Feuerwaffe. Du hast das Recht zu schweigen. Aber es könnte deiner Verteidigung schaden, wenn –»

«Es ist meine», sagte Amy.

Beide Köpfe drehten sich zu ihr.

«Na ja», ergänzte sie, «nicht meine, aber, na ja, in meinem Besitz.»

Singh hielt inne, sein wachsamer Blick ging von einem zur anderen und zurück. «Immer noch umständlicher», murmelte er. «Okay, Amy. Ich stelle dir dieselbe Frage.»

Sie schüttelte den Kopf.

«Wäre es hilfreich», unterbrach Garvie, «wenn ich sage, dass ich sie ihr gegeben habe?»

Singh achtete nicht auf ihn. Er seufzte. «Jetzt müssen wir die Sache abkürzen. Amy Roecastle, ich verhafte dich wegen des illegalen Besitzes einer Feuerwaffe. Du hast das Recht zu schweigen. Aber es könnte deiner Verteidigung schaden, wenn du auf Befragen etwas unerwähnt lässt, auf das du dich später vor Gericht berufst. Alles, was du sagst, kann gegen dich verwendet werden. Tut mir leid», fügte er hinzu. «Möchtest du deine Mutter anrufen? Ich denke, es wäre sinnvoll, wenn sie zu uns aufs Revier kommt.»

Sie gingen gemeinsam zu seinem Auto. Singh hielt ihr die Tür auf, sodass sie auf dem Rücksitz Platz nehmen konnte, setzte sich ans Steuer und ließ den Motor an.

Es klopfte am Fenster, und er ließ es herunter.

«Was ist jetzt wieder, Garvie?»

«Eine Mitfahrgelegenheit nach Five Mile ist wahrscheinlich nicht drin, oder?»

Ohne zu antworten, machte Singh das Fenster wieder zu und fuhr davon. Garvie blickte dem Auto nach.

Sein Handy klingelte.

«Smudge. Ey, Kumpel, du warst brillant. Wo ist er jetzt? Ich dachte, er hätte dich längst abgewimmelt.»

Smudge sagte: «Das ist eben der Punkt, Garv. Ich hab's so gemacht, wie du gesagt hast, ein kleines Feuer gelegt und dann mit großem Hallo rein in den Empfang, aber er war gar nicht da.»

«Er war nicht da?»

«Saß nicht am Empfang, wie du gesagt hattest. Konnte ihn nirgends sehen. Hab noch ein bisschen da rumgehangen und gewartet, bin dann aber nach Hause.»

«Sehr interessant, Smudge. Gute Arbeit. Hast einen gut bei mir.»

«Jep, man sieht sich.»

Für einen Moment verharrte Garvie nachdenklich auf dem Parkplatz, dann machte er sich auf den Weg nach Eastwick Gardens.

Zu Garvies Überraschung war seine Mutter bereits zu Hause. Sie hatte ihren Morgenmantel angezogen und stand, ein Glas Wasser in der Hand, in ihren Pantoffeln an der Küchenspüle und beobachtete ihn mit skeptischem Blick, als er hereinkam.

«Dachte, du wärst noch auf der Piste», sagte er.

«Und ich dachte, du wärst noch zu Hause. Haben wir uns beide getäuscht.» Sie klang kurz angebunden und schroff.

«Ja.»

Sie musterte ihn misstrauisch, sagte aber nichts, und

nach einigen Momenten unbehaglichen Schweigens sagte er gute Nacht und ging in sein Zimmer.

Er hörte noch, wie sie in der Küche ihr leeres Glas mit Nachdruck abstellte und anschließend in ihr eigenes Zimmer schlurfte.

Er legte sich aufs Bett und konzentrierte sich auf die Zimmerdecke.

Er stellte sich vor, wie Amy Roecastle aus Singhs Auto stieg und in seiner Begleitung das Polizeihauptquartier durch den Schleusenbereich betrat, um dann durch den Flur zu den Befragungsräumen geführt zu werden. Ihr Bild stand ihm so deutlich, so lebhaft vor Augen, dass seine Atmung sich merkbar beschleunigte. Er wusste noch genau, wie sie angezogen war. Schwarze Armeehose mit schwarzem Stoffgürtel in Überlänge. Schwarzes langärmeliges Top. Stahlblaue Bandana, unordentlich um ihren elfenbeinfarbenen Hals geschlungen. Er erinnerte sich, wie sie zu ihm gesprochen hatte, scharfzüngig und mit vornehmem Akzent, wie ihr Mund sich bewegt, wie ihre Augen ihn angesehen hatten. Er erinnerte sich, wie ihr die Haare beim Laufen um das Gesicht geweht waren.

Er erinnerte sich, wie sie die Pistole in beiden Händen gehalten hatte, den Lauf auf ihn gerichtet.

Er erinnerte sich, wie sie sich in seinen Armen angefühlt hatte, leicht, zart, fast zerbrechlich, flatterhaft wie ein Vogel.

Dann stellte er sich vor, wie sie in dem Befragungszimmer saß, heute oder morgen, Singhs geduldige Fragen, ihre trotzigen Antworten. Sie nahm den umständlichen Weg, den langen Umweg, doch am Ende würde sie trotzdem am selben Punkt landen. Er fragte sich, wie lange es wohl dauern würde, bis sie beichtete, wer ihr die Waffe gegeben hatte.

30

Ort: *Befragungsraum 1, Polizeihauptquartier Cornwallis, Ostflügel.*
Erscheinung des Befragenden: *tadellos in Uniform, gewissenhaft, professionell.*
Erscheinung der Befragten: *erschöpft.*
Erscheinung der Mutter der Befragten: *harte Gesichtszüge, Augen hinter Sonnenbrille versteckt, schockiert.*
Erscheinung der Anwältin der Befragten: *besorgt, wachsam.*

DI Singh: Es ist Dienstag, der 28. August, 12 Uhr mittags. Außer mir sind anwesend Amy Roecastle, ihre Mutter Dr. Roecastle und Rechtsanwältin Diane Rebuk. – Amy, das ist jetzt deine dritte Befragung, nachdem du heute Vormittag mit Detective Inspector Dowell gesprochen hast. Bevor ich dir selber Fragen stelle, auf die du teilweise sicherlich schon vorbereitet bist, muss ich dir einige Informationen über aktuelle Entwicklungen geben. Unsere Ballistikexperten sind tätig geworden und haben herausgefunden, dass die Pistole, die sich gestern Abend in deinem Besitz befunden hat, als diejenige identifiziert wurde, mit der Joel Watkins am Mittwoch, dem 8. August, am Market Square erschossen wurde, und somit muss ich dir mitteilen, dass es sich hier jetzt um eine Mordermittlung handelt.

Amy Roecastle: *(Schweigen)*

Dr. Roecastle: Ich verstehe nicht recht. Ich ... Was wollen Sie damit sagen? Soll das heißen, *Sie glauben, dass Amy jemanden erschossen hat?*

DI Singh: Am Abend des 8. August gab es einen Tumult am Market Square. Die Polizei hatte in der Straße The Wicker eine ehemalige Lagerhalle, in der ein Rave stattfand, zwangsgeräumt. Die Partygänger flüchteten auf den Market Square, wo Kämpfe mit der Polizei ausbrachen. Gegen 22 Uhr 30 wurden Schüsse abgegeben, es gab mehrere Verletzte, und ein Mann namens Joel Watkins wurde tödlich getroffen. Ich weiß, dass Inspektor Dowell dir diese Frage bereits gestellt hat, aber es ist jetzt dringlicher und wichtiger denn je, Amy, dass wir erfahren, wer dir diese Waffe gegeben hat.

Amy Roecastle: *(schüttelt den Kopf)*

DI Singh: Amy, ich denke, du bist ein intelligentes Mädchen, und ich weiß, dass du den Wunsch hast, das Richtige zu tun.

Amy Roecastle: *(schüttelt den Kopf)*

DI Singh: Und ich weiß, dass Inspektor Dowell dich bereits auf die Möglichkeit aufmerksam gemacht hat, dass wir, solltest du die Zusammenarbeit verweigern, gezwungen sein könnten, Anklage gegen dich zu erheben.

Dr. Roecastle: Anklage? Weswegen?

DI Singh: Amy, hör mir jetzt genau zu. Es macht die Sache nur schlimmer, in jedem Fall schlimmer, wenn man jemanden mit Lügen zu schützen versucht. Schlimmer für die Person, die man schützen möchte. Ich weiß es, ich habe es oft genug erlebt. Hüte dich vor diesem Fehler.

Amy Roecastle: *(Schweigen)*

DI Singh: Der einzige Weg, denjenigen zu schützen, falls er unschuldig ist, ist, die Wahrheit zu sagen.

Amy Roecastle: Das sagen Sie so, aber ... *(schweigt)*

DI Singh: Es ist wahr. Solange du nicht die Wahrheit sagst, ist er den Unwahrheiten anderer schutzlos ausgeliefert. Oft endet es damit, dass er für etwas bestraft wird, das er nicht getan hat. Das dürftest du auch wissen. Er wird in etwas hineingezogen, von dem er gar nichts weiß, und wird bestraft, während die wahren Schuldigen davonkommen. Das solltest du der Person, die du schützen möchtest, nicht antun.

Amy Roecastle: *(zögert lange, spricht schließlich mit leiser Stimme)* Na gut. Damon hat sie mir gegeben.

Dr. Roecastle: Damon Walsh. Dieser Kriminelle mit dem Transporter?

DI Singh: Danke, Amy. Ich weiß es zu schätzen, dass du mir ehrlich begegnest. Das war die schwierigste Frage. Alles Weitere betrifft nur die Details. Also. Erzähl. Wann hat er sie dir gegeben?

Amy Roecastle: In der Nacht. Sophie und ich waren ausgegangen, das habe ich ja schon erzählt. Das Taxi hat mich an der Ecke abgesetzt und ist mit Sophie weitergefahren. Ich bin zu Fuß zum Eingangstor, und plötzlich stand Damon da.

DI Singh: Um wie viel Uhr war das?

Amy Roecastle: Ungefähr Viertel vor zwölf. Ich war gerade aus dem Taxi raus, und es ging ein richtiger

Wolkenbruch runter. Er hatte im Busunterstand beim Tor auf mich gewartet. Er war ziemlich durch den Wind und hatte so einen seltsamen Gesichtsausdruck, er kam aus dem Unterstand raus und meinte: «Das hier ist nicht das, wonach es aussieht», und hat mir die Pistole gegeben. Und ich hab sie genommen.

Dr. Roecastle: Amy! Ich kann es nicht glauben. Was hast du dir nur dabei gedacht?

DI Singh: Weiter, Amy. Was hat er noch gesagt?

Amy Roecastle: Nichts, was irgendwie Hand und Fuß gehabt hätte. Wirres Zeug. Er hatte große Angst. Ich merkte, dass irgendwas Schlimmes passiert war. Etwas richtig Schreckliches. Er war total verängstigt. Er wollte, dass ich ihm vertraue. Das war das Allerwichtigste. Lass mich nicht hängen, hat er immer wieder gesagt. Bitte, lass mich nicht hängen.

Dr. Roecastle: Amy, ich kann hier nicht ruhig sitzen und mir das anhören. *Warum* hast du die Pistole genommen? Ich begreife es nicht.

Amy Roecastle: Natürlich begreifst du das nicht. Ich habe die Pistole genommen, *weil er mich brauchte.*

DI Singh: «Das hier ist nicht das, wonach es aussieht.» Was hat er damit gemeint?

Amy Roecastle: Dass er unschuldig war. Dass er es nicht getan hatte, was auch immer es war. Dass es nicht seine Pistole war, dass sie nur irgendwie bei ihm gelandet war. Dass er Angst hatte, dass man ihm die Sache trotzdem in die Schuhe schieben würde. All das.

DI Singh: Hast du ihm geglaubt?

Amy Roecastle: Ja. Damon würde niemals jemanden umbringen.
DI Singh: Warum also hatte Damon die Pistole?
Amy Roecastle: Ich weiß nicht. *(Pause)* Jemand muss sie ihm gegeben haben.
DI Singh: Wer?
Amy Roecastle: Ich weiß es nicht.
DI Singh: Was geschah, nachdem du die Pistole entgegengenommen hattest?
Amy Roecastle: Ich hab versucht, mich zusammenzureißen, aber ich hatte auch Angst bekommen. Ich hatte sofort den Eindruck, dass noch jemand anders hinter der Waffe her war. Allein wie Damon sich immerzu umgeschaut hat, als wäre ihm jemand gefolgt. Ich hab richtig Panik gekriegt. Der strömende Regen hat alles noch schlimmer gemacht. Der Donner, die Blitze. Damon hat mir seine Jacke gegeben, aber die war nach wenigen Minuten durchnässt. Ich wusste nicht, was ich tun sollte. Ich musste Damon die Pistole abnehmen, aber es war klar, dass ich sie nicht im Haus aufbewahren konnte. Zum Glück fiel mir dann PJ ein.
Dr. Roecastle: PJ! Dieser sonderbare Mensch aus dem Wald? Mein Gott. Ich dachte, den würdest du gar nicht kennen.
Amy Roecastle: Ich bin ihm ein paarmal begegnet.
Dr. Roecastle: Was soll das heißen? Er ist fünfzig! Wo bist du ihm begegnet?
Amy Roecastle: In der einen oder anderen Bar hauptsächlich. Wie auch immer, ich erinnerte mich, dass er nachts in einer Firma arbeitet, die Lagerplätze vermietet. Und

er war wirklich Retter in der Not. Er ist sofort los, mich zu treffen, wollte nicht wissen, warum, hat nicht mal gefragt, was in dem Karton war.

DI Singh: Du hast dich mit ihm auf der Lichtung im Wald verabredet?

Amy Roecastle: Ja. Ich hatte solche Angst, dass ich sogar den Hund mitgenommen habe, der mich nicht ausstehen kann. Das Gewitter war heftig, wurde immer schlimmer, ein ohrenbetäubender Lärm. Hätte mich fast verlaufen im Dickicht. Und ich war fast da, da kam jemand aus dem Dunkel und hat mich gepackt, ich hab vor Schreck Rex' Kette fallen lassen, und dann hörte ich ihn knurren und schnappen, als würde er mit jemandem kämpfen, und ich bin nur noch gerannt.

Dr. Roecastle: Amy, das ist alles so seltsam und erschreckend, ich kann es kaum glauben.

DI Singh: Lass dir Zeit, Amy. *(Pause)* Dieser Mann, der dich angefallen hat. Weißt du, wer das war?

Amy Roecastle: Nein.

DI Singh: Glaubst du, es handelt sich um denselben Mann, der im Red n' Black hinter euch her war?

Amy Roecastle: Ja.

DI Singh: Wie kommst du darauf?

Amy Roecastle: Er wollte die Pistole um jeden Preis haben.

DI Singh: Aus welchem Grund?

Amy Roecastle: Das weiß ich nicht.

DI Singh: Erzähl mir, was weiter passiert ist, nachdem du glücklich bei PJs Transporter angekommen warst.

Amy Roecastle: PJ hat mich zum Red n' Black gefahren,

und ich habe den Karton in ein Lagerfach gepackt. Als PJs Schicht zu Ende war, bin ich mit zu ihm gefahren und hab ein bisschen geschlafen, und dann am nächsten Morgen bin ich zu meinem Dad getrampt.

DI Singh: Verstehe. Und wann hast du erfahren, dass es einen Mord gegeben hatte?

Amy Roecastle: Frühmorgens. PJ hatte sein Radio laufen.

DI Singh: Aber du hast nicht versucht, dich bei der Polizei zu melden.

Amy Roecastle: *(Pause)* Nein. Ich weiß, dass Damon unzuverlässig ist. Er hat ziemliche Probleme. Aber er würde nie jemanden umbringen.

DI Singh: Kanntest du Joel Watkins, das Mordopfer?

Amy Roecastle: Überhaupt nicht.

DI Singh: Kannte Damon ihn?

Amy Roecastle: Glaube ich nicht. Er hat diesen Namen nie erwähnt. Hören Sie. Bitte. Damon ist kein Mörder. Bestimmt nicht. Er gerät nur immer unfreiwillig in irgendwelche Sachen. Wie gesagt, jemand muss ihm die Waffe in die Hand gedrückt haben.

Dr. Roecastle: Darf ich kurz unterbrechen, Herr Inspektor, und fragen, wo dieser Damon jetzt ist? Zuletzt hörte ich, dass er frei herumläuft. Ich nehme an, Sie haben ihn inzwischen aufgespürt.

DI Singh: Einen Moment, bitte. Amy, würdest du Damon als eine nervöse Person charakterisieren?

Amy Roecastle: *(Pause)* Jeder weiß, dass Damon Probleme hat.

DI Singh: Ist dir klar, dass er im Jugendalter die Auflage bekam, sich einer Aggressionstherapie zu unterziehen?

Dr. Roecastle: Herr Inspektor, würden Sie mir bitte sagen, wo Damon Walsh sich derzeit befindet?

DI Singh: Amy, ich unterstelle, dass Damon Walsh ein nervöser und labiler Charakter mit einem Aggressionsproblem ist, anfällig dafür, in Panik zu geraten oder um sich zu schlagen, sobald er sich bedroht fühlt.

Diane Rebuk: Ich muss Einspruch erheben. Sie versuchen meine Mandantin zu beeinflussen.

Amy Roecastle: Schon gut. Ja, er ist nervös. Geradezu mitleiderregend nervös. Ja, er ist labil. Deswegen ist er von allen Beteiligten am meisten gefährdet. Er ist dermaßen verängstigt, er könnte sich wer weiß was antun. Fragen Sie Garvie. Als er ihn in dieser Straßenbahn traf, hat Damon von Selbstmord gesprochen.

Dr. Roecastle: Garvie Smith? Der Junge, der zu den Zaunbauern gehört? Er hat mir nicht gesagt, dass er ihn gefunden hat.

DI Singh: Hältst du Damon für selbstmordgefährdet?

Amy Roecastle: Ja.

Dr. Roecastle: Bitte, Herr Inspektor. Sagen Sie es mir. Befindet sich Damon Walsh inzwischen in Haft?

DI Singh: Nein. Sein Aufenthaltsort ist unbekannt. *(Kurzes Schweigen)* Ich muss Ihnen beiden mit aller Deutlichkeit sagen, dass Damon Walsh ab sofort als ein Tatverdächtiger in dieser Mordermittlung betrachtet wird. Falls er versucht, Kontakt zu dir aufzunehmen, Amy, musst du es uns auf der Stelle mitteilen, verstehst du? Nicht nur von Gesetzes wegen, sondern auch zu deiner eigenen Sicherheit. Und ich würde dich bitten, deine Meinung über ihn zu überdenken.

Ich befürchte, sie macht dich noch verletzbarer, als du ohnehin bist.

Amy Roecastle: Wird man Anklage gegen mich erheben?

DI Singh: Zum jetzigen Stand nicht. Sobald du das übliche Verfahren hinter dich gebracht hast – Fingerabdrücke, DNA, Fotos und so weiter –, steht es dir frei, nach Hause zu gehen. Ich würde allerdings empfehlen, mit Mrs. Rebuk rechtliche Schutzmöglichkeiten für alle Eventualitäten zu besprechen. Jetzt muss ich leider zu einer anderen Besprechung. Hast du noch irgendwelche Fragen?

Dr. Roecastle: Ich hätte gern noch Auskunft über das Beschwerdeverfahren.

DI Singh: Amy?

Amy Roecastle: Nein.

DI Singh: Danke. Damit ist diese Befragung beendet.

31

Erst spätnachmittags um halb sechs kehrte er in sein Büro zurück. Er war müde. Der Befragung von Amy Roecastle war eine Sitzung beim Chef gefolgt, anschließend längere Besprechungen mit Dowell und dessen Mitarbeitern, eine einstündige Pressekonferenz und weitere Beratungen mit der Kriminaltechnik, der Mordkommission und verschiedenen Jugendämtern.

Jetzt saß er still an seinem leeren Schreibtisch.

Die Untersuchung des Verschwindens von Amy Roecastle war noch nicht beendet, vielmehr war sie Teil der umfassenderen Ermittlungen im Mordfall Joel Watkins geworden, bei der er jetzt als Stellvertreter von Detective Inspector Dowell fungierte. Er solle dies als Chance betrachten, so die klare Ansage von Dowell und dem Chef, vorangegangene Fehler wiedergutzumachen, vor allem sein unangemessenes Verhalten gegenüber Dr. Roecastle und, noch schwerwiegender, sein Unvermögen, Damon Walsh festzusetzen, der inzwischen als mutmaßlicher Mörder von Joel Watkins galt. Er hatte beiden Vorgesetzten versichern müssen, dass er alles daransetzen werde, die Arbeit der Polizei nicht durch weitere Fehleinschätzungen zu belasten.

Er hatte eine Aufgabe zu erledigen, wusste aber noch nicht recht, wie er dabei vorgehen sollte. Als Erstes führte er sich diverse Schwierigkeiten vor Augen.

Er dachte über die Tatsache nach, dass er nur eingeschränkten Einblick in Dowells Ermittlungsergebnisse erhalten hatte. Dass man ihm nicht vollständig traute, war keine Überraschung, aber dennoch höchst bedauerlich.

Er dachte über Amy Roecastle nach. Er glaubte nicht, dass sie ihm bereits die volle Wahrheit gesagt hatte. Sicherlich wusste sie mehr über Damon Walsh, als sie bislang zugegeben hatte, doch würde es schwierig sein, ihr Vertrauen zu gewinnen. Junge Menschen waren oft so unbeirrbar, so selbstgewiss, so wild entschlossen in ihrer Fürsorglichkeit. Er sprach aus eigener Erfahrung, er war selbst so einer gewesen, als Student in Lahore, stolz auf seinen Ungehorsam. Erst später, während der Polizeiausbildung, hatte er die Notwendigkeit einer strengen persönlichen Disziplin anerkannt.

Und schließlich dachte er über Garvie Smith nach, die Personifizierung des Ungehorsams, ein Mensch, der das Karma anderer Menschen störte, der ihren Geheimnissen auf die Spur kam.

Zwanzig Minuten lang saß er vollkommen reglos da, starrte auf die Tischplatte, angestrengt nachdenkend. Und fasste schließlich einen Entschluss.

Er griff zum Telefon und rief Len Johnson an.

32

Um sechs Uhr am frühen Abend war Garvie Smith noch immer nicht aus dem Bett gekommen. Seit Smudges Bruder ihn gefeuert hatte, gab es keinen stichhaltigen Grund zum Aufstehen mehr. Gar keinen.

Also war er den ganzen Tag im Bett geblieben. Seine Mutter war noch bei der Arbeit. Er lag auf dem Rücken, blickte starr zur Decke und dachte über mathematische Folgen nach. Wiederkehrende Elemente im Speziellen. Zum Beispiel das Pascal'sche Dreieck. Dieses Dreieck ist eine unendliche symmetrische Zahlenpyramide, jede Zahl die Summe der beiden Zahlen unmittelbar über ihr, angefangen mit der 1 an der Pyramidenspitze. Das Seltsame daran ist, dass immer wieder die Zahl 3003 auftaucht. Ein sich unerwartet wiederholendes Ereignis. Als würde man immer wieder über dieselbe Person stolpern. Du glaubst, du wirst sie nie wiedersehen, dann taucht sie mit einem Mal aus der Versenkung auf, wie zum Beispiel PJ, der Amy in der Nacht des 8. August im Wald abholte und dann in der Nacht des zwanzigsten noch einmal.

Irgendjemand drückte an der Haustür auf die Klingel. Garvie kümmerte sich nicht darum. Wenig später klingelte jemand an der Wohnungstür. Auch das ignorierte er. Er wurde erst aufmerksam, als er einen Schlüssel im Schloss hörte und gleich darauf die Tür aufging und Schritte sich näherten.

Er wälzte sich in Shorts und T-Shirt aus dem Bett und stapfte ins Wohnzimmer, wo er Detective Inspector Singh in voller Uniform antraf und neben ihm Onkel Len, der in Anzug und Krawatte aussah wie der Leiter der Gerichtsmedizin. Was er natürlich auch war.

Garvie blickte vom einen zum anderen. «Sie ist nicht da», sagte er.

Sie sahen ihn streng an.

«Von deiner Mutter wollen wir nichts.»

Garvie streckte ihnen die Arme mit gekreuzten Händen entgegen. «Ich habe das Recht zu schweigen. Aber es könnte meiner Verteidigung schaden, wenn ich etwas zurückhalte, auf das ich mich später vor Gericht berufe. Alles, was ich sage, kann gegen –»

Onkel Len sagte: «Wirst du wohl aufhören mit dem Blödsinn? Raminder ist nicht gekommen, um dich zu verhaften. Er möchte mit dir reden.»

Garvie sagte nichts. Er wartete. Singh räusperte sich nervös.

Onkel Len sagte zu ihm: «Soll ich hierbleiben? Sie wissen, was für ein Teufel er sein kann.»

«Nein, nein. Ich komme zurecht.»

Onkel Len nickte. Zu Garvie sagte er: «Wir haben uns bereits mit deiner Mutter besprochen. Du brauchst ihr also nichts davon zu erzählen.»

«Wie kommst du darauf, dass ich meiner Mutter Sachen erzähle?»

Stirnrunzelnd verließ sein Onkel die Wohnung, und Garvie und Singh musterten einander schweigend.

Singh trat verlegen von einem Fuß auf den anderen und

räusperte sich erneut. «Ich bin mir nicht ganz schlüssig, wie ich mich am besten ausdrücke.»

«Wäre es hilfreich, wenn ich wieder ins Bett gehe, und Sie wecken mich auf, sobald Sie sich schlüssig geworden sind?»

«Es gibt da einige Fragen, die ich dir stellen möchte.»

«Ein Verhör? Drüben auf dem Revier?»

«Inoffiziell.»

«Mit anderen Worten», sagte Garvie, «Sie bitten mich um Hilfe. Was ein Verstoß gegen polizeiliche Vorschriften ist. Etwas, das Sie niemals tun würden.»

Es folgte ein langes Schweigen. «Wahrscheinlich die einzige Möglichkeit, um zu verhindern, dass du dich einmischst», sagte Singh. Ohne zu lächeln.

«War das ein Witz?»

«Ja.»

«Hätte nicht gedacht, dass Sie mit Humor arbeiten, ehrlich gesagt.»

«Tu ich auch nicht.»

«Wär vielleicht besser, erst mal ein bisschen zu üben.»

Beide blickten völlig ausdruckslos.

Singh sagte: «Du vermutest ganz richtig, dass ich Hilfe brauche. Es gibt Probleme, die ich lösen muss, Fragen, auf die ich keine Antwort weiß, sie aber unbedingt finden muss.»

Garvie nickte. «Ja, Sie wollen wissen, ob Damon diesen Joel getötet hat.»

Singh starrte ihn an.

«Er könnte es gewesen sein», fügte Garvie hinzu. «Immerhin hatte er die Pistole.»

«Woher weißt du das?»

«Das ist nicht schwer. Als ich Amy fragte, ob sie Damon hängengelassen hätte, hat sie sich tierisch aufgeregt, also ist offensichtlich das Gegenteil wahr, sie hat ihm aus der Klemme geholfen. Zum Beispiel, indem sie ihm eine heiße Waffe abgenommen hat. Muss wohl er gewesen sein, mit dem sie eine halbe Stunde lang im Regen gestanden hat, bevor sie ins Haus gegangen ist.»

Singh nickte. «Aber woher weißt du, dass die Pistole die Mordwaffe war?»

«Er wollte sie unbedingt loswerden, ungefähr eine Stunde nachdem Watkins erschossen wurde? Zeitlich passt das. Und Damon war auf dem Market Square während der Randale, das hat er mir gesagt. ‹Wie im Wilden Westen› sei's da zugegangen, meinte er. Kein Problem für ihn, nach Froggett zu fahren und vor ihr da zu sein. Er kann den Transporter irgendwo außer Sichtweite geparkt haben, hat wahrscheinlich in diesem Busunterstand gewartet, als es zu schütten anfing.»

«Ja, genau so hat sie es mir erzählt. Und ja, es ist die Mordwaffe. Aber selbst wenn er am Market Square gewesen ist, ist Amy sich sicher, dass jemand ihm die Waffe nach der Tat in die Hand gedrückt hat.»

«Genauso gut möglich, dass er der Täter war.»

«Ja.»

Sie sahen einander an.

Garvie sagte: «Jetzt sind Sie an der Reihe. Ich kann Ihnen nicht helfen, wenn Sie Infos zurückhalten.»

Sie setzten sich an den Küchentisch, und Singh berichtete. Die Ermittlungen im Fall Joel Watkins waren bisher davon ausgegangen, dass Watkins als unbeteiligter Dritter in ein Kreuzfeuer zwischen rivalisierenden Gangs geraten sei, nachdem im Anschluss an die polizeiliche Räumung des Lagerhauses, wo der Rave stattfand, Tumulte ausgebrochen waren. Eine nachvollziehbare Vermutung. Zwei weitere am Ort des Geschehens sichergestellte Waffen gehörten Mitgliedern rivalisierender krimineller Banden. Zwischen diesen und Watkins gab es keinerlei Verbindung.

Garvie hörte sich alles mit dem gewohnt nichtssagenden Gesichtsausdruck an. «Was wissen Sie noch über Watkins?»

Singh fasste zusammen. Joel Watkins schien ein ganz normaler Bürger gewesen zu sein. Er wechselte häufig den Job, offenbar aus eigenem Antrieb; es gab keine Beschwerden von seinen Arbeitgebern. Er lebte allein in einer kleinen Wohnung in Tick Hill und zahlte pünktlich seine Miete. Niemand konnte einen Grund haben, ihn umzubringen.

Das Foto von ihm, das Singh über den Tisch schob, zeigte einen Mann von gut eins neunzig, kräftig gebaut, weiches, ausdrucksloses Gesicht, dichter, über die Lippen hängender Schnurrbart sowie dunkelbraune, sehr kurz geschnittene und sich bereits lichtende Haare. Er sah aus wie einer, der Krafttraining macht: dicker Nacken, die Schultern muskelbepackt.

«Was für Jobs?», fragte Garvie.

Überwiegend Sicherheitsdienst. Er hatte als Türsteher im Club Chi-Chi gearbeitet und anschließend im Imperium-Kasino, wo ihm wenige Tage vor seinem Tod gekündigt wurde, davor unter anderem als Nachtwächter im Einkaufszentrum in der Innenstadt. Gelegentlich hatte er sich als Versandfahrer und für jeweils kurze Phasen auf dem Bau verdingt.

«Was hat er an dem Abend auf dem Platz gemacht?»

Nicht bekannt. Alles, worauf die Ermittlung sich stützen konnte, waren widersprüchliche Zeugenaussagen.

Garvie sagte: «Ah ja, ich erinnere mich an die Radioreportage. Er wurde gesehen, wie er vor dem Krawall flüchtete, wie er in der Ballyhoo-Bar mit einem Typen plauderte, der eine HEAT-Mütze trug, wie er sich mit der Polizei prügelte und wie er betrunken im Rinnstein lag. Alles gleichzeitig.»

Die Überwachungskameras waren keine Hilfe. Annähernd eintausend Menschen hatten sich auf dem Market Square aufgehalten, alle in heller Panik. Es hatte sich als unmöglich erwiesen, Watkins Bewegungen vor dem Zeitpunkt zu rekonstruieren, da sein lebloser Körper in einer Gasse unweit des Platzes aufgefunden und ins städtische Krankenhaus transportiert worden war, wo er, trotz mehrfacher Wiederbelebungsversuche, an einem perioperativen Schock starb. Er war von drei offenbar wilden Schüssen getroffen worden: am Oberschenkel, im Bauch und am Unterarm.

Garvie sah sich das Foto genauer an. Watkins starrte ihm mit verschlossenem Gesicht entgegen.

«Keine Verbindung zwischen ihm und Damon?»

«Nicht soweit bekannt.»

«Vielleicht dann eben unbekannt. In der Straßenbahn hat Damon ziemlich verbittert über jemanden gesprochen, den er mal für seinen ‹Seelenverwandten› gehalten hatte.»

«Amy Roecastle?»

«Nein. Er hat zwar die ganze Zeit ihr Foto angeguckt, aber die Rede war von jemand anders. Aus fernerer Vergangenheit, glaube ich. Jemand, auf den er sich verlassen hatte, jemand, den er für einen soliden Charakter gehalten hatte. Bis sie sich zerstritten.»

Garvie studierte noch einmal Watkins' Foto, ließ den festen Blick auf sich wirken. Solide war der Mann weiß Gott. Jemand, den nichts so leicht erschütterte. Jemand, der ungerührt zurückstarrte, wenn man ihn fixierte.

«Hat Watkins mal vor Gericht gestanden?»

«Nein.»

«Ärger mit der Polizei?»

«Kein Hinweis in seinen Akten.»

«Was erfassen diese Akten? Nur seine Zeit als Erwachsener, richtig?»

«Ja.»

«Was ist in seiner Jugend gelaufen?»

Singh sah ihn an. «Die Freigabe solcher Informationen ist an bestimmte rechtliche Voraussetzungen gebunden. Wir haben keine formelle Anfrage gestellt.» Er machte eine Pause. «Du meinst, sie waren vielleicht zusammen in der Maßnahme für jugendliche Straftäter?»

«In schweren Zeiten schließt man sich zusammen. Ein Mensch wie Damon braucht jemanden, auf den er vertrauen kann.»

«Ich werde den Vorgang einleiten», sagte Singh. «Aber das dauert eine Weile.»

«Gibt es nicht jemanden, den Sie fragen können? Nicht Dowell.»

Singh dachte nach. «Gibt es tatsächlich. Vielleicht erinnert er sich. Aber», fügte er hinzu, «wichtig ist natürlich erst einmal, dass wir Damon finden.»

«Zeitverschwendung.»
Singh sah Garvie misstrauisch an.
«Weißt du, wo er ist?»
«Unterm Radar, über den Wolken, bildlich gesprochen. Er ist high und lauscht der Luft.»
«Im Ernst?»
«Das hat er mir gesagt. Ich glaube ihm.»
«Du meinst, man kann ihn nicht finden?»
«Ich glaube nicht, dass Sie ihn finden können.»
Singh überlegte. «Der Luft lauschen? Das hat er gesagt?»
«Seine Worte.»
«Also ein Ort, wo es ruhig ist. Auf dem Land. Um Froggett herum oder Halton Woods. Irgendwo, wo er seinen Transporter verstecken kann.»
Garvie zuckte die Achseln.
Singh sagte: «Übrigens glaube ich, dass er sich wieder melden wird.»
«Warum?»
«Weil er will, dass es vorbei ist. Er hat Angst, und die Angst frisst ihn auf.»
«Die Angst ist sein ältester Freund. Außerdem raucht er die Friedenspfeife.»
Singh runzelte die Stirn. «Ich messe auch dem Bedeutung zu, was Amy über Damon sagt. Man kann ihn sich schwer als Mörder vorstellen.»
«Sie meinen, ein nervöser Mensch kann kein Mörder sein?»
Singh dachte darüber nach. «Schon wahr, er ist aufbrausend. So wurde mir gesagt, und die Akte bestätigt es.» Er stand auf. «Egal, ich muss jetzt los. Es gibt viel zu tun.»

«Übrigens», sagte Garvie, «wer leitet diese Ermittlung?»

Singhs Züge versteiften sich. «Detective Inspector Dowell. Ich bin sein Stellvertreter.»

«Auweia. Er kann Sie nicht ausstehen.»

Singh ging nicht darauf ein. «Eins noch», sagte er. «Amy Roecastle ist eine wichtige Zeugin in diesem Fall und könnte selbst noch unter Anklage gestellt werden. Es ist unerlässlich, dass du ab sofort jeden Kontakt zu ihr meidest. Haben wir uns verstanden?»

«Klar. Kein Problem.»

«Dann ist ja gut. Okay. Ich melde mich wieder.»

Sobald er die Wohnung verlassen hatte, rief Garvie Amy an. «Hör zu, ich muss mit dir über diese ganze Sache sprechen. Wir dürfen aber Singh nichts davon sagen. Er muss jetzt mit Dowell zusammenarbeiten, und dem traue ich nicht. Können wir uns treffen? Um acht Ecke Pollard Way und Town Road. Jep, bis dann.»

Nachdem er aufgelegt hatte, saß er in Shorts und T-Shirt da und dachte nach. Zuerst dachte er über Damon Walsh nach, was ziemlich unkompliziert war. Dann dachte er über Amy Roecastle nach, und das war alles andere als unkompliziert. Das Nachdenken über sie fand nicht unbedingt in seinem Kopf statt, wie es beim Denken normalerweise der Fall ist, sondern irgendwie mehr in seinem Körper. Es hatte schon tags zuvor angefangen, beim Red n' Black. Wenn er jetzt über sie nachdachte, fühlte er es in der Magengrube, in den Härchen auf seinen Armen. Es war, als würden seine Fingerspitzen das Denken übernehmen, sein Nacken, seine inneren Organe, sein Herz, die Leber, die Nieren, alle gemeinsam am Nachdenken, über ihr Lächeln, ihre Augen, die Berührung ihrer Hände, die Form ihrer Brüste, den Klang ihrer Stimme.

Er musste sich mit Gewalt aus seinem Tagtraum reißen.

Er konnte unaufhörlich an sie denken. Aber er fragte sich, ob er ihr trauen konnte.

Und rief sich in Erinnerung, dass er niemandem traute.

Also richtete er sich darauf ein, entsprechend zu handeln.

33

Wie verabredet, wartete sie an der Ecke auf ihn. Five Mile gehörte nicht zu den Stadtteilen, die sie schon mal besucht hatte. Von ihrem Standort aus gab es eine Wäscherei, einen Friseur und einen Laden zu sehen, der gebrauchte Elektroteile verkaufte. Kleine Gruppen von Personen standen essend auf dem Gehsteig und ließen den Verkehr an sich vorbeirauschen – Transporter, Pick-ups und Taxen. Der Duft, den die warme Luft verströmte, setzte sich aus Kebab und Benzin zusammen. Hin und wieder warfen die Leute ihr Blicke zu. Sie trug die schwarze Hose und das hautenge Top, in denen sie, nach Aussage ihrer Mutter, aussah wie eine Kellnerin aus Bukarest, und ihre Haare hatte sie zu einem Zopf zusammengebunden, der seitlich an ihrem Gesicht herunterbaumelte und ein Ohr bedeckte. Das andere Ohr fühlte sich daher nackt an, und sie strich immer wieder mit den Fingern darüber, als wollte sie es beruhigen.

Über Kopfhörer lauschte sie gerade den Nachrichten in der Hoffnung, etwas über die Ermittlungen im Mordfall Watkins zu erfahren, doch als sie Garvie auf dem Pollard Way heranschlendern sah, zog sie die Hörer aus den Ohren, stopfte sie in ihre Tasche und blickte ihm nervös entgegen. Es war erstaunlich zu sehen, wie viele Freunde er hier in der Gegend hatte; sie riefen ihm zu, er hob im Vorbeigehen grüßend die Hand. Schließlich war er bei ihr angelangt, nickte ihr zu und sagte leutselig:

«Ich werde übrigens nicht nach ihm suchen. Nur für den Fall, dass du mich darum bitten wolltest.»

Es war das Erste, was sie hatte ansprechen wollen.

Angefressen sagte sie: «Warum mischst du dich dann überhaupt ein?»

«Damit dir nichts passiert.»

Sie zögerte. «Warum sollte mir etwas passieren? Ich hab die Pistole ja nicht mehr.»

«Es geht nicht darum, was du hast, es geht darum, was du weißt.»

«Was weiß ich denn?»

«Keine Ahnung, du hast es mir noch nicht verraten.»

Sie beobachtete, wie er sich, die Hände vor den Mund haltend, eine Zigarette anzündete, die Augen vor dem Rauch zusammenkniff, das Streichholz beiseiteschnippte. Er machte sie wütend, dieser undurchschaubare Typ, der immer das sagte, was man nicht erwartete, der offenbar von ihr nichts weiter wollte als nur die Wahrheit. Aber warum hatte sie dann diese seltsamen Gefühle, halb genervt, halb aufgeregt, wenn sie mit ihm zusammen war? Er verkörperte die Faszination dessen, wonach sie nie Ausschau gehalten hatte.

«Hast du Angst?», fragte er plötzlich.

«Ja», antwortete sie.

«Das ist gut.»

Er rauchte in aller Seelenruhe, als gäbe es weiter nichts zu sagen.

«Jetzt hör mir mal zu», sagte sie. Sie erzählte ihm von Damon, davon, wie nervös er war, wie bedürftig. Sie erklärte seine unselige Neigung, in Dinge verwickelt zu werden, die er nicht begriff. Jetzt war er Verdächtiger in einer Mordermittlung, Zielperson einer landesweiten Fahndung. Sein Bild war überall. Er war allein, hatte Angst vor der Polizei, die ihn verhaften wollte, die ihm nicht glaubte, die ihn einer Tat beschuldigte, die er nicht begangen hatte, die ihn zurück ins Gefängnis stecken wollte, den Ort seiner persönlichen Albträume.

Garvie nickte. «All das schließt nicht aus, dass er ein Mörder ist.»

«Hast du nicht zugehört? Wir müssen ihn finden, bevor es die Polizei tut.»

«Die finden ihn nicht. Und wir auch nicht.»

Eine Weile lang standen sie sich schweigend gegenüber.

«Kann natürlich sein», sagte er, «dass er uns findet.»

«Wie meinst du das?»

«Hat er vielleicht schon. Im Red n' Black.»

«Das war nicht Damon, der uns da gejagt hat.»

«Bist du sicher? Er wusste natürlich, dass du da warst.»

Für einen Moment starrte sie ihn nur an. «Herrgott, entgeht dir denn gar nichts?»

«Nicht das Offensichtliche. *Ich hab drüber nachgedacht, Babe. Ich weiß jetzt, was du tun musst.* Das war's, was er auf Sophies Party zu dir gesagt hat, vor allen Leuten. Er hätte auch gleich eine Anzeige schalten können. Er musste die Pistole zurückhaben und hat dir gesagt, dass du sie im Red n' Black wieder abholen sollst.»

«Mit den gefährlichen Sachen ist es genau so, wie du gesagt hast», sagte sie traurig. «Man wird sie nie wirklich los. Es ist aber nicht seine Pistole, das weiß ich. Jemand nutzt ihn aus.»

«Wer?»

«Weiß ich nicht. Sogenannte Freunde von ihm.»

«Bazza?»

«Keine Ahnung.»

Er überlegte. «War Joel sein Freund?»

«Ich glaube nicht, dass er Joel überhaupt kannte.»

Garvie sinnierte rauchend. «Der Typ ist ein Brocken», sagte er nach einer Weile. «Tote Augen. Schultern wie ein Gorilla. Glaub kaum, dass irgendwer scharf drauf war, sich mit Joel anzulegen.» Er blies Rauch aus. «Aber», legte er nach, «einer hat's getan.»

«Die Polizei sagt, es war ein Unfall.»

«Soweit ich weiß, haben sie die andere Möglichkeit nicht ausgeschlossen, dass nämlich jemand mit der Pistole zum Market Square gekommen und ganz bewusst mit Joel aneinandergeraten ist und ihm drei Kugeln verpasst und sich dann verzogen hat, während er auf dem Boden lag und verblutete. Einer, der böse ist und hart. Oder verzweifelt. Oder jemand mit aufbrausendem Temperament, der so in Panik war, dass er wild um sich geballert hat.»

Sie blieb stumm. Garvie trat seine Zigarette aus.

«Was machen wir hier eigentlich?», fragte sie schließlich.

«Warten.»

«Warten worauf?»

«Dass wir abgeholt werden.»

«Wozu?»

«Wir machen eine kleine Ausfahrt.»

Vielleicht hätte er noch mehr gesagt, doch in diesem Moment klingelte sein Handy, und er trat beiseite, um ranzugehen.

Die Lichter in den Geschäften waren angegangen, beleuchteten rote und gelbe Schilder, die auf *Kebab, Reifen und Auspuffrohre* oder *Handyzubehör* aufmerksam machten, alles Läden von der Art, die Amy noch nie besucht oder auch nur zur Kenntnis genommen hatte. Seine Läden, nicht ihre; sein mit Abfall übersäter Gehsteig, seine Neonbeleuchtung. Wie er da so vor der Aufschrift REPARATUR UND VERKAUF stand, erschien er ihr fremder denn je. Beim Telefonieren wandte er den Kopf und begegnete ihrem Blick, und sofort befiel sie ein leichter Schrecken, als könnte er ihre Gedanken lesen, indem er sie nur ansah.

Als er sein Gespräch beendet hatte, sagte er: «Das war Singh. Wie sich herausstellt, kannten Damon und Watkins sich von der Maßnahme für jugendliche Straftäter.»

Mehr sagte er nicht, ließ die Information einfach wirken. Schließlich sagte sie: «Woher weiß er das?»

«Er hat Kontakt zu jemandem, der früher bei solchen Programmen mitgearbeitet hat. Und der kann sich an beide erinnern, Damon und Joel. Joel war ein richtiger Kumpeltyp; Damon hat immer zu ihm aufgeblickt.»

Sie sagte nichts.

Er fuhr fort: «Fakt ist aber, dass wir nicht nach Damon suchen. Wir suchen nach seinem Seelenverwandten.»

«Du vergisst», sagte sie ruhig, «dass *ich* Damons Seelenverwandte bin.»

Er sah sie bedauernd an. «Tut mir leid.» Es schien ihm wirklich leidzutun.

«Bist du immer so rücksichtslos?»

Er verstummte, als würde er sein Gedächtnis durchforsten. «Nein», sagte er schließlich. «Ich kann noch rücksichtsloser sein. Du musst dir aber klarmachen, dass es hier nicht um Rücksicht geht. Hör zu. In der Straßenbahn sprach Damon von jemandem, dem er vertraut hatte, zu dem er aufgeblickt hatte, von dem er dachte, dass er immer für ihn da sein würde – bis er ihn fallenließ, ihm für irgendwas die Schuld gab, sich gegen ihn wandte. Das warst nicht du. Du hast ihm ganz groß aus der Patsche geholfen.»

Sie überlegte. «Na gut. Aber es ist etliche Jahre her, dass Damon und Joel an dieser Maßnahme teilgenommen haben. Vielleicht haben sie sich seitdem nie wieder gesehen.»

Er nickte. «Genau das müssen wir jetzt herausfinden.» Mit einem Blick die Straße hinunter sagte er: «Und da kommt auch schon unsere Fahrgelegenheit.»

Der Transporter hielt am Straßenrand. Es war ein Ford Transit Custom mit Hinterachsluftfederung, Abstandsregeltempomat, Parksensoren und Abblendautomatik. Und natürlich Michelin-Agilis-Reifen, Modell Alpin, sechzehn Zoll, vorn und hinten.

Das Fahrerfenster surrte geschmeidig nach unten, und Smudge steckte sein Gesicht heraus.

«Springt rein, Jungs und Mädels», sagte er. «Ich kann ihn bis zehn haben, sagt mein Bruder. Wilde Zeiten. Auf geht's.»

«Wenn's um Transporter geht, flippt er gern mal aus», sagte Garvie zu Amy, während sie einstiegen. «Was du aber nie vergessen solltest: Er ist ein Genie.»

34

Sie fuhren nach Froggett, an Amys Zuhause vorbei, Richtung Pike Pond. Nach einigen Kilometern wurden die Straßen schmaler und endeten schließlich am Waldrand. Nachdem sie ein altes Holztor passiert hatten, fuhren sie auf unbefestigten Wegen weiter. Inzwischen war es dunkel geworden. Der Weg – von den Scheinwerfern grell ausgeleuchtet – war die reinste Holperpiste und führte sie über Wurzeln und Schlaglöcher voller Wasser immer tiefer in den schwarzen, tropfenden Wald, zu Smudges sichtlichem Vergnügen. Er war der Van-Meister, Lord of Custom, Kapitän der Waldwege.

Amy sagte: «Ich hab mich hier noch nie wohlgefühlt. Was wollen wir hier?»

Garvie antwortete nicht. Er schien tief in Gedanken versunken. Smudge war zu sehr mit Grinsen beschäftigt, als dass er sprechen konnte.

Nach einer Weile gelangten sie auf eine kleine sandige Lichtung. Vor ihnen erhoben sich drei Betonbauten und ein Berg von geschmolzenen Segeltuchplanen. PJs alter, ehemals weißer Ford Transit stand schief daneben.

Smudge parkte den Transporter seines Bruders parallel dazu und stellte den Motor ab.

«Haufen Schrott», sagte er, aus dem Fenster blickend.

Endlich richtete Garvie das Wort an Amy: «Sagt er die Wahrheit?»

«PJ? Warum sollte er nicht?»

«Als Smudge ihn an dem Abend im Red n' Black ablenken wollte, war er nicht am Empfang, den er hätte besetzen sollen.»

«Ja und?»

«Könnte sein, dass er uns stattdessen durch den zweiten Stock gejagt hat.»

«Du weißt doch gar nichts über PJ. Als ich ihn brauchte, war er für mich da, ohne Wenn und Aber. Er hat mich nicht mal gefragt, was in dem Karton war. Er ist ein Freund. Er liebt den Frieden.»

«Okay.»

«Was okay?»

«Gehen wir rein und sagen hallo.»

Er half ihr auf die altmodische Art aus dem Fahrzeug, und sie schenkte ihm ein Lächeln.

Er lächelte nicht zurück. «Es ist matschig in PJs Königreich. Pass auf, wo du hintrittst.»

Sie staksten vorsichtig durch den Schlamm und waren schon fast an der Tür der Garage, als sie den Schrei hörten. Er kam direkt von der Rückseite des Gebäudes, zerriss die Stille des Waldes und brach so abrupt ab, wie er eingesetzt hatte. Ein Geräusch, das einem durch und durch ging und die Haare zu Berge stehen ließ.

Nach einem Moment des Schreckens sagte Smudge: «Vielleicht ist er grade beschäftigt und wir sollten lieber später noch mal wiederkommen.»

Trotzdem gingen sie zusammen um das Gebäude herum und sahen auf der anderen Seite PJ über eine Falle gebeugt. Er drehte sich um, sah sie an und ließ das in sich verrenkte

Tier zu Boden fallen. Für einen Augenblick war sein Gesicht verzerrt, dann nahm es wieder seinen friedlich entspannten Ausdruck an.

«Füchse», sagte er beiläufig. «Im Grunde Ungeziefer. Obwohl auch sie», fügte er hinzu, «nur Teil des großen Kreislaufs von Leben und Tod sind.»

Langsam richtete er sich auf, wischte sich die Hände an seiner Armeejacke ab. «Amy», sagte er. «Und Amys Freunde.» Er zeigte die Zähne. «Willkommen.»

●

Drinnen spürten sie noch immer den Wald ringsum, dessen Stille und Schwärze gegen die dünnen Wände der Garage anzudrängen schien, während sie auf den Teppichläufern saßen und den Joint herumgehen ließen, den Garvie in weiser Voraussicht mitgebracht hatte. Noch immer hing der Geruch von neulich in der Luft, der nach Kerosin, altem Rauch und dem Parfüm, das Amy trug. Sie lehnte mit dem Rücken an dem zerschlissenen Sofa und warf Garvie von Zeit zu Zeit einen Blick zu, während sie PJ lauschten, der ihnen barfuß und im Schneidersitz gegenübersaß, wie ein Philosoph der alten Schule. Es herrsche ein neuer Geist der Liebe unter jungen Leuten, führte er gerade aus. Mit versonnenem Blick auf das glimmende Ende des Joints nahm er einen tiefen Zug und schielte zu Garvie hinüber. Unter manchen jungen Leuten, korrigierte er sich. Es gebe da auch unerfreulichere Exemplare.

Er rieb sich etwas von den Fingern, möglicherweise Fuchsblut.

«Der Friede in der Welt», sagte er, «kommt von innen. Das weiß jeder. Die wenigsten aber lernen, es nicht zu vergessen.» Das Gras machte seine Stimme sanft und rau. Die Augenklappe verlieh ihm etwas Verwegenes. Sein breites, graues Lächeln legte große Zähne frei. Auch seine Hände, in denen der Joint fast verschwand, waren groß und grobknochig.

Garvie blickte an den Gartenstühlen und dem Klapptisch in PJs Rücken vorbei zum anderen Ende der Garage, wo auf dem Betonfußboden hinter dem zurückgezogenen orangefarbenen Vorhang die Matratze zu sehen war, auf der sich noch immer angesengtes Zeugs stapelte, genau wie Singh und er es kürzlich vorgefunden hatten. Ihre Annahme, dass hier ein Akt der Gewalt stattgefunden hätte, war falsch gewesen. Das war einfach nur PJs Lebensweise: die eines freien Geistes. Frei von Hygienevorstellungen jedenfalls.

«Wie geht es dir, PJ?», fragte Amy. «Und deinem Auge?»

«Das heilt sich selbst.» Sein graues Lächeln nahm heiligmäßige Züge an. «Mein Karma wird nicht so leicht heilen.»

«Dein Karma hat also auch was abgekriegt?» Smudge zuckte mitfühlend zusammen.

Ohne ihn zu beachten, fuhr PJ fort: «Zuerst war da die Sache mit den Männern, die wütend waren wegen deines Verschwindens. Dann kam noch der Geschäftsführer von der Lagerfirma.»

«Was meinst du damit?»

«Er möchte, dass unsere Wege sich trennen.»

«Du bist gefeuert worden? Warum?»

«Er nahm Anstoß an meiner bevorzugten Methode, mich während der langen Dienststunden in der Nacht zu entspannen.» Er hielt den Joint hoch, um zu verdeutlichen, was er meinte. Er schilderte Amy, wie er, nachdem er sie in jener Nacht zu ihrem Schrank dirigiert hatte, sich in das Hinterzimmer begeben habe, um sich kurz zu «entspannen».

«Vielleicht habe ich einfach die Zeit vergessen», gab er zu. «Andererseits», ergänzte er sinnierend, «was ist eigentlich Zeit?»

Das unerwartete Auftauchen des Geschäftsführers kurz darauf habe ihn völlig überrascht.

Er schüttelte traurig den Kopf. «Auch so ein Mensch, der sich ganz seinem Zorn hingibt. Ich konnte ihm nicht helfen. Es war besser, dass wir uns trennten.»

Amy sagte: «O Gott, das ist alles meine Schuld.» Sie warf Garvie einen bitteren Blick zu.

PJ winkte ab.

«So etwas wie Schuld gibt es nicht», sagte er beschwichtigend. «Das ist es, was du noch nicht verstehst.» Er fixierte sie mit seinem gesunden Auge. «Aber», fuhr er mit leiserer Stimme fort, «du hattest deinen eigenen Kummer, das sehe ich dir an. Was ist los? Jemand hat dir das Herz gebrochen. Hab ich recht?»

Amy errötete.

Smudge sagte: «Na ja. Also, mich brauchste nicht anzugucken. Oder Garv. Das war dieser andere Typ.»

PJ, der Smudge nicht angesehen hatte und ihn sogar kaum wahrzunehmen schien, hielt seinen Blick auf Amy gerichtet.

«Sein Name ist Damon Walsh», sagte Amy. «Ich glaube nicht, dass du ihn kennst.»

«Aber ich kenne diese Sorte, Amy. Er hat dein Herz besessen und es weggeworfen.»

«Na ja, eigentlich –»

«Ein Junge ohne Verständnis seiner selbst. Selbstvergessen. Ich kann seinen Schmerz fühlen, armer Junge. Er weiß es nicht besser. Aber du musst dich schützen, Amy. Das habe ich dir schon so oft gesagt.»

Der Joint war aufgeraucht, was er sichtlich bedauerte, sodass Garvie ihm einen neuen reichte. Er zeigte wieder seine Zähne. «Na dann», sagte er zu Amy. «Erzähl mir, warum ihr zu mir gekommen seid.»

Sie wurde wieder rot. «Das musst du ihn fragen.»

Alle drei wandten sich Garvie zu, der die ganze Zeit stumm dagesessen hatte. Für einige Augenblicke sah er PJ weiter nur an. Dann sagte er. «Erzähl uns von Joel.»

Stirnrunzelnd sagte Amy zu PJ: «Ich sollte das erklären. Es gibt da einen gewissen Joel Watkins, der –»

Garvie sagte: «Eine Erklärung ist nicht nötig. PJ weiß alles über Joel. Nicht wahr, PJ?» Sie sahen einander fest in die Augen.

Schließlich lächelte der Ältere. «Natürlich.»

Amy sagte: «Ehrlich? Wie das?»

Garvie sagte: «Sie haben beide als Fahrer bei One Shot, der Versandfirma, gearbeitet.»

PJ blies Rauch aus und nickte gedankenvoll. «Joel Watkins. War hauptsächlich mit dem Lieferwagen unterwegs. Manchmal auch Fahrrad. Auch so eine verlorene Seele. Er ganz besonders. Jede Woche ein anderes Auto gefahren, wenn ihr wisst, was ich meine, alle waren sie Schrott.» Er zwinkerte in die Runde.

«Erzähl weiter.»

Es sei ein klarer Fall von schlechtem Karma gewesen, erläuterte PJ. Wie so viele andere war auch Joel Watkins eine verlorene Seele, verschlossen und uneinsichtig, wollte nichts hören von der Wahrheit und von Erkenntnissen, die er so sehr nötig gehabt hätte.

«Außerdem», sagte PJ, «hat er geklaut. Deswegen wurde er gefeuert.»

Garvie beugte sich vor. «Das ist interessant. In seiner Akte steht nichts davon, dass er gefeuert wurde.»

«Natürlich nicht. Die Geschäftsleitung hat's vertuscht. Die Kundschaft soll nicht wissen, dass geklaut wird.»

«Wann war das?»

«Die Entlassung? Genau einen Tag, bevor er getötet wurde. Traurig, sehr traurig.»

PJ führte weiter aus. Er hatte alles versucht, um Joel dabei zu helfen, sich mit seiner inneren Spiritualität zu verbinden, hatte ihm Ratschläge gegeben, meistenteils unerwünscht, weniger im Sinne von Belehrung als aus dem Geist der Liebe heraus, guter Rat von einem, der die Dunkelheit einer Welt ohne Liebe aus eigener Erfahrung kannte. Einen Arm um die Schulter, ein gutes Wort ins Ohr. Joels Reaktion darauf waren Beleidigungen und Drohungen, und eine Zeitlang hatte er eine Art Privatkrieg gegen den friedliebenden Ex-Marinesoldaten geführt.

«Aber ja», sagte PJ mit sichtlicher Befriedigung. «Der Penner wurde beim Absahnen erwischt.» Über Monate hinweg hatte Joel Waren aus seinen Lieferungen für sich abgezweigt, hier mal eine Schachtel, dort mal ein Paket, immer schön unauffällig. Dann aber eines Tages fand der

Geschäftsführer haufenweise Sachen in seinem Schrank – ertappte ihn praktisch auf frischer Tat.

«Joel sah das ganz anders», sagte PJ.

«Wie meinst du?»

«Wut war Joels ständiger Begleiter.» PJ legte sein breitestes Lächeln auf. «Er erzählte überall rum, jemand hätte ihn reingelegt.»

«Er hat jemand anders beschuldigt?»

«Genau. Konnte nicht damit aufhören. Jemand hätte ihm eine Falle gestellt. Ihm bewusst was anhängen wollen. Jetzt würde er nicht mal seine Miete zahlen können, sagte er.»

«Was hat er noch gesagt?»

«Unmöglich zu verstehen. Schall und Wahn. Aber er zeigte ganz klar mit dem Finger auf jemanden. Und derjenige würde bezahlen müssen.»

«Wer?»

PJ breitete die Hände aus wie der Papst. «Niemand trug die Schuld als nur er selbst.» Anderen die Schuld zu geben, liege in der Natur der verlorenen Seelen.

«Die Sache ist die», fügte er hinzu, «manchen verlorenen Seelen kann man helfen. Bei anderen, traurig, das zu sagen, ist es hoffnungslos. Die muss man sich selbst überlassen, dass sie von allein aufwachen.»

Umhüllt vom bittersüßen Rauch des Joints, betrachtete PJ sinnend die graue Verkleidung der Zimmerdecke.

Smudge gewann endlich wieder Anschluss an die Unterhaltung. «Ja, aber. Was wir eigentlich wissen wollten: Hatte dieser Watkins irgendwas mit unserem Freund Damon zu tun?»

Garvie nickte. «Bringst es wie immer auf den Punkt, Smudge.»

PJ hob noch einmal die ausgebreiteten Hände, als wollte er zeigen, dass sie leer waren. «Keine Ahnung. Kann mich nicht erinnern, dass Joel jemals einen Damon erwähnt hätte. Aber wer weiß? Ich weiß nur, dass sie beide verlorene Seelen waren – in Selbstvergessenheit gefangen. Falls ihr euren Freund Damon findet, schickt ihn zu mir. Ich glaube, ich könnte ihm helfen.»

Er schloss die Augen und schien wegzudämmern, und nachdem er sich die folgenden zehn Minuten nicht gerührt hatte, erhoben sie sich still und ließen ihn allein zurück, gelassen in seiner Ärmlichkeit, versöhnt mit seinem Karma, und traten in die Nacht hinaus.

●

Für eine Weile blieben sie noch neben ihrem Transporter stehen, was Smudge Gelegenheit gab, ihn im Mondschein zu bewundern. Und ihn hin und wieder zu berühren. Ganz in der Nähe befanden sich die an Friedhöfe erinnernden Gruben und Erdhaufen, die die Polizei bei der Suche nach Amys Leiche ausgehoben hatte. Die zarten Umrisse der Baumwipfel rund um die Lichtung schaukelten sanft vor dem wolkenverhangenen Himmel. Einmal ertönte in der Ferne das Bellen eines Fuchses, kalt und scharf. Nebel waberte zwischen den Bäumen, als würde die Erde ihren Atem ausstoßen.

Amy sagte: «Woher wusstest du, dass PJ und Joel beide bei One Shot gearbeitet haben?»

Garvie grunzte. «Es wurde mal erwähnt.»

«Ah ja. Der Junge, der nichts vergisst. Aber es sieht nicht so aus, als hätten Joel und Damon noch Kontakt gehabt. PJ stand Joel nahe. Er hätte davon gewusst.»

Smudge zog die Tür auf, schloss sie wieder, nur um sich an dem Geräusch zu erfreuen, und öffnete sie erneut. Schließlich stieg er ein und machte es sich hinterm Steuer gemütlich.

«Tatsache ist», sagte er, «wir haben nur ein, zwei Sachen rausgekriegt. Erstens: Dieser PJ ist ein bisschen plemplem. Ich hab Freunde bei One Shot. Keiner von denen ist dermaßen neben der Spur wie er.»

«Sehr guter Hinweis, Smudge.»

«Zweitens: Dieser Joel ist ein Hitzkopf.»

«Triffst auch hier den Nagel auf den Kopf», sagte Garvie. «Der stille Mann wird plötzlich stinksauer. Das ist interessant.»

«Sauer auf denjenigen, von dem er glaubt, dass er ihn reingelegt hat», sagte Amy. «Aber nicht Damon. Damon hatte absolut nichts damit zu tun, dass er gefeuert wurde. Es wäre besser, wenn wir Damon finden könnten, bevor die Polizei es tut.»

Smudge stimmte ihr zu. Er hatte Kumpel über die ganze Stadt verteilt, die die Augen offen hielten. Früher oder später würde sich daraus irgendwas ergeben.

Garvie schüttelte seufzend den Kopf.

«Na ja, was meinst du denn, was wir tun sollten?», fragte ihn Amy.

Doch die nächste halbe Stunde über sagte er nichts, starrte nur aus dem Fenster, während sie über den holprigen Waldweg und die Vorortstraßen in die Stadt zurückfuhren, wo Smudge an der Ecke Pollard Way und Town Road anhielt.

«Werd wohl noch mal in die Pirrip Street zurückgehen», sagte er schließlich.

«Wozu? Da ist er vor ewigen Zeiten ausgezogen.»

«Hab dir schon mal gesagt, dass ich nicht daran interessiert bin, wo Damon ist.»

«Wenn du unbedingt gehen musst», sagte Smudge, «dann pass auf den Hund auf.»

«Kein Problem. Es ist nicht seine Vermieterin, zu der ich will.»

Weiter sagte er nichts, stieg ohne Abschiedsgruß aus und schlenderte in Richtung Eastwick Gardens davon.

«Ist er immer so?», fragte Amy Smudge.

«Eigentlich nicht», sagte Smudge. «Er kann noch viel schlimmer sein. Ich persönlich glaube ja, dass das der Grund ist, warum er nicht bei den Mädels landet.»

35

Im Morgenlicht präsentierte sich die Pirrip Street hinter einer feinen Staubschicht. Die Sonne war warm, die Luft roch nach heißem zerbrochenem Glas, der wahre Geruch der Stadt, die sich in alle Richtungen fläzte, planlos, hässlich und in beruhigender Weise unermesslich.

Garvie lehnte sich an die Hauswand von Nummer 8B und wartete. Aus dem Innern des Hauses hörte er hin und wieder chaotische Hundegeräusche, aber er tröstete sich, die Augen halb geschlossen, mit Hilfe von Benson & Hedges. Er wusste nicht, wie lange er würde warten müssen. Vielleicht drei Zigaretten, rechnete er sich aus. Aber er war noch mit der zweiten beschäftigt, als er aus der Nähe das Husten hörte.

Er blickte zur Seite.

«Nein, danke», sagte er. «Heute nicht.»

«Das hast du letztes Mal schon gesagt», sagte der Junge, die Fäuste weiterhin in Kampfstellung erhoben.

«War aber für heute gemeint.»

Der Junge sah genauso aus wie das letzte Mal, dieselben ausgebeulten kurzen Hosen, dasselbe vorzeitig gealterte Gesicht, dieselbe stumpfe Entschlossenheit, die Welt so zu nehmen, wie sie war. Es war klar, dass sich daran nichts ändern würde bis zum Tage seines Todes.

«Dann gib mal 'ne Zigarette her», sagte er. «Sonst kriegste was aufs Maul.» Er versuchte sich an einem durchtriebenen Blick, sah dabei aber eher dämlich aus. «Ich weiß, dass du welche hast, weil ich eine in deinem Mund seh.»

«Schlaues Kerlchen», sagte Garvie. «Bist heute richtig gut drauf. Kann dir aber trotzdem keine geben.»

«Warum?»

«Weil ich nicht will.»

Der Junge begutachtete diese Mitteilung aus einer Reihe von unterschiedlichen Blickwinkeln und gab dann auf. Er war offensichtlich ans Aufgeben gewöhnt und bewahrte dabei eine Art trister Würde.

«Außerdem», ergänzte Garvie, «sind Zigaretten nicht gut für dich.»

Der Junge schien sich darüber nicht zu wundern, sondern nickte, wie um auszudrücken, dass ungute Sachen zu seinen engsten Freunden gehörten.

«Also, Superhirn», sagte Garvie. «Sonst noch was zu sagen?»

Der Junge dachte nach. Nickte. «Eine Frage.»

«Immer raus damit. Wenn du bereit bist.»

«Ist er tot?»

Garvie sah ihn mit erneuertem Interesse an. «Wer?»

«Damon.»

«Warum fragst du?»

«Die Polizei war hier. Das machen sie, wenn jemand tot ist. Haben sie auch mit meinem Dad so gemacht», sagte der Junge.

«Tja», sagte Garvie nach kurzer Überlegung. «Da fragst du mich zu viel. Ich weiß nicht, ob er tot ist.»

Der Junge nickte, als wäre der Fall damit geklärt. «Ich

mochte Damon», sagte er. «Er hat gesagt, er glaubt, er würde sterben», ergänzte er nach kurzer Pause.

«Ach, tatsächlich?»

Der Junge nickte.

«Du hast ja heute lauter interessante Sachen auf Lager. Du musst gut gefrühstückt haben.»

«Monster-Munch-Chips.»

«Was genau hat Damon gesagt?»

«Weiß nicht.»

«Na, komm. Du bist doch ein aufgeweckter Junge. Gib jetzt nicht auf. Bleib am Ball.»

Aber der Junge war scheu geworden, er steckte den Daumen in den Mund und wollte nichts mehr sagen.

«Hat er gesagt, dass irgendwer ihn töten würde? Hat er gesagt, er würde sterben, weil er krank ist? Hat er gesagt, er würde sich selbst umbringen?»

Der Junge starrte Garvie nur ausdruckslos an.

Nach einer Weile nahm er den Daumen aus dem Mund, sagte «Warte hier», und verschwand in dem Durchgang neben dem Haus.

Garvie wartete. Es war jetzt noch stiller in der Straße. Er zog an einer Benson & Hedges, hielt sein Gesicht in die Sonne und dachte darüber nach, dass Damon glaubte, er werde sterben.

«Hier.»

Der Junge hielt ihm einen Umschlag hin.

«Was ist das?»

«Von Damon.»

Garvie öffnete den Umschlag. Er enthielt ein schlichtes Blatt Papier, worauf etwas mit schwarzem Filzstift in Großbuchstaben geschrieben stand. Einfachste Technik: typisch Damon. Die Mitteilung lautete: LASS MICH IN RUHE. ICH WARNE DICH DRÄNG MICH NICHT MANN. ICH KANN NICHTS DAFÜR.

Garvie und der Junge starrten sich gegenseitig an.

Garvie sagte: «Damon hat dir diese Nachricht dagelassen?»

Der Junge nickte.

«Wann?»

Zeit schien ein gedankliches Problem für den Jungen darzustellen. Er schüttelte den Kopf.

«Er hat sie dir dagelassen, damit du sie jemand anders gibst?»

Der Junge nickte.

«Mir?»

Der Junge schüttelte den Kopf.

«Jemand anders, der kommen und nach ihm suchen würde?»

Der Junge nickte wieder.

«Hat Damon dir gesagt, wer derjenige ist, der hier auftauchen würde?»

Der Junge schüttelte den Kopf. Sein Blick war unergründlich.

Garvie überlegte.

«*Weißt* du, wer es ist?»

Der Junge nickte. Mit derselben Ausdruckslosigkeit.

Garvie sagte: «Du bist höflich und hochintelligent. Woher weißt du, wer es ist?»

Der Junge nahm kurz den Daumen aus dem Mund und sagte: «Er war vorher schon mal da. Damon meinte, er würde wiederkommen.»

«Verstehe. Ist aber gar nicht wiedergekommen?»

Der Junge schüttelte den Kopf. Still, ohne dass sein Ausdruck sich veränderte, begann er zu weinen.

«Was ist denn jetzt?»

«Mochte den nicht.»

«Den Typen, der hier war? Hat er dir Angst gemacht? War er gemein?»

Der Junge schluckte, nickte und trocknete sich die Augen, während die Erinnerung schon verblasste.

«Nehme mal an, du weißt nicht, wie er heißt?»

Erneutes Kopfschütteln.

«Macht nichts. Du bist ein cleverer und interessanter Junge mit einer glänzenden Zukunft.»

Der Daumen flutschte aus dem Mund. «Warum?»

«Weil du meine nächste Frage beantworten wirst. Wie sah dieser Typ aus?»

Lange überlegte der Junge angestrengt, dann sagte er in einem Rutsch: «Kräftig, groß, dunkle Haare.»

Garvie dachte nach.

«Wie kurz waren seine Haare?»

Der Junge führte die Spitze seines Daumens und die des Zeigefingers dicht zusammen.

«Und hier?» Garvie berührte seine Oberlippe.

«Ganz viele.»

«Das ist also der Mann, für den Damon die Nachricht dagelassen hat?»

Der Junge nickte.

«Letzte Frage. War der Mann wütend auf Damon?»

Der Junge nickte energisch.

«Mir scheint, du bist wahrscheinlich das schlauste Kind deiner Generation. Wie heißt du?»

«Smith.»

«Gut. Das ist ein guter Name. Ich heiße auch Smith.»

Der Junge lächelte. Möglicherweise zum ersten Mal in seinem Leben. Er konnte es nicht sehr gut, aber es schien ihm zu gefallen. Dann machte er den Mund wieder zu, und die gewohnte Ausdruckslosigkeit kehrte zurück. Er war vielleicht der ärmste, der bedürftigste Mensch, dem Garvie je begegnet war.

Garvie sagte: «Du bist so ein guter Junge, ich möchte dir etwas schenken.»

Der Junge nickte. «Eine Zigarette.»

«Nein. Etwas anderes.»

«Was denn?»

Garvie zog seine Brieftasche aus der Jacke. Er entnahm ihr das dünne Silberkettchen, das immer noch schwach nach «Alien» von Mugler roch, und steckte es in seine Jackentasche zurück.

«Hier.» Er hielt dem Jungen die Brieftasche hin. «Die kannst du haben. Aufgrund von unvorhergesehenen Entwicklungen in meiner Karriereplanung brauche ich sie momentan nicht so dringend.»

Der Gesichtsausdruck des Jungen veränderte sich nicht. Er starrte die Brieftasche an wie ein Phänomen, das sich jeglichem Verständnis entzog.

«Das ist eine Brieftasche», sagte Garvie. «Die Person, die sie mir gegeben hat ... na, sagen wir, sie bedeutet mir viel.»

«Ist da lauter Geld drin?», fragte der Junge endlich.

«Um diesen Punkt kannst du dich selber kümmern», sagte Garvie. «Aber darum geht es nicht.»

«Worum geht es dann?»

«Es geht darum, dass jeder ab und zu mal was geschenkt kriegen muss.»

Der Junge fixierte Garvie mit seinem ewig gleichbleibenden Blick.

«Warum?», fragte er schließlich.

«Du bist heute wirklich scharfsinnig», sagte Garvie. «Denn das ist eine Frage, die ich schlicht und einfach nicht beantworten kann. Ich weiß nur, dass es so ist.»

Eine ganze Weile lang mühte sich der Junge, das Portemonnaie in der Tasche seiner ausgebeulten Hose unterzubringen, dann gab er den Versuch auf und hielt es, den Blick auf Garvie gerichtet, einfach fest in der Hand.

Garvie begann zu grinsen. Es war wohl ein ansteckendes Grinsen, denn der Junge machte es ihm nach, und so standen sie da und grinsten sich an.

36

Der Fernseher in der Café-Ecke unweit der Archiv- und Kommunikationsabteilung zeigte die Mittagsnachrichten. Ein oder zwei Uniformierte blickten auf, als ein Junge in abgewetzter schwarzer Lederjacke an ihnen vorbeikam, sichtlich fehl am Platz hier bei den hinteren Büros, aber er verschwand schnell im Treppenhaus und eilte an den Räumen der Leitungsebene vorbei ein Stockwerk nach oben. Smudge hatte im Empfangsbereich ein kleines Ablenkungsmanöver gestartet, und er wollte so viel Abstand wie möglich zwischen sich und den entstehenden Tumult bringen.

Oben angelangt, schlenderte er durch einen weiteren Flur, vorbei an Poststellen und Lagerräumen, bis er zu einer Tür kam, die kein Fenster besaß, dafür aber ein improvisiertes Pappschild mit der Aufschrift DI SINGH. Ohne anzuklopfen, betrat er den Raum. Und traf Detective Inspector Dowell hinter dem Schreibtisch an.

Ein Moment des Unbehagens für beide Beteiligten.

Keiner sagte etwas. Dowell schob mit der gesunden Hand die Schubladen zu und beugte sich vor, den Arm in der Schlinge auf die Schreibtischplatte gestützt. Seine Schweinsaugen schrumpften.

«Na, sieh mal einer an», sagte er schließlich. «Garvie Smith. Wolltest du ein kleines Schwätzchen mit deinem Spezi halten?»

«Bin auf der Suche nach meinem Onkel. Mir wurde gesagt, er ist hier.»

«Dein Onkel, klar. Der Mann, der sich um die Blutflecken kümmert. Ja, der versteht sich gut mit unserem jungen Raminder.»

Sie beäugten einander stumm.

«Jetzt aber Folgendes», sagte Dowell in sanft drohendem Ton. «Wir sind alle auf der Suche nach diesem Walsh.»

Garvie nickte. «Und ich soll Ihnen sagen, wo er ist?» Er senkte die Stimme, sodass Dowell sich instinktiv noch weiter vorbeugte.

Garvie sagte: «Irgendwo, wo Sie ihn nicht finden. Allerdings», fügte er hinzu, «arbeiten Sie auch unter erschwerten Bedingungen.»

Dowells Gesicht blieb unbewegt.

«Wenn man dumm ist», sagte Garvie, «wird alles schwerer. Ich glaube, Smudge wird ihn eher finden.»

Jetzt kam doch Bewegung in das Gesicht des Polizisten, die ganze Muskulatur schien in Wallung zu geraten. Der Blick senkte sich ein wenig.

«Was hast du in deinen Taschen, mein Junge?»

«Nichts Besonderes.»

«Leg doch mal alles hier auf den Schreibtisch.»

Garvie zögerte. «Bräuchten Sie nicht eine richterliche Anordnung, um meine Taschen zu durchsuchen?»

Dowell stand auf. Er war kein Riese, aber doch groß genug.

Garvie legte den Inhalt seiner Taschen auf den Schreibtisch.

Billiges Einwegfeuerzeug. Packung Benson & Hedges.

Dünne, leicht duftende Silberkette. Ein einfach gefaltetes Blatt Papier mit einer Mitteilung auf der Innenseite: **LASS MICH IN RUHE. ICH WARNE DICH DRÄNG MICH NICHT MANN. ICH KANN NICHTS DAFÜR.**

Dowell sagte nichts. Er griff nach dem Papier und steckte es ungelesen in die Brusttasche seiner Jacke. Ein leises Lächeln umspielte seine Lippen. Wie ein Bulle stieß er den Kopf nach vorn und starrte Garvie für einen Moment an. Dann verließ er das Zimmer.

Ein Stockwerk darunter stand Singh schweigend vor dem Schreibtisch des Polizeichefs.

«Es geht darum, den Dienstweg einzuhalten», sagte der Chef schließlich.

«Ja, Sir. Allerdings ist die Meldung jetzt offiziell veröffentlicht.»

«Die Regeln haben ihren guten Zweck», ging der Chef über den Einwand hinweg. «Ein guter Verteidiger haut Ihnen eine Klage um die Ohren, wenn sich herausstellt, dass Sie wichtige Informationen zunächst inoffiziell erhalten haben.» Er sah Singh mit dem üblichen starren Blick der Missbilligung an. «Monatelange teure Polizeiarbeit vergeudet.»

«Ich verstehe, Sir.»

Das Schweigen zog sich noch länger hin als gewohnt.

Der Chef sagte leise: «Wir verlassen uns nicht auf inoffizielle Quellen. Und niemals», sagte er sogar noch leiser, «teilen wir unsere Informationen mit Drittpersonen.»

Singh zögerte. «Nein, Sir.»

Der Chef fixierte ihn. «Früher mal, Inspektor, waren Sie ...» – er suchte nach der rechten Formulierung – «geradezu ein Pedant, was die Regeln betrifft. Das war das Geheimnis Ihres Erfolges, könnte man sagen. An dem es in letzter Zeit leider gefehlt hat.»

Der Chef sinnierte noch ein Weilchen weiter, dann nickte er und beugte sich über seine Akten, als hätte Singh das Büro bereits verlassen.

Während Singh durch das Großraumbüro zur Treppe ging und ein Stockwerk höher stieg, dachte er nach. Die Warnung des Chefs war unmissverständlich gewesen: Er wusste von Singhs Unterhaltungen mit Paul Tanner, schlimmer noch, er hatte womöglich auch von seinem unorthodoxen Umgang mit Garvie Smith gehört. Der Gedanke weckte böse Vorahnungen in ihm. Er war allzu nachlässig geworden, er musste wieder mehr auf Disziplin achten. Niemand durfte etwas über seine Verbindung mit Garvie wissen. Sie musste absolut geheim bleiben.

Er ging in sein Büro, und dort in seinem Stuhl fläzte sich Garvie, die Füße auf den Schreibtisch gelegt, eine Zigarette zwischen den Fingern.

«Glauben Sie, dass ich gut mit Leuten kann?», fragte Garvie. «Jetzt mal ganz ehrlich.»

Singh fand seine Sprache wieder und brachte ein heiseres Flüstern zustande: «Was zum Teufel machst du hier?»

Hastig schloss er die Tür hinter sich.

«Ihnen unter die Arme greifen. Ist es nicht das, was Sie wollten?»

«Ich meine, was machst du *in meinem Büro*? Man wird dich sehen.»

«Sie meinen, Leute wie Dowell? Ja, mit dem habe ich gerade ein bisschen geplaudert. Irgendwie muss ich ihm aber auf den Schlips getreten sein. Smudge hat recht, wissen Sie, ich muss an meinen Umgangsformen arbeiten.»

«Geplaudert? Mit Dowell? *Hier?* O mein Gott.» Singh traten kurzzeitig die Augen aus den Höhlen, und er stöhnte gequält auf.

«Ich meine, ich weiß ja, dass ich und er nie dicke Freunde werden – aber ich fand es echt übel, dass er mir Damons Mitteilung abgenommen hat.»

Singhs Gesichtszüge begannen erneut zu entgleisen, erstarrten aber mittendrin.

«Wovon redest du, ‹Damons Mitteilung›?»

«Hatte ich extra für Sie mitgebracht. Als Geschenk. Aber Dowell hat sie sich gegriffen. Und das Schräge daran ist» – er machte eine nachdenkliche Pause –, «dass er anscheinend wusste, dass ich sie dabeihatte.»

Singh hatte größte Mühe, sich zu beherrschen. «All das ist gar nicht gut, Garvie.»

«Ich weiß. Und am wenigsten meine Umgangsformen.»

«Okay, okay. Bleiben wir ganz ruhig.» Singh machte beschwichtigende Bewegungen mit den Armen, was umso kurioser wirkte, als Garvie die Ruhe selbst war.

Ein paar Augenblicke vergingen.

«Okay.» Singh hatte sich wieder beruhigt. «Jetzt mal langsam, was hat es mit dieser Mitteilung auf sich?»

Garvie berichtete.

Singh nahm sich Zeit zum Überlegen. «Und du meinst, sie war für Joel Watkins gedacht?»

«Der Junge hat Joel genau beschrieben, aufs Haar genau sogar. Der Schreckensmann.»

«Also. Joel war hinter Damon her. Es scheint, dass er ihn für irgendetwas verantwortlich machte. Und Damon schrieb an Joel, dass es nicht seine Schuld ist und er ihn in Ruhe lassen soll – sonst würde etwas passieren.»

«Genau.»

Singh faltete die Hände auf der Schreibtischplatte. «Ich habe noch ein bisschen zu Joel recherchiert. War in seiner Wohnung in Tick Hill. Eine seltsame Unterkunft. Fast ohne Möbel. Dafür jede Menge Geräte für Krafttraining. Und eine sehr teure Alarmanlage.»

Garvie sagte: «Interessant. Joel hat ständig den Job gewechselt, war aber nie mit der Miete im Rückstand.»

Singh nickte. «Seine Ausgaben überstiegen häufig sein Einkommen. Wir haben unsere Finanzexperten darauf angesetzt. Meine Vermutung ist, dass er über Konten verfügte, von denen wir noch nichts wissen.»

Beide dachten schweigend nach.

Garvie sagte: «Und Sie sind sicher, dass Joel und Damon zusammen in dieser Maßnahme waren? Wer ist der Typ, von dem Sie das haben?»

«Sein Name ist Paul Tanner, lebt draußen in Childswell. Er war früher in der Jugendarbeit tätig und kannte sowohl Damon als auch Joel. Eigentlich wollte er es mir gar nicht erzählen, er versucht Damon zu schützen. Gut möglich, dass er noch Kontakt zu ihm hat. Joel mochte er nicht.

Aber wie auch immer, die Info wurde soeben offiziell bestätigt.»

Nach kurzer Pause fuhr Singh sinnend fort. «Joel und Damon. Haben sich mal sehr nahegestanden. ‹Seelenverwandte›, dachte Damon. Dann haben sie sich entzweit. Die Frage ist, warum?»

«Aber die eigentliche Frage ist, *warum so wütend*? Joel hat den Jungen zu Tode erschreckt, als er auf der Suche nach Damon dort auftauchte. Er war stinksauer auf ihn.»

Singh nickte. «Joel hat Damon für irgendetwas die Schuld gegeben. Dafür, dass er bei One Shot gefeuert wurde?»

«Nein, Damon hatte nichts zu tun mit –»

Er verstummte.

«Garvie?»

Der Junge warf ihm einen zerstreuten Blick zu. «Ich muss los.» Er hielt inne. «Ist doch komisch, wie leicht man immer das Offensichtliche übersieht.»

«Was meinst du damit?»

«Folgen. Wenn immer wieder dieselben Zahlen auftauchen. Pascals Dreieck, Sie wissen schon. Das Problem ist, man glaubt, sie würden jeweils auch immer das Gleiche bedeuten. Tun sie aber nicht. Dieselbe Zahl, anderer Wert.»

An der Tür wandte er sich noch einmal um. «Übrigens, eins noch. Sie können Dowell nicht trauen.»

«Das weiß ich. Mach dir keine Sorgen.»

«Sie sind es, der sich Sorgen machen sollte. Er war an Ihren Schreibtischschubladen zugange, hatte ich das erwähnt?»

Singh runzelte die Stirn.

Garvie fuhr fort: «Und wenn ich sage, Sie können ihm

nicht trauen, dann ist das nicht nur so dahergesagt. Ich meine, seien Sie vorsichtig! Ganz im Ernst.»

«Es wäre hilfreich», rief Singh, «wenn du nicht herkommen und mit ihm plaudern würdest.»

Doch Garvie war schon draußen im Flur. Im Gehen zückte er sein Handy.

Sie ging nach dem ersten Klingeln ran, als hätte sie nur auf seinen Anruf gewartet.

Er sagte: «Hast du ein paar vornehme Klamotten in Griffweite?»

«Verstehe nicht.»

«Was anderes als das rebellische Goth-Punk-Outfit, das du sonst trägst.»

«Ich meine, ich versteh nicht, wozu ich vornehme Klamotten brauche.»

«Weil du nicht in den Laden reinkommst, wo wir hingehen, wenn du nicht entsprechend gekleidet bist.»

«Und das ist wo?»

«Wir treffen uns um zehn vor der Bowlinghalle in The Wicker.»

«In der Bowlinghalle brauche ich keine vornehmen Klamotten.»

«Wer sagt, dass wir in die Bowlinghalle gehen?»

Sie hatte gerade angefangen, die Frage zu formulieren, wo es denn stattdessen hingehen solle, als sie merkte, dass er schon aufgelegt hatte, und so hielt sie nur seufzend ihr Handy in der Hand.

Singh in seinem Büro seufzte ebenfalls. Er dachte an Joel Watkins und dessen Wut und dann an Damon Walsh und dessen Angst. Und er fragte sich erneut, was Paul Tanner noch darüber wissen mochte.

Er griff zum Telefon.

«Hier ist Detective Inspector Singh. «Ich würde gern vorbeikommen und mich noch einmal mit Ihnen unterhalten.»

Nach einigem Zögern sagte Tanner mit unsicherer Stimme: «Ja. Eigentlich wollte ich mich sowieso bei Ihnen melden.»

«Weswegen?»

Wieder eine Pause. «Es ist was passiert.»

«Was ist passiert?»

«Ich hätte wohl eher Bescheid geben sollen», sagte Tanner. «Kommen Sie am besten her. Aber Sie müssen sich beeilen.»

37

Singh saß Paul Tanner in dessen hell erleuchtetem Wohnzimmer gegenüber.

«Warum haben Sie mich nicht eher verständigt?»

Tanners Blick war ausweichend.

Singh sagte: «Ich hatte Sie ausdrücklich gebeten, mich sofort zu kontaktieren, falls Damon sich bei Ihnen meldet.»

Tanner rieb sich übers Gesicht. «Offen gestanden, wollte ich Ihnen zuerst eigentlich gar nichts sagen. Es hat einen Grund, warum Damon der Polizei nicht traut. Als Sie ihn das letzte Mal auf dem Kieker hatten, ist er im Gefängnis gelandet, und das war die Hölle für ihn, hätte ihn fast zerstört.»

«Ich verstehe», sagte Singh. «Aber um zu vermeiden, dass so etwas wieder passiert, muss Damon sich jetzt stellen und mit uns reden. Nun, wie auch immer, erzählen Sie, was passiert ist.»

Tanner begann zu berichten. Tags zuvor hatte Damon ihn angerufen. Die übliche Geschichte: Er brauchte Geld.

«Wofür?»

«Ein Telefon», sagte Tanner. «Hab ihm erst nicht geglaubt. Dachte, er wollte eher was, das ihn beruhigt, Gras oder was auch immer. Aber als ich sagte, na schön, ich geb dir kein Geld, sondern kauf dir das Handy, meinte er, ja, toll, bis dann.»

«Sie wollen ihm also ein Handy kaufen. Und dann?»

Tanner schluckte. «Na ja, ich hab es schon gekauft.»

«Was?»

Er hatte das Handy gekauft und es, wie von Damon erbeten, in einer Lagerbox in der Nähe des Bahnhofs deponiert.

«Dann hat er es vielleicht schon abgeholt?»

«Nein, ich habe gerade dort angerufen. Das Paket ist noch da. Aber, ja, Damon hat den Code, er könnte jeden Moment auftauchen.»

Singh war bereits auf den Beinen.

«Okay. Schnell die Details, bitte.»

Auch Tanner war aufgesprungen. «Na schön. Aber hören Sie. Ich möchte nicht, dass Damon etwas passiert.»

Singh erwiderte zornig: «Sie haben gerade zugegeben, einen Verdächtigen unterstützt und begünstigt zu haben. Sie können froh sein, wenn Sie nicht wegen Justizbehinderung angeklagt werden.»

Tanners Züge verhärteten sich. «Ich pass nur auf Damon auf, ja? Er hat sonst niemanden, der das tut. Ich mache Sie für seine Sicherheit verantwortlich.»

Fast hätte Singh die Beherrschung verloren. Aber nur fast.

«Die Details», sagte er. «Schnell, bitte.»

●

Der Souvenir-Shop war einer in einer langen Reihe von Läden zwischen einem Halal-Restaurant und einem Solarium gegenüber vom Fußgängerdurchgang zum Bahnhof. Es war mitten am Nachmittag, es herrschte Hochbetrieb, die Gehsteige voller Menschen, die Straße verstopft von schleichenden Autos, Taxis, Bussen und Lastwagen, alle von der Sonne beschienen. Hier schlug das öffentliche Herz der Stadt, dies war die natürliche Umgebung von Reisenden und Verkäufern aller Art, von jungen Rucksacktouristen, Müßiggängern mit Sonnenbrillen und Bettlern mit ihren Pappschildern und dünnen Stimmen. Die Luft war durchdrungen vom Lärm des Verkehrs und des allgegenwärtigen Geplappers. Alles bewegte sich, gemächlich, aber unablässig.

Gekleidet in schwarze Jeans, eine Reißverschluss-Fleecejacke und einen schwarzen, oben zusammengeknoteten Seidenturban, war auch Singh in Bewegung, wechselte alle paar Minuten den Standort, blieb aber immer auf der Bahnhofsseite. Um 14 Uhr war er eingetroffen, jetzt war es 15 Uhr 30. Damon hatte sich noch nicht blicken lassen.

Um 16 Uhr stand er, eine Zeitschrift in der Hand, zwischen einigen Rauchern am Bahnhofseingang.

Um 17 Uhr schob er sich weiter die Straße entlang und begutachtete systematisch die Schaufenster der Läden, die Bagels, Versicherungen, Postkarten, Brathühner, Geld, Haarteile und Krimskrams verkauften.

Um 18 Uhr, als der Betrieb abnahm, saß er am Eckfenster eines Coffeeshops.

Zweimal rief er Paul Tanner an. Damon hatte sich nicht wieder gemeldet. Das Paket lag weiter an Ort und Stelle.

Schließlich dämmerte der Nachmittag in den Abend hinüber, die Läden schalteten die Beleuchtung ein, und um 21 Uhr 30 war der Himmel über dem bescheidenen Geglitzer der Straße stockdunkel.

Singh rief noch einmal Tanner an.

«Vielleicht hat er Sie gesehen», sagte Tanner.

«Nein», sagte Singh mit monotoner Stimme. «Er hat mich nicht gesehen.»

Er legte auf, und gerade war er dabei, das Handy wegzustecken, da sah er ihn, Damon Walsh, den Unberechenbaren, wie ein Aal wand er sich zwischen den Passanten hindurch auf den Souvenir-Shop zu. Er trug denselben kastanienbraunen Kapuzenpullover wie an dem Tag, als Singh ihn befragt hatte, bewegte sich mit gesenktem Kopf schnell und steifbeinig vorwärts, stieß die Ladentür auf und verschwand im Innern.

Singh ging vom Bahnhofseingang über die Straße, nahm vor dem Halal-Restaurant Aufstellung und wartete.

Einige Minuten vergingen, er hielt sich bereit.

Weitere Minuten vergingen.

Er versuchte durch das Schaufenster des Souvenir-Shops zu spähen, doch die Sicht war von Regalen mit Plaketten und Autoaufklebern verstellt. Jetzt war rasches Handeln gefragt. Kurzentschlossen betrat er den Laden.

Das Erste, was er sah, waren die Füße des Ladeninhabers, der neben dem Tresen auf dem Boden lag. Mit einem leisen Fluch auf den Lippen sprang er über den Mann hinweg zu einer Tür am Ende des Ganges und durch die Tür in einen abgeknickten Flur, in dem sich Pappkartons stapelten. Hinter der Ecke führte ein weiterer, kürzerer Flur zu einer Tür. Die Tür stand offen. Davor stand Damon und hantierte mit einem Paket.

«Damon!»

Ohne auch nur den Kopf zu wenden, flüchtete Damon. Mit wild ausschlagenden Armen und Beinen sprintete er über einen Hinterhof, setzte über einen Stacheldrahtzaun und sprang auf die Straße, mitten hinein in einen Pulk von Passanten, die auseinanderstoben. Singh rannte hinterher.

«Damon!», rief er noch einmal.

Auf dem Gehsteig angelangt, sah er ihn über die Straße laufen. Ohne auf den Verkehr zu achten, stürmte Damon wie von Furien gehetzt auf den Bahnhofseingang zu. Ein Bus glitt vorbei und nahm Singh für einige Sekunden die Sicht. Als er endlich die Straße überquert hatte, war Damon nicht mehr zu sehen. Singh rannte den kurzen, abschüssigen Durchgang hinunter und blieb dann keuchend stehen, um die vor ihm liegende Wartehalle abzusuchen. Selbst um diese Zeit war sie noch voller Pendler, die einfach nur träge herumstanden wie eine Kuhherde. Es war eine Szene, an der nichts Ungewöhnliches zu beobachten war.

Dann, ganz kurz, blitzte etwas Kastanienbraunes zwischen der Ecke eines Kiosks und der Spitze eines Zuges auf, der an einem entfernten Bahnsteig hielt.

Singh setzte sich in Bewegung.

Tänzelnd, mehr oder weniger auf Zehenspitzen, schlängelte er sich durch die Menge und sah gerade noch, wie Damon am Ende des Bahnsteigs vom Treppenaufgang auf die Brücke bog, die die Gleise überquerte. Singh konzentrierte sich. Ging, wie die Sikh-Meister es lehrten, völlig auf in seiner Anstrengung. *Wurde eins* mit seinem Lauf.

Immer drei Stufen auf einmal nehmend, stürmte er die Treppe hinauf und dann über die Brücke, übersprang die Sperre an deren Ende, rannte über den Verbindungsgang, vorbei am Taxistand, hinaus auf die Straße, wo er sich umblickte.

Aber Damon war verschwunden.

Singh wandte sich in alle Richtungen, aber keine Spur von dem jungen Mann. Die Hände auf die Knie gestützt, blieb er keuchend stehen, während Reisende achtlos an ihm vorbeiströmten. Es dauerte etwas, bis er wieder zu Atem kam. Es war 22 Uhr. Endlich drehte er sich um und machte sich grimmig auf den Weg zurück zum Souvenir-Shop.

Und im selben Augenblick sah er, wie Damon um die Ecke in den Bahnhof zurückschlich.

Noch einmal nahm er die Beine in die Hand, stürmte um die Ecke und warf sich, noch vor der Sperre, mit voller Wucht auf ihn. Sie rollten, während die Passanten aufschreiend zur Seite sprangen, zusammen über den Betonboden, bis sie von einer niedrigen Mauer aufgehalten wurden, und als er seinen Unterarm auf Damons Kehle drückte und dessen Kapuze zurückrutschte, erkannte Singh zu seinem Entsetzen und seiner großen Verwirrung, dass es gar nicht Damon war.

38

Um zehn Uhr abends, knapp einen Kilometer vom Bahnhof entfernt, standen Garvie und Amy vor der Bowlinghalle gegenüber vom Kasino «Imperium».

Er hatte ihr von Damons Mitteilung an Joel erzählt. Aber er hatte ihr nicht erklärt, warum sie hier waren.

Das Nachtleben rund um The Wicker nahm Fahrt auf, lärmende Gruppen von Männern und Frauen zogen feierwütig durch die Straße, Clubgänger und Trinker, Junggesellinnenabschiede, Sporttypen, Barhopper, Tanzwütige und Freaks in wilden Kostümierungen, alle damit beschäftigt, ihr jeweiliges Territorium abzustecken und sich auf die Clubs und Bars zu verteilen.

Garvie trug das ganz in Schwarz gehaltene Outfit des männlichen Personals im Imperium: schwarze Hose, schwarzes Hemd, schwarze Weste, schwarze Fliege.

Amy stand selbstsicher und elegant auf grauen Samtpumps mit Quastenriemchen, ihr knielanges Bodycon-Kleid aus grauem Stretchstoff ließ eine Schulter frei, das Täschchen, das sie in der Hand hielt, war Ton in Ton. Das Kleid als figurbetont zu bezeichnen, wäre eine lächerliche Untertreibung gewesen, so als würde man eine gewaltige Explosion in unmittelbarer Nähe als «etwas ungemütlich» charakterisieren. Es schien ihr wahrhaftig direkt auf den Körper gesprayt worden zu sein.

Sie nahmen einander prüfend in Augenschein.

«Simona Roche», sagte sie, «falls es dich interessiert.»

Garvie spürte, wie er zu schwitzen begann. «Ich wollte eigentlich nicht wissen, von wem du es geliehen hast. Ich wollte nur fragen, ob es legal ist.»

«Erfüllt es seinen Zweck?», fragte sie.

«O ja.» Er schluckte. «Das tut es.»

«Gut. Dann kannst du mir das Ganze ja vielleicht mal erklären. Endlich.»

Er erklärte es ihr. Es war recht simpel. Zusammengefasst: Joel Watkins war Mr. Wüterich. Er war wütend, weil irgendwer dafür gesorgt hatte, dass er gefeuert worden war.

Amy sagte: «Aber er ist nicht wegen jemand anders entlassen worden. PJ hat es doch erzählt. Joel hat das in seiner Wut nur vorgeschoben. Er ist beim Klauen erwischt worden.»

«Richtig. Bei *One Shot* ist er nicht wegen jemand anders gefeuert worden.»

Er sah ihr zu, wie sie überlegte.

«Du meinst, jemand war schuld, dass er woanders gefeuert wurde?»

«Ein paar Tage bevor er bei One Shot rausflog, wurde er beim Imperium gefeuert. Singh hat es erwähnt. Joel wurde ständig gekündigt; es ist, als würde immer wieder dieselbe Zahl in einer Folge auftauchen. PJ hörte ihn darüber mosern, dass er wegen irgendwem gefeuert worden sei, und nahm natürlich an, dass es ums One Shot ging. Aber vielleicht hat er sich über jemanden aufgeregt, der ihn aus dem *Imperium* gekegelt hat.»

Sie blickte zu dem Kasino hinüber. «Wir gehen also da rein, um rauszufinden, was passiert ist.»

«Ganz genau.»

«Aber was hat das alles mit Damon zu tun?»

«Weiß ich noch nicht. Aber Damon ist öfters mal hier gewesen, an den Spielautomaten. Hat er mir selbst erzählt.»

«Okay», sagte sie schließlich. «Aber wie erklärst du deinen Aufzug?»

Sie streckte die Hand aus, um seinen Kragen glatt zu streichen, und fuhr mit den Fingern an der Knopfleiste seines Hemds entlang.

«Hab ich mir von einem Freund ausgeliehen. Er jobbt hier im Büro. Kann ich mich unauffälliger bewegen. Bin von früher nicht ganz unbekannt hier. Aber so zieh ich keine Aufmerksamkeit auf mich. Obwohl ich nicht weiß, ob das jetzt überhaupt noch nötig ist.»

«Warum?»

«Es wird eh niemand auf mich achten.» Er sah sie kurz an, dann fuhr er fort: «Alle werden nur dich anstarren.»

Es folgte ein Austausch von Blicken, der durch das Klingeln von Garvies Handy unterbrochen wurde. Er hielt es, ohne aufs Display zu gucken, ans Ohr, meldete sich mit «Was?» und trat ein Stück beiseite.

Amy musterte derweil das Kasino, das in weichen Blau- und Grüntönen leuchtete wie ein Aquarium. Künstliche Säulen flankierten den Eingang, und davor standen zwei überdimensionierte Türsteher, die zum Smoking und zur schwarzen Fliege den leeren Gesichtsausdruck von Menschen trugen, denen Gewalt zur zweiten Natur geworden ist. Ein großes Schild verkündete in ungewöhnlich greller Schrift DAS LEBEN IST EIN SPIEL – LASS DIE WÜRFEL ROLLEN. Ein sehr viel kleineres, aber im gleichen forschen Stil gehaltenes Schild mahnte: SETZE NIE MEHR EIN, ALS DU DIR ZU VERLIEREN LEISTEN KANNST.

Als Garvie sein Telefonat beendet hatte, wirkte er unergründlicher denn je.

«Was ist los?»

Er erzählte, was Singh ihm berichtet hatte: von der Falle, die Damon gestellt worden war, der Verfolgungsjagd und deren ergebnislosem Ende. Damon lief nach wie vor frei herum.

Amy sagte: «Er wird in Panik sein, total verzweifelt.»

«Ja. Und vielleicht kurz davor durchzudrehen.»

Beide dachten sie über diese Möglichkeit nach.

«Ich frage mich, was er mit dem neuen Handy wollte», sagte Garvie.

Amy zuckte die Achseln. «Hat Singh sonst noch etwas gesagt?»

Singhs Mitarbeiter hatten ein geheimes Konto aufgespürt, das Joel Watkins gehörte. Nichts Besonderes, aber lauter unregelmäßige Einzahlungen in mittlerer Größe, etwa eine pro Monat.

«Unerwartet.»

«Eigentlich nicht so sehr. Singh braucht nur einen Freund in seiner Truppe, der sich mit Autodiebstählen auskennt. Da werden sie fündig werden. Wichtig ist, dass wir rausfinden, was da los war, als Joel vom Kasino gefeuert wurde. Übrigens, bevor wir loslegen, es gibt da so einen Typen.»

«Was für ein Typ?»

«Die Sorte mit krummen Beinen, irrem Blick und verschwitztem Gesicht. Geschäftsführer und Sohn des Besitzers. Darren Winder. Du erkennst ihn, wenn du ihn siehst.

Wäre besser, wenn wir ihm nicht über den Weg laufen würden.»

«Gefährlich?»

«Nur ein bisschen nervig. Bist du trotzdem noch dabei?»

«Das lass ich mir auf keinen Fall entgehen.»

«Okay, du gehst zuerst.»

«Hattest du einen Plan, oder soll ich uns reinmogeln?»

«Lass uns einfach sehen, was passiert.»

«Das ist immer die interessanteste Methode, richtig?»

Sie sahen sich an, und es war, als würden ein paar Funken zwischen ihnen hin und her springen. Sie lächelte ihm noch einmal zu, dann schritt sie leichtfüßig über die Straße und steuerte die pseudorömische Vorderfront des Imperiums an, seine geriffelten Säulen und die untersetzten Türsteher.

Garvie blickte ihr nach und wartete. Angefangen bei 4181, zählte er, nicht übermäßig langsam, die Fibunacci-Folge rückwärts herunter – 4181, 2584, 1597, 987, 610, 377, 233, 144, 89, 55, 34, 21, 13, 8, 5, 3, 2, 1, 1, 0 –, dann trottete er ihr hinterher. Als er den Eingang erreichte, war sie bereits im Gespräch mit einem der Türsteher. Der Mann machte Stielaugen und schien ihr die Worte weniger von den Lippen als von ihrem ganzen Körper abzulesen. Von Garvies Ankunft abgelenkt, streckte er die Hand aus wie ein Verkehrspolizist.

«War kurz unterwegs, um Mr. Winders Tabletten aus der Nachtapotheke zu holen», sagte Garvie. Er warf einen Blick auf Amy, stutzte demonstrativ und flüsterte dem Türsteher zu: «Simona Roche – aus dem Fernsehen», dann ging er an ihm vorbei.

Kurz darauf folgte ihm Amy durch die Tür. «Ich bin auch allein schon ganz gut zurechtgekommen», sagte sie angesäuert.

«Hab ich gesehen. Aber wenn du ihn völlig zu Stein verwandelt hättest, hätte es Aufsehen gegeben.»

«Und was jetzt?»

Die Vorhalle, in der sie sich befanden, war ein tiefergelegter, wie ein kleines Amphitheater eingerichteter Kreis mit zahlreichen Nischen, in denen efeubekränzte nackte Statuetten aus Gips standen, sowie einem Mosaikboden, der Neptun, den Gott des Meeres, zeigte, wie er einigen nur leicht widerstrebenden Nymphen ein paar nützliche Ringergriffe demonstrierte. Durch einen schwach erleuchteten Gang drangen die Geräusche der einarmigen Banditen herüber. Dahinter, in geschmackvoll gedämpftem Licht, war eine Ecke der Cocktailbar und der Eingang zum Restaurant zu erkennen, und dahinter wiederum die Spieltische, um die sich kleine Gruppen von Besuchern scharten, die Mühe hatten, sich in ihrer schicken Ausgehkleidung halbwegs ungezwungen zu bewegen.

«Viel Glück», sagte Garvie.

«Wohin gehst du jetzt?»

«Ins Büro.»

«Um was zu tun?»

«Erkenntnisse sammeln.»

«Okay. In der Zwischenzeit mache ich hier das Gleiche.»

Er nickte. «Sollten aber lieber nicht zu lange bleiben. Sagen wir, in einer halben Stunde Treffen auf dem Parkplatz auf der Rückseite?»

«Abgemacht.»

Er drehte sich um und verschwand durch eine Tür NUR FÜR PERSONAL, die Amy gar nicht bemerkt hatte, während sie sich unter die Leute mischte, sich umschaute und lauschte. Aus etlichen Lautsprechern rieselten Leierklänge, Marke römische Antike, untermalt vom Klappern der Spielautomaten, vom Stimmengewirr aus Restaurant und Bar und von der in Abständen plötzlich einsetzenden Stille um den Roulettetisch, wenn alle Beteiligten den Atem anzuhalten schienen. Alle Croupièren und alle Kellnerinnen trugen kurze weiße Togen und einen antiken römischen Namen auf urnenförmigen Schildern: «Olivia», «Fulvia», «Messalina».

«Livia Drusilla» bot Amy ein Glas Sekt an. Sie war ein munteres Mädchen mit Hakennase und einem freundlichen Lächeln.

«Danke. Welche Spiele würdest du empfehlen?»

«Kommt auf deine Vorlieben an. Warst du noch nicht hier?»

«Noch nie. Einer meiner Cousins hat hier gearbeitet. Kein sehr netter Mensch. Hat mich abgeschreckt, muss ich ehrlich sagen.»

«Wer war denn das?»

«Sein Name ist Joel Watkins.»

Livia Drusilla hätte beinahe ihr Tablett fallen lassen.

«Du bist seine Cousine?»

«Sind praktisch zusammen aufgewachsen.»

«Im Ernst? Hier reden sie noch alle über ihn. Du weißt schon, seit... Keiner weiß, was eigentlich passiert ist. Aber er war...»

Amy nickte. «Keine Sorge. Ich weiß, was er für einer war.»

Livia Drusilla hatte inzwischen jegliches Interesse an ihrem Tablett mit Getränken verloren. Wahrscheinlich merkte sie gar nicht, dass sie es noch in Händen hielt. Ihre strahlenden Augen waren fest auf Amy gerichtet.

«Ehrlich», sagte Amy. «Ich könnte dir Sachen über ihn erzählen, die glaubst du nicht. Wenn wir Zeit dafür hätten.»

«In fünfzehn Minuten hab ich Pause», sagte Livia Drusilla, ohne zu zögern. «Wir könnten uns hinten im Restaurant treffen. Bei einem weiteren Drink aufs Haus?»

Amy nickte. «Ist gut. Wir können Geschichten über Joel austauschen, und dann sagst du mir, welcher Spieltisch sich am meisten lohnt.»

●

Unterdessen ging Garvie durch einen Korridor, der sich kreisförmig um den Publikumsbereich herumzog. Hier war es ruhig, alles war einfach und schlicht gehalten. Keine römischen Motive. Er war schon einmal hier gewesen. Die Nüchternheit der Einrichtung wurde nur durchbrochen von einem mit langflorigem Teppich ausgelegten Treppenaufgang, der, wie er wusste, zu Winders Privatsuite führte. Er ging daran vorbei und überprüfte die Namen an den Türen, die in regelmäßigen Abständen auf der rechten Seite auftauchten – Buchhaltung, Konferenz, Mitgliederservice, Lizenzen. Einige der Türen probierte er aus. Sie waren verschlossen. Die Arbeit, die dort erledigt wurde, fand offensichtlich tagsüber statt. Aber auch während der Öffnungszeiten des Kasinos musste es ein Backoffice geben, das diesem zuarbeitete. Irgendwo. Schließlich gelangte er zu einer kleinen Lounge mit allerlei Sofas und Pflanzen, wo er Platz nahm, um sich auszuruhen und nachzudenken.

Als er Schritte hörte, drückte er seine Zigarette in einem Pflanzentopf aus und ging geschäftig durch den Korridor, bis er auf eine Frau mittleren Alters in einem schwarzen Kostüm traf, die ihm mit strengem Blick entgegenkam.

«'tschuldigung», sagte er.

«Ja.» Sie rückte ihre Brille zurecht.

«Ich suche das Büro. Mr. Winder hat mich gebeten, was für ihn zu holen.»

Sie musterte ihn skeptisch.

«Du weißt nicht, wo es ist?»

«Bin den ersten Abend hier. Komme von der Zeitarbeitsfirma.»

«Welcher Firma?»

«Office Angels. Vertretung für Dani Middleton. Ihm geht's nicht gut.»

«Schon wieder! Also, dieser Junge!» Sie drehte sich um und zeigte den Flur entlang. «Das Abendbüro ist in der Richtung, am Schalter-Service vorbei.» Sie blickte sich schnüffelnd um.

Garvie sagte rasch: «Mir war, als hätte ich Zigarettenrauch gerochen. Da hinten.»

«Wo hinten?»

«Bei der Treppe.»

«Mr. Winders Treppe?» Sie schnalzte mit der Zunge. «Zu mir hat er gesagt, er hätte aufgehört. Ich werde ihn noch mal drauf ansprechen», sagte sie mehr für sich. Dann fasste sie Garvie ins Auge. «Was möchte Mr. Winder denn aus dem Büro haben?»

«Personalakte.»

«Da musst du Janet fragen. Die hilft dir weiter.»

«Danke.»

«Steck dein Hemd in die Hose. Und beeil dich. Du solltest ihn nicht warten lassen.»

Der Bereich des Schalter-Services war abgedunkelt, nur die Umrisse von Schreibtischen waren zu sehen. Am hinteren Ende befand sich eine Tür mit der Aufschrift NACHTBÜRO, umrahmt von einem gelben Lichtkranz.

Garvie klopfte und trat ein.

Es war ein fensterloser quadratischer Raum, in dem drei mit dem üblichen Zubehör beladene Schreibtische standen und ungefähr zwanzig altmodische Aktenschränke, die wie Spielautomaten an den Wänden aufgereiht waren. Zwei Frauen, die an den nächstgelegenen Schreibtischen saßen, drehten sich um und sahen Garvie interessiert an. Eine hatte einen grauen Bubikopf, die andere trug eine braune Strickjacke.

«Janet?», sagte Garvie.

Bubikopf sagte zu Strickjacke: «Die werden immer jünger, oder?»

«Und hübscher», sagte Strickjacke.

Sie beäugten ihn wohlgefällig, während er von einer zur anderen blickte.

«Rat doch mal, Schätzchen», sagte Strickjacke. «Welche von uns ist Janet?»

Garvie zeigte auf Bubikopf, die verschmitzt lächelte. «Warum denn ich?»

«Sie sehen eben einfach danach aus. Irgendwie janetmäßig.»

«Ach ja?»
«Jep. Klug. Modisch. Gutaussehend.»
Sie errötete.
«Außerdem», sagte Garvie, «steht Ihr Name in der E-Mail auf Ihrem Bildschirm.»
Sie lachte. «Also gut, was kann ich für dich tun?»
«Mr. Winder schickt mich, um eine Personalakte zu holen.»
«Wessen Akte?»
Er zog einen Zettel aus der Hosentasche und las ab: «Joel Watkiss. Watkins. Arbeitet nicht mehr hier, glaube ich.»
«Arbeitet nirgends mehr», sagte Janet. «Und niemand vergießt Tränen deswegen.» Sie nickte der braunen Strickjacke zu, die einen Aktenschrank neben ihrem Schreibtisch öffnete, ihm eine altmodische braune Aktenmappe entnahm und sie Janet reichte.
«Bitte sehr», sagte diese zu Garvie. «Gehört bestimmt zur unendlichen Joel-Watkins-Geschichte. Diese Akte ist in der vergangenen Woche bestimmt ein Dutzend Mal über Mr. Winders Schreibtisch gegangen.»
«Echt?», sagte Garvie. «Warum?»
Janet musterte ihn kühl. «Was du nicht weißt, macht dich nicht heiß», sagte sie. «So, deine Akte hast du. Sieh zu, dass du sie Mr. Winder bringst. Steck dein Hemd in die Hose.»
Mit gesenktem Kopf ging er durch den Korridor, lesend, in der Akte blätternd. Nach einer Weile riss er einige Seiten heraus und stopfte sie in seine Tasche, den Rest entsorgte er im Vorbeigehen in der Lounge.
Die Luft war rein – für etwa zwanzig Sekunden. Dann

ertönten polternde Geräusche von vorn, und gleich darauf stampfte ein Mann eilig die Treppe hinunter in den Korridor. Er hatte krumme Beine, einen irren Blick und ein verschwitztes Gesicht, und er blieb jetzt für einen Moment stehen, um sich offensichtlich kochend vor Wut umzublicken, bevor er mit seltsam umständlichen Bewegungen, als würde er irgendwie mit den Schultern gehen, direkt auf Garvie zusteuerte.

Garvie hielt den Kopf gesenkt, und Darren Winder polterte ohne Kommentar an ihm vorbei. Nachdem er um die nächste Ecke verschwunden war, hörte Garvie ihn nach Janet brüllen, die offenbar ihr Büro verlassen hatte.

Leise schlich sich Garvie zurück bis zu einer Tür mit der Aufschrift WÄSCHEREI, von wo aus er hören konnte, was im Korridorabschnitt hinter der Ecke gesprochen wurde.

Janet sagte: «Haben Sie die Akte bekommen?»

Winder stieß ein Geräusch aus, das auf Unverständnis hindeutete.

«Mein Gott, die werden immer jünger, nicht wahr?», ließ sich Janet im Plauderton vernehmen.

Winder fand offenbar wieder zur Sprache zurück. Und sagte: «Was?»

«Der Junge von der Zeitarbeitsfirma.»

«Junge von der Zeitarbeitsfirma?»

«Gerade eben. Dunkle Haare, schlank. Sehr gutaussehend, muss ich sagen. Hat die Akte abgeholt, um die Sie gebeten hatten.»

Für einen Moment war es still, dann fand Winders Stimme plötzlich zu ihrer natürlichen Ausdrucksform zurück. «*Was für 'n Scheiß reden Sie denn da?*», bellte er.

Es folgte ein konfuser Austausch von fassungslosem Gemurmel und alarmiertem Gebrüll, dem Winder ein jähes Ende setzte: «Ich sage Ihnen, ich habe keine Akte bestellt!»

Nach einer kurzen, angespannten Pause fragte er drohend: «Welche Akte war es?»

Janets Antwort war ein überaus kleinlautes Murmeln. Das Schweigen, das folgte, glich einem tiefen Atemholen, dann plötzlich ertönte das Geräusch eiliger Schritte, und Garvie schob sich seitwärts in die Wäscherei, von wo aus er in Ruhe Winders lärmender Ein-Mann-Stampede durch den Korridor lauschen konnte, bevor er sich in die inzwischen menschenleere Gegenrichtung wandte und der Beschilderung zum NOTAUSGANG folgte – auch in diesem Fall der kürzeste Weg in die Außenwelt, besonders in einem Kasino, dessen labyrinthische Anlage dazu dienen soll, die zahlenden Gäste im Innern festzuhalten; und ganz besonders dann, wenn die Türsteher am Ausgang, falls man ihn je erreichte, ihren ganzen Charme aufbieten würden, um einen doch noch zum Bleiben zu bewegen.

Er kam an Küchentüren mit runden Glasfenstern vorbei, aus einer davon streckte jemand den Kopf heraus und rief ihm etwas zu, worauf er seine Schritte noch etwas beschleunigte. Vor und hinter sich hörte er Türen schlagen. Dann ging eine Sirene los, ein derart durchdringendes Geräusch, dass die Wände des schmalen Gangs zu vibrieren schienen. Das Sicherheitspersonal war alarmiert. Durch den ohrenbetäubenden Lärm schritt Garvie unbeirrt an Toiletten und Hausmeisterschränken vorbei, lief ein paar Stufen abwärts und stand endlich vor dem Notausgang. Eilige Schritte trommelten von hinten durch den Korridor, als er sich gegen die Panikstange lehnte. Gerade rechtzeitig. Er gestattete sich ein Lächeln der Erleichterung.

Die Stange gab nicht nach.

Er drückte stärker. Sie war blockiert.

Er rüttelte mit beiden Händen daran. Vergeblich.

Oberhalb der Treppe hinter ihm ging eine Tür krachend auf, und ein Türsteher erschien, der den ganzen Rahmen ausfüllte.

Garvie sondierte die Lage. Der Türsteher war groß und wütend, er legte keinen Wert darauf, ihn näher kennenzulernen. Er lehnte sich zurück und trat so heftig gegen die Stange, dass er für einen Moment nicht wusste, was das quietschende Nachgeben, das er spürte, bedeutete: dass die Notausgangstür auf- oder dass sein Fuß wegflog. Im nächsten Augenblick aber sprang er über das Metallgeländer am Türaufgang und sprintete den Parkplatz hinunter. Amy erwartete ihn an der seitlichen Mauer.

Sie sagte nichts. Stattdessen war sie vollauf damit beschäftigt, den Türsteher und seine zwei Kollegen zu beobachten, die wie ein Rollkommando durch die aufgeworfene Tür schossen, gefolgt von einem krummbeinigen Mann, dessen Gesicht offenbar kurz davor war, in Flammen auszubrechen.

«Sieht so aus, als hättest du alles unter Kontrolle», sagte sie und zog sich ihre Schuhe aus.

Garvie joggte humpelnd auf sie zu. «Die mögen mich nicht», sagte er traurig.

«Das sieht man. Irgendwelche Vorschläge dazu?»

«Muss an meinen Umgangsformen arbeiten.»

«Und sonst?»

«Alles in allem», sagte er, «sollten wir wohl sehen, dass wir hier wegkommen.»

Er nahm sich gerade noch Zeit, erneut ihre Kletterkünste zu bewundern, dann folgte er ihr über die Mauer, und sie rannten gemeinsam die Gasse hinunter in die Dunkelheit.

39

Sie liefen an den unbeleuchteten, mit Mülltonnen vollgestellten Rückseiten von Bars und Clubs vorbei, kletterten über eine mit glitschigem Moos überwucherte Steinmauer auf einen anderen Parkplatz und schlidderten die Böschung hinunter zum Trampelpfad. Im Schutz der Bäume liefen sie bis zur alten Gasleitung, auf der sie nacheinander wie Hochseilartisten den Kanal überquerten, um auf die Bahnhofsseite und anschließend über die Gleise hinweg zur Ecke des Einkaufszentrums zu gelangen.

Hier war es belebt. Amy zog ihre Schuhe wieder an, und sie schöpften Atem.

«Das hat Spaß gemacht», sagte sie nach einer Weile. «Normalerweise kriege ich nicht viel Bewegung, wenn ich ausgehe. Meistens gibt's nur Jungs und ein paar Drinks. Aber kein Renn-um-dein-Leben.»

Garvie sagte nichts. Er zündete sich eine Zigarette an, sie schlenderten Richtung Bahnhof, mischten sich unters Volk. Im Gehen musterte Amy ihn aus den Augenwinkeln. Hände in den Taschen, Kopf gesenkt, Zigarette im Mund. Hemd aus der Hose, Fliege gelockert, Haare in die Stirn gefallen. Gesichtsausdruck düster.

Wieder gingen sie einige Minuten schweigend dahin. Am anderen Ende der Bahnhofshalle wandte Amy sich Richtung Market Square, und Garvie folgte ihr, immer noch grübelnd.

«Egal», sagte sie schließlich. «Ein Versuch war es wert, auch wenn du nichts gefunden hast.»

Sie gingen weiter und hatten die Hälfte des Charlotte Way bereits hinter sich gelassen, als Garvie ihr die Seiten aus der Watkins-Akte hinhielt, die sie verblüfft entgegennahm.

«Was ist das?»

«Ist in meinen Besitz gelangt. Kurz vor der Renn-um-dein-Leben-Sache.»

«*Joel Watkins*», las sie laut. «*Personalakte, streng vertraulich.* Seine Beschäftigungsunterlagen aus dem Imperium!»

«Nur der disziplinarische Teil. Der Rest war ziemlich langweilig, um ehrlich zu sein.»

«Wie zum Teufel bist du da rangekommen?»

Er blickte verwundert. «Sie haben es mir gegeben.»

Sie war ernsthaft verwirrt. «Hast du's gelesen?»

Er zuckte die Achseln. «Überflogen.»

«Und warum bist du nicht zufrieden?»

Er antwortete nicht, und so überflog sie die Seiten selbst. «Da steht eine ganze Menge. *Mündliche Verwarnung, 6. Februar. Unangemessene Bemerkungen gegenüber dem weiblichen Personal.* Dann wird ein römischer Name aufgeführt.»

«Messalina, ja. An die erinnere ich mich. Kommen noch mehr mündliche Verwarnungen, wenn du weiterliest. *Olivia, 17. Februar. Fulvia, 3. März. Julia Agrippina, 14. März.*»

Sie blätterte um. «Haufenweise Beschwerden und Abmahnungen. Am Spielautomaten während der Arbeitszeit. Häufig unpünktlich. Unflätiges Verhalten. War wirklich kein angenehmer Mensch, wie?»

«Lies weiter», sagte Garvie. «Der fünfte Eintrag von unten.»

«Welcher ist das?»

Garvie zitierte: *«Schriftliche Abmahnung, 31. März.»*

«Ich dachte, du hättest es nur überflogen», sagte sie.

«Ist mir im Gedächtnis hängen geblieben. Hast du's?»

«Ja. *Unbefugter Aufenthalt in der Buchhaltung.*» Sie sah ihn an. «Er hat in der Buchhaltung rumgeschnüffelt?»

«Ja. Interessant.»

«Hat wohl gedacht, er könnte ein bisschen Bargeld abgreifen. Kleiner, schmieriger Dieb. Aber du bist nicht zufrieden.»

«Nein.»

Sie nickte. «Und ich weiß auch, warum. Aus dem Ganzen hier geht nicht hervor, warum er gefeuert wurde.»

Er seufzte. «Das sind alles nur Nebensächlichkeiten. Wir hätten uns die Mühe sparen können, uns extra in Schale zu werfen. Obwohl...» Er warf ihr einen Blick zu. «Halt, nein, das nehme ich zurück.»

Amy blieb vor dem McDonald's am Rande des Platzes stehen. Zu dieser späten Stunde war er fast leer. Zwei oder drei Gäste saßen allein vor ihrem Kaffee, wirkten wie benommen von der grellen Beleuchtung.

«Ich glaube, du bist unnötig pessimistisch.»

«Meinst du?»

«Ich weiß es.»

Sie stieß die Eingangstür des McDonald's auf. «Komm, ich stelle dir Livia Drusilla vor. Sie wird uns berichten, warum genau Joel gefeuert wurde.»

Sie saßen oben, in Abstand zu den Fenstern. Ohne Toga war Livia Drusilla ein großes, hübsches normales Mädchen; sie hatte einen Caramel Latte vor sich und lächelte Garvie zu.

«Das ist ja ziemlich aufregend.»

«Was denn?»

«Dass du in einer Mordsache befragt wurdest.»

Garvie warf Amy einen Blick zu, die Livia ruhig antwortete: «Es war offensichtlich nur Routine. Nur weil sie zusammen für einen Lieferdienst gefahren sind.»

«Ja. Ich würde auch gern für einen Lieferservice arbeiten. Womit fährst du?»

Garvie räusperte sich. «Transporter», sagte er.

«Klar. Was für einen?»

«Weiß. Mehr oder weniger.»

«Aha. Und jetzt arbeitest du beim Imperium?»

«Heute den letzten Tag.»

«Oh. Das ist schade. Dann kannst du ab jetzt deine Freundin nicht mehr für umsonst reinschleusen.»

Garvie schielte wieder zu Amy hinüber.

«Keine Sorge», sagte Livia. «Ich verrat's niemandem.»

«Na, wie auch immer», sagte Garvie, «du hast gesehen, was abging, als Joel vor die Tür gesetzt wurde?»

«Hab praktisch in der ersten Reihe gesessen. Ich war in der Eingangshalle und hab gehört, wie's losging.»

«Was ist passiert?»

Es war eine warme Nacht gewesen, der Laden brummte. Livia hatte gerade ihre Sektgläser verteilt und war auf dem Rückweg zum Restaurant, als sie das Geschrei hörte, also stellte sie das leere Tablett ab und lief mit einigen anderen nach draußen. Die beiden Männer waren in der Gasse, die seitlich am Imperium entlang verlief, und kämpften miteinander. Zuerst dachte sie, dass Joel den Gast aus irgendeinem Grund rausgeworfen hätte, wegen Trunkenheit vielleicht oder ungebührlichem Benehmen, aber dafür war Joel viel zu wütend, er schüttelte den anderen und schrie ihn an. Es war eine persönliche Auseinandersetzung. Joel nahm den anderen Mann in den Schwitzkasten, als wollte er ihm den Kopf abreißen. Dann befreite sich der andere und ging seinerseits auf Joel los. Er schleuderte ihn gegen die Mauer und schlug auf ihn ein, aber da kamen Darren Winder und einige der anderen Sicherheitsleute herbeigerannt, gingen dazwischen und trennten die beiden. Alle Beteiligten wurden nach drinnen geführt, sodass sie nicht mehr sehen konnte, was danach geschah, aber Joel wurde auf der Stelle gefeuert, so viel wusste sie jedenfalls. Er wurde ausgezahlt und bekam die Anweisung, sich nie wieder blicken zu lassen.

«Wann war das?», fragte Amy.

«Anfang August, das genaue Datum weiß ich nicht mehr. Meine Spätschicht. Ein Mittwoch.»

«Also am ersten», sagte Garvie. Zwei Tage bevor er bei One Shot rausflog. Eine Woche bevor er getötet wurde.»

«Und was ist mit dem Gast passiert?», fragte Amy.

Livia schüttelte den Kopf. «Ich schätze, sie haben ihm Geld gegeben, damit er keinen Aufstand macht.»

«Aber du glaubst nicht, dass er rausgeworfen werden sollte.»

«Nein. Das ergibt keinen Sinn. Joel war einfach zu wütend. Wie gesagt, es schien etwas Persönliches zu sein.»

«Wie sah der Gast aus?», fragte Garvie.

«Hab ihn nicht richtig zu sehen bekommen, ehrlich gesagt. Jedenfalls hatte er keinen Anzug an, das ist mir aufgefallen. Einige Gäste brezeln sich gern auf, spielen an den Tischen, nippen an den Gratisdrinks, aber einige kommen auch einfach rein und gehen direkt an die Spielautomaten. Sie bleiben nicht lange, dafür lohnt es nicht, sich schick zu machen. Ja, das war ein ganz gewöhnlich aussehender Typ in Jeans, einem irgendwie lila Kapuzenpullover und einer Mütze.»

«Irgendwie lila – vielleicht kastanienbraun?»

«Ja, genau.»

«Eher groß, schwarze Haare? Ziemlich drahtig?»

«Ja, das passt. Kennst du ihn?»

«Weiß noch nicht. Was haben sie gesagt?»

«Gesagt?»

«Du sagtest, es hätte Geschrei gegeben.»

«Richtig. Na ja, Joel brüllte die ganze Zeit so was wie *Du Arsch, ich reiß dir den Kopf ab*, und so in dem Stil. Was den Gast angeht, bin ich mir nicht sicher.»

«Hat er gar nichts gesagt?»

«Müsste ich überlegen.»

Sie warteten.

«Na ja. Er sagte immer wieder zu Joel, er soll aufhören. *Ich warne dich!* Nach dem Motto, wenn Joel ihn nicht in Ruhe lässt, dann würde es richtig Ärger geben.»

«Sonst noch was?»

Sie dachte nach. «Da war noch was, aber ich komm jetzt nicht drauf, was.»

Garvie sagte: «*Ich kann nichts dafür.*»

Sie sah ihn überrascht an. «Ja. Ja, das war's. Komisch, dass du das wusstest.»

Amy schielte zu Garvie hinüber, der mit ausdruckslosem Blick Livia ansah.

«Interessant», sagte er schließlich.

«Ja. Und schräg.» Sie lächelte. «Wisst ihr was, wir sollten alle mal zusammen ausgehen, zu viert. Mein Freund steht auf kriminelle Geschichten, er liest ständig diese Bücher. Das würde ihm gefallen, dass du, sozusagen, ein echter Verdächtiger warst.»

«Das wäre toll.» Garvie erhob sich. Amy und Livia tauschten Handynummern, dann verabschiedeten sie sich und gingen in die Nacht hinaus.

Es war elf Uhr, immer noch warm. Der Himmel war klar, die Sterne gut zu sehen durch den Lichtdunst der Stadt. Amy und Garvie gingen langsam Richtung Bahnhof zurück, ohne zu reden. Es waren jetzt weniger Leute unterwegs. Der Tageslärm der Stadt war herabgedämpft zu einem leisen, dumpfen Brummen, hier und da untermalt von fernen Verkehrsgeräuschen.

«Es war Damon», sagte Amy schließlich.

«Sieht ganz so aus.»

«Er hatte Streit mit Joel, Joel wurde gefeuert und hat Damon dafür die Schuld gegeben.»

Sie gingen weiter, und kurz darauf fuhr sie fort.

«Okay. So viel wissen wir: Damon und Joel lernten sich bei einer Maßnahme für jugendliche Straftäter kennen. Sie waren eng befreundet, Damon sah zu Joel auf, vertraute ihm. Dann verkrachten sie sich, warum genau, wissen wir nicht, aber Joel war sauer auf Damon. Vorm Imperium haben sie sich praktisch geprügelt, Joel wurde daraufhin gefeuert und gab Damon die Schuld. Jetzt war Joel erst recht sauer. Und dann...»

«Dann was?»

«Ich weiß nicht. Vielleicht gar nichts.»

«Dann tauchte Damon mit der Mordwaffe bei dir zu Hause auf.»

Sie gingen schweigend weiter. Sie passierten die Vorderseite des Bahnhofs, wo einige Leute müßig auf den Stufen zum Eingang saßen, als wären sie hier auf ihrer Reise gestrandet. Sie schauten auf, als Amy an ihnen vorbeikam. Ihr Anblick war es wert. Ihre Pumps trug sie in der Hand, bewegte sich mit sportlicher Anmut, geschmeidig und kraftvoll in ihrem sündhaft engen Kleid.

Sie sagte: «Ich glaube trotzdem nicht, dass er Joel umgebracht hat. Ich meine, wie wissen nicht mal, wo er die Waffe herhat.»

«Wir wissen, dass er sie hatte.»

«Wir wissen nicht, ob er Joel an dem Abend getroffen hat.»

«Wir wissen, dass er am Market Square war, als Joel getötet wurde.»

«Aber wir wissen nicht, was passiert ist.»

«Deswegen denken wir jetzt darüber nach. Deswegen bleiben wir für alle Möglichkeiten offen und verteidigen ihn nicht einfach nur, so wie sonst.»

Ihre Blicke begegneten sich, und sie nickte. Sie gingen weiter bis zum Betriebshof neben dem Einkaufszentrum, wo sie eine Pause einlegten. Ein Lastwagen wartete auf Einlass, es gab ein saugendes Geräusch, dann öffnete sich das Tor mit einem metallischen Klirren, das an die Ketten von Strafgefangenen erinnerte, und schloss sich wieder mit einem langgezogenen, traurigen Seufzen. Zurück blieb sein Schatten, die leere Straße und ein vager Abfallgeruch.

Garvie kramte seine Zigarettenschachtel hervor und schnipste sich geistesabwesend eine Benson & Hedges in den Mundwinkel. Er hielt Amy die Packung hin.

«Bist du blöd? Das Zeug bringt dich um.»

«Auch das Atmen bringt dich um, letzten Endes.»

«Du bist echt ein seltsamer Typ, oder?»

Sie gingen wieder weiter, an der nichtssagenden, glänzenden Fassade des Einkaufszentrums entlang.

«Okay», sagte Amy. «Hilf mir mal weiter. Was habe ich übersehen?»

«Joels Finanzen.»

«Was hat's damit auf sich?»

«Er verliert ständig seine Jobs, zahlt aber immer seine Miete.»

Sie überlegte. «Du hast vorhin mit Singh telefoniert. Ein verstecktes Konto, ja? Und es hat irgendwas mit Autodiebstahl zu tun.»

«Weißt du noch, was PJ erzählt hat? Joel hat jede Woche ein anderes Auto gefahren, alles Schrottkarren.» Er sah ihr in die Augen. «Was du auch nicht weißt, ist, dass Joel wegen Autodiebstahl in der Maßnahme war.»

«Er hat also nebenher gestohlene Autos gekauft und weiterverkauft.»

«Singh überprüft das. Es ist eine Frage von Daten und Händlern. Aber ich denke, Singh wird was Interessantes herausfinden.»

«Und was?»

Garvie sagte nichts. Sie gingen um das Ende des Einkaufszentrums herum und bogen auf den Weg, der am alten Bahngleis entlangführte.

«Sein Transporter, natürlich», sagte Amy leise. «Joel hat ihm den Transporter verkauft.» Plötzlich sprudelte es aus ihr heraus. «*Darüber* sind sie überhaupt in Streit geraten. Damon hat das Geld nicht zusammengekriegt, wie du sagtest. Also hat Joel Druck gemacht. Und Damon konnte es nicht glauben, dass sein alter Freund ihm so einen Stress macht. Er hat so reagiert, wie er das immer macht. Hat gesagt, er kann nichts dafür, dass er die Kohle nicht hat. Ist untergetaucht. Hat es mit der Angst zu tun bekommen. Ist aus der Pirrip Street verschwunden und hat bei dem Jungen die Nachricht für Joel hinterlassen, falls der wieder auftauchen sollte. Aber dann», sagte sie gequält, «und das ist typisch für Damon, absolut typisch, er ist ja so naiv, dann muss er ins Imperium gegangen sein in dem Wahn, er könne Joel dazu überreden, noch mal von vorn anzufangen, einen Aufschub zu kriegen, was weiß ich. Und Joel ist ausgerastet und obendrein noch gefeuert worden daraufhin. Was ihn nur noch wütender gemacht hat. Und Damon noch konfuser und verängstigter.»

Sie bogen vom Weg ab in die lange Straße voller kleiner Geschäfte und Tankstellen, die sie letzten Endes nach Strawberry Hill führen würde. Die Ringstraße war nicht weit entfernt. Das leise Rauschen des nächtlichen Lastwagenverkehrs wehte zu ihnen herüber. Zehn Minuten lang gingen sie schweigend dahin.

«Also», sagte Garvie schließlich, «da sind wir wieder bei

der wichtigsten Frage gelandet: Was ist in der betreffenden Nacht passiert?»

Sie sah ihn an. «Wir wissen es immer noch nicht.»

«Vielleicht hat ja Joel zu fiesen Mitteln gegriffen. Gedroht, der Polizei einen Tipp wegen des Transporters zu geben. Wovor hat Damon am meisten Angst gehabt?»

Sie blieben stehen und sahen sich an. Amy überlegte, doch nur für einen kurzen Moment. «Vorm Gefängnis.»

Er bemerkte etwas Zerbrechliches in ihrem Gesicht, als würde es Risse bekommen und auseinanderfallen.

«Was würde er dann tun?», sagte Garvie leise.

Sie stand auf den dreckigen, gesprungenen Gehsteigplatten, hinreißend und verletzlich, ihre nackte Schulter bebte.

«Praktisch alles», flüsterte sie.

Ihr Gesicht glänzte vor Kummer, ihr Blick war trostlos. Sie waren in der Cobham Road, vor ihnen lagen die Geschäfte, ein paar trübe Lichtquellen in der Dunkelheit, und die Kreuzung mit der Town Road. Die Straßenlaterne warf ein schwaches, orangeartiges Licht auf ihre nackte Schulter und die Haare, und das Gesicht, das sie ihm zuwandte, war schön und rastlos, es schien, als würde der Schmerz ihre Züge verschwimmen lassen.

«Ich weiß nicht mehr, was ich denken soll», murmelte sie.

Sie stand da, ein Ausbund an Hilflosigkeit.

Ihre Lippen öffneten sich, und ohne zu überlegen, trat er vor und küsste sie.

Alles um sie herum verschwand, mit Ausnahme dessen, was sie fühlten. Sie erwiderte seinen Kuss. Ihre Hände lagen um seinen Hinterkopf, seine Hände auf ihrem Kreuz, auf ihrem Nacken, in ihren Haaren. Seine Lippen verbrannten sich an ihren. Durch den dünnen Stoff ihres Kleides fühlte er ihren Bauch an seinem. Er küsste ihren Hals. Die Nachtluft verwandelte sich in Parfüm. Die Cobham Road war nicht mehr da, die Geschäfte, die ganze Stadt, alles war verschwunden, es gab nichts mehr als Berührung, Duft und Herzklopfen.

Dann hupte ein vorbeifahrendes Auto, und die Welt kehrte zurück. Sie trennten sich und standen leicht keuchend voreinander.

Sie wischte sich lächelnd übers Gesicht, sah ihn mit verschleiertem Blick an. «Du bist immer noch seltsam», sagte sie. «Und ein Teil von mir hasst dich dafür, dass du mir diese Gedanken über Damon eingibst. Aber ...»

Sie blickte sich um. «Ich muss nach Hause. Ich kann nicht den ganzen Weg zu Fuß gehen. Ich nehme mir in der Town Road ein Taxi.»

Er nickte.

«Ich ruf dich an», sagte er.

Sie nickte. Ihre Blicke begegneten sich. «Das fände ich gut.»

Sie überquerte die Straße, um in die Town Road einzubiegen, er sah ihr nach, bis sie verschwunden war. Ein Schauer überlief ihn, obwohl die Nacht noch warm war, und dann stiefelte er weiter auf der Cobham Road in Richtung Five Mile.

40

Den Blick fest auf die drei Hochhäuser gerichtet, die sich im Hintergrund der Geschäfte erhoben, ging Garvie die Hauptstraße von Strawberry Hill hinunter. Es war kein Gehen im herkömmlichen Sinne. Eher ein Schweben. Zu seiner Rechten reihten sich kleine moderne Maisonettewohnungen, zur Linken ältere dreigeschossige Reihenhäuser aus Backstein, neuerdings unterteilt in kleinere Wohneinheiten. Sie waren da, aber er nahm sie kaum wahr. Irgendwie war sein Zeitgefühl vollkommen durcheinander. Es war fast zwei Uhr. Aufsteigende Feuchtigkeit kühlte die Luft ein wenig ab. Alles war friedlich. Eine angenehme Stille ruhte auf dem leisen Rauschen der nahen Ringstraße, während er nachdenklich rauchend an den verschlossenen Läden vorbeiglitt, am umrisshaft sichtbaren Turm der *Polski*-Kirche, an den Waschsalons und Nagelstudios. Er dachte nicht mehr über Damon oder über Joel Watkins nach. Er dachte nur noch an Amy Roecastle.

Er war total verwirrt, gleichzeitig aber, so unfassbar es scheinen mochte, völlig mit sich im Reinen.

Wie benebelt brachte er weitere zwei oder drei Kilometer hinter sich, und als sein Handy klingelte, stellte er verwundert fest, dass er schon in Five Mile angekommen war, an der Ecke Pollard Way und Bulwarks Lane.

Er sah aufs Display. Amy. Vielleicht konnte sie, genau

wie er, nicht aufhören, an das zu denken, was gerade passiert war.

«Hey», sagte er sanft.

Zuerst blieb es still, dann hörte er sie aus Leibeskräften seinen Namen brüllen. Fast wäre ihm das Trommelfell geplatzt. «Er ist hier!», schrie sie. «Er ist hinter mir her!»

Es folgte das kurze, raue Geräusch atemlosen Keuchens, dann war die Verbindung unterbrochen.

41

In panischem Schrecken rannte er los. Gleichzeitig wählte er.

Eine schlaftrunkene Stimme meldete sich: «Ja, hallo, was gibt's?»

Garvie keuchte laut: «Town Road, wo die Taxen stehen!»

Singh sagte: «*Was?* Garvie, bist du das? Was hast du –»

«Kommen Sie einfach hin! Es geht um Amy. Und bestellen Sie 'n Krankenwagen!»

Garvie rannte etwa vierhundert Meter die Cobham Road entlang, dann überquerte er sie, bog keuchend in eine lange Seitenstraße und gelangte schließlich auf die Town Road, gleich hinter dem Klinikum. Die Straße lag still und verlassen, heftig atmend blickte er sich nach allen Seiten um. Keine Leute zu sehen, keine Taxis am Stand. Er lief die Straße hinunter, verlangsamte an jeder Abzweigung und nahm wieder Tempo auf, wenn er sah, dass die Seitenstraße leer war.

Er hatte noch den Klang von Amys Stimme in den Ohren, unnatürlich laut, kaum zu erkennen in ihrer Panik. *Er ist hinter mir her!*

Er war die ganze Zeit hinter ihr her gewesen. Er musste ihnen seit längerem gefolgt sein. Hatte gesehen, wie sie sich an der Cobham Road trennten, sich an Amys Fersen geheftet und nach einem geeigneten Ort Ausschau gehalten, um sich auf sie zu stürzen. Garvie verfluchte sich selbst. Im

Rennen blickte er die Straße rauf und runter, suchte Ladenfronten und Vorhöfe ab.

Irgendwo in der Nähe, aber etwas abseits. Wo es kein Licht gab und Geräusche nicht weit zu hören waren. Als er ein Stück voraus die Zufahrt zu einem alten Möbelverkaufsraum sah, beschleunigte er wieder.

Möbel waren hier schon seit Monaten nicht mehr ausgestellt worden. Die von Unkraut überwucherte Zufahrt neben dem Gebäude bog auf einen Parkplatz auf der Rückseite. Amys Namen rufend, rannte Garvie nach hinten, hielt in der Mitte des betonierten Platzes inne und drehte sich in alle Richtungen. Die plötzlich Stille schien in Wellen nachzuhallen. In einer Ecke stand ein flachwandiger gelber Müllcontainer, in einer anderen ein Stapel gewellter Dachplatten. Das Unkraut war überall. Davon abgesehen aber: nichts.

«Amy!», rief er noch einmal.

Stille.

Er hatte sich getäuscht.

Gerade wollte er sich abwenden, da erblickte er am Kantstein etwas Schickes, Graues, das dort absolut fehl am Platz war. Einer ihrer Schuhe.

Er stürzte zum Container.

Mit verrenkten, unter den Körper geschobenen Beinen lag sie da, ihr ausdrucksloses, blutendes Gesicht zum Nachthimmel gewandt.

Er fühlte ihren Puls, untersuchte ihre Verletzungen. Er griff zum Handy.

«Wo sind Sie jetzt?»

Singhs Stimme sagte: «Biegen gerade in die Town Road. Wo bist du?»

«Rückseite des leeren Möbelladens, auf dem Parkplatz. Wo ist der Krankenwagen?»

«Unterwegs». Singh machte eine Pause. «Wird er gebraucht?»

«Ja, er wird gebraucht.»

Als Garvie das Handy wegsteckte, hörte er in der Ferne die Sirenen. Er saß im Container bei Amy, hielt ihre schlaffe Hand. Er dachte nicht an die Seiten aus Joels Personalakte, die sich nicht mehr in ihrer Handtasche befanden. Er dachte nicht über den Mann nach, der offenbar verzweifelt genug war, ihren Tod in Kauf zu nehmen, um an sie heranzukommen. Dafür war später noch Zeit. Seine Gedanken waren allein bei Amy, ihrem Blick, als er sie geküsst hatte, der Berührung ihrer Lippen und jetzt dem Anblick ihres zerschundenen Gesichts.

42

Sie saßen in Singhs Škoda Fabia auf dem Parkplatz neben der Notaufnahme. Obwohl es mitten in der Nacht war, herrschte Betrieb rund um den Eingang, Ärzte in Kitteln, die mal hineinliefen, mal herauskamen; Krankenwagenfahrer, die bei einem Becher Kaffee zusammensaßen; schlaflose Raucher in Rollstühlen, an ihren mobilen Tropf angeschlossen. Über ihnen zehn Stockwerke schwach erleuchteter Fenster. Unter ihnen, in der Dunkelheit, das leise Rauschen der ebenfalls schlaflosen Ringstraße.

Sie schweigen seit zehn Minuten.

«Sie brauchen es mir nicht zu sagen», sagte Garvie schließlich.

«Ich sage dir gar nichts.» Singh las weiter geduldig die Nachrichten auf seinem Handy.

«Ich weiß, was es heißt, jemanden im Stich zu lassen. Ich weiß, wie es sich anfühlt, im Stich gelassen zu werden. Jemand hat es mir mal erklärt.»

«Wer?», sagte Singh.

«Damon.»

Singh grunzte.

Garvie fuhr fort: «Sie haben mir gesagt, ich soll sie nicht mit reinziehen. Ich habe sie in Gefahr gebracht. Sie wissen es. Sie weiß es. Vor allem ihre Mutter weiß es – ich dachte, sie würde mich auch noch ins Krankenhaus bringen, als sie hier auftauchte.»

Dr. Roecastle, die vor einer halben Stunde eingetroffen war, hatte ihren Zorn unmissverständlich zum Ausdruck gebracht, und nur das Verlangen, in die Notaufnahme im achten Stock zu ihrer Tochter zu eilen, hatte sie davon abgehalten, Garvie noch ausführlicher zur Schnecke zu machen.

«Ich war abgelenkt. Hatte vergessen, dass sie die Seiten aus Joels Akte noch bei sich hatte. Niemals hätte ich sie damit losziehen lassen dürfen. Ich bin ein Idiot. Sie hätte ...» Seine Stimme verlor sich, während er aus dem Fenster blickte, die hohe, düstere Fassade des Krankenhauses hinauf. «Legen wir doch alles auf den Tisch», sagte er wütend. «Sie haben mir vertraut, und ich hab Sie hängenlassen. Sie hat mir vertraut, und ich hab sie hängenlassen – und wie. Das ist die Wahrheit. Man kann mir nicht vertrauen.»

Singh musterte ihn neugierig. «Hör zu», sagte er. «Der erste Guru der Sikhs, Guru Nanak, sagte: ‹Selbstbeherrschung ist der Ofen und Geduld der Goldschmied.› Du bist du selbst. Du trägst die Verantwortung für dich, nicht ich. Vielleicht kann ich dir nicht vertrauen. Vielleicht kann Amy dir nicht vertrauen. Aber das ist nicht der entscheidende Punkt. Der entscheidende Punkt ist: Du musst lernen, dir selbst zu vertrauen.»

Garvie sagte nichts dazu, und Singh fuhr fort: «Amy geht es so weit gut. Nur eine Gehirnerschütterung. Sie wird noch über Nacht beobachtet und morgen dann wahrscheinlich entlassen. Wir haben Glück gehabt. Dafür sollten wir beide dankbar sein.»

«Glauben Sie mir, das bin ich.»

«Gut, das ist schon mal ein Anfang. Also. Es gibt neue Erkenntnisse.»

«In Sachen Autodiebstahl?»

«Ja. Wir haben die Daten dieser Einmalzahlungen auf Joels geheimem Konto mit den Einträgen in der Datenbank für Autodiebstahl abgeglichen und ein paar Verhaftungen vorgenommen.»

«Und festgestellt, dass Joel mit geklauten Autos gehandelt hat.»

«Richtig. Einer der Festgenommenen wird aussagen, um einer Gefängnisstrafe zu entgehen. Joel war sein Hehler. Aber das ist noch nicht mal das Interessanteste. Es gab da ein bestimmtes Fahrzeug, auf das wir gestoßen sind.»

«Ford Courier, weiß mit Roststellen, fällt fachsprachlich unter die Kategorie ‹Scheißkarre›.»

«Okay, du hast es erraten. Ja, der Wagen ist vor einigen Monaten durch Joels Hände gegangen. Es scheint, dass er ihn an Damon weiterverkauft hat, der aber nicht zahlen konnte, weshalb Joel ihn unter Druck gesetzt hat. Und wie wir wissen, ist Damon in solchen Fällen anfällig dafür, die Nerven zu verlieren und um sich zu schlagen.» Er hielt inne und schürzte die Lippen. «Was uns zum heutigen Abend zurückführt. Es war Damon, der über Amy hergefallen ist, nicht wahr?»

«Keine Ahnung. War nicht dabei. Da werden Sie sie fragen müssen. Aber ...»

«Aber es ist wahrscheinlich. Ich weiß. Du hast deine Fehlschläge, ich habe meine.» Er zögerte. «Ich bekomme sogar einen offiziellen Verweis, weil ich heute Abend gegen einen unbeteiligten Bürger tätlich geworden bin. Aber nach dieser Verfolgungsjagd wird Damon das Gefühl haben, dass sich das Netz um ihn immer enger zieht, und er wird erst recht den Kopf verlieren. Logisch, dass er hinter Joels Akte her ist. Er muss befürchten, dass man ihn anhand des Berichts über seine Auseinandersetzung mit Joel im Imperium identifizieren könnte.»

«Aber der Bericht war nicht in der Akte.»

«Ich weiß, das sagtest du. Aber das konnte Damon nicht wissen.»

«Woher wusste er überhaupt, dass wir da waren?»

«Ich glaube, er hat euch die ganze Zeit beobachtet. Im Red n' Black. Im Imperium.» Er drehte sich herum, um Garvie in die Augen zu sehen. «Er beobachtet euch immer noch. Wir müssen jetzt Maßnahmen ergreifen, um dich und Amy zu schützen.»

Garvie sagte nichts dazu.

«Garvie? Hörst du mir zu?»

Garvie regte sich. «Nicht wirklich. Die eigentliche Frage ist, *warum* es in Joels Akte nichts zu diesem Vorfall gab.»

Erneutes Schweigen. Die Fenster des Fabias begannen zu beschlagen. Singh kurbelte das auf seiner Seite herunter, sodass die inzwischen kühle Nachtluft hereinwehte und dazu die Dieseldämpfe der im Leerlauf tuckernden Krankenwagen.

Garvie öffnete die Beifahrertür.

«Wo willst du hin?»

«Nach Hause.»

«Ich bringe dich.»

«Ich würde lieber zu Fuß gehen.»

«Was habe ich gerade über eure Sicherheit gesagt?»

«Keine Ahnung. Ich hatte nicht mehr zugehört.»

«Garvie!»

«Ich bin jung und halbwegs fit, und im Gegensatz zu Amy hab ich nichts auf die Rübe bekommen. Außerdem», fügte er hinzu, «und verstehen Sie das jetzt nicht falsch, denn ich weiß wohl, dass ich meine Umgangsformen aufpeppen muss, aber ich möchte einfach nicht mehr weiter mit Ihnen reden. Es ist spät. Und ich bin ein bisschen müde.»

«Na gut.» Singh beugte sich nach hinten und zog eine wattierte Polizeijacke und eine schwarze Mütze mit dem Logo der City Squad vom Rücksitz. «Zieh wenigstens das über. Es ist kalt geworden, und du trägst nichts weiter als dieses dünne Hemd vom Imperium.»

Garvie schien ihn gar nicht zu hören.

«Hier», sagte Singh.

Garvie reagierte nicht. Starrte nur auf die Mütze.

«Garvie?»

«Wie spät ist es?»

«Fast vier. Aber –»

«Dann schläft er gerade», sagte Garvie wie im Selbstgespräch. «Aber das macht nichts. Er lässt mich niemals hängen.» Er wandte sich Singh zu. «Denken Sie daran.»

«Wovon redest du?»

«Vertrauen.»

Er verabschiedete sich nicht. Stieg einfach aus dem Auto und entfernte sich über die Krankenhausauffahrt. Singh sah noch, wie er sich eine Zigarette anzündete, bevor er, ohne Mütze, ohne Jacke, in der Dunkelheit verschwand.

Seufzend und kopfschüttelnd zog Singh sein Handy hervor und wählte.

«Hallo», sagte er. «Ja, ich bin's. Kein Grund zur Sorge.

Er kommt jetzt nach Hause. Alles in Ordnung, ihm geht's gut.»

Noch für eine ganze Weile blieb er so sitzen und starrte die Auffahrt hinunter in die Dunkelheit, in die hinein Garvie sich begeben hatte.

Er bekam nicht mit, wie Garvie im Gehen sein Handy zückte und selbst einen Anruf tätigte.

Nachdem er der schläfrigen Stimme am anderen Ende gelauscht hatte, sagte er:

«Hör zu, Großer. Nur du kannst die Welt retten. Nein, ich weiß, dass du's kannst. Nein, du machst nur einen auf bescheiden. Alles, was du tun musst –. Warte. Hör mir jetzt genau zu. Alles, was du tun musst, gleich morgen früh als Erstes, okay, ist, dir den Gartenschuppen vorzunehmen. Doch, na klar, das ist dieser komische kleine Ziegelbau neben der Pagode. Okay. Ich möchte, dass du da reingehst und etwas für mich suchst. Die ganze Zeit hab ich nicht mehr daran gedacht, dabei ist es genau die Sache, die wirklich wichtig ist. Nein, sie ist definitiv da drin. Jep, ich weiß es. Vor einer Weile hat schon mal jemand danach gesucht, aber nichts gefunden, weil die Sache zu gut versteckt war, also ist sie immer noch da. Aber du, du wirst sie ganz bestimmt finden. Aber ja doch. Weil ich dir vertraue. Weil du ein Genie bist. Okay, sind wir uns also einig. Jetzt werde ich dir sagen, worum es sich handelt, und danach kannst du weiterschlafen. Doch, wirst du. Du wirst sofort wieder einschlafen. Du wirst den tiefen, süßen Schlaf aller wahren

Helden schlafen. Ja. Weil du es verdient hast. Genau, Alter. Ganz einfach. Oh, ach ja, ruf mich an, sobald du es hast. Also, es geht um ...»

43

Am nächsten Tag war er müde. Der Vormittag und sogar die Hälfte des Nachmittags waren schon vorbei, als er aufwachte. Und als seine Mutter abends um halb acht von ihrer Schicht nach Hause kam, lag er immer noch in T-Shirt und Shorts auf dem Bett und ging seiner Standardbeschäftigung nach, dem Starren an die Decke. Er wandte ihr den Kopf zu, und sie wechselten einen kurzen Blick, in dem all das Unausgesprochene lag, was zwischen ihnen war, dann zog sie sich wieder zurück.

Er versuchte es noch einmal bei Smudge, und diesmal ging er ans Handy.

«Hast du's gefunden?»

«Jep. Zu guter Letzt. Muss schon sagen, war nicht einfach. Steckte in einer fast neuen Farbdose, in Plastik gewickelt. Hätte ich nie gefunden, wenn ich nicht so ein Spürhund wäre. Und meine Hände sind jetzt voll lila.»

«Smudge, Alter, du bist ein Genie. Ich stehe ganz tief in deiner Schuld. Ich komm vorbei und hol es mir.»

«Ja, ist gut. Aber mal was anderes...»

«Ja?»

«Wollte nur fragen. Läuft da irgendwas zwischen dir und der Braut, dieser Amy?»

Garvie zögerte. «Wie kommst du drauf?»

«Na ja, ich spür da so was. Ich leide ganz schwer an männlicher Intuition, Alter. Als wir diesen Buschmann im

Wald besucht haben, zum Beispiel. Und heute Nachmittag hat sie die ganze Zeit hinten auf der Terrasse gesessen und in die Gegend gestarrt. Als würde ihr was auf der Seele liegen oder so.»

«Wie sieht sie aus?»

«Umwerfend, weißt du. Ich meine, wenn's um Frontal–»

«Wie ist sie drauf, meinte ich.»

«Oh.» Er konnte Smudge nachdenken hören. «Bisschen komisch, ehrlich gesagt.»

«Was meinst du mit ‹komisch›?»

«Es ist dieses Starren, Garv, es macht uns alle ganz irre. Sie hat blaue Flecken im Gesicht, aber das ist es nicht. Es ist, sie sieht aus ... Sie sieht aus, als würde ihr was auf der Seele liegen, ich kann es nicht anders ausdrücken. Hab mich einfach gefragt, ob du das vielleicht bist. Aber dann hab ich mir gedacht, das wär nun auch wieder komisch, oder, praktisch noch nie dagewesen, weil, du verstehst Mädchen ja gar nicht, stimmt's, und du weißt ja eigentlich auch nicht, was du mit denen anfangen sollst, und –»

«Okay, danke dafür, Smudge. Bis später.»

«Ist gut, tschau. Oh, und bring 'n bisschen Spiritus mit, ja?»

Er rief Amy an.

Nachdem sie abgenommen hatte, hörte er sie einige Sekunden nur durch die Leitung atmen. «Hi», sagte sie schließlich mit einer Stimme, die eher ein gepresstes Murmeln war.

«Geht's dir gut?»

Keine Antwort.

«Was haben die im Krankenhaus gesagt?»

Lange Pause. «Sie haben gesagt ... spielt keine Rolle, was sie sagen.»

«Gehirnerschütterung, hab ich gehört.»

Sie gab einen Laut von sich. «Ja, das trifft es so weit.»

«Hör zu, es war meine Schuld. Ich hätte dir diese Papiere abnehmen sollen.»

Er hörte sie seufzen. «Du bist nicht für mich verantwortlich, Garvie.»

Sie hörten sich gegenseitig beim Atmen zu.

«Mir ist da ein Gedanke gekommen», sagte er, «über das, was passiert ist. Ich weiß nicht, ob du in der Stimmung dafür bist, aber –»

Mit ihrem zerbrechlichen Unterton unterbrach sie ihn: «Garvie, ich kann dich im Moment nicht treffen.»

Er bedachte ihre Worte. «Okay.»

«Ich muss erst ein bisschen nachdenken.» Ihre Stimme war rissig vor Schmerz.

Auch das ließ er sich durch den Kopf gehen. «Verstanden», sagte er schließlich. «Aber eine Frage.»

«Was?»

«Gestern Nacht. War es Damon?»

Es folgte Schweigen, und es dauerte an.

«Na gut, egal», sagte Garvie nach einer Weile. «Aber pass auf. Eins musst du mir versprechen. Wenn er sich bei dir meldet, dann sei sehr vorsichtig, okay?»

«Glaubst du im Ernst, dass er mit mir sprechen will?»

«Ja, ich denke, genau das wird er tun wollen.»

Er hörte, wie sie darüber nachdachte. Sie sagte: «Brauchst dir keine Sorgen zu machen.»

«Okay. Eins noch.»

«Nämlich?»

«Ich denk an dich.»

Sie sagte nichts, er legte auf und lag eine weitere halbe Stunde lang reglos auf dem Bett. Dann schaute seine Mutter wieder herein. Sie war ausgehfertig in einer blauen Jeans, grauen Samtstiefeletten und einem wallenden, fliederfarbenen Oberteil.

«Bist du bei Bewusstsein?», sagte sie.

Er blinzelte nur.

«Kannst du auch sprechen?»

«Ich kann sprechen. Das mache ich, seit ich zwei war.»

Sie trat in sein Zimmer, blickte stirnrunzelnd auf die vielen Haufen, die überall herumlagen.

«Aber vielleicht nicht gerade jetzt», fügte er hinzu.

Sie sah ihn an, ihr Gesicht war besorgt, der Blick herausfordernd, die Mundpartie straff. Er kannte diesen Ausdruck. Dieser Gesichtsausdruck war sein alter Freund.

«Ich habe dich beobachtet, Garvie Smith», sagte sie. «Wir müssen unbedingt mal reden.»

Er sagte: «Wenn's um Amy geht, dann hast du recht, du brauchst es nicht auszusprechen.»

Sie kniff die Augen zusammen. «Wie meinst du das?»

«Ich hab Scheiße gebaut. Sie hat es abgekriegt. Mit Sicherheit hast du davon gehört.»

Sie sagte nichts, und er schielte zu ihr hinüber. «Willst du mich nicht runterputzen?»

«Was denn, bin ich dein Gewissen?», sagte sie. «Wirst

dich dran gewöhnen müssen, dich selbst runterzuputzen. Nein, ich wollte mir dir über ... nun ja, über etwas anderes sprechen.»

Wieder zögerte sie. Ihr ganzes Auftreten war seltsam unsicher, und das machte ihn nervös, daher sagte er, bevor sie weitersprechen konnte: «Okay, aber ich muss mich jetzt auf die Socken machen. Vielleicht später?»

Er sprang aus dem Bett und begann sich anzuziehen.

«Was soll das heißen? Wo willst du hin?»

«Ausgehen. Genau wie du», sagte er.

«Du gehst aber nicht Amy Roecastle besuchen, oder?»

«Was denn, bist du mein Gewissen? Nein, tatsächlich werde ich Smudge besuchen. Er hat was für mich.»

Sie wollte noch etwas sagen, doch in dem Moment klingelte ihr Handy, und sie zog sich ins Wohnzimmer zurück, wo er sie in gedämpftem Ton sprechen hörte. Sie telefonierte noch immer, als er wenige Minuten später an ihr vorbei zur Wohnungstür ging. Er sagte nichts, sie sagte nichts, doch ihre Blicke begegneten sich. Als er sich noch einmal umdrehte, stand sie vor dem Küchenfenster und winkte ihm zerstreut nach, die letzten Sonnenstrahlen ließen sie blau und fliederfarben aufleuchten, während sie in ihr Handy lächelte.

●

Im Haus «Four Winds» kuschelte Amy Roecastle sich im schwarz-weißen Wohnzimmer unter eine Decke und verfolgte die Nachrichten im Fernsehen. Seitlich am Kopf, wo sie genäht worden war, klebte eine schwarz glänzende, rautenförmige Mullkompresse. Die blau-gelbe Verfärbung unter ihrem linken Auge dehnte sich bis zur Schläfe hin aus.

Zehn Uhr. Ihre Mutter hatte eine Ausschusssitzung, Amy war allein zu Haus. Sie biss sich auf die Lippen und spielte mit ihrem Handy herum, bis sie es nicht länger aushielt und zum zwanzigsten Mal an diesem Tag die vertraute Kurzwahlnummer eingab, nur um auch diesmal mit versteinertem Gesicht der Mailbox-Ansage zu lauschen.

«Damon», sagte sie. «Ruf mich an. *Bitte*. Wir müssen uns sprechen. Damon.»

Sie saß da und kaute, das Handy in der Hand, auf den Lippen.

Sie versuchte sich an das zu erinnern, was letzte Nacht passiert war. Ihre Erinnerung war wirr und unvollständig. Nur ein paar zusammenhanglose Bilder, wie aus einem Traum, hatte sie noch vor Augen: der flüchtige Blick über die Schulter auf einen Mann im kastanienbraunen Kapuzenpullover, das wirbelnde Gehsteigpflaster, über das sie rannte. Offenbar hatte sie Garvie angerufen, obwohl sie sich daran nicht erinnern konnte.

Noch einmal versuchte sie Damon zu erreichen, starrte, als sofort wieder die automatische Ansage kam, grimmig auf das Handy und warf es entnervt auf den Couchtisch.

Die Finger in die Augen gedrückt, saß sie da und versuchte nicht an Garvie Smith zu denken, nicht an das, was man ihr im Krankenhaus gesagt hatte, sondern sich auf das zu konzentrieren, was jetzt wirklich wichtig war.

Vierzig Minuten später gab ihr Handy Laut, schnell riss sie es an sich und las die Kurznachricht:

NEUES HANDY BABE, IN 10 MIN, SELBER ORT WIE IMMER.

Einen Moment lang konnte sie sich nicht rühren. Als sie die Nummer wählte, schaltete sich sofort die Mailbox an; sie versuchte es noch einmal, mit dem gleichen Ergebnis. Beim dritten Mal sprach sie auf die Mailbox.

«Damon, nimm ab. *Damon!* Was ist los? Warum hast du ein neues Handy? Ich versuche schon den ganzen Nachmittag, dich anzurufen. Wir müssen über letzte Nacht reden.»

Keine Antwort.

Nachdem sie, ohne es recht zu bemerken, aufgestanden war, fand sie sich plötzlich am Fenster wieder, wo sie nach draußen spähte, die dunkle Zufahrt hinunter und von einer Seite zur anderen. Obwohl ihr bei jeder Bewegung der Kopf weh tat, zog sie ihre Jacke an, verließ das Haus und ging mit zusammengebissenen Zähnen über die Zufahrt zum Tor, das sich leise öffnete.

In der menschenleeren Kehre vor dem Grundstück zögerte sie. Alles war still. Und dunkel. Die baumbestandene Seite der kleinen Straße war wie eine schwarze Mauer, der Garten der Nachbarn ein Flickenteppich aus Schatten. Dahinter stand das Bushäuschen. Ihr Mund war trocken.

Sie hatte Angst, war aber entschlossen.

«Damon!», rief sie. «Hör auf mit den Spielchen!»

Es kam keine Antwort aus dem Bushäuschen.

Langsam ging sie darauf zu, am Zaun des Nachbargartens entlang, an der Auffahrt vorbei.

«Damon!», rief sie noch einmal, zaghafter diesmal, denn jetzt sah sie eine Bewegung in der Dunkelheit des Häuschens, und sie blieb stehen, während er rasch heraustrat und mit diesem typisch ruckartigen, nervösen Gang auf sie zukam, den Kopf gesenkt, die Kapuze tief ins Gesicht gezogen, die Fäuste geballt, und sie stieß einen kleinen Schrei aus, als er, ohne ein Wort zu sagen, vor ihr stand und sich endlich die Kapuze aus dem Gesicht schob.

Sie starrte ihn entsetzt an.

«Was hast du getan?», flüsterte sie.

«Die Frage ist nicht, was ich getan habe», antwortete Garvie, «sondern: Was hast du getan?»

Sie brachte kein Wort heraus. Er trug eine gelbe Mütze mit dem HEAT-Logo. Sie konnte den Blick nicht davon wenden.

«Sorry, dass ich dir so eine Nachricht geschickt hab», sagte er. «Aber ich musste dich sehen. Pass auf, du musst nicht über all das emotionale Zeug reden. Das geht nur dich was an.»

Irgendetwas an der Art, wie er zu ihr sprach, verriet ihr, dass er jetzt über alles Bescheid wusste, und plötzlich wurde ihr Blick weich.

«Erzähl mir einfach nur die Fakten», sagte er. «Du warst die ganze Zeit mit Damon in Kontakt, stimmt's? Daher wusste er, wo wir letzte Nacht waren.»

Sie zögerte, runzelte die Stirn, nickte schließlich.

«Erzähl.»

Sie begann zu erklären. Sie hatte Damon ständig auf dem Laufenden gehalten, um ihm die Möglichkeit zu geben, immer einen Schritt voraus zu sein. Zuerst im Red n' Black. Nach ihrem Besuch bei PJ hatte sie ihn angerufen, um ihm mitzuteilen, was PJ über Joel gesagt hatte. Später, als Garvie ankündigte, er wolle noch mal in die Pirrip Street, hatte sie ihm eine Warnung zukommen lassen für den Fall, dass er dorthin zurückgezogen war.

«Und bevor wir zum Imperium gegangen sind?»

Ja, auch über den Besuch im Imperium hatte sie ihn verständigt. «Ich wusste nicht, was wir dort wollten.» Sie hielt inne. «Aber Damon anscheinend schon.»

Sie schwiegen. Ein Windstoß ging durch die Bäume am Straßenrand.

«Es tut mir leid», sagte sie schließlich. Ihre Augen begannen zu glänzen. «Willst du mich gar nicht nach dem Warum fragen?»

Er schien verlegen. «Das kann ich mir schon selbst erklären.»

«Ist schon komisch, nicht wahr?», sagte sie, sobald sie dazu in der Lage war, «in wen man sich so verliebt.» Sie wischte sich übers Gesicht. «Ich musste versuchen, ihn zu beschützen. Außerdem aber, und das musst du mir glauben, dachte ich, er wär unschuldig. Zuerst jedenfalls.»

«Und was glaubst du jetzt?»

Sie biss sich auf die Lippen, wich seinem Blick aus. «All die Sachen, die du herausgefunden hast ... dafür konnte er mir keine Erklärung geben. Und er hat sich verändert. Die letzten Tage hat er nur noch dieses ganz starke Zeug geraucht. Das macht ihn paranoid, verzweifelt.»

«Und gewalttätig.»

«Ja. Und überhaupt ...», sagte sie mit Blick auf die Mütze auf seinem Kopf, «jetzt wo du die gefunden hast.»

Als er sie abnahm, zuckte sie ein wenig zurück.

Er sagte: «Die hat er in jener Nacht getragen, stimmt's? Als er hier auftauchte.»

Sie nickte. «Dann hat er sie abgenommen, die Pistole darin eingewickelt und sie mir gegeben.»

«Smudge hat sie im Nebengebäude gefunden, wo du sie versteckt hattest. Du musst sofort gewusst haben, was das Ganze bedeutete.»

Sie verzog das Gesicht. «Ich hab's auf meinem News-Feed gelesen, gleich als Damon weg war. Dieser Zeuge vom Market Square, der meinte, er habe Joel vor dem Ballyhoo mit einem Typen sitzen sehen, der eine HEAT-Mütze trug.»

«Damit war klar, dass Damon Verbindung zu Joel hatte, genau um die Zeit, als der erschossen wurde. Wahrscheinlich haben sie eine Krisensitzung abgehalten. Die anscheinend nicht so gut gelaufen ist.»

«Nein.»

«Der eine wütend, der andere verängstigt. Dann brach draußen die Randale los. Und zwischen ihnen beiden auch.»

Sie gab ein Geräusch von sich. So etwas hatte Garvie noch nie gehört. Es klang wie das Aufstöhnen einer Menschenmenge, die von einem unbestimmbaren Gefühl gepackt wird, und er fing sie auf und hielt sie fest, während sie an seiner Schulter weinte.

Nach einer ganzen Weile löste sie sich von ihm. Die Augen tränenblind.

«Es ist vorbei», sagte sie. «Alles. Ich kann ihn nicht mehr verteidigen. Ich möchte es auch nicht. Nicht nach dem, was letzte Nacht war. Nicht nach allem anderen. Aber hör mir zu.»

Hastig sagte er: «Du brauchst mir nichts zu erklären.»

«Ich möchte aber. Du hattest recht: Er war völlig verängstigt. Sah ständig über die Schulter, als würde er damit rechnen, dass ihn jemand von hinten anfällt. Er brabbelte vor sich hin. ‹Ist echt krank da unten›. ‹Ich hab Scheiße gebaut, Babe, ganz große Scheiße.› Er zitterte wie ein Hund, solche Angst hatte er. Und dann sagte er etwas, das ich mein Leben lang nicht vergessen werde: ‹Ich hab sonst niemanden, Babe, niemanden außer dich.› Er schaute mich an, und ich wusste, es ist wahr. Die reine Wahrheit. Also hab ich die Pistole genommen, und er sagte, dass er mich liebt, und dann ist er gegangen.»

Die Dunkelheit unter den Bäumen schien für einen Moment aufbrausen zu wollen, bevor sie sich langsam wieder in der nächtlichen Stille einrichtete.

Garvie sagte nichts. Es gab nichts zu sagen.

Sie sagte: «Du musst verstehen. Es war ein Fehler, die Pistole zu nehmen. Aber ich habe es getan, weil er darauf angewiesen war. Ich bin nicht stolz drauf, aber ich schäme mich auch nicht dafür.» Sie sah ihn an. «So, und jetzt tu, was du zu tun hast, Garvie Smith. Sag es Singh. Aber denk dran, bitte, bitte denk dran, wie verschreckt er sein wird. Und sorg dafür, dass er sich nichts antut.»

Sie verabschiedeten sich am Tor zum Grundstück. Für einen Moment verharrte jeder auf seiner Seite.

Während der Torflügel sich schloss, sagte er: «Du kommst klar?»

Doch dann war das Tor schon zu, bevor sie ihm antworten konnte.

44

Er ging zu Fuß nach Hause. Über die malerischen, von Bäumen beschatteten Sträßchen von Froggett, vorbei an eleganten, hinter behaglichen Steinmauern verschanzten Villen, die lange, geschwungene Straße von Battery Hill hinunter, an Hecken entlang, die immer schäbiger wurden, je weiter er sich der Ringstraße näherte, vorbei an den verdunkelten Klötzen der in die Mitte des verlassenen Parkplatzes gepflanzten Autofabrik, durch die grell beleuchtete, von unzähligen Graffiti signierte Unterführung und schließlich nach Five Mile hinein, das sich träge und traumlos unter einem zerrissenen Nachthimmel fläzte. Am Ende des Driftway stieg er durch die Lücke im Drahtzaun und gelangte nach Eastwick Gardens. Mitternacht. Es roch nach Asphalt und Liguster.

Er dachte über die Mütze nach. Sein Onkel würde sie auf Hinweise untersuchen, dass Damon sie getragen hatte, und womöglich auch auf andere Dinge, etwa Nitrate vom Abfeuern der Pistole.

Er dachte an Singh und daran, was er sagen würde.

Er dachte an Damon, der noch immer auf freiem Fuß war, demnächst aber wohl Gegenstand einer gigantischen Fahndung, aufgedrehter Medienberichterstattung, des ganzen Zirkusses halt.

Und er dachte an Amy, an das, was sie getan hatte, und daran, wie sehr sie noch immer in Damon verliebt war.

Unten vor der Eingangstür zögerte er und fragte sich, ob er Singh sofort anrufen sollte, aber es war schon nach Mitternacht, also steckte er das Handy weg, betrat das Gebäude und stieg leise durch das dunkle Treppenhaus zur Wohnung hinauf.

Er stellte den Wecker auf frühmorgens, damit er gleich bei Tagesanbruch Kontakt mit Singh aufnehmen konnte, dann legte er sich angezogen aufs Bett und lauschte der nächtlichen Stille, die ihn umgab. Kurz erwog er, Amy noch ein letztes Mal anzurufen, doch bei näherer Überlegung wusste er gar nicht, was er ihr sagen sollte, und außerdem war er müde. Das letzte Bild vor seinem geistigen Auge war ihr Gesicht, der flüchtige Eindruck von ihr, bevor das Tor sich schloss. Dann war er eingeschlafen.

Im Dunkeln tastete er nach seinem Handy. Drei Uhr. Unbekannter Anrufer. Für einen kurzen Moment war er verwirrt, doch dann begriff er, es war ja das Naheliegendste, was passieren konnte, darum nahm er den Anruf an.

«Wo bist du, Damon?»

Er hörte ein leises, wirbelndes Geräusch im Hintergrund, vielleicht vom Wind. «Nicht groß überlegen», sagte Garvie. «Sag mir einfach, wo du bist.»

Damon sagte: «Kann nicht, Mann.»

«Warum nicht?»

«Hab nicht viel Zeit.» Es gab Störgeräusche in der Leitung, dann war Damon wieder da, mit rauer, nuscheliger Stimme: «Ist alles echt am Arsch. Weißte was?»

«Was?»

Es folgte Schweigen. Garvie dachte über das Schweigen nach.

Damon sagte: «Hab ihre Nachricht bekommen. Es ist vorbei. Ich hab's versaut, so sieht's aus.»

«Was hast du gemacht, Damon?»

«An dem Abend auf'm Market Square. Ist alles aus'm Ruder gelaufen.»

«Was ist passiert? Wir wissen, dass du dich mit Joel getroffen hast.»

Wieder Knistern in der Leitung, danach Damons Stimme. «Bin ausgetickt, Mann. Weißte was?»

«Was denn?»

Lange Pause. Und erneut die Windgeräusche im Hintergrund.

«Darfst keinem trauen», sagte Damon schließlich.

«Okay, Damon. Damon, hör mir zu. Bevor du auflegst, sag mir nur eins. Wo bist du?»

«Ist mein Unterschlupf. Werd ihn vermissen, Mann.»

Garvie hörte ein unterdrücktes Schluchzen.

«Damon, bleib ganz ruhig.»

«Bringt nichts. Ich halt's nicht aus. Hab angerufen, weil...»

«Weil was?»

«Sag's Amy. Sie blockt mich.»

«Was soll ich Amy sagen?»

Das leise rauschende Schweigen zog sich hin.

«Ich weiß nicht», sagte Damon. Dann plötzlich, wie in Eile: «Weißte was? Sag ihr Lebwohl. Und sag ihr, dass es mir leidtut. Jep. Das ist die Wahrheit. O Gott», sagte er, «jetzt kommt es!»

«Damon, warte!»

Ganz kurz war ein anderes Geräusch zu hören, ein metallisches Scheppern, dann war die Leitung tot.

Garvie sprang vom Bett und gab eine andere Nummer ein, während er in seine Stiefel schlüpfte.

«Komm schon, Singh», murmelte er. «Na los, nimm ab!»

Dann erstarrte er, den zweiten Stiefel noch in der Hand.

Er hörte ein Telefon klingeln, irgendwo in der Wohnung. Irritiert trat er aus seinem Zimmer ins Wohnzimmer, folgte dem lauter werdenden Klingeln. Es kam aus dem Schlafzimmer seiner Mutter.

Während er ihm noch wie betäubt lauschte, ging die Zimmertür seiner Mutter auf, und Singh erschien in Shorts und T-Shirt, sein Handy am Ohr. Als er Garvie erblickte, blieb er stehen, und sie starrten sich gegenseitig an.

Seine Mutter tauchte im Nachthemd hinter Singh auf und legte ihm eine Hand auf die Schulter.

«Garvie», sagte sie mit leiser, bekümmerter Stimme.

Das Adrenalin schoss ihm durch die Adern. «Keine Zeit», sagte er. Er konnte sie nicht ansehen. Er sah Singh an. «Hören Sie. Damon hat grad angerufen. Er hat irgendetwas Dummes vor. Wir müssen hin», sagte er.

Singh rührte sich nicht.

«Sofort!», rief Garvie. Die Wut in seiner Stimme überraschte ihn. Singh setzte sich in Bewegung, irgendwie jungenhaft und sonderbar klein in seinem übergroßen T-Shirt und den bauschigen Shorts.

«Garvie», sagte seine Mutter noch einmal leise.

«Wir sehen uns unten», sagte Garvie barsch zu Singh und verließ rasch die Wohnung.

Wie sehr er zitterte, merkte er erst, als er im Erdgeschoss angekommen war. Er musste sich am Treppengeländer festhalten, um nicht umzufallen. Seine Atmung raste, sein Herz fühlte sich irgendwie breiig und erschreckend beweglich in der Brust an. Dann war Singh zur Stelle, und zusammen rannten sie ohne ein Wort hinaus auf den kleinen Parkplatz und zu dem beigefarbenen Škoda Fabia, der unauffällig am hinteren Ende parkte.

Singh war noch dabei, seine Uniform zuzuknöpfen, als er ins Auto stieg.

«Garvie», setzte er an.

«Fahren Sie einfach los», sagte Garvie. «Deswegen sind wir doch ins Auto eingestiegen, oder?»

«Aber wir wissen nicht, wo er ist. Du hast selbst gesagt, dass wir ihn nicht finden können.»

«Ich sagte, *Sie* können ihn nicht finden. Ich hab nicht behauptet, dass ich es nicht könnte.»

«Wohin also?»

«In die Stadt», sagte Garvie, und schon holperten sie über die Schlaglöcher des Driftway hinweg zur Hauptstraße.

45

Um drei Uhr morgens wirkte alles wie ausgestorben. Die leeren Straßen lagen still da. Bis der Fabia kam. Mit wildem Getöse, immer wacker beschleunigend, bretterte das kleine Auto die Bulwarks Lane hinunter, bog mit quietschenden Reifen in den Pollard Way und setzte schließlich mit Schwung auf die Town Road.

«Wo in der Stadt?», fragte Singh, übers Lenkrad gebeugt.

«Hier links», sagte Garvie.

Der Wagen schlingerte durch eine Neunzig-Grad-Kurve, überfuhr eine rote Ampel und wandte sich Richtung Einkaufszentrum.

«Ja und? *Wo?*»

«Was man bei Damon beachten muss: Er ist unkomplizierter, als man denkt.»

«Wie meinst du?»

«Wissen Sie noch, was er zu mir gesagt hat?»

«Er geht gern wohin, wo er high sein kann. Und wo er die Luft hört. Klingt für mich eher, als wär's auf dem Land als in der Innenstadt.»

«Damon stand nicht so auf Bäume. Stadtkind. Wenn du in der Stadt der Luft lauschen willst, dann musst du ‹high› sein. Nämlich hoch oben. Genau wie er sagte. Kleines Wortspiel. Hat er sich einen Witz draus gemacht.»

«Also wo jetzt –»

«Er hat mir davon erzählt, als wir uns in der Straßenbahn

getroffen haben. Hat vor sich hingegrinst, während er aus dem Fenster starrte; es war, als würde er es gerade träumen. Hat er aber nicht.»

«Wie meinst du das?»

«Er hat nicht davon geträumt. Er hat es *angeguckt*. Das Parkhochhaus. Ganz oben. Kann man auch gut einen Transporter drin verstecken, in so einem vielgenutzten Parkhaus. Als er vorhin anrief, muss er oben auf dem Dach gewesen sein. Ich konnte den Wind hören, und außerdem irgendwas anderes, so was wie ein metallisches Rumpeln. Das kannte ich. Das ist das Tor vom Betriebshof gleich neben dem Parkhaus.»

Singh sagte: «Bist du –»

«Tun wir einfach so als ob.»

Singh nickte. «Fünf Minuten. Höchstens zehn.»

Garvie starrte auf die im Fenster vorbeihuschende Stadt, die Wohnblocks, die sich rund um das Zentrum zogen, die Büro- und Verwaltungsgebäude.

Singh rief Dowell an und anschließend Paul Tanner.

«Damon vertraut Tanner», sagte er zu Garvie. «Vielleicht dringt er zu ihm durch.»

Er trat das Gaspedal durch, und der Fabia kurvte am Bahnhof nach links, beschleunigte entlang der Gleise in Richtung Einkaufszentrum, das schwarz und ausdruckslos in den aschblauen Nachthimmel ragte. Sie bogen scharf ab in eine schmale Gasse, die zum Betriebshof führte, wo sie schleudernd zum Stehen kamen.

Sie waren schon aus dem Auto, bevor es zu schaukeln aufgehört hatte, rannten über den Gehweg zum Betriebshof, vorbei an dem geschlossenen Tor, um die Ecke zum Parkhaus, dann entlang der hoch aufragenden Vorderfront zur breiten Einfahrt mit ihren Pollern, den Rampen und Schranken, den Blick im Laufen nach oben zum Dach gerichtet.

«*Damon!*», rief Singh einmal zwischendurch. Sie bogen um die nächste Ecke und blieben abrupt stehen. Und verharrten dort nebeneinander mit dem plötzlich ziellosen Blick von Menschen, die soeben ihren Bus verpasst haben. Vor ihnen lag der leblose Körper von Damon Walsh, ein zusammengekrümmtes Bündel, so unbewegt wie der Boden unter ihm. Ein Obdachloser, der neben ihm kniete, drehte sich zu ihnen um und sagte voller Entsetzen: «Er ist gesprungen. Einfach über die Kante und runter. Wollte es wohl so.» Er hob die blutverschmierten Hände in die Luft und stieß ein Heulen aus.

●

Schweigend warteten sie an der Ecke, gelegentlich einen Blick auf die Leiche werfend, über die Singh seine Jacke gelegt hatte. Der Landstreicher war geflohen.

«Was hat er am Telefon zu dir gesagt?», fragte Singh schließlich leise.

«Dies und jenes.»

«Klang er lebensmüde?»

«Dreimal dürfen Sie raten.»

«Hat er irgendetwas gesagt, das wir wissen müssen?»

Garvie sah ihn teilnahmslos an. «Jep.»

«Was?»

«Er meinte, er sei durchgedreht an dem Abend auf dem Market Square.»

«Okay.»

«Und zwar hat er das gesagt, nachdem ich ihm sagte, wir wüssten, dass er sich dort mit Joel getroffen hätte.»

Singh merkte auf. «Du wusstest, dass er sich mit Joel am Market Square getroffen hatte? Das hast du mir nicht gesagt.»

Garvie warf ihm einen kurzen Blick zu. «Offensichtlich gibt's auch so einiges, was Sie mir nicht gesagt haben.»

Singh sah weg. Vom Geschäftsviertel her hörten sie Sirenen, die stetig lauter wurden.

Singh sagte: «Es scheint also, dass die Antwort auf die Frage ‹Hat Damon Joel umgebracht?› ja lautet. Aber die Antwort kommt zu spät.»

«Ja. Die Dinge sind ständig in Bewegung. Die Frage, die man Ihnen jetzt stellen wird, lautet: Warum haben Sie nicht verhindert, dass er sich vom Dach stürzt?»

Singh machte ein betretenes Gesicht. «Was hat Damon sonst noch gesagt?»

«Er meinte, es täte ihm leid. Das war das eine.»

«Und das andere?»

«Dass er Amy lieben würde, auf immer und ewig.»

«Das hat er gesagt?»

«Das ist das, was ich ihr sagen werde.»

Singh nickte. «Ich verstehe.» Er entfernte sich, um das Dach des Parkhauses von unten in Augenschein zu nehmen.

Garvie zündete sich eine Zigarette an. Zornig zog er daran und rief Singh zu: «Wissen Sie was? Was er wollte, was er eigentlich wollte, wahrscheinlich das Einzige, was er in seinem ganzen Leben wirklich gewollt hat, das war ein Ort, an den er sich zurückziehen konnte, um alles zu vergessen. Er sagte mir, dass er dort nicht immer hinkönnte.

Tja» – Garvie deutete mit der Zigarette auf die dunkle Gestalt auf dem Straßenpflaster –, «jetzt ist er jedenfalls da.» Er wandte sich ab und hockte sich in den Windschatten der Parkhauswand.

Blaulicht flackerte durch die Gasse; drei Polizisten kamen angelaufen, gefolgt von Inspektor Dowell. Ohne Garvies Anwesenheit zur Kenntnis zu nehmen, versammelten sie sich um Singh und redeten. Keiner von ihnen warf mehr als einen kurzen Blick auf den Toten.

In den folgenden fünf Minuten entfaltete sich eine Szene, wie man sie aus tausend Kriminalfilmen kennt – das Knacken und Knistern von Funkgeräten, die üblichen nutzlosen, aber den Vorschriften folgenden Routinemaßnahmen, kreisende Lichter in der kühlen, diesigen Dunkelheit, blau-weißes Absperrband, es war, als würde hier plötzlich ein Film gedreht. Der erste Rettungswagen fuhr vor. Noch mehr kreisende Lichter, noch mehr nutzloses Gerät, das ausgeladen wurde, gedämpfte Stimmen in der Stille, abgerissene Satzfetzen, die wie Codeschnipsel klangen. Noch mehr Film-Material.

Paul Tanner traf ein. Er sprang aus dem Auto, schob einen im Weg stehenden Beamten beiseite und stürzte sich geradewegs auf Singh. Der Polizist ging zu Boden, bevor Dowell und zwei weitere Beamte sich dazwischenwerfen konnten.

«Das ist Ihre Schuld!», rief Tanner, während die Beamten ihn in die Mitte nahmen. «Sie haben ihn sterben lassen!»

Er wurde von Dowell zu seinem Auto gezerrt.

Singh, der aus der Nase blutete, ging hinterher und versuchte mit ihm zu reden, wurde jedoch von Dowell zurückgedrängt und gab schließlich auf, machte kehrt und wischte sich das Gesicht ab.

Isoliert und niedergeschlagen blickte er sich nach Garvie Smith um, doch der Junge war verschwunden; nur ein paar Zigarettenstummel waren im Schatten des Parkhauses zurückgeblieben.

Halb fünf, bald würde der Tag beginnen. Garvie ertappte sich dabei, wie er über die Gleise der alten Bahnstrecke wanderte, die nördlich des Kanals verlief. Anscheinend ging das schon eine ganze Weile so.

Es war eine überraschend anstrengende Fortbewegungsart, die Bahnschwellen lagen in einem ungünstigen Abstand zueinander, aber er machte keinen Versuch, einen flüssigeren Gehrhythmus zu finden. Die Mühsal war ihm ganz recht. Sie lenkte ihn ab. Eine weiße Dunstschicht schwebte geisterhaft über dem Boden, während es ringsum noch dunkel war. Der Himmel zeigte grüne Leuchtstreifen zum Horizont hin, aber um das sehen zu können, hätte er den Kopf heben müssen.

Sein Körper fühlte sich leer an. Er wünschte sich, dass auch sein Kopf leer wäre, aber das war er nicht, vielmehr war er übervölkert von Menschen, an die er lieber nicht denken wollte: Damon, Amy, Singh. Seine Mutter.

Nach einer Weile fand er sich auf der alten Landstraße wieder, die am Klärwerk vorbei nach Limekilns führte. Der Himmel hatte sich rosa und golden eingefärbt, aber das war für ihn nicht von Interesse.

Dann war er in Five Mile; der Morgen war endgültig angebrochen, grau und feucht. Er steuerte Eastwick Gardens an, ging die Treppe hinauf und öffnete die Wohnungstür.

Seine Mutter erhob sich und neben ihr Singh, und beide standen sie nun vor ihm.

«Wo warst du?»

«Nicht hier.» An Singhs verkniffenem, müdem Gesicht vorbei sah er seine Mutter an. «Wohnt er jetzt hier?»

«Das ist nicht die Frage, Garvie, und das weißt du genau.»

«Was ist denn dann die Frage?»

«Das wissen wir nicht, bevor wir nicht die Möglichkeit haben, darüber zu sprechen.»

«Ich bin zu müde, um darüber zu sprechen», sagte er.

Singh sagte zu Garvies Mutter: «Ich geh dann jetzt. Ich wollte mich nur überzeugen, dass ihm nichts passiert ist. Ich...» Er zögerte. «Ich hole meine Sachen.»

Er ging an ihr vorbei in ihr Zimmer und tauchte kurz darauf wieder auf, Jacke und Aktentasche in der Hand.

«Ich ruf dich an, Raminder», sagte sie.

Auf dem Weg nach draußen blieb Singh noch kurz stehen und sagte zu Garvie: «Wir beide müssen uns auch noch unterhalten, zumindest über Damon.»

«Amy weiß alles», sagte Garvie. «Sie können mit ihr reden.»

Er hörte, wie die Tür hinter ihm ins Schloss fiel. Er und seine Mutter blieben zurück und starrten sich an.

«Dann schlaf erst mal», sagte sie. «Wir können später reden.»

Er drehte sich um, ging in sein Zimmer und legte sich

aufs Bett. Bald darauf hörte er auch die Tür seiner Mutter zugehen. Das blasse Licht, das durchs Fenster fiel, war so dünn und kalt, dass man hätte glauben können, es sei extra dazu gedacht, ihn wach zu halten, dabei spürte er, während er so dalag und an die Decke starrte, überhaupt keine Müdigkeit, obwohl er die halbe Nacht durch die Gegend gewandert war. Wie auch immer, da war noch etwas, das er tun musste. Er holte sein Handy hervor und sah es traurig an, bevor er wählte.

Sie nahm sofort ab, als hätte sie gar nicht geschlafen.

«Hi», sagte er.

«Hi.»

Er zögerte. «Hat Singh dich angerufen?»

«Nein», sagte sie verwundert. «Warum?»

Für einen Augenblick lauschte er ihrem Atem, sah sie vor sich in ihrem Zimmer und stellte sich dem unerträglichen Gedanken, dass dies für immer der letzte Moment war, in dem sie nicht wusste, was passiert war.

«Damon ist tot», sagte er.

Sie gab einen erstickten Laut von sich, so persönlich, so intim, dass er es kaum ertragen konnte, ihn zu hören.

«Amy», sagte er. «Amy.»

Sie weinte, sie konnte nicht sprechen, irgendetwas hatte sie im Mund, ihre Hand oder die Fingerknöchel vielleicht, und sie schnappte nach Luft.

«Amy», sagte er noch einmal sinnlos.

Sie legte auf.

46

Der August war nass und windig, das abgekaute Ende des Sommers. Bald würde das neue Schuljahr beginnen, bei leichtem Regen und trübem Himmel, morgens würde sich der Verkehr stauen, nachmittags die Straßen mit Kindern in Schuluniform bevölkert sein.

Garvie lag auf seinem Bett, erhob sich gelegentlich, um etwas zu essen, kehrte anschließend zum Bett zurück.

Felix kam vorbei, versuchte ihn nach draußen zu locken, zum Spielplatz an der Old Ditch Road. Er stand unter seinem Fenster und winkte gutmütig mit einer halbvollen Flasche Wodka, doch Garvie schüttelte nur den Kopf.

Selbst Gras konnte ihn nicht umstimmen.

Smudge brachte ihm die letzte Lohntüte von seinem Bruder und die neuesten Nachrichten. Die Arbeiten auf dem Anwesen «Four Winds» waren abgeschlossen, einschließlich der Pagode, alles tadellos grundiert und gestrichen und insgesamt, so Smudges Einschätzung, ein wahres Wunder modernen Zäunebaus. Dr. Roecastle war offenbar sehr angetan, es war von einer Sonderprämie die Rede. Amy Roecastle allerdings hatte man seit Tagen nicht mehr zu Gesicht bekommen. In Smudges Erinnerung war sie zwar noch erstaunlich präsent, von längeren Beschreibungen aber nahm er Abstand. Er verfügte über ein natürliches Feingefühl.

Am Mittwoch hatte Smudge frei, also fuhren sie zusammen in die Stadt, wo sie irgendwann plötzlich, ob zufällig oder in unterbewusster Absicht, vor dem Einkaufszentrum standen, gleich neben dem Parkhaus. Dieses war wieder geöffnet, nachdem es wegen der Spurensicherung einige Tage geschlossen hatte. Die Normalität war zurückgekehrt, nichts wies mehr darauf hin, was hier passiert war. Eine Zeitlang trieben sie sich in den umliegenden Straßen herum. Garvie hatte zuvor nicht wahrgenommen, was für ein gewaltiges Gebäude das Parkhaus war, wie eng eingezwängt zwischen dem Betriebshof, dem Einkaufszentrum und einem Bürokomplex. Sie gingen einmal ganz darum herum, über die Zufahrt auf der Vorderseite, den ölbefleckten Lieferweg zum Betriebshof, den gepflasterten Gehweg am Einkaufszentrum und die schmale Gasse neben dem Bürokomplex, vorbei an allen Eingängen und Notausgängen, bis sie zurück zu der Stelle gelangten, wo Damon aufgeschlagen war, und einige Momente verharrten, um hinauf zur Betonkante des Daches zu spähen.

Da oben war die Luft anders. Man konnte es hören. Damon hatte es gewusst.

Von seinem Onkel wusste Garvie, dass die Polizei Damons Lager auf dem Dach gefunden hatte, versteckt zwischen Belüftungsschacht und Generatorgehäuse. Irgendwann in den letzten fünfzig Jahren hatte der Schließmechanismus der alten Zugangstür im obersten Geschoss blockiert, sodass sie geschlossen, aber nicht verriegelt war. Garvie konnte sich vorstellen, wie Damon herausfand, dass sie sich öffnen ließ, vorsichtig aufs Dach hinaustrat und die Luft im Gesicht spürte. Er musste sich dort sicher gefühlt haben, sicher und frei. Niemand konnte ihn sehen, die einzige Überwachungskamera auf dieser Ebene war auf einen völlig anderen Teil des Daches gerichtet, die Tür zwischen Dach und der Parkebene darunter konnte mit einem dieser hochwertigen Gummikeile gesichert werden. Er hatte eine Abdeckplane aufs Dach geschleppt und über sein Kabäuschen gehängt, um sich vor dem Regen zu schützen. Darunter hatte die Polizei einen Schlafsack, einige Flaschen Wasser und einen säuberlich verschnürten Müllsack gefunden. Außerdem ein Tütchen Gras, mehrere Päckchen Zigarettenpapier und die Schlüssel für seinen Transporter, der unauffällig zwischen anderen Fahrzeugen auf der Parkebene abgestellt war.

Unterdessen war die Mütze mit dem HEAT-Logo von den Kriminaltechnikern nicht nur auf Damons Haare und andere DNA-Spuren positiv getestet worden, sondern auch auf Rückstände von Schießpulvernitraten. Garvies abschließende, entschieden unangenehme Mitwirkung hatte darin bestanden, dem Detective Inspector Dowell Bericht über sein Telefonat mit Damon zu erstatten. Die Ermittlungen im Mordfall Joel Watkins waren damit abgeschlossen.

Gleichzeitig hatte die von Paul Tanner offiziell beantragte interne Untersuchung zu Damons Suizid begonnen. Singh war bereits aufgefordert worden, sich dazu zu äußern.

Garvie hätte gern mit Amy über all dies gesprochen, aber sie reagierte nicht auf seine Anrufe. Er malte sich aus, wie sie einsam und allein in ihrem Zimmer saß und an Damon dachte. Er wollte mit ihr reden. Sie aber wollte nicht mit ihm reden.

Smudge legte ihm einen Arm um die Schulter. «Wann ist die Beerdigung?»

«Samstag.»

«Gehste hin?»

«Weiß nicht, Smudge, ganz ehrlich.»

«Ich komm mit. Falls du, weißt schon, 'ne kleine Stütze brauchst.»

Ein letztes Mal blickten sie hinauf zum Parkhausdach. Sie ließen sich ein paar Regentropfen ins Gesicht fallen, dann kehrten sie nach Hause zurück.

«Mach's gut.»

Zu Hause war jetzt alles anders. Singh war nicht wieder über Nacht geblieben, aber Garvies Mutter verbrachte regelmäßig die Abende mit ihm. Garvie konnte sich nicht dazu überwinden, mit ihr darüber zu sprechen. Der bloße Gedanke daran erfüllte ihn mit einem seltsamen, beinahe panischen Gefühl. Wie üblich bestand die von ihm bevorzugte Kommunikationsform mehr oder weniger aus Schweigen.

Seine Mutter fragte: «Warum magst du ihn nicht?»

«Einfach so. Mochte ihn von Anfang an nicht.»

«Versuch, ihn um meinetwillen zu mögen.»

«Warum?»

«Weil du mich liebst. Weil wir uns Mühe geben für die Menschen, die wie lieben. Weil ich ein Recht darauf habe, glücklich zu sein, wie alle anderen auch.»

Es ließ sich schwer etwas sagen gegen diese Lebensweisheiten. Sie halfen aber nicht gegen die Panik, die er empfand, sie sorgten nur dafür, dass er sich obendrein auch noch schuldig fühlte.

«Hör zu, Garvie, ich hab versucht, es dir zu sagen. Ich wollte nicht, dass es überraschend kommt.»

«Wie kommst du darauf, dass es eine Überraschung war?»

Sie zog die Augenbrauen zusammen.

Mit tonloser Stimme zählte er auf: «Donnerstag, der 9.: Schwätzchen mit Singh hier. Freitag, 10.: nennst ihn ‹Raminder›, preist ihn mir an, bevor du mit neuer Frisur ausgehst. Montag, 20.: auswärts essen mit ihm, du in Hose mit Leopardenmuster, schwarzem Top und den großen gelben Ohrreifen, er in seinem besten braunen Anzug und orangem Turban. Donnerstag, 23.: du sprichst mit ihm auf deinem Handy, bevor du losziehst, um ihn zu treffen, und zwar in neuer blauer Jeans, fliederfarbenem Top und grauen Samtstiefeletten. Ich war da. Ich hab Augen im Kopf. Ich kann eins und eins zusammenzählen.»

Seine Mutter sah ihn erstaunt an. «Aber», sagte sie, «wenn du das alles bemerkt hast, warum führst du dich dann jetzt so auf?»

«Weil ich *nicht geglaubt habe, dass es ernst ist!*»

Und damit verschwand er in seinem Zimmer und knallte die Tür hinter sich zu.

Auf dem Bett liegend, versuchte er, Ordnung in seine Gedanken zu bringen. Das war schwer, immer wieder stoben sie wild durcheinander.

Er dachte an Folgen. Zwei im Speziellen. Joel, Damon, Amy. Garvie, Singh, seine Mutter. Jede Folge hatte ihre eigenen Regeln, beide hatten ihrem logischen Zusammenhang gemäß funktioniert. Fragen hatten ihre korrekten Antworten gefunden. Keine Fehler insoweit.

Er dachte über Fragen nach. Wenn Singh die Antwort war, wonach hatte dann seine Mutter gefragt?

Schließlich dachte er über Fehler nach. Davon gab es denn doch jede Menge. Dass Dr. Roecastle glaubte, Amy wäre in einem Hotel abgestiegen. Dass die Polizei dachte, Amy wäre im Wald verscharrt worden. Dass Damon auf dem Market Square durchgedreht war. Dass er selbst die Gefahr übersehen hatte, in der Amy sich befand. Bei näherem Hinsehen zeigt sich jedoch, dass das Leben nicht aus reiner Mathematik besteht; es gibt da eine besondere Kategorie von Fehlern, die in Wirklichkeit das Beste, Schönste, Großartigste sind, was man überhaupt tun kann. In diese Kategorie ordnete er die Tatsache ein, dass Amy Damon die Pistole abgenommen hatte. «Ich hab sonst niemanden», hatte er gesagt. Also nahm sie sie, weil er darauf angewiesen war, weil sie hoffte, ihm mit der Pistole auch allen Schmerz und alle Furcht abzunehmen und ihm dafür Liebe zurückzugeben. Wer wollte das einen Fehler nennen?

Eine ganze Weile noch lag er so da. Dann zückte er sein Handy und schickte Amy die Nachricht, er hoffe sie bei der Beerdigung zu sehen.

47

Die Beisetzung fand in der katholischen Maria-Hilf-Kirche in Strawberry Hill statt – der *Polski*-Kirche. Anscheinend war Damon einst katholisch getauft worden. Niemand konnte sagen, ob er das gewusst hatte. Es gab eine kurze Trauerfeier in dem gotisch düsteren Gebäude, dann das Begräbnis auf dem dazugehörigen kleinen Friedhof, zwischen den hohen Wänden des Kinos und des Einkaufszentrums gelegen, ein Ort stillen Verfalls und schattiger Ruhe inmitten einer belebten Umgebung. Es war halb sechs am Nachmittag, der letzte Gottesdienst des Tages.

Der Zuspruch war bescheiden. Drei Personen nahmen teil, die dem Aussehen nach Freunde von Damon aus früheren Tagen sein mochten, außerdem zwei Pflegeeltern aus Damons Kindheit, Singh und Dowell als Vertreter von Recht und Gesetz und Paul Tanner, der Singh ignorierte und gleich nach dem Gottesdienst wütend und bleich von dannen zog. Smudge und Felix waren gekommen, in geliehenen schwarzen Anzügen. Garvie und Amy standen ein Stück vom Grab entfernt für sich. Amy trug einen strengen schwarzen Rock mit Blazer und einen schwarzen Hut, Garvie ein Hemd mit Button-down-Kragen zur Khakihose. Beide hielten ihre Hände durchgehend gefaltet.

Der Priester trug einen Bibelvers vor und sprach ein Gebet, die Kirchendiener ließen den Sarg herab, eine Handvoll

Erde rieselte auf den Deckel. Das Vaterunser wurde aufgesagt. Dann war es vorbei, der Priester und die Kirchendiener kehrten in die Kirche zurück, die Pflegeeltern schlossen sich ihnen an. Ein kleiner Bagger wurde in Bewegung gesetzt und begann Erde ins Grab zu schaufeln.

Amy beobachtete alles genau. Während der ganzen Beisetzung hatte sie Garvie kaum angesehen. Als er fragte, ob es ihr gutgehe, wandte sie ihm das Gesicht zu, und er sah, wie blass sie war, mit fast weißen Lippen. Leise sagte er:

«Sag mir: Was ist im Krankenhaus passiert?»

Sie sah ihn neugierig an. «Warum fragst du?»

«Als wir darüber am Telefon gesprochen haben, fragte ich: ‹Gehirnerschütterung?›, und du meintest: ‹Ja, das trifft es so weit.› Trifft aber nur zur Hälfte, stimmt's? Da ist noch etwas, das du mir nicht verraten hast.»

Sie wandte sich kurz ab, und als sie ihn wieder ansah, war ihr Gesicht nass. «Als er über mich hergefallen ist, habe ich eine Fehlgeburt erlitten. Das wurde mir im Krankenhaus mitgeteilt. Du hast es erraten?»

«Ich hatte so eine Vermutung. Es tut mir leid», sagte er. «Sehr, sehr leid.»

Sie griff nach seiner Hand und drückte sie.

«In gewisser Weise brauchte ich ihn. Und wenigstens vorübergehend brauchte er mich auch. Das reicht. Es muss reichen. Mehr ist nicht zu haben.»

Ohne ein weiteres Wort schlängelte sie sich zwischen den Grabsteinen hindurch und verließ den Friedhof durch die Zauntür.

Singh und Dowell waren bereits gegangen. Smudge und Felix kamen herbei und wechselten ein paar Worte mit

Garvie, bevor auch sie sich verabschiedeten. Abgesehen von einem anderen Mann, der auf einer Bank saß, blieb Garvie allein auf dem Friedhof zurück. Er rauchte eine Zigarette und gab sich alle Mühe, an nichts zu denken.

«Nette Trauerfeier, wie?»

Er drehte sich um. Der Typ von der Bank stand vor ihm und bot ihm eine Zigarette an.

«Wollte eigentlich gar nicht kommen», sagte der Mann. «Bin jetzt aber doch froh. Die Musik schafft mich immer.» Er war klein, ein bisschen untersetzt, hatte ein glattes Gesicht und braune, borstige Haare. In seinem glänzend blauen Anzug stellte er sich neben Garvie und betrachtete rauchend Damons Grab.

«Meine zweite Beerdigung in einem Monat», sagte er nach einer Weile.

«Ach ja?»

«Beides junge Burschen. Mein Alter. Erst Joel, jetzt Damon.»

Garvie sah ihn von der Seite an. «Joel Watkins?»

«Jep. Hab sie beide bei einer Maßnahme für jugendliche Straftäter kennengelernt. Schon eine Weile her. Von der Sache mit Damon hab ich erst gestern gehört. War vom Radar verschwunden.» Er inhalierte den Rauch. «Typisch. Immer das Gleiche bei Damon, wird in Sachen verwickelt, die gar nichts mit ihm zu tun haben. Kanntest ihn gut, ja?»

Garvie schüttelte den Kopf. «Nur über seine Freundin.»

«Und Joel?»

«Den kannte ich überhaupt nicht.»

«Joel war immer ein ziemlicher Arsch, ehrlich gesagt. Aber Damon war ein Lieber. Ich mochte Damon.»

«Hab gehört, sie waren dicke Freunde. Damals jedenfalls.»

«Wer?»

«Damon und Joel.»

Der Mann machte ein verdutztes Gesicht. «Eigentlich nicht. Soweit ich mich erinnere, hatten sie nie viel miteinander zu tun.»

Garvie hielt kurz inne. «Also, wie jetzt, dann haben sie sich erst letzten Monat wegen dem Transporter wieder getroffen?»

«Was für 'n Transporter?»

«Den Joel ihm verkauft hat.»

Der Mann zog die Stirn kraus. «Bazza hat ihm seinen Transporter verkauft. Joel hatte damit nichts zu tun. Wie gesagt, Joel und Damon hatten keinen Kontakt.» Er fuhr fort: «Das Traurige an der Geschichte mit dem Transporter war, dass Damon dachte, er würde ihm zu einem Job verhelfen.»

«Ja, das hat er mal erwähnt.»

«Er war so glücklich, konnte sich gar nicht mehr einkriegen, meinte, das würde sein ganzes Leben umkrempeln. Hatte wohl sogar schon ein Jobangebot, sobald der Transporter startklar war.»

Garvie dachte bei sich: *Wie kommt es, dass es die naheliegendsten Fragen sind, die als Letztes gestellt werden?*

Er fragte: «Was für ein Job war denn das?»

«Lieferdienst.»

«Welche Firma?»

«Zufällig dieselbe, bei der auch Joel arbeitete. War aber nicht Joel, der Damon den Job vermittelt hat. Wie gesagt, so dicke waren sie nicht. Und Joel wurde dann sowieso gefeuert. Hast du davon gehört?»

«Jep. Hat Ware abgezweigt und wurde erwischt.»

Der Mann grunzte abschätzig. «Abgekartetes Spiel.»

«Wie meinst du das?»

«Nicht Joel hat Sachen unterschlagen. Das war der andere Typ – der, der Damon den Job vermittelt hat. Der hatte schon seit Jahren regelmäßig was für sich abgezweigt, das wussten alle. Als man ihm auf die Schliche kam, hat er alles Joel in die Schuhe geschoben, und der wurde dann gefeuert. Das ist der Grund, warum Joel so ausgerastet ist. War letzten Endes gut, dass Damon dann doch nicht da gearbeitet hat.»

Garvie überlegte. Dachte noch einmal an die naheliegenden Fragen, die nicht gestellt werden. Er sagte: «Dieser Lieferdienstfahrer, der Damon den Job angeboten hat. Der kannte Damon also?»

«O ja, schon lange. Sagte ich das nicht, das ist ja der springende Punkt. Ein schon älterer Typ. Damon hat zu ihm aufgeblickt, hat alles, was er sagte, für bare Münze genommen. Bin ihm ein paarmal begegnet, als wir zusammen in der Maßnahme waren. Ich glaube, er war vielleicht Damons Pate. Jeder, der in der Maßnahme war, musste einen Paten haben. Meistens ein Elternteil, aber viele von den Jungs hatten gar keine Eltern, deshalb kriegten sie von der Kommune eine Art Betreuer vermittelt. Die wurden als Paten bezeichnet.»

«Und wie hieß dieser Typ?»

«Mein Gedächtnis ist echt unter aller Sau. Hatte so einen komischen Spitznamen. EmDee, VauPee. Weiß nicht mehr.»

«Macht nichts.»

«Hatte so das Gefühl, dass er vorher beim Militär war.»
Garvie nickte. «Alles klar.»
«Also gut, muss langsam los. Tut mal gut zu reden.» Er streckte die Hand aus. «Man sieht sich. Aber nicht auf der nächsten Beerdigung, hoffe ich.»
Garvie blickte ihm nach. Dann rief er Smudge an.
«Smudge, Alter. Du bist doch mit einigen Fahrern bei One Shot befreundet, richtig?»
«Japp.»
«Kannst du die mal anrufen und sie was fragen?»
«Was denn fragen?»
«Du erinnerst dich, dass PJ uns erzählte, wie Joel gefeuert wurde.»
«Ja, wegen Unterschlagung.»
«Er hat aber einen der anderen Fahrer dafür verantwortlich gemacht. Ich würde gern wissen, wen.»
«Okay, gib mir fünf Minuten.»
Garvie stand neben Damons Grab. Das Gelbbraun der frisch aufgeschütteten Erde im Licht des späten Nachmittags erinnerte an Orangen. Amy hatte einen Blumenstrauß mitgebracht, der sich an das kleine Holzkreuz schmiegte wie eine vergessene Spielzeugpuppe. Sonst gab es keinen Grabschmuck.

Nach einem letzten Blick auf die Blumen wandte Garvie sich ab und nahm den Weg, der zum Tor führte. Er war gerade dabei, den Friedhof zu verlassen, da rief Smudge zurück.

«Hier kommt das Neueste. Und es ist echt schräg. Der Kumpel, den ich angesprochen hab, wusste genau, auf wen Joel mit dem Finger gezeigt hat. Alle haben drüber geredet. Und du errätst nie, wer es war.»

«Nee, bestimmt nicht.»

«Na komm, versuch mal. Nur so aus Spaß.»

«Na gut. Ich tippe auf ... PJ.»

Am anderen Ende herrschte traurige Stille. «Jetzt haste den Spaß verdorben. Das machst du immer.»

«Tut mir leid, Smudge. Ich mach's wieder gut.»

Er sah auf seine Uhr. Halb acht. Er rief Amy an.

«Garvie», sagte sie. «Ich kann das nicht mehr machen, tut mir leid. Ich muss versuchen, eine Zeitlang nicht daran zu denken.»

«Nur ein paar kurze Fragen, dann ist Schluss, versprochen. Erinnerst du dich an unser Gespräch mit PJ? Er sagte, er hätte noch nie von Damon gehört. Und beim Abschied, weißt du noch, was er da gesagt hat?»

Sie überlegte, dann sagte sie: «Er meinte, es täte ihm leid, dass er uns nicht helfen könne, ihn zu finden.»

«Ja. Aber wir hatten gar nicht erwähnt, dass wir ihn suchten, oder? Woher wusste er dann, dass er verschwunden war?»

Sie schwieg.

«Du hast gesagt, PJ sei so loyal und vertrauensvoll gewesen, dass er nicht mal gefragt hat, was du in der Schachtel hattest. Angenommen, er musste gar nicht fragen, weil er es schon wusste?»

Sie schwieg immer noch.

«PJ hat uns erzählt, er hätte bekifft im Hinterzimmer gesessen, als wir im Red n' Black waren. Angenommen, das stimmt nicht.»

«Garvie, worauf willst du hinaus?»

«Darauf, dass wir dachten, es wäre vorbei, aber es ist

nicht vorbei. Letzte Frage. Das ist jetzt wichtig. Hast du Damon vorher jemals mit dieser HEAT-Mütze gesehen?»

Sie dachte darüber nach. «Nein. Die habe ich ihn vorher nie tragen sehen. Das war das einzige Mal. Garvie –»

«Das war's dann. Aber hör zu. Bleib heute Abend zu Hause. Mach nicht auf, wenn's klingelt. Geh nicht ans Telefon, auch nicht, wenn ich es bin, der anruft. Verstanden?»

«Ja, aber –»

«Alles gut. Ich melde mich morgen.»

Nachdem er aufgelegt hatte, stand er für eine Weile reglos mitten im Einkaufsviertel von Strawberry Hill. Er rief Abdul an. Keine Reaktion.

Seufzend setzte er sich wieder in Bewegung, Richtung Norden, wo es nach Tick Hill ging.

48

Als er schließlich den Weg mit dem Hinweisschild CHILDSWELL GARTEN-CENTER erreichte, war es fast neun, das grüne und rosafarbene Licht am leeren Himmel verblasste zusehends.

Ihm taten die Füße weh, aber davon ließ er sich nicht beirren. Er zückte sein Handy und rief seinen Onkel an.

«Garvie, wo bist du? Gerade hatte ich deine Mutter am Telefon, sie macht sich Sorgen.»

Garvie wandte sich von der Ringstraße ab und lief an Weißdornhecken entlang auf dem Feldweg weiter.

«Vertrete mir nur ein bisschen die Beine», sagte er. «Ich hätte aber mal eine Frage.»

«Was denn jetzt wieder?»

«Es geht um die HEAT-Mütze. Ihr habt Spuren von Damons DNA daran gefunden.»

«Das weißt du doch.»

«Auch andere DNA-Spuren?»

Sein Onkel zögerte, und Garvie hörte durchs Telefon, wie er sich aus einem Raum heraus- und in einen anderen hineinbewegte. Als er weitersprach, war seine Stimme leiser und wachsamer als vorher.

«Das sind natürlich vertrauliche Informationen, über die ich nicht mit jedem sprechen kann. Aber ja, wir haben Spuren von zwei weiteren DNAs gefunden, beide nicht identifiziert.»

«Interessant. Eine davon dürfte übrigens meine sein.»

«*Was?*»

«Hatte ich vergessen, das Dowell gegenüber zu erwähnen? Ich musste die Mütze kurz mal aufsetzen. Aber du sagtest, da ist noch mehr.»

Er konnte hören, wie sein Onkel sich bemühte, kontrolliert zu atmen. «Ja, Garvie. Haare anderer, nicht identifizierter Herkunft.»

«Okay. Danke. Bis später.»

«Warte! Was soll ich deiner Mutter sagen?»

Garvie zögerte. «Sag ihr, mir geht's gut», sagte er und legte auf.

Um ihn herum war es jetzt richtig ländlich. Die Gräben waren voller Brennnesseln. Auf der einen Seite des Weges war die Rapssaat schulterhoch aufgeschichtet und hatte beim Trocknen eine beige Färbung mit rosa Schattierung angenommen. Auf der abgeernteten Wiese gegenüber waren kleine Büschel von gebleichtem Heu verstreut, die wie alte Perücken aussahen. Die dumpfe Stille wurde gelegentlich von Vogelgurren im Gebüsch, dem Rauschen des Verkehrs auf der Ringstraße oder dem Hupen eines vorbeifahrenden Zuges durchbrochen. Weit zur Rechten standen die Häuser von Tick Hill. Links lag das Krankenhaus, in dem seine Mutter arbeitete, schon jetzt nur eine dunkle Silhouette vor dem Abendhimmel. Vor ihm Wald und weitere Felder.

Er stapfte weiter.

Sein Handy klingelte. Nach kurzem innerem Kampf meldete er sich.

«Ja?»

«Wo bist du, Garvie?»

«Ich bin hier. Und wo sind Sie? Eastwick Gardens?»

Singh zögerte. «Nein, ich bin noch bei der Arbeit. Hör mal, es tut mir leid, dass ich bei der Beerdigung heute Nachmittag keine Gelegenheit hatte, mit dir zu sprechen. Es wäre gut, wenn wir uns mal unterhalten, bin ich der Meinung.»

«Das glaube ich ohne weiteres.»

Mehr sagte er nicht, sondern lauschte im Weitergehen Singhs Atmung, die tief und regelmäßig ging.

«Na gut», sagte Singh schließlich. «Aber, Garvie, du kannst mich jederzeit anrufen, egal, worum es geht.»

«Sie haben recht, das kann ich. Tatsächlich hätte ich grad mal eine Frage an Sie.»

«Ja?»

«Was ist ein Smurf?»

Singh ließ sich Zeit, bevor er antwortete.

«Ein Smurf ist so etwas wie ein Schmuggler, einer, der schmutziges Geld in der Tasche hat. Geld aus kriminellen Geschäften beispielsweise. Er geht in ein Kasino, kauft sich Spielchips von dem Geld, stellt sich ein, zwei Stunden an die Automaten und tauscht am Ende des Abends die Chips zurück gegen sauberes, nicht zurückverfolgbares Bargeld. Schlichte Geldwäsche.»

«Und solche Sachen sind im Imperium gelaufen?»

«Unter anderem, ja. Aber warum fragst du?»

«Spielt keine Rolle. Bis später dann.»

Singh sagte noch etwas, aber da hatte Garvie sein Handy schon in die Jacke zurückgesteckt und marschierte weiter.

Er dachte an PJ. Ein friedliebender, vom Gras benebelter alter Hippie. Ein ehemaliger Marinesoldat mit traumatischer Kampferfahrung. Einer, der am Arbeitsplatz still und heimlich Sachen mitgehen ließ, und der geschickt darin war, andere Leute anzuschwärzen. Und der eine Zeitlang den Privatchauffeur für den Besitzer des Imperium-Kasinos gemacht hatte.

Garvie ließ sich all das durch den Kopf gehen.

Und dann das Interessanteste überhaupt. Bis ihm aufgrund einer Klage wegen Belästigung die Lizenz entzogen wurde, war PJ amtlicher Betreuer für verschiedene Jugendliche gewesen, darunter möglicherweise Damon Walsh. Jemand, der Damons Vertrauen besaß.

War es wirklich so? War PJ Damons vom Jugendamt eingesetzter Pate gewesen?

Singh würde das nachprüfen können. Aber Garvie verspürte keine Neigung, ihn darum zu bitten. Er wusste jemanden, den er stattdessen fragen konnte.

Er erreichte das Ende des Weges und stand vor der gedrungenen Silhouette eines eingeschossigen Hauses, hinter dem sich weithin Felder erstreckten. Es war die einzige Behausung ringsum, also musste er hier richtig sein. Die Dämmerung war noch eine Stufe dunkler geworden, der Abend schon recht weit fortgeschritten. An der Gartenpforte blickte Garvie noch einmal zurück in Richtung Stadt, die wie ein glimmender Funkenhaufen in der Dunkelheit kauerte. Er lauschte dem Wind und dem insektenhaften Summen des Verkehrs auf der Ringstraße weiter unten und dachte daran, dass dies das Letzte war, was Damon, oben auf dem Dach des Parkhauses, gehört hatte: Wind und ferne Verkehrsgeräusche.

Er drehte sich um, ging durch den Vorgarten und klopfte an die Tür.

Sie wurde von einer Frau geöffnet, die ein kleines Kind auf der Hüfte trug und Garvie überrascht anblickte, ebenso überrascht wie offenbar das Kind. Er nickte beiden zu und sagte höflich:

«Bin ich hier richtig bei Paul Tanner?»

«Ja.»

«Könnte ich ihn sprechen?»

«Er ist nicht da.»

«Kommt er bald zurück?»

Sie blickte an ihm vorbei zum Weg hin. «Müsste jeden Moment hier sein. Ich will die Kinder zu meiner Mutter bringen und warte auf das Auto, damit wir losfahren können.» Garvie sah einige Taschen im Flur stehen. Aus einem rückwärtigen Zimmer drang Kindergeschrei. «Worum geht es?», fragte sie.

«Um einen Jungen namens Damon. Hab nur eine kurze Frage.»

Sie nickte. «Paul ist sehr aufgewühlt wegen Damon. Er war heute bei seiner Beerdigung. Er ist wütend auf die Polizei. Er meint, die sind schuld an seinem Tod.»

Sie sah auf ihre Uhr und seufzte. Auch das Kind seufzte, und Garvie hatte das Gefühl, er sollte ebenfalls seufzen, einfach, um seiner Pflicht zu genügen. Das Kindergeschrei aus dem Zimmer am Ende des Flurs wurde noch lauter und dringlicher, die Frau entschuldigte sich und ließ Garvie für einen Moment allein an der Tür stehen.

In der Zwischenzeit dachte er mit unguten Gefühlen an PJ. Er rief sich dessen eingefallene Wangen und den katastrophalen Zustand seiner Zähne in Erinnerung, das furchterregende Lächeln, den zerfransten Pferdeschwanz und die großen, knotigen Hände. Er dachte daran, wie er dem Fuchs im Wald den Hals umgedreht und was er dabei für ein Gesicht gemacht hatte.

Das Kind im hinteren Zimmer weinte immer noch. Garvie spähte durch den Flur, in dem lauter Spielsachen und einzelne Kinderschuhe herumlagen. Kinderzeichnungen waren an die Wand geklebt, es gab ein Bücherregal mit Bilderbüchern und einem Familienfoto auf dem obersten Brett und dahinter einen überlaufenden Wäschekorb.

Er runzelte die Stirn.

Langsam, ohne den Blick abzuwenden, ging er durch den Flur und hob vorsichtig den Korbdeckel. Ganz oben auf der anderen Wäsche lag ein kastanienbrauner Kapuzenpullover.

Sein Gehirn schaltete auf Hochtouren.

Er sah drei Dinge in rascher Abfolge. Tanners Gesicht auf dem Foto mit dem Schnurrbart und den kurzgeschnittenen schwarzen Haaren – passend auf die Beschreibung des Jungen aus der Pirrip Street. Die Hanteln, die er draußen im Garten bemerkt hatte – Ausrüstung fürs Krafttraining. Tanner als Mitarbeiter des Jugendamts – einer, der jugendlichen Straftätern betreuend zur Seite steht. Drei Bilder, die sich in eine Reihe fügten wie die Kirschen in der Gewinnlinie eines Spielautomaten.

Als Tanners Frau zurückkehrte, stand er wieder an der Haustür.

«Tut mir leid, dass er immer noch nicht da ist», sagte sie. «Ich weiß nicht, was ihn aufgehalten hat.»

«Vielleicht hat er noch beim Kasino vorbeigeschaut», sagte Garvie und beobachtete ihre Reaktion.

«Das kann gut sein», sagte sie. «Er ist fast jeden Tag da. Haben Sie ihn dort gesehen?»

«Ja, an den Spielautomaten.»

«Genau, das macht er gern.»

«Und immer mit dieser HEAT-Mütze auf dem Kopf.»

«Sein Glücksbringer, sagt er.» Sie lächelte kurz und zeigte ihr Zahnfleisch. «Hat sie allerdings verloren. Erst vor ein paar Wochen.»

Garvie nickte. «Interessant», sagte er. «Aber wissen Sie was, eigentlich hat sich das, was ich ihn fragen wollte, so ziemlich erledigt, also kann ich –»

«Moment», sagte sie. «Da kommt er ja.»

Scheinwerfer strichen über die Vorderseite des Hauses, ein Nissan Primera setzte holpernd auf den gekiesten Wendeplatz, Paul Tanner stieg aus, stand als Schattenriss neben dem Auto und starrte zu Garvie herüber. Er rollte die Schultern ein wenig, dann kam er den Weg herauf.

49

Bevor Garvie den Mund aufmachen konnte, rief Frau Tanner ihrem Mann zu: «Der junge Mann hier möchte mit dir über Damon sprechen. Ich hab ihm gesagt, dass du wahrscheinlich im Kasino warst.»

Paul Tanner stand vor dem Haus und musterte Garvie. Garvie wiederum musterte ihn und registrierte, dass er ganz schön groß war, ähnlich schlank wie Damon, aber kräftiger gebaut, blasses Gesicht mit dunklen Bartstoppeln auf Kinn und Oberlippe – wie Joel.

«Ich kann auch ein andermal wiederkommen, falls es grad nicht passt», sagte Garvie.

Tanner schüttelte den Kopf. «Was du heute kannst besorgen ...» Er führte Garvie durch den Flur zu einem Zimmer im hinteren Bereich. Es hatte bodentiefe Fenster, die einen Ausblick auf den jetzt allerdings stockfinsteren Garten und die Landschaft dahinter boten. Alles war gepflegt und ordentlich. Spielzeug jeder Art war in bunten Plastikbehältern entlang den Wänden verstaut. Auf einem Bügelbrett lag ein kleiner Stapel akkurat gefalteter Kleidung.

Garvie nahm auf einem niedrigen Lehnsessel Platz, Tanner auf einem Stuhl ihm gegenüber. Tanners Frau steckte den Kopf durch die Tür, um ihm zu sagen, dass sie jetzt aufbrechen würde.

Tanner nickte. «Passt auf euch auf», sagte er, und sie warf ihm eine Kusshand zu.

Dann war nur noch das Schlagen der Haustür und das Grummeln des wegfahrenden Autos zu hören, bevor eine tiefe ländliche Stille einsetzte.

Tanner sah auf seine Uhr. «Wie lange wird das hier dauern? Meine Schicht fängt um zehn an.»

Garvie sah ihn abschätzend an. «Wie lange werden Sie brauchen, bis Sie merken, wie gefährlich ich bin?»

Tanner lachte. «Du bist bloß ein Teenie. Du bist nicht gefährlich.»

Garvie ging nicht darauf ein. «Ich glaube, es wird schnell gehen», sagte er. «Bisschen über Joel plaudern. Wie Sie ihn umgebracht haben. Danach über Damon. Wie Sie auch ihn umgebracht haben.»

Die Stille im Zimmer pulsierte. Tanner verzog das Gesicht, blies die Backen auf. Er sagte: «Du bist wohl nicht ganz dicht.»

«Tun wir mal so, als wär ich's doch. Das spart uns Zeit. Also. Sie haben sich an jenem Abend mit Joel im Ballyhoo getroffen, stimmt's, und er ist ausgerastet, weil Sie das Geld nicht mitgebracht hatten.»

«Ich habe absolut keine Ahnung, wovon du redest.»

«Sie sind ein Smurf. Stehen jeden Abend an den Spielautomaten im Imperium, tragen Ihre HEAT-Glücksmütze und waschen das schmutzige Geld der Winders. Problem war nur, dass Joel, als er dort anfing zu arbeiten, Sie anscheinend wiedererkannte, aus Ihrer Zeit in der Jugendarbeit. Hatte Ihnen damals nicht über den Weg getraut und tat es auch jetzt nicht. Also spionierte er ein bisschen in der Buchhaltung. Und als er sich sicher war, hat er seinen Preis genannt dafür, dass er die Klappe hält.»

Tanner lachte kurz auf, schüttelte den Kopf. «Blödsinn.»

«Das war es, ja. Und der nächste Blödsinn war folgender: Sie haben nicht gezahlt. Ergebnis: Er ist vor dem Kasino auf Sie losgegangen. Ergebnis: Er wurde gefeuert. Ergebnis davon: Er wurde zum Wutbolzen. Der Wutbolzen hat Sie zum Market Square bestellt. Nettes stilles, aber öffentliches Plätzchen, wo Sie ihm die Kohle überreichen konnten. Wegen der Randale war dann alles anders, stimmt's? Was ist passiert? Ist er wieder auf Sie losgegangen? Sache aus dem Ruder gelaufen draußen in der Gasse? Zum Glück waren Sie nicht ohne Schutz gekommen.»

«Alles Blödsinn.»

«Genau. Und als Hauptdarsteller Damon, König des Blödsinns. Labiler Junge kommt zufällig vorbei, tut das, was er am besten kann, lässt sich in etwas verwickeln, von dem er sich fernhalten sollte. Und das Timing ist perfekt, überall schwirrt Polizei herum, verhaftet alles, was nicht bei drei auf den Bäumen ist, und Sie stehen da mit 'ner Mordwaffe in der Hand. Was macht man da? Ganz einfach. Wickelt das Teil in seine Mütze, gibt es weiter und spaziert davon, als wäre nichts gewesen.»

Tanner lachte. «Warum hätte er sie mir abnehmen sollen?»

«Weil er Ihnen vertraute. Weil Sie ihn brauchten. Weil Sie in der Jugendmaßnahme sein Mentor waren, der Mann, der ihm zur Seite stand, der Mann, zu dem er aufgeblickt hat, dem er vertraut hat, für den er alles getan hätte. Sein *Seelenverwandter.*»

Schweigen. Irgendetwas flackerte über Tanners Gesicht. Garvie sagte: «Da zögert man keine Sekunde, um etwas für jemanden zu tun, den man liebt, dem man vertraut. Damon hat Ihnen die Waffe abgenommen, ohne Fragen zu stellen. Und eine Stunde später hat dann Amy für ihn das Gleiche getan. Was beweist, dass die beiden um tausend Prozent bessere Menschen sind als Sie.»

Tanner erhob sich. «Na schön. Du bist ausgiebig zu Wort gekommen. Jetzt kannst du dich wieder verpissen.»

«Sicher?»

«Wie gesagt. Du bist nicht gefährlich, keine Spur. Du hast überhaupt nichts in der Hand.»

Garvie dachte kurz nach. Er sagte: «Sie konnten die Mütze nicht finden im Schuppen, wie? Smudge hat sie gefunden. Mit Ihrer DNA dran. Im Imperium gibt's einen Croupier, der bezeugen wird, dass Sie derjenige waren, der sich mit Joel geprügelt hat, und ein pfiffiger kleiner Junge aus der Pirrip Street wird Sie als den furchterregenden Mann wiedererkennen, dem Damon eine Nachricht hinterlassen hat. In Ihrem Wäschekorb da im Flur steckt ein kastanienbrauner Kapuzenpullover, mit dem Sie sich als Damon verkleidet haben, um das Handy in der Stadt abzuholen und Singh auf die falsche Fährte zu locken. Ach, und übrigens, da sind auch noch die Bilder der Überwachungskamera auf dem Dach des Parkhauses.»

Stille.

Tanner schüttelte den Kopf. «Keine Kamera», sagte er.

«Nicht für den Teil des Daches, wo Damon war», sagte Garvie. «Aber auf der anderen Seite, wo die andere Tür zum Dach ist. Oh, haben Sie die übersehen?»

Tanner blieb ruhig, aber sein Gesicht wurde finster.

«Und dann», fuhr Garvie fort, «hab ich auch noch mal

über meine letzte Unterhaltung mit Damon nachgedacht, kurz bevor er gestorben ist. Zum Schluss sagte er etwas Merkwürdiges. ‹Oh, jetzt kommt es.› Ich dachte, er würde ankündigen, was er jetzt tun wollte. Aber ich glaube, ich hab mich da verhört. Was er wirklich sagte, war: ‹Jetzt kommt *er*.› Er hatte Sie gesehen, wie Sie über das Parkhausdach auf ihn zukamen.»

Tanner starrte ihn mit gerunzelter Stirn an. Leise sagte er: «Du bist nicht gefährlich. Du bist dumm.»

Garvie schüttelte den Kopf. «Ich bin *wütend*.»

Mit gleichbleibendem Gesichtsausdruck, die Augen fest auf Garvie gerichtet, sagte Tanner: «Gib mir dein Handy.»

Garvie zögerte, dann holte er sein Gerät heraus und reichte es ihm.

Tanner durchscrollte die Anrufliste, dann warf er das Handy auf den Fußboden und stampfte mit dem Fuß darauf.

«Wer weiß, dass du hier bist?», fragte er.

«Oh, ganz viele. Meine Mutter zum Beispiel. Damons Freundin, ihre Mutter. Livia Drusilla vom Imperium, ihr Freund, Dutzende andere, mein Kumpel Smudge, der Mann vom Kiosk, was weiß ich. Oh, und die Polizei natürlich. Die müsste jeden Moment hier sein. Was meinen Sie? Seh ich so aus, als könnte ich gut mit Leuten?»

Tanner sagte nichts. Stattdessen drehte er sich um, verließ das Zimmer und schloss die Tür ab.

Sofort sprang Garvie auf und versuchte sich an der Terrassentür. Sie war abgeschlossen. Auch alle Fenster waren verschlossen, die Schlüssel abgezogen und irgendwo versteckt, und nachdem er kurz das Zimmer abgesucht hatte, ging er zur Tür und lauschte. Er konnte Tanner leise sprechen hören, vermutlich am Telefon.

Er kehrte zu seinem Sessel zurück und wartete.

Einige Minuten vergingen. Tanner kam zurück ins Zimmer.

«Hab bei der Arbeit gesagt, dass ich ein bisschen später komme.»

Er trug jetzt schwere Stiefel mit Stahlkappen und Handschuhe, und er sah Garvie abschätzig an.

Er sagte: «Du hältst dich für schlau, aber ich bin schlauer als du.»

«Und natürlich auch viel gewalttätiger», sagte Garvie. «Haben mit den Hanteln da draußen trainiert. Konnte man sehen. Wie Sie uns im Red n' Black verfolgt haben. Wie Sie über Amy hergefallen sind. Wie Sie Damon vom Dach gestoßen haben.»

«Ich hab ihn nicht gestoßen», sagte Tanner. «Er ist gesprungen. Konnte mir nicht in die Augen sehen.» Inzwischen atmete er schwer. «Dabei», sagte er, «hatte ich gar nichts gegen Damon. Er war einfach nicht schlau genug, um auf sich selbst aufzupassen. Und weißt du was? Du bist genauso.»

«Das ist das, was man in der Mathematik eine falsche Behauptung nennt.»

«Niemand weiß, dass du hier bist. Meine Frau hat ein ganz schlechtes Gedächtnis. Du hast dich in die Scheiße geritten.»

«Für einen von uns beiden trifft das zu», sagte Garvie. «Aber nicht für mich.»

Lautes Klopfen ertönte plötzlich an der Haustür, und Singhs Stimme rief: «Garvie!»

Tanner sah ihn fassungslos an, Garvie zog ein Handy aus der Jackentasche und hielt es hoch. «Immer aufs zweite Telefon achten», sagte er. «Wollen wir uns jetzt noch mal über Dummheit unterhalten?»

Tanner rastete aus. Er stürzte sich auf Garvie, doch der war schneller und verschanzte sich hinter dem Bügelbrett.

Durch den Flur hörte man das Splittern von Holz.

«Weil Sie so schlau sind», sagte Garvie, «wissen Sie, dass es absolut nichts bringt, mich um das Bügelbrett herumzujagen, außer dass Singh genug Zeit hat, hier reinzukommen und die Verhaftung vorzunehmen.»

Tanner bewegte sich plötzlich zur einen Seite, Garvie wich zur anderen aus.

«Das Beste, was Sie tun können, ist zu türmen, so schnell Sie können. Die Terrassentür ist verschlossen, aber der Schlüssel ist unter dem Blumentopf da auf der Fensterbank versteckt. Draußen ist es stockdunkel und außerdem nicht weit bis zu dem Wald hinter dem Feld, Sie hätten also eine reelle Chance, dort hinzukommen, bevor Singh Sie einholt.»

Tanner packte die eine Seite des Bügelbretts, Garvie die andere.

«Könnte natürlich sein», sagte er, «dass Sie doch gar nicht so schlau sind.»

Tanners Gesicht verzerrte sich, bis es nicht mehr wiederzuerkennen war. Als es noch einmal von der Vordertür her krachte und gleich darauf stolpernde Schritte im Flur zu hören waren, sprang er zur Fensterbank.

Bis Singh sich zur Tür des Wohnzimmers vorgekämpft hatte, war Tanner durch den Garten in der Dunkelheit verschwunden. Singh stürzte keuchend zu Garvie, der vor der Terrassentür stand.

«Alles in Ordnung mit dir?»

«Er hat mein zweitbestes Handy zerdeppert», sagte Garvie. «Ich hoffe, er rutscht aus und verstaucht sich ganz fies den Knöchel.»

Singh wandte sich zur offenen Terrassentür. «Bleib du hier im Haus.»

«Warten Sie.» Garvie spähte hinaus in die Dunkelheit. «Irgendwas stimmt nicht.»

«Was?»

«Würde er zum Wald wollen, wäre er in *diese* Richtung gelaufen.»

Er fand einen Lichtschalter an der Außenwand, und augenblicklich wurde der Garten in gleißend helles Licht getaucht. Tanner trat hinter einer Regentonne hervor, er war damit beschäftigt, etwas aus seiner Verpackung zu wickeln.

Und plötzlich hatte er eine Pistole in der Hand!

Singh rief ihn an, doch Tanner grinste nur höhnisch und richtete die Waffe auf Garvie.

«Du verdammter Klugscheißer», fauchte er.

Er drückte ab.

Es gab einen betäubenden Krach, wie ein Schlag aufs Ohr, mit einem quälenden Echo, und dann krachte es gleich noch einmal, als Singh, die Arme und Beine ausgestreckt, sich vor Garvie warf und das Bügelbrett mit sich riss.

Blut spritzte über Garvies Hemd.

Kleidungsstücke fielen Singh aufs Gesicht.

Jetzt waren da nur noch Tanner und Garvie.

Sie standen einander gegenüber, der Junge auf der

Hausseite des Fensters, der Mann, die Pistole in der ausgestreckten Hand, auf der Gartenseite, beide gemeinsam gebannt vom Augenblick, der dem vorausging, was als Nächstes passieren würde.

Dann aber gab es eine kleine Bewegung auf der entgegengesetzten Seite des Gartens, eine Pistole schob sich ins Bild und dann Dowell.

«Wirf sie zu Boden», sagte er zu Tanner, während er sich ihm Stück für Stück näherte. Er hielt die Pistole vorgestreckt, den anderen Arm in der Schlinge hinter dem Körper.

Tanner zögerte nur für den Bruchteil einer Sekunde, bevor er herumwirbelte, worauf Dowell zum Stehen kam, und dann standen sie sich vor Garvies Augen gegenüber und richteten ihre Waffen aufeinander.

«Runter mit der Pistole», knurrte Dowell sanft in seinem schottischen Tonfall. «Jetzt.»

Tanner sagte nichts. Er schien so sehr zu zittern, dass er nicht sprechen konnte. Er hatte vollkommen die Fassung verloren, sein Gesicht war erschreckend bleich, an seiner Schläfe trat eine Vene hervor. Aber er machte keine Anstalten, sich von seiner Pistole zu trennen.

Angespannt starrten sie einander in die Augen.

Vorsichtig machte Dowell noch einen Schritt nach vorn, Tanner riss die Pistole hoch und hielt sie ihm vors Gesicht, und Dowell blieb stehen.

Ein Moment der Stille folgte, und dann noch einer.

Ganz langsam bückte sich Dowell und legte seine eigene Pistole auf den Rasen. Er hielt beide Hände ausgebreitet vor sich.

«So», sagte er ruhig. «Jetzt gib mir deine Waffe.»

Tanner sagte nichts. Zuckte ein wenig. Hielt die Pistole, soweit das Zittern es ihm erlaubte, auf Dowell gerichtet.

Dowell machte noch einen Schritt auf ihn zu. «Ich komme jetzt zu dir», sagte er, ohne Tanner aus den Augen zu lassen, «schön langsam, du gibst mir die Pistole, und niemandem passiert etwas.»

Tanners Kiefer mahlte. Die Lippen bewegten sich.

«Bob», krächzte er. «Bleib weg.»

Dowell schob sich langsam weiter. Einen Schritt. Dann noch einen.

«Zurück», sagte Tanner, lauter diesmal.

«Ruhig», sagte Dowell. «Ganz ruhig. Hier kommt keiner zu Schaden.»

Er war nur noch ein, zwei Schritte von Tanner entfernt, hätte nur die Hand ausstrecken und ihm die Pistole entreißen müssen, aber stattdessen machte er noch einen Schritt, bis seine Brust den Lauf von Tanners Pistole berührte, und streckte ihm seine gesunde Hand entgegen. Und während er seine Waffe sinken ließ, begann Tanner zu weinen.

«Danke», sagte Dowell sanft.

Dann ging irgendetwas schief. Es gab einen Ruck, wie eine Störung in einer Videoaufzeichnung. Dowell rief: «Nein!» Die Pistole war schon in Dowells Hand, aber Tanner griff noch einmal danach, sie kam ins Rutschen wie ein nasses Stück Seife, dann fiel ein Schuss, und gleich noch einer, beide Männer kippten zusammen auf den Rasen und rangen miteinander, bis Tanner sich nicht mehr bewegte.

Dowell rappelte sich wieder hoch, schwerfällig, als würde er sich unter Wasser bewegen, er blutete bereits aus einer

Wunde an seinem vormals gesunden Arm und begann in ein Mikrophon an seinem Hemdkragen zu sprechen. Dabei fiel sein Blick, in dem sich Schmerz und Feindseligkeit mischten, auf Garvie.

Garvie kniete neben Singh, der reglos im komplizierten Durcheinander des umgestürzten Bügelbretts lag. Seine Lippen waren leicht geöffnet, die Augen geschlossen. Seine Uniformhose war vom Oberschenkel bis zum Knöchel blutgetränkt. Jetzt zuckten seine Augenlider, und er blickte auf, und erst als er ihren festen Druck spürte, wurde Garvie bewusst, dass er die Hand des Polizisten hielt.

Singh zuckte zusammen, seine Augen bewegten sich leicht.

Garvie sagte: «Warum zum Teufel haben Sie das gemacht? Sie könnten jetzt tot sein.»

Singh lächelte schwach. «Ich habe es deiner Mutter versprochen», flüsterte er.

«Klingt für mich nach einem strategischen Irrtum.»

«Wir sind unsere Irrtümer», hauchte Singh und verlor wieder das Bewusstsein.

Dowell sprach draußen, das Funkgerät knackte. Sirenen erklangen aus der Ferne. Garvie hielt weiter Singhs Hand.

50

Im Wohnzimmer in Eastwick Gardens Nummer 12 ließ Onkel Len die Zeitung sinken. Auf der Titelseite prangte ein Bild von Detective Inspector Dowell mit zwei Armschlingen und steifem Blick. Es war das zweite Mal innerhalb eines Monats, dass Dowell in Ausübung seiner Dienstpflicht eine Verletzung erlitten hatte, aber wie er in einer erhebenden Stellungnahme erklärte, betrachtete er es als Privileg, die Stadt und ihre Bürger vor gewalttätigen Kriminellen wie Paul Tanner schützen zu dürfen, der tödlich verletzt worden war, als er sich seiner Verhaftung widersetzte.

Es war der fünfte Tag nach Tanners Tod, und die Zeitungen waren des Themas noch immer nicht müde.

«Es war eine unübersichtliche Situation, das muss ich sagen», sagte Singh, auf dem Sofa sitzend, das Bein hochgelegt, zu Onkel Len, «aber Dowell ist ein großes persönliches Risiko eingegangen. Er hat bemerkenswerten Mut gezeigt. Hätte er sich Tanner nicht entgegengestellt, hätte der Mann wahrscheinlich noch Schlimmeres angerichtet und womöglich entkommen können. Er war zu allem entschlossen. Er wusste, dass ihn eine sehr harte Strafe erwartete.»

«Du selbst bist ein außerordentliches Risiko eingegangen», sagte Onkel Len. «Du warst nicht mal bewaffnet. Du hättest weit mehr abkriegen können als nur eine Fleischwunde.»

Er wandte sich Garvie zu, der mit dem Rücken zur Wand auf dem Teppich saß, und musterte ihn gründlich.

«Und was für ein Risiko hast du auf dich genommen?», fragte er seinen Neffen. «So ganz allein zu diesem Haus zu gehen.»

«Ich? Überhaupt kein Risiko. Der Mann war ein Vollidiot.»

Garvies Mutter sagte: «Deine Schlaumeierei hat ihn wahrscheinlich durchdrehen lassen.»

«Was das Risiko betrifft, kann ich Garvie nicht recht geben», sagte Singh. «Aber eins muss ich sagen: Es ist ihm zu verdanken, dass die Wahrheit über Tanner herausgekommen ist. Und an dem betreffenden Abend hat er mir zweimal eine Nachricht geschickt: einmal, als er den kastanienbraunen Kapuzenpullover gefunden hatte, und dann, als Tanner zwischenzeitlich das Zimmer verließ. Und er hat Tanner so lange in ein Gespräch verwickelt, bis ich da war. Das muss man anerkennen, finde ich.»

Onkel Len sagte: «Was Garvie anerkennen sollte, ist, dass du ihm das Leben gerettet hast, Raminder.»

«Tanner war kein guter Schütze», sagte Garvie. «Ich schätze, er hätte glatt danebengeschossen, und niemand hätte verletzt werden müssen.»

Er mied die Blicke der anderen.

Onkel Len sagte: «Was passiert jetzt, Raminder?»

Singh konnte nicht genau sagen, welches posthume Urteil über Tanner gefällt werden würde. Bilder der Überwachungskamera auf dem Gebäude neben dem Parkhaus zeigten, wie er wenige Minuten vor Damons Todessturz das Dach betrat. Eine neuerliche forensische Untersuchung der

Mütze ergab, dass die zuvor nicht identifizierten DNA-Spuren tatsächlich zu Tanner gehörten. Livia Drusillas Zeugenaussage würde berücksichtigt werden. Ebenso Garvies. Und das Allerbeste: Garvie hatte seine Unterhaltung mit Tanner mit seinem zweiten Handy aufgezeichnet. Aber die Untersuchung der Todesfälle Watkins und Damon floss jetzt in die weit umfassenderen Ermittlungen zur Geldwäsche der Winders im Imperium ein. Schon jetzt deuteten sich Verbindungen Tanners zu einem kriminellen Netzwerk an, das sich seiner offensichtlich bedient hatte, um schmutziges Geld zu waschen.

«Das wird eine langwierige Sache sein», sagte Singh. «Ich bin nicht direkt daran beteiligt. Außerdem bin ich für einen Monat krankgeschrieben. Und überhaupt», fügte er hinzu, «sehe ich ja noch einem möglichen Verfahren wegen Fahrlässigkeit und Unterlassung im Zusammenhang mit dem Tod von Damon Walsh entgegen.»

«Was ist mit diesem PJ?»

Die Firma One Shot hatte die Fälle von Diebstahl und Unterschlagung noch einmal untersucht und war nachträglich zu dem Schluss gekommen, dass PJ dafür verantwortlich gewesen sei. Doch der Mann war verschwunden. Die Polizei hatte PJs Behausung im Wald aufgesucht und sie mit Brettern vernagelt vorgefunden.

«Er ist weg», sagte Singh. «Ich habe keine Ahnung, wohin. Du, Garvie?»

«Vielleicht auf Selbstfindung gegangen. Er hat ein bisschen was von einer verlorenen Seele.»

Man tauschte Blicke untereinander. Garvies Mutter sah auf ihre Uhr, und Singh und Onkel Len erhoben sich. Sie waren mit Tante Maxie in einem Restaurant am Market Square verabredet. Als Singh auf seinen Krücken an ihm vorbeihumpelte, hielt ihm Garvie die Hand hin, Singh drückte sie kurz und ging dann weiter.

Als die anderen schon draußen waren, stand Garvies Mutter noch für einen Moment da und wechselte einen langen Blick mit ihrem Sohn.

«Was ist?»

«Wenigstens hast du ihm gesimst», sagte sie.

Garvie zuckte die Achseln. «Tanner hatte mich allein gelassen, es gab nichts anderes zu tun. Ich kann Langeweile nicht ausstehen.»

«Ich weiß. Ich weiß auch, dass du lieber auf eine Heftzwecke treten würdest, als zuzugeben, dass du Raminders Hilfe brauchtest.»

«Na ja, gut. Ich dachte halt, ich riskier's mal, ihn zu fragen.»

Sie nickte.

«Siehst übrigens gut aus», sagte er.

Sie trug ein blaues, kurzärmeliges Wickelkleid mit rotem Blumenmuster.

«Der Laden, wo wir hingehen, ist auch ein bisschen was Besseres.»

Für einen Moment schwiegen sie.

«Weißt du was?», sagte Garvie. «Kannst ihm sagen, er soll seine Zahnbürste mit herbringen, wenn er möchte.»

«Ja», sagte sie. «Das kann ich. Ich wollte es aber nicht tun, bevor du es sagst.»

«Ich sage es jetzt.»

«Und meinst du es auch so?»

«Tun wir einfach mal so als ob, das spart uns Zeit. Außerdem», ergänzte er, «war ich mal bei ihm in der Wohnung. Das ist ein Loch. Hier wäre er besser dran.»

An der Wohnungstür blickte sie sich noch einmal um. «Was machst du heute Abend? Gehst du noch aus?»

Er zuckte die Achseln. «Eventuell. Es gab 'ne Anfrage. Denk noch drüber nach.»

«Okay. Bis später.»

«Jep. Bleib sauber.»

Noch etwa eine halbe Stunde lang blieb er sitzen, wo er war, und starrte den Teppich an. Dann erhob er sich und machte sich auf die Suche nach seiner Jacke.

51

Die Stimme aus der Gegensprechanlage sagte: «Wer ist da?»

«Smith», sagte er und wartete.

Während das große Holztor gemächlich aufschwang, wurde ihm bewusst, dass er es bisher ausschließlich im Innern eines Transporters zusammen mit Smudge passiert hatte. Jene Tage schienen weit zurückzuliegen. Die Zufahrt erstreckte sich vor ihm, elegant geschwungen und geschmackvoll beleuchtet, und er folgte ihr bis zu dem Haus, das am oberen Ende stand und sich wie eine feste Burg vor einem erlesenen Abendhimmel erhob.

Die Tür wurde ihm von einem schmalen Mann in einem kurzen roten Frotteebademantel und Flip-Flops geöffnet.

«Hallo!», sagte er. «Du bist also Smith.»

Seine Zähne waren zu groß für den Mund, und wenn er lächelte, sah es aus, als würde er sie gleich ausspucken.

«Genau.»

«Smith, das Mathe-Genie.» Das Lächeln blieb. Es schien die schon etwas verblichenen fuchsroten Haarbüschel mit Energie zu speisen, sie bauschten sich leicht auf, wenn er sprach.

Garvie sagte: «Ihre Ex-Frau wird mich eher als den Eindringling in ihre kleine Kunstgalerie in Erinnerung behalten haben.»

«Ah. Du hast dir zusammengereimt, wer ich bin.»

«Das war nicht schwer. Sie wurden mir als Spinner beschrieben.»

Professor Roecastles Lächeln drohte sein Gesicht endgültig zum Platzen zu bringen.

«Ausgezeichnet», sagte er. «Manche glauben ja, dass Logik das Größte sei, aber ich ziehe Lachen und Grobheiten vor. Du hast die Schule verlassen, höre ich. Warum?»

«Erstens reichten die Noten nicht, um weiterzumachen. Und zweitens wollte ich nicht weitermachen.»

«Ausgezeichnete Gründe, alle beide. Du warst hier bei uns, um den Zaun zu bauen, glaube ich?»

«Jep.»

«Großartige Sache, das Zäunebauen. Ich wette, das machst du ziemlich gut.»

Amy kam eilig durch die Eingangshalle gelaufen und begann ihren Vater aus dem Weg zu schieben.

«Du hast gesagt, du willst dich umziehen, Dad. Nun guck dich mal an.»

«Wer kümmert sich schon um Knie? Ich nicht. Und Smith auch nicht, wette ich.»

«Mit Ihren Knien kann ich leben», sagte Garvie. «Es ist Ihr Lächeln, das mir zu schaffen macht.»

Professor Roecastle warf den Kopf zurück und lachte schallend auf die unschuldige Decke ein. «Er ist genauso unmöglich, wie deine Mutter gesagt hat», sagte er zu Amy, bevor er schließlich doch die Treppe hinaufstieg, um sich anzuziehen.

Garvie war die ganze Zeit auf der Türschwelle stehen geblieben. Wie zuvor schon dachte er bei sich, dass dies nicht seine Welt war, nicht seine Menschen, nicht seine Kunst, sein Giebelhaus oder sein erlesener Abendhimmel.

Und auch nicht seine Amy.

Sie stand neben dem Sockel eines späten LeClerk und sah schüchtern zu ihm hin. Sie trug eine blaue Jeans und die schwarze Weste, die er erstmals auf dem Foto gesehen hatte, noch bevor er ihr leibhaftig begegnet war, und sie hatte ihre Haare hochgesteckt, sodass Schultern und Nacken frei blieben, und für einen Moment verschlug ihm ihre Schönheit noch einmal den Atem.

«Tut mir leid wegen Dad.»

«Ich dachte, der wohnt nicht bei euch.»

«Tut er auch nicht.»

«Was macht er dann hier in seinem Bademantel?»

«Das fragen wir uns auch. Heute Morgen kam er mit einem Koffer hier an, Zwischenstation auf seinem Weg nach Perm im Ural.»

«Logisch. Hätt ich auch selbst draufkommen können.»

Für eine Weile musterten sie sich gegenseitig.

«Willst du gar nicht reinkommen?»

«Eigentlich weiß ich nicht so recht, was ich hier mache.»

«Sie wollen sich bei dir bedanken.»

«Können sie mir keine Karte schicken oder so?»

Trotzdem betrat er die Eingangshalle, und in diesem Moment erschien Dr. Roecastle aus dem Wohnzimmer, ein Glas Weißwein in der Hand.

«Reizend, dass du gekommen bist», sagte sie. «Bitte. Hier entlang. Mein ... Professor Roecastle wird auch gleich hier sein. Angezogen, hoffe ich.»

Sie gingen ins Wohnzimmer und setzten sich auf verschiedene Sofas, und Dr. Roecastle drückte Garvie ein Glas Orangensaft in die Hand, bevor sie alle ihre Blicke in unterschiedliche Richtungen schweifen ließen. Garvie erinnerte sich daran, wie Dr. Roecastle beim letzten Mal weinend und verängstigt dagesessen und wie sie ihn mit ihren nassen, zornigen Augen fixiert hatte. Jetzt war sie munter und rege, wirkte aber seltsam angespannt. Bald tauchte Professor Roecastle wieder auf, diesmal in einem anderen Morgenmantel.

«Möchtest du kein Bier?», sagte er zu Garvie.

«Danke, geht schon.»

«Vielleicht etwas zu rauchen? Nicht, dass du noch Entzugserscheinungen bekommst.»

«Ich werd versuchen, mich am Riemen zu reißen.»

Niemand schien dazu aufgelegt, irgendetwas Sinnvolles zu sagen. Garvie leerte sein Glas.

«Na gut», sagte er, «danke für den Orangensaft.»

«Bleib sitzen, du Narr», sagte Professor Roecastle. «Hör zu. Ich weiß, meine ... Dr. Roecastle hier hat zuletzt schwere Zeiten durchgemacht, und Amy auch, das war schon, egal, wie man es betrachtet, ziemlich außergewöhnlich, und ich weiß, dass du so ungefähr der schwierigste Junge bist, mit dem meine ... Dr. Roecastle es je zu tun hatte, obwohl, muss man sagen, dieser andere, der junge Mann, der zu Tode gekommen ist, anscheinend auch ein ziemlicher Albtraum war, und davor gab es schon einige wirklich –»

«Herrgott», sagte Amy.

Unvermittelt sagte Dr. Roecastle zu Garvie: «Ich möchte mich bei dir entschuldigen.» Es klang wie die Einleitung zu einer längeren Rede, doch anschließend verstummte sie gleich wieder.

«Keiner von uns weiß, wie man sich benimmt», sagte Professor Roecastle lächelnd, als betrachtete er das alles nur als Witz. «Das ist das Problem. Wir versuchen, dir für das zu danken, was du getan hast. Nicht, dass uns die Art gefallen hätte, wie du es getan hast. Aber man muss ehrlich sagen, dass Amy sich in Gefahr gebracht hat, und das mögen Eltern nun mal nicht, also sind wir dankbar, sehr, sehr dankbar dafür, dass du ihr geholfen hast, und ich für mein Teil glaube, dass deine Hilfe aufrichtig gemeint war und nicht einfach nur, nicht wahr, eine bloße Laune, wie meine ... wie Dr. Roecastle hier meint.» Er räusperte sich nervös und hielt seine Zähne vorübergehend im Hintergrund. «Wir haben uns gefragt, ob du vielleicht einen kleinen finanziellen Zuschuss gebrauchen könntest.»

Garvie stand auf und blickte in die Runde. «Meine Mutter leistet harte Arbeit im Krankenhaus, sie macht alle Schichten, und sie wartet immer noch auf die Beförderung, die ihr vor Monaten versprochen wurde, und falls sie sie jetzt kriegen würde, dann weil sie sie redlich verdient hat, und nicht als Geschenk.»

Professor Roecastle nickte. «Hab verstanden. Dr. Roecastle, bitte zur Kenntnis nehmen. Tja, dann viel Glück mit dem Zaunbau.»

«Danke.»

Er begleitete Garvie bis zur Wohnzimmertür. Er hatte einen Umschlag in der Hand, wie Garvie bemerkte. «Übrigens», sagte er, «ich wollte mich eigentlich, bevor du gehst, noch ein bisschen über Beweise für die Grenzwerte von Folgen unterhalten.»

«Warum?»

«Na ja, das ist ein interessantes Thema. Ich war einfach nur ein bisschen verwundert, dass du schon in der Schule damit zu tun hattest. Ich meine, normalerweise wird so etwas erst an der Universität eingeführt, oft sogar erst nach dem Grundstudium.»

Garvie sagte nichts.

Er fixierte Garvie mit einem Blick, der fast so beängstigend war wie sein Lächeln. «Ich habe Amys Aufgabenbuch gesehen. Keine Rechenschritte. Nur die Antwort. Auch das ist interessant.»

«Hatte nicht viel Zeit.»

«Schwer, so etwas im Kopf zu errechnen, hätte ich gedacht.»

«Sie müssen es wissen. Sie sind das Mathe-Genie.»

Professor Roecastle nickte gedankenvoll. «Ja, ja, das bin ich. Die haben sogar ein Theorem nach mir benannt, diese Idioten. Aber angenommen, ε wäre $\frac{1}{5000}$ und das konstante Verhältnis wäre $\frac{1}{3}$», sagte er. «Ich frage mich, ob ich dann im Kopf ermitteln könnte, was N sein müsste.»

Garvie hielt ungerührt seinem Blick stand. «Acht», sagte er nach kurzer Überlegung.

«Oder bei $\frac{1}{2}$?»

«Dreizehn.»

«Warum?»

«Weil das dreizehnte Glied $\frac{1}{8192}$ ist.»

«Und weiter?»

Garvie zögerte. «Ich weiß nicht.»

«Nein, natürlich nicht. Wie denn auch? Du hast noch nie von diesem Zeug gehört, geschweige denn, dass du es im Unterricht gehabt hättest. Ja, das ist alles sehr interessant.»

Sein Lächeln kehrte zurück und nahm das ganze Gesicht in Beschlag. «So. Du kehrst also nicht in die Schule zurück.»
«Wie gesagt. Die Noten reichten nicht.»
«Richtig. Na, macht nichts, Zaunbau ist was Großartiges. Wie ich schon sagte, du kannst es wahrscheinlich recht gut. Na gut, wie auch immer. Dann komm gut nach Hause. Oh, eine letzte Sache noch.»

Er hielt ihm den Umschlag entgegen.

Garvie kniff die Augen zusammen. «Ich hab doch schon was dazu gesagt.»

«Keine Sorge, es ist kein Geld. Schon mal was von der Nationalen Stiftung für Mathematik gehört?»

«Nein.»

«Staatliche Einrichtung. Sind ein bisschen dösig, meinen es aber gut. Egal, anscheinend bin ich gerade der Präsident von dem Laden. Sie vergeben Stipendien an begabte Jugendliche, damit sie Mathematik auf fortgeschrittenem Niveau studieren können. Weißt schon, Sonderfälle.»

«Ich sagte doch gerade –»

«Natürlich. Ich erwähne es nur, falls das mit dem Zaunbau aus irgendeinem Grund doch nicht so richtig klappen sollte. Dadrin ist ein Brief, den du der zuständigen Person an deiner Schule übergeben kannst. An der Marsh Academy ist das Olivia.»

«Olivia?»

«Du kennst sie als Miss Perkins. Sie ist die Verbindungsfrau zu unserem Komitee. Einer der besten mathematischen Köpfe in unserem Schulwesen. In ihren Augen bist du ein Albtraum. Stimmt wahrscheinlich auch. Aber wenn du ihr den Brief gibst, sorgt sie dafür, dass du an der Schule doch noch deinen Abschluss machen kannst. Es liegt ganz bei dir. Du kannst den Brief wegschmeißen, wenn dir danach ist. Ist ja schließlich nichts verkehrt am Zäunebauen. Vielleicht ist es dein Schicksal. Auf Wiedersehen.»

Garvie hatte schon die halbe Zufahrt hinter sich, als Amy ihn einholte. Sie packte ihn und küsste ihn heftig, ihre Hände wühlten in seinem Haar, ihr Duft war überall. Dann trat sie einen Schritt zurück, und sie standen voreinander im Mondschein.

«Es tut mir leid», sagte sie.

«Mir auch.»

«Als sie mir im Krankenhaus sagten, dass –»

«Ich weiß.»

«Da klärte sich irgendwie alles. Meine Gefühle...»

«Ja.»

«Ich habe ihn geliebt, Garvie. Ich glaube, ich tu's immer noch.»

«Brauchst nicht weiterzureden.»

«Was wirst du jetzt machen?»

«Ich erwäge ernsthaft, mir eine Zigarette anzuzünden.»

«Ich meine, weißt schon, mit deinem Leben?»

Er zuckte die Achseln. «Wie sieht's bei dir aus?»

«Hab ich das nicht gesagt? Ich gehe mit meinem Dad nach San Francisco. Er forscht da, wenn er mit Perm fertig ist. Ich bleibe erst mal nur ein paar Monate. Aber wenn es mir gefällt, werde ich dort vielleicht studieren.»

Er nickte lächelnd.

«Was ist?»

«Die amerikanischen Jungs, die werden sich warm anziehen müssen. Du bist ein bisschen unberechenbar.»

«So bin ich halt.» Ihre Augen glänzten beim Lächeln.
«He», sagte sie sanft.
«Ja?»
«Du wirst mir fehlen.»
«Gut.»
Er wandte sich ab, bevor sie die Nässe auf seinen Wangen sehen konnte, und ging die Zufahrt hinunter zum Ausgang. Das Tor war bereits offen. Er hob, ohne zurückzublicken, eine Hand, dann war er in der Dunkelheit der Straße vor dem Grundstück verschwunden. Amy drehte sich um und ging zum Haus zurück.

Er überquerte die Kehre, ging am Bushäuschen, in dem er sich versteckt hatte, vorbei durch den bewegungslosen Schatten der Bäume zur Dorfstraße. Es war nicht seine Welt, würde es niemals sein, und er war froh drum. Er zündete sich eine Zigarette an und machte sich hügelabwärts auf den Weg Richtung Stadt.

Nach einer Weile fiel ihm der Umschlag ein. Er zog ihn aus der Tasche und war drauf und dran, ihn über den nächstbesten Gartenzaun zu werfen, hielt dann aber inne. Er dachte an Menschen, die etwas für jene taten, die sie liebten, Damon für Tanner, Amy für Damon. Der Spruch seiner Mutter kam ihm in den Sinn: Jeder muss ab und zu mal etwas geschenkt bekommen. Er dachte an den Jungen in der Pirrip Street mit dem vorzeitig gealterten Gesicht und der wilden Entschlossenheit, sich nicht ausnutzen zu lassen, steckte den Umschlag zurück in die Tasche und ging weiter.

Den Zaunbau betrachtete er nicht als sein Schicksal. Er dachte bei sich, dass er sich um Schicksalsfragen am besten gar nicht weiter kümmern sollte.

Als er auf halber Strecke durch Battery Hill lief, erreichte ihn ein Anruf von Smudge, der fragte, ob er heute noch was unternehmen wollte.

«Wo denn? Old Ditch Road?» Er dachte an den Spielplatz, das enge Karussell, die winzigen Schaukeln, auf denen zu sitzen eine Qual war. Den ewigen Nieselregen.

«Was?», sagte Smudge. «Der Spielplatz? Werd erwachsen, Alter. Nein, bei uns, wir machen 'ne kleine Feier.»

«Was für eine Feier?»

«Na ja, wie soll ich sagen. Ist ein bisschen schwierig, damit so einfach rauszurücken.» Die Verlegenheit in Smudges Stimme war deutlich zu hören. «Es ist wegen meinem Bruder, ja? Er, tja... er ist irgendwie durchgedreht und hat mich angestellt. Vollzeit, weißt du. In der Firma.»

«Ja, ist doch logisch», sagte Garvie. «Du bist ein Zaunbaugenie.»

«Ja, na ja, manche Leute, also, haben halt ein Händchen dafür, schätze ich mal. Und das Beste ist, es sieht so aus, als würde ich vielleicht sogar einen eigenen Transporter kriegen.»

«Smudge», sagte Garvie. «Dieser Transporter ist der reinste Glückspilz.»

«Die Sache ist die», fuhr Smudge fort, «einige von den Jungs kommen heute Abend noch vorbei, wollen ein bisschen drauf anstoßen, weißt du.»

«Ich bin schon unterwegs.»

«Du kommst? Mein Bruder wird allerdings auch da sein. Ich weiß ja, ihr habt euch nicht so gut verstanden.»

«Kein Ding.»
«Ehrlich?»
«Für dich, Kumpel, jederzeit.»

Lächelnd steckte er das Handy wieder weg, zog den Reißverschluss seiner Jacke hoch und marschierte weiter durch die Dunkelheit den Hügel hinab.

Danksagung

Ich bin zutiefst dankbar für die Hilfe, die mir beim Schreiben dieses Buches zuteilwurde. Meine Lektoren bei David Fickling Books – David Fickling, Bella Pearson und Anthony Hinton – versorgten mich durch diverse Entwürfe hindurch unermüdlich mit konstruktiver Kritik, vor allem aber auch Ermutigung; und Christiane Steen vom Rowohlt Verlag lieferte weitere wertvolle und zielführende Hinweise. Linda Sargent, für DFB tätige Außenlektorin, wies mit der ihr eigenen Findigkeit und viel Taktgefühl auf problematische Stellen hin. Eleri Mason nahm ohne jegliches Taktgefühl die ersten hundert Seiten eines späten Entwurfes auseinander – möge sie in Zukunft noch mehr zu sagen haben! Alec Williams lieferte unverzichtbaren Rat in Markenfragen. Alison Gadsby plante federführend die Umschlaggestaltung. Ihnen allen gilt mein Dank.

Wie immer geht es allein darum, das Buch besser zu machen, und so schätze ich mich überaus glücklich, von all diesen Eingriffen profitieren zu dürfen.

Mein Freund Joe Nicholas starb während der Arbeit an diesem Buch. In herzlichem Gedenken an die vielen Gespräche aus dieser Zeit widme ich es Joe und meinen beiden Kindern.

Weitere Titel

Garvie Smith

Running Girl

Kid Got Shot

Simon Mason
Running Girl
Kriminalroman

Geh chillen, Sherlock – hier kommt Garvie Smith.

Garvie Smith ist 16, sieht hammer aus, hat ein fotografisches Gedächtnis und den höchsten IQ, den es je an der Schule gegeben hat – plus die miesesten Noten. Wozu auch der Stress? Das Leben nervt total. Nie passiert irgendwas Spannendes … Bis eines Tages die Leiche von Garvies Ex-Freundin Chloe aus dem Teich gefischt wird. Und der junge Kommissar Singh sich bei seinen Ermittlungen einfach zu dämlich anstellt. Jetzt muss Garvie wohl oder übel eingreifen. Langeweile? Endlich mal keine. Schule? Muss halt warten.

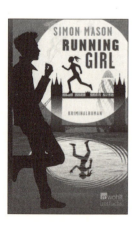

Weitere Informationen finden Sie unter **rowohlt.de**

480 Seiten